玫瑰血

（中文版）

Bloody Rose

著：美国严教授

封面设计：美国严教授

Prof. Cong Yan

校阅：西海

作者简介

严聪：作家、诗人兼摄影家，现为美国印第安纳州医学院教授，居住美国印第安纳州卡梅尔市。另著有长篇小说《海鸥教授》、《杜鹃花开》，中篇小说《留学生》、《寒星》以及短篇小说《悔恋》、《小倩绝恋》等，还著有大量散文、游记。

网址：http://blog.wenxuecity.com/myindex/52334/

Cong Yan, a passionate fiction writer and a poet living in Carmel, Indiana, USA. He authored fictions of "Seagull Professor", "Blooming Azalea", "Oversea Students", "Cold Star" etc. He is also a photographer who loves to travel and catch amazing moments of landscape and people using camera. Currently, he is a professor at the Indiana University School of Medicine.

小说简介: 上个世纪八十年代, 中国实行门户开放政策, 派遣大批留学生到美国学习, 指望他们学成后回国服务。熟料 1989 年中国大地风起云涌, 到处都是自由民主的呼声, 保守派和改革派激烈较量。消息传到美国, 留学生们深受鼓舞, 一面完成学业, 一面举行游行示威活动, 积极策应中国的民主运动, 与祖国同呼吸共命运。六四天安门一声枪响, 让他们梦碎异国, 演绎了一幕幕人间悲欢离合。等到主人翁们二十多年后再相聚时, 已是物是人非, 往事不堪回首。

Fiction Brief: In 80s of the last century, China implemented an open-door policy by sending a large number of students to study in the United States, expecting them to return home and serve for China. In 1989, China surged with stormy movement of freedom and democracy. The conservatives and reformists fiercely battled for power control. In the United States, Chinese oversea-students were inspired and encouraged by the movement. While they were trying to accomplish their study, they were actively engaging in the democratic rallies and parades to echo what was going on in China that would determine their fate in the future. The "6.4th Massacre" in Tiananmen Square smashed their dream of democracy, during which they experienced griefs and losses. When they met again in their reunion more than twenty years later, everything had been changed, except that those sweetness and sorrow were still buried inside their hearts.

第一章

一九八九年四月十五日，纽约街头。

赵旒华背着书包从中国驻纽约领事馆出来，夹裹在下班的人流里穿行在 42 街上，耳朵里插着耳机在听 Walkman。落日像一个巨大的红色电筒从宽阔大道的西边通射进来，红黄亮光将摩天大厦砌成的陡峭都市空间塞得满当当的，楼缝之间明暗相间对比分明。楼房挤压的人行道旁电灯杆拖着长长的影子，一条条地斜躺在地上将马路中央分隔成不同的形状。黄色出租车在下班的车流里横冲直撞，冲锋陷阵，喇叭声声，弥漫吵杂声里显得格外醒目和刺耳。两旁高楼的窗户玻璃将余晖截住，无数反光亮点欢快地闪动着，形成了一道独特的大都会景观。曼哈顿落日将都市的灵动和嘈杂，繁荣和兴旺，流光和溢彩烘托得淋漓尽致，刺激着各色人物匆匆向前，奔向四面八方，从一个地方赶往另外一个目的地，定向而无序。

赵旒华来到时代广场附近街口遇上了红灯，于是和一堆人停下来等着过马路。人们都露出不耐烦的急切神情，盯看着眼前急驰而过的鲁莽车流。街边有一帮黑人敲着钢锅表演，露出狰狞的白牙向路人耍宝讨钱。远处一个警察身穿浅蓝制服坐在一匹油光滑亮的棕色马背上，墨镜后面的两眼警惕地注视着街面。赵旒华偏头向两边店铺望去，街边的橱窗里布满了挑逗性的金发女郎广告，媚眼裸体，摆首弄姿。一溜色情店排开，粉红的门廊向里面深深延伸进去，天还没有黑，里面长廊却已经迫不及待地亮起了闪烁灯泡，守

1

候着顾客们光临。三年多前赵旒华从保守的中国刚到纽约来留学时路过这里，目瞪口呆眼热心跳地用眼角余光扫过这些黄得不能再黄的资本主义色情事业，说不出来是新鲜刺激还是呕吐恶心。不过现在她早已经见怪不怪了，只是心里偶尔好奇里面都在干些什么。

　　绿灯亮起了，人群一拥而上一路小跑急匆匆地穿过大街马路到对面。赵旒华跟着大家一起走向涂得五颜六色的地铁站口，一干人众蹭蹭急下满是碎纸片的阶梯，踢踏声响成一片，迎面正好又是一股反向人流冲出车站。两股逆流绞在一起，显得更加拥挤不堪，叫骂声不断，可是这时谁也不当回事，谁也不搭理谁，各自赶路要紧，纽约的地铁就是一部混乱交响曲。就在车门快要关上的一瞬间，赵旒华幸运地最后一个挤上了车箱里，背贴在车门上。地铁车哐当哐当地驶离了人来人往的站台，外面一片黑暗隧道，赵旒华终于舒了一口气。

　　车厢里大家都专注着自己的事情，但大多数人都闭着眼睛养神。紧张工作了一天，绷紧的神经这时开始放松下来，有节奏的列车咣铛声单调催眠，坐着的人中居然有的流着口水眯着眼睛睡着了。赵旒华前面是一个穿着马甲的矮个子犹太人，头顶上戴着一顶犹太小圆帽，手里捧着一本书正经八百地读着，还不时用食指颇具风度地将眼镜往上轻顶一下。矮个子肥胖的白脸上满是络须胡子，被梳理得很整齐，一根根细长精致，有条不紊地直伸到胸前。矮个子的另一边是两个波多黎各人，表情丰富眉飞色舞地讲着听不懂的西班牙文。车子开得剧烈，左摇右晃，刺耳的金属车轮和铁轨碰撞声透过耳塞进入赵旒华的耳朵，撞击耳膜。待车子安静了一些时，

2

赵旒华听到耳机里播报着一条新闻，说中国的一些学生上街游行，悼念前中国领导人胡耀邦逝世。美国的新闻一向漠视中国，因此这条新闻显得特别，赵旒华马上专心致志一字不落地听了下来。

赵旒华医学院本科毕业后考上了国内的研究生，八五年毕业后想到美国留学。那时国家管理严格，除非国家公派，或者有海外关系亲戚担保，其他人出国基本无希望。赵旒华曾经向学校组织部门提过留学一事，碰到的大多是一副冷脸。上面没有政策，下面的办事员说美帝国主义哪有那么好，一个个都想去，叛国投敌。心灰意冷的时候，正是胡耀邦大笔一挥，放松了出国留学的政策。于是她赶紧联系已经在美国的大学同学刘一鹤帮助联系学校，终于踏上了美利坚合众国。赵旒华心里始终对胡耀邦心存感激，觉得他是中央领导人里面少有的开明人士，敢作敢为，不想他突然去世了。现在听到北京的学生悼念他，心想要是自己在国内，可能也会加入游行队伍的。

赵旒华在 42 街中央车站转换了车，折向南面回自己的寓所。出了地铁站来到外面，太阳已经沉没了，暗蓝的天空上看得见最明亮的星星在高楼顶端闪烁。曼哈顿东河的晚风吹来，带着仲春的残寒，抚在脸上有点凉冰冰的感觉，让浮躁了一天的赵旒华觉得很爽，心里添了几许高兴，滞重的步伐也轻快起来。她来到自己的公寓大楼门前，用钥匙旋开了街门进去。进去后，她乘着老旧的电梯吱吱呀呀上楼，出了电梯沿着通道来到自己房门口，打开了房间。同屋的王小艺已经回来了，正坐在客厅简易沙发上盯着看电视。

3

　　看见赵旒华回来，王小艺赶快招呼："赵姐快来看，电视里在播报北京学生纪念胡耀邦。"王小艺大学一毕业就来美国留学，还不到一年，和赵旒华在一个系读研究生，得到过赵旒华的许多帮助。两人性格不大一样，赵旒华三十出头，留着齐肩短发，沉稳略显含蓄，加上有许多社会经验，考虑事情比较成熟。王小艺年轻，科大少年班出身，十五岁就上了大学，现在也不过二十，一副年少不识愁滋味的样子。她热情奔放，感情外露，话语张扬，就是生活自理能力太差。她告诉过赵旒华，上科大时生活都有老师们照顾，百事不用操心，她们班上的同学只需把学习搞好就行了。两人尽管相差十来岁，却关系极好。在学习和生活上王小艺一切听从赵旒华的，一会把赵旒华当姐姐，一会把赵旒华当小姨，弄得赵旒华左右为难，哭笑不得。她说赵旒华和她以前上大学时的政治辅导员很相像，因此上对赵旒华依赖有加，像个小鼻涕虫黏在赵旒华身上，连课本也是用的赵旒华以前用过的。在赵旒华眼里，王小艺就像个孩子，于是处处照顾体贴她，教她基本生活常识。学校的宿舍太贵，为了省钱，两个大陆来的穷学生合租了学校附近的一个公寓房子，一室一厅，赵旒华年长住里间，王小艺小辈坚持睡客厅。

　　听见王小艺招呼，赵旒华来到凸凹不平的沙发前。不料刚坐下，新闻就换成了广告片，两个穿着绿装的双胞胎少女在为 Doublemint 口香糖做广告，晶莹的水珠子在她们身上滚动，清凉快意。王小艺口嚼着 Doublemint 口香糖有点遗憾赵旒华没能赶上新闻，赵旒华说刚才在地铁里已经听到了，北京的学生上街游行。

　　王小艺说："我们方励之校长前年就是和胡耀邦一起在反资产阶级自由化时下台的。我读少年班时，方校长还给我们讲过课，可棒呢。胡耀邦总书记和方校长都是好人，受了不公平待遇，太可惜了。现在胡书记怎么突然就没了，心里带着委屈离世，太遗憾太窝囊了。"王小艺快人快语连发，有点愤愤不平。对于政治敏感问题，赵旒华一向谨慎，不发表看法。王小艺一直不知道，面目和善和她同住的赵旒华其实是一名中共党员，她今天到领馆是交党费去的。

　　赵旒华起身去做饭，王小艺也起身像往常一样想当帮手。每天两人回到这个小窝，一般是哪个先回来哪个做饭，要是都在家，就一起做，赵旒华主厨，王小艺当帮手，这已经是她们之间不成文的规矩了。忽然王小艺记起什么，拦住赵旒华说："赵姐，今天有你两封信，快去看。有一封好像是你爱人来的。"王小艺说完鬼笑，做了一个怪相。

　　听说有国内丈夫的来信，赵旒华不免惊喜，情不自禁地将双手在腰前兜兜上擦了擦，赶快到桌子旁，果然看见有两封信。拿起来看时，除了丈夫的，还有一封是以前大学一个同学的。赵旒华先裁开丈夫的信看了起来。

　　"小华如见：新婚一别，已经有两个月了，很是想念，真的有光阴如梭，度日如年的感觉。你的容貌如春天的花朵不时在眼前晃动，茶饭不思。"看到这里，赵旒华的脸马上红了，心里有一股暖流通过，露出一丝娇怯，正好被歪着头的王小艺扑捉到了。

5

"赵姐，有什么悄悄甜蜜话可要告诉我？向我传经送宝，交流经验，让我的男朋友认真学习。"

赵旎华不理王小艺，知道她嘴贫，自顾自嘴角泛起浅笑，将头发向耳边拢了拢，继续心情急迫地往下看。赵旎华的丈夫叫刘军，是一个现役军人。他们下乡时在一个知青点认识并确定恋爱关系。刘军七六年从农村参军，赵旎华七七年考取医学院，两人一直鸿雁传书，两地相思。赵旎华上大学期间发生了中越自卫反击战，刘军上了前线，立有战功，深得首长赏识，后来被部队保送上了军校。毕业后刘军回到部队当连长，去年被提为营长。部队纪律严明，加上两人各自忙各自的事情，婚姻就被耽搁了下来。慢慢年纪都大了，双方父母挺着急，催他们赶快把婚事办了。前不久过春节，赵旎华回到中国去部队看望刘军，在兵营里举行了婚礼，团部师部的首长都来祝贺。留学生政策放宽后，许多结了婚的留学生都将自己的配偶接到美国来。每当赵旎华看见他们夫妻恩爱，就心生羡慕，思念远方的军旅丈夫，回忆新婚之夜的甜蜜。

读完了丈夫情真意切的爱情信，赵旎华内心蜜涌，脸如扑粉，淡淡的红晕笼罩着她，娇美尽显。她小心地将信笺折好放回信封，又打开另一封。这个大学同学叫崔小梅，两人以前同宿舍，上下铺。崔小梅是在校生考上来的，班上年纪最小，上学时课业马马虎虎，不甚用心，一天到晚就喜欢读小说。上课时老师在前面讲，她坐在最后一排低头看小说。晚上大家都睡了，宿舍里实行熄灯管制，她就打着手电筒看。赵旎华是学校年级学生会主席，党支部委员，看着崔小梅不珍惜来之不易的学习机会，给她做了许多工作，苦口婆心，可惜不管用。赵旒华讥讽她说将来嫁给小说算了，崔小梅眼睛不离小说，说好哇，书中自有颜如玉，书中自有黄金屋，嘴角淘气地上撇，气得赵旒华把凳子抽开，让她一屁股坐在地上。崔小梅毫不介意，干脆坐在地上继续读小说，眼睛居然眨都不眨。奇怪的是别看她平时不用功复习，每回考试还能够稳居中上游。班上有比她刻苦许多的同学考不赢她，拿到考分后气呼呼的，说都是一个脑袋两只眼睛，上帝为何这么不公平。不过崔小梅有一个优点，写稿子快，从不推辞。每每学校系里有什么活动，赵旒华布置宣传稿，她三两下就好了，文采飞扬，珠玑满篇。学校广播里常常播她的稿子，班上同学们一面在林荫小道慢走着背英文单词，一面听广播里面她写的文章，因此她在班上落了一个外号叫小才女。

　　崔小梅家住北京，父亲是一个部委的领导干部，母亲是中央团校的教员。上大学时她家里经常给她寄吃的东西来，都是当时市面上看不见的珍贵食品。她从邮局取回后毫不吝惜地分给大家享用，因此人缘极好，班级里勾心斗角的事情基本与她无缘。大学毕业后崔小梅靠父母的关系回到了北京，分配到北京一家医院工作，也不报考研究生。大概一天到晚还在读小说，赵旒华有时心里这么想她。工作后她成熟了不少，一直和赵旒华保持通信联系，不时感谢赵旒华在大学里对她的帮助，为自己的不努力道歉。有一天赵旒华收到一包糖果，是崔小梅寄来的，说把自己嫁掉了，对象是中学里高年级的一个小哥哥，高干子弟，因为他的穷追不舍，自己实在没有办法躲避。结婚就结婚呗，什么没有办法，赵旒华心里嘲笑闺蜜的掩饰措辞。

信中崔小梅依然文采飞扬，字迹娟秀，语句抒情，想法多多。在这封信里，崔小梅告诉赵旒华自己的一本短篇小说结集出版了，也谈了对中国实行双轨制以来一些贪污腐化现象的不满，觉得自己很迷茫。她也开始迷茫了，赵旒华心里一笑，看来她真的成熟了，居然开始关心起小说以外的现实世界。赵旒华不免瞟起眼看了一下王小艺，两人有相同之处，而且长相有几分相像。

赵旒华折好信，想起身去帮王小艺，突然间有一股想吐的强烈感觉，她赶紧捂住口去卫生间。一股股酸液直往上涌，却没有可吐之物。医学院毕业的她明白，自己大概怀孕了。看到赵旒华的异常，王小艺赶快来到卫生间门口："你没事吧，赵姐？"

赵旒华抚摸着胸口，面朝抽水马桶说："没事，一会就好了。呆会你陪我去一趟超市。"

"去超市干嘛？"王小艺不解地问。

"问那多干嘛，去洗菜去。"赵旒华把王小艺赶走了。

晚饭赵旒华没有吃多少，仍然时时想吐，第一次轮到王小艺嘘寒问暖，关心疾苦。

"真的没事？"王小艺将信将疑，不明就里。

赵旒华不想和她多啰嗦，自己还没有确定，心里急切想知道是不是真的怀孕了，于是拉起王小艺出门来到超市，向妇女卫生用品的地方走去。赵旒华东看看，西看看，拿起一盒试剂盒。王小艺在一旁眼尖，看见上面的标签和说明，立马睁大了眼睛，"你怀孕了？！"

"还不知道呢，想确认一下。"

"天哪，太棒了。"王小艺惊叫着雀跃起来，引得周边的人齐齐向这边看过来。

两人赶快回家，赵旒华进到了卫生间。王小艺在外面等着，心里莫名其妙地有些兴奋紧张，一直到赵旒华开门出来。

在王小艺眼光的注视下，赵旒华缓慢地点点头确认，一脸温柔，低眉下眸子里闪现着明亮五彩。王小艺一下子从座椅上跳起来，上前一下抱住赵旒华，"我要当阿姨了！我是第一个知道的，孩子的名字我来取。"王小艺兴冲冲地嚷着。

"是男是女还不知道，你怎么取？"赵旒华沉浸在幸福里。

"赶快到医院做个超声波检查。"王小艺反应快。"你想要个男孩还是女孩？"王小艺眼巴巴地看着赵旒华。

"都一样。"赵旒华这时脑子里有点兴奋，有点乱。

"我要女的！"王小艺坚定地说。

赵旒华噗嗤一笑，"又不是你生，听你的？我要儿子。"赵旒华故意挑逗王小艺。

"就要女儿，我跟你打赌。"王小艺有点不服气的样子，她淘气起来很逗。

"不跟你打赌，儿子女儿都是我的。"赵旒华知道她有时疯起来没完。

"不管是男是女，说好了，名字我取。"

这天晚上，赵旒华难掩内心的激动，提笔给在远方的丈夫写信，报告这个惊天动地的喜讯。窗外一弯皎月，将清辉洒在赵旒华的一头秀发上。桌上一盏明灯，将温暖的光辉投在她的脸上。她写得很晚很晚，不时抚摸着腹部，脸露微笑。

第二章

根据博士学习要求，王小艺一面修课，一面到不同教授实验室做 rotation。三个月前她到系里的权威专家库珀教授实验室实习，开始了一个小题目，跟着实验室里另一位从中国大陆来的博士生做。见面的那天库珀教授对王小艺说，这位博士生非常优秀，刚刚有一篇论文被《科学》杂志接收，另一篇投到《自然》杂志，评语很好，正在补实验。如果这篇文章接受了，他就可以毕业了，到时你可以接他的班，那可是一个意义重大的课题。库珀教授留着修剪整齐的络腮胡子，戴一副白金边眼镜，儒雅温和，慢声细语条理分明。他将王小艺领到实验室，一个头发有些凌乱的男生正在聚精会神地做着实验，向一块电泳树脂里面加样。库珀教授并没有打扰他，而是等他加完了样，才向他介绍王小艺。

"Ki, this is Maggie, a new rotation student. You are responsible for supervising her in the lab." 王小艺来美国后给自己起了一个英文名字，因此库珀教授称呼她为 Maggie。男生转过头来对着王小艺友好地一笑，眼神深邃炯亮，王小艺的身子瞬间被电了一下。

"If you can get her to stay, you may graduate early. Do the best you can."像是玩笑，又像是认真，交代完任务，库珀教授摸着胡须离开了实验室。大男生回过头来用中文对王小艺说："你好，我叫姚奇，女兆姚，奇怪的奇。"

听完后王小艺忍不住笑了起来："那库珀教授怎么喊你Ki？"

"美国人Q发音为K，我也懒得纠正，将错就错，被K掉了呗。"姚奇说，然后问："你一定有个中文名字，Maggie同学。"

"我叫王小艺，刚来不久，请多关照。"王小艺回答完，有点神秘地问："听说你很牛喂，已经有一篇Science了。库珀教授说你快毕业了？"

姚奇回答："不好说，大概明年吧。手头的这篇说是补，其实和做一篇新的差不多，四个专家每人的问题都有满满一张纸，要完成，谈何容易，希望一切顺利吧。"他的头发有点长，伸出细长的手指将前额的头发往后捋。"怎么样，接我的班吧？教授刚才说的你都听见了，你要是能来，我就可以快点毕业了。君子有成人之美。"一缕阳光从窗子里射进来，正好打在他那张造型很酷的脸上，带点顽皮戏谑。

姚奇拿出他的实验结果给王小艺看，向她讲解，语速奇快。姚奇的快语速激起了王小艺的好强心，于是开始问这问那，思维跳跃。王小艺从小聪明，头脑反应敏捷，说话飞快，从少年班集训完分到生物系后，系里许多男生学习上都不是她的对手，慢慢就对她敬而远之，因此她常常有一种学习上的优越感和孤独感，居高临下，一般人都不放在眼里。可是今天姚奇对她有问必答，一点也不拖后腿，有时甚至还停下来等她，眉毛微微上扬，像是在问，还有吗？结果王小艺心里越来越不服气，从来还没有人能够压她一头，开始问一些更难的刁钻问题，拼命往计算方面引。王小艺心算能力很强，当年测试她的科大老师就是因为她的心算能力超群才接收她到少年班的。有一次速算专家史丰收在学校表演速算，学校让王小艺同台表演，数字报出来，两人几乎同时在黑板上写下答案，一时传为美谈。

王小艺的计算问题一点也难不住姚奇，还是有问必答，甚至连一点心算的痕迹也看不出来，像闪电一样奇快。姚奇中间倒是停顿了一会，带着好奇的眼光打量着留着短发干净利落的新生王小艺，露出了一丁点惊讶。不过那只是一刹那的时间，他瞬间收回了眼神，又快速地对答如流。半个多小时过去了，王小艺一点也没有占到便宜。姚奇说话带点沙哑的男中音，听上去有种磁性的魅力，除了眼睛专注有神，脸上的轮廓也线条分明，有一种男性的阳刚之气。王小艺第一眼看见他就产生了好感，在这没有间隙的交谈中，王小艺开始佩服起这个帅气的男生来。慢慢她的心态开始发生了变化，并且暗自决定留下来在这个实验室当研究生。她也不知为什么，她对这个男生有好感，喜欢。

最终打败王小艺心理优势的是有一次同系的一个印度学生找姚奇比赛魔方（Rubik's cube），并由此决定这一辈子非这个男人不嫁。跟在姚奇后面做实验时，中间有些间隔时间。这时姚奇常常会坐在椅子上手里拿着一个魔方转来转去，眼睛看也不看，一会魔方就魔术般地在他手里各面变成了同一种颜色，然后打乱重来。有天一帮印度学生蜂拥来到实验室，说有个新来的印度学生在印度拿过魔方比赛青年冠军，想和姚奇比试比试。于是大家商量好晚上在校外一家餐厅比试，谁输了谁请客。王小艺听说这之前多位印度学生都来找过姚奇比试，结果无一例外地败下阵来，因此印度学生心里一直不服气。

　　故事是这样开始的，刚来时研究生班上就姚奇一个中国来的留学生，印度学生抱成团想包揽考试前三，他们有英语优势。结果每次考试姚奇都拿第一，一次都没有拉下来过。看看不行，这群印度学生里面有个魔方好手，知道姚奇也爱玩魔方，想压压姚奇的气焰。于是提出和他比赛，谁输了谁负责买匹萨（Pizza）。连比十场，结果是姚奇吃了十天的匹萨。看看不行，这帮老印又喊其他学校魔方玩得好的印度学生来比，还是输，姚奇继续享受免费午餐。这件事就成了印度学生心中一个解不开的结，屡战屡败，屡败屡战，显得可爱，无可救药。

　　听说这回来的是个冠军，王小艺有些担心地问姚奇输了怎么办。姚奇一脸无所谓，说："输了出钱招待他们一次就是了。我已经赢过他们那么多回，早已经赚回来了，让他们赢一回也不是大不了的事情。怎么样，有没有胆量陪我一起去？每次我都是孤军奋战，赢了连个一起庆祝的人都没有。"他满不在乎，略显漠落，魔方在他手里不停地舒筋活骨。

王小艺连忙点头答应，前去助威。她心里早已崇拜这位酷得不能再酷的帅哥了。

比赛这天晚上，王小艺对赵旒华说今晚要晚一点回来。赵旒华好奇问她为什么，王小艺实话实说。赵旒华比姚奇低一届，听说过他的传奇故事，于是也情愿陪着一起来为他助威。他们来到第一大道的一家有点档次的意大利餐厅，印度学生早已聚集在那里。看着他们摩拳擦掌的样子，姚奇嘴角挂起了一丝察觉不到的笑容，却没能逃得过王小艺细心的眼睛，她现在对姚奇的一举一动都感兴趣。

三个人坐在了印度学生的对面，还是老规矩，比十次。气氛显得有些紧张，连餐厅里其他食客和员工都凑过来看热闹。姚奇从口袋里掏出了自己的魔方，已经被他玩得磨损不堪。对方也掏出来一个，也是磨损得厉害，这立刻引起了姚奇的警惕。都是行家里手，双方的水平马上一目了然，心照不宣。有意思的是王小艺发现两人的食指都细长，显得纤弱。那个印度学生显然比姚奇年纪要小，略带腼腆。

比赛的计时钟是一个印度学生从实验室带出来做实验用的微型电子钟。按照老规矩，魔方都放在桌上，按了钟才能拿起。比赛开始后，双方同时迅疾拿起魔方，神出鬼没地一阵哗哗响动。不同的是印度学生两眼专注地看着魔方，而姚奇还是像以往一样眼睛漫不经心地看着天花板。印度学生感觉到了这一点，好奇间不经意地上瞟了一眼姚奇，结果就是这样一眼，让姚奇占了先机，比对方仅仅快了那么一丁点赢了第一局，时间定位在 22 秒上。看得出来印度学生有多么懊恼，大概他鲜有败绩。再战，印度学生不敢大意，专注自己的魔方，不再看姚奇。姚奇还是两眼看着天花板，有时微闭。下面的几局里各有胜负，但是姚奇领先两局。要是这样比下去，姚奇的胜算就比较大了。

可是意想不到的事情发生了。姚奇的魔方因为太旧，中间突然卡壳了，白白让对方捡了一局。姚奇搬弄了几次，魔方已经不工作了，他无奈地摇摇头。印度学生们纷纷脸露欣喜之色，终于要扬眉吐气了，打败这个魔鬼般的可恶中国留学生！就在姚奇要放弃比赛的当儿，王小艺不动声色地从口袋里掏出来了一个半旧不新的魔方，轻轻稳稳地放在姚奇面前。一桌子的人都惊呆了，特别是姚奇，只有赵旎华微笑不语。两人因为住在一起，王小艺偷偷玩魔方的事瞒不过她。不久前有一天王小艺突然心血来潮地买了一个魔方，有事无事地摆弄，赵旎华一直不解，问她也不说。现在总算明白了，原来她暗地里学着练习魔方，为的是心中的一个人。

姚奇拿起魔方，感激地看了王小艺一眼。他先试玩了一下，以适应新魔方。比赛继续进行，终因新魔方不如旧魔方顺手，最终以两人平分秋色告终。这样大家只好各自掏腰包用晚餐。不料一旁观战的餐厅老板兴奋异常地说他请客，因为他也是一个魔方爱好者，结果皆大欢喜。不打不成交，姚奇和那个腼腆的印度学生互相敬佩着对方，相谈甚欢，交流着各自的魔方路数和心得，众人一起讨论。在拆解的过程中，发现姚奇的优化路数在大多数情况下比印度学生少了一到两步，佩服得印度学生频频点头。餐厅老板坐在一旁津津有味地听着，不时插嘴请教，他吆喝着伙计来两瓶红酒助兴。

赵旒华拿过记录纸，发现印度学生最快的记录是 21 秒，最慢的是 23 秒。姚奇最快的是 20 秒，最慢的是 22 秒，除了意外的那一次。她好奇地问："What is the world record?"

"17 second。The record holder is Robert Pergl。"王小艺一下将话蹦了出来。意识到失言，她马上用手指按住了嘴唇，已经来不及了。

姚奇回过头来，第一次认认真真地看着王小艺，好像从来不认识。众目睽睽之下看得王小艺有点不好意思了。

"How fast can you play？"餐馆老板扭头问王小艺。

"50 Second。"王小艺回答。

"Really？"餐馆老板和几个印度学生几乎同声惊叹。"Show me. If you can beat your own record, I will reward you."餐馆老板说。

王小艺有些犹豫，抬头看见姚奇在注视着自己，眼睛里闪烁着以前从来没有见过的异样光芒。王小艺在这男性的光芒里面捕捉到了一点点不信任，这让她来了情绪，心里不高兴。她问餐馆老板："What's the reward？"

"Free lunch any time you walk in this door。"

"Deal？"

"Deal。"

王小艺像古时候的马上巾帼女英豪，不再答话，在读秒声中拿起魔方飞快地旋转起来，大家都紧张地盯着电子钟看，一秒一秒地消失。和姚奇一样，王小艺十指细长灵活，多了一些女性的灵秀，互相飞舞配合着将魔方扭动得浑身直响，各就各位。她知道此时姚奇一定目不转睛地看着自己，心里有一种莫名的亢奋和骄傲，她明白想让这个很酷很有才华很对眼的男生对自己刮目相看，一定要有真家伙。刚才姚奇和印度学生交流时，王小艺一直不动声色地观察，以她的聪慧，几乎将所有关键的地方都默记下来，这时的她几乎完全按照姚奇的思路摆弄着魔方。完了，30秒！

Wow，所有的人几乎同声惊叫起来，一下子提高了20秒！

姚奇先是被王小艺那双灵秀的双手吸引住了，这绝对是一双玩魔方的好手。当然，要是做起实验来，也绝对不含糊。继而姚奇被她的玩法套路惊住了，这不是完全按照刚才自己向印度学生讲解的那样吗？这个套路是自己摸索出来的，除了刚才和印度学生惺惺相惜露了出来，以前一直没有和人讲过。一当他看明白这点，心里已经知道王小艺太不简单了，记忆力过人。如果像她说的那样可以用50秒完成，那她一定会打破记录的。果不其然，王小艺轻易打破了记录，假以时日再给她一点时间练习，成绩还会提高。

姚奇的中学时代是在文革中度过的，课堂上学不到东西，一天到晚无所事事，搞大批判。姚奇的父亲是一位清华毕业的工程师，在家给他布置作业，数理化，文史哲。父亲知识渊博，苦于业务荒废，生不逢时。姚奇还有个姐姐支边当了知青，父亲只有将自己的一身本领教给儿子。姚奇天生就是一块学习的料，一切照收不误，别人都在读书无用，他却享受着知识的雨露阳光。文革刚结束，上级领导派业务好的父亲到香港出差，发了一点可怜的旅差外币。口袋里尽管外币不多，他还是买了一个魔方回来给姚奇，说这玩意好，考脑子，锻炼动手能力。结果姚奇从此和魔方结下了不解之缘，到哪里都带在身边，跟着他上大学，留美读研究生。自从实验室来了新生王小艺，她的聪明灵巧姚奇早已看在眼里记在心里，王小艺的时时挑战姚奇也心知肚明，装着不知道。那时大陆来的女留学生很少，漂亮聪明的王小艺在留学生中很引人注目，常常有人到实验室来找她约她，可是她只想跟在姚奇的后面，一副毕恭毕敬的样子。

"Is she your girlfriend?" 餐馆老板突然没头没脑地来了一句问姚奇。

"What？" 姚奇没搞清楚是怎么回事。

"Is she your girlfriend?" 餐馆老板又重复了一次，眼睛跟着眨了一下，胡子微微上翘地微笑。

"No." 听明白了的姚奇顿时飞红了脸。

"Then, you should get to know her. I will offer you free lunch too so your two can date here." 中国来的留学生思想保守，在交朋友上比较拘谨。美国人则随便，喜欢开这种玩笑。老板的玩笑显然及时，而且恰到好处。

这时两人都听明白了，双方飞快地对望了一眼，触电一样又赶快避开。

　　"If I were you, I would take it。"有个印度学生跟着起哄。

　　"Me too。"又有几个人紧跟玩笑。

　　赵旒华其实心里明白王小艺的想法，知道王小艺不好意思开口，说道："I say yes for her。I am sure she will not reject it。"赵旒华对着姚奇说。

　　离开了餐馆，三个留学生在街上往回走。赵旒华借口说实验室还有点事先行离开，留下了王小艺和姚奇两人。他们踱到了东河边，这里有三三两两的情侣月下卿卿我我，王小艺忍不住揽住了姚奇的胳膊。就这样，王小艺和姚奇成了一对恋人。

第三章

　　北京学生游行聚会的形势闹大了。四月十八日有三千多名大学生到天安门悼念，要为胡耀邦平反，高喊邓小平，赵紫阳和李鹏下台，他们甚至抬着三个花圈到中南海新华门献花圈。纽约电视广播频繁报道这件事，掺杂着评论，许多平时对中国不感兴趣的美国学生也开始关心起这件事来。课堂里实验室里他们向赵旒华和王小艺这些为数不多的中国大陆留学生询问事情的起因和后果，不知道红色中国到底发生了什么，他们甚至不知道胡耀邦是谁。

　　上课时，班上有个眼神幽蓝的美国学生 Matt 带着蔑视的态度和王小艺谈起了中国，满嘴独裁、贫穷、愚昧、落后，气得王小艺和他争论了起来。在王小艺心里，祖国是一个神圣的符号，象征着美好，不可侵犯。这个美国学生对中国的过去一无所知，狂妄自大，厚着脸皮妄加评论，用西方人惯有的偏见看待中国。看着王小艺一心护国的样子，Matt 轻描淡写地说："中国如果真有你说的那么好，为什么有那么多人不满？"

"谁不满了？"王小艺寸步不让。

"天安门那些闹事的学生啊，一个个头上都扎着绷带，上面写的字虽然我看不懂，但一定不是什么好话，我想是反政府的吧。"一句话把王小艺噎住了。不过她脑子转得快，弯一转马上理直气壮地说："你们美国不是也常常有人上街游行示威，反对政府吗？"

Matt 两只蓝灰色的眼睛一眨，诙谐地说："所以我从来不说自己国家的好话，我也到华盛顿游行示威过，喊打倒我们的总统布什。只有不断地示威，表达民众自己的不满意见，国家的权力才能受到监督，提醒我们的总统做我们的公仆，小心翼翼为大多数人服务，而不是为少数利益集团服务。只有这样，也只有这样，社会进步的航向才不会发生大的偏差，才能改正谬误。哪个美国总统不称职，我们就有权力不选他，让他下台。你们就不一样了，你有这个选举权力吗？自己国家不好，还护着短处，这只会让权贵们不受人民的监督，贪污腐化，鱼肉人民。在这点上，你还比不上天安门的那群学生们的觉悟。从那群觉醒的学生们身上，我看到了你们国家的未来和希望，他们向往民主自由，民主自由并不是美国和西方的专利。如果他们胜利了，你们的国家就有救了，那才是自己真正当家做主。否则，你们的国家就会陷入灾难。"

Very Sharp! Matt 虽然话语不高，甚至有些玩世不恭，却句句在理，射进了王小艺的心里，她一时竟不知如何反驳，盯着对方的蓝眼睛发愣。讨厌，王小艺在心里骂道。

"我一直对政治感兴趣，关注着世界大事，喜欢看热闹，包括中国。" Matt 带点孩子气地炫耀，露着真诚，非常率性。

这堂课王小艺听得稀里糊涂，Matt 的话把她脑子搅乱了，像一片春天里的美丽花地被一匹野马肆意践踏过一样。

下完课，王小艺来到实验室，在姚奇的指导下忙着实验。可是她脑子里闲不住，心不在焉，上课时美国学生带着蔑视的谈话给了她不小的思想震动，因为在心里她是同情和认同北京学生们的请愿活动的。86 年底在合肥，她也为了反对贪污腐化上街游行过，尽管是被同寝室里大她四到五岁的大姐姐们强拉着去的。上了街后汇入学生组成的游行洪流里，她的心被鼓舞了起来，情绪受到周围同学们的激情感染。青春和火花围绕着大家，她们一起喊着打倒贪污腐化的口号，和街上的市民们挥舞着旗子遥相呼应，心里有一股神圣的力量。王小艺和她的同学们读过不少"五四"小说，非常向往那个富于理想时代的青年学生，她们甚至手里挥舞的小三角旗也是模仿"五四"时代制作的。穿过时空，大家心心相连，血管里流着的都是年轻和激情的血液，肩负着国家的希望和未来，都以天下为己任。当路边的群众向王小艺她们递过水来时，他们眼里话语里都充满了敬佩，向学生们伸出了拇指。这时的王小艺觉得自己在干一件伟大的事情，心里升华起一种投身到宏伟事业里的豪迈，像天空显出的一道美丽彩虹。回到学校后，同寝室的女生们仍然激动不已，夜里久久不能入睡，谈未来，谈理想，谈救国救民，谈振兴中华。可是不久气象变了，上街游行的同学们都被一个个约谈，被政治了，然后噤若寒蝉，万马齐喑。听说其它学校的一个同学还被勒令退学，杀一儆百，不许再搞资产阶级自由化。

　　这是王小艺一生中唯一的一次闪着亮点的社会经历，甚至谈不上挫折，她还是好好读书，学业优异，然后被保送考研出国，人生继续平坦如初。不过种子一旦被埋下，迟早是会生根发芽的。今天 Matt 的一席话一下子将那不算遥远的回忆火种吹燃，呼扇呼扇直往上窜，口干舌燥。身心已经发育完全的王小艺可以独立思考了，86 年底和 87 年初的往事回忆起来依旧激动人心，热血沸腾，内心深处那个夭折的花苞不管愿不愿意都要绽放。现在天安门广场上发生的一切，不就是当年自己和同学们做的事情延续吗？一切都是那么熟悉，那么亲切，连喊的口号都是一样的，反贪污，反官僚，要自由，要民主。"野火烧不尽，春风吹又生"。

　　看着王小艺缄默不语，不像往常一样活泼开朗，问东问西，姚奇觉得奇怪，这个小女生也有心思？于是忍不住问："今天心里有阴影？怎么皱着眉头。"

　　王小艺抬起头来，睫毛上翘，忽闪着一双不明白的眼睛问姚奇："今天上课有个美国学生一阵拳打脚踢，我有点招架不住了，不明白自己输在了哪里。"

"说来听听。"姚奇好奇地问，能让王小艺愁眉不展，这事一定有点意思。王小艺遂将和 Matt 的争论一五一十都说了。

"他说得一点没错。"姚奇听完非常认同，"羡慕啊，人家美国人从小就生活在这种民主和自由的理念里，有权力监督意识，而我们国家却还在苦苦争取这些本来就属于我们自己的权益。改革开放的基本理念是要让一部分人先富起来，结果打着这个旗号让那些当家做主的官老爷们捷足先登。中国现在实行计划经济和市场经济双轨制，许多有权有势的人和他们的家属用计划内的指标低价买进各种物资，比如钢材，然后又用高价转让出去，从中牟利，一切都靠裙带关系，形成官倒利益集团。用这种不正当的手法让一部分人先富起来，让人怎么服气，这必然会引起老百姓的不满。现在中国物价飞涨，底层许多人越过越穷，情绪越来越不满。你们的方校长是先知先觉者，前两年鼓动你们科大学生闹过一次学潮，反的就是这些，结果触动了既得利益者的不满，被一巴掌打在地上不得翻身了。但是他当初散布的那些言论已经深入人心，在社会上广为流传，这次学潮来得更猛，矛头更准。"

这个王小艺记忆犹新，科大的经历是她一生中的第一次政治体验。王小艺生在红旗下，长在红旗下，一帆风顺地一路成长，在科大被当成一颗温室里的花朵培养着，性格单纯，和社会接触少，看问题非常简单。那次上街游行也是好奇才参加。王小艺接过姚奇的话说："我们方励之校长从美国普林斯顿大学进修回来后到处演讲，提倡民主，提倡建立独立司法监督权，结果被打入冷宫。事后我们都要政治学习，不上课，进行反对资产阶级自由化教育，人人过关检讨思想，说我们都被精神污染了。几个月后，连胡总书记都受到了牵连，辞职下台，结果现在贪污腐化愈演愈烈。如果当时能够开始重视这件事情，尊重民众的意见，也不会导致现在的形势出现。那时听说还有一个倒霉蛋，就是你们武大校长刘道玉，对不对？"

　　姚奇的脸上掠过一丝难以察觉的痛苦和无奈的表情，说："可不是，刘校长思想一贯开明，武大学风一直开放自由，被上面的人看不顺眼，最后也被归纳到资产阶级自由化里面去了。听我留校的同学说刘校长是一年以后 1988 年 3 月 6 日被免职的，免他职的是教育部当初和他一起留苏的同学。"

　　"可惜了，两个多好的校长，他们代表了当代中国知识分子官员的良心和良知。这么说我们两个学校有相似的民主学风了。"王小艺为这个发现而高兴。"当年我们在科大读书都羡慕你们武大有个好校长。后来方校长从美国回来，我们也骄傲了一把。前段时间到领事馆参加活动碰到你们武大的留学生，大家都为你们刘校长的莫名其妙遭遇愤愤不平。"

　　姚奇看着窗外，眼神充满了回忆。"那年要不是刘校长，我还差一点出不了国的。"

　　"为什么？"王小艺睁大了双眼，想知道答案，她对姚奇的一切感兴趣。

　　"毕业时考出国研究生，我考得非常好，过了标准线许多，可是系里领导想推荐另外一位领导的亲戚，表面上的理由是我政治上不积极，不符合培养条件。我没有办法，绝望中决定直接找

24

刘校长。问了好几个人，才在一个普通的教职工水泥楼找到了。他家住在二楼，进门后我简直不敢相信自己的眼睛。里面就两间小屋，和普通教师的住宿条件一样待遇，大概也就四十平方米左右，里面凌乱，家具又破又旧。以前听其他人谈起过刘校长的清廉和简朴，没想到如此的清寒。当时刘校长正在工作，他见了我从外面进来，给我让座，还给我倒水。你猜怎么着，热水瓶里没有水。"

"校长家没佣人？"

"他很不好意思，问我有何事找他。我将我的处境说了，在校成绩优秀，出国考试总成绩第一，可是到头来自己只是一个陪考。他问我如果出国，将来有何打算。我说第一尽快完成学业，第二拿到了博士学位后回国报效，投身到国家建设里面去。你猜他说什么？"

"说什么？"

"他说你如果真这么打算，学成回国后第一要考虑的是回到武大来工作，我欢迎你，肥水不流外人田。中国的教育事业很落后，正需要你这种有想法的有志青年。我马上点头答应。"

"真的？刘校长真这么说？"

"真这么说。他说他会和我们系里了解核实我反映的情况，让我等通知。从他家里出来，亲眼看见了他的廉洁、正直、公正，我想自己的事情有希望了，就对自己说，回国后一定要回到母校在他手下工作。过不久系里通知我被批准出国了，让我得以如愿以偿，成了一名公派生。我到这里后，刘校长来美国考察过两次，我们又在领馆见了面。听说我干得不错，他让我不要被外面的花花世界诱惑，要想到自己国家还贫穷，知识还很落后，不要忘了自己当初的承诺，继续鼓励我毕业后回武大工作，他说学校会准备好一切迎接我。"

　　姚奇又拿起了魔方，熟练地扭转着，"其实我们刘校长曾经是一个政治红人，底子很硬。当年国家派他留学苏联，担任莫斯科地区的留学生党支部书记。68 年有名的中国留学生在莫斯科红场反修示威事件就是由他组织的。因为那件事他被苏联驱逐出境，回国时成了反修英雄，周总理陈毅副总理亲自到机场迎接。一九七七年他是高教司司长，主持高教工作会议。就是在那次会议上，他动员武大化学系的查全性教授向邓小平提出恢复高考，才有了我们的今天。四十八岁时他当了我们学校的校长，是当时全国最年轻的大学校长，率先实现学分制，鼓励学生解放思想，自由发展。八六年学潮时，听说他同情你们方校长的许多做法，对学生放得很松，武大也有学生上街游行，成了导致他下台的导火索。他不在了，我怎么办，还能回武大吗？我在这里紧赶慢赶，加班加点，就是为了学到真本事，早日毕业回到祖国，回到武大，实现自己的理想和抱负。可是我现在就像一个断了线的风筝，往哪里去？"姚奇的语气郁闷焦虑，显出了茫然。

　　"留下来做博后呀，等我毕业以后一起回去报效国家。"王小艺说，拉起姚奇的一根指头摆弄，不让他玩魔方。姚奇掰开王小艺的手，怕其他人看见不好。

　　恋爱后王小艺开始接近姚奇，研究姚奇，慢慢懂得姚奇。他身上有许多特点，这个武大的高材生思绪奇快飞扬，思维跳跃，他对什么事都有着一股热情和执着，深思熟虑，洞观一切。他在科研上的杰出成就，与他的这种品格性格密切相关。姚奇非常成熟，有许多独特的想法，却又不张扬，让王小艺觉得他像个思想家，办事富有哲理。像一切初恋中的女孩一样，王小艺欣赏着姚奇的一切。他浑身散发着魅力，阳光凝聚，像一块磁铁，像一座山脉，又似一片云彩飞扬。她非常清楚姚奇的专一性格如果用到女孩子身上会是一种奇妙的享受，因为他不会移情别恋。

　　前几天王小艺春心蠕动时曾经要求姚奇吻自己，可是姚奇没有。王小艺生气了，背过身不理他，眼泪晶莹。身后的姚奇用浑厚好听的男音说，初吻是神圣的，是对女生的一种承诺，你是想要一个随随便便的吻，还是要一吻定终身，请挑选一个。结果王小艺挑选了一吻定终身，她那高傲的头颅曾经让许多男孩子望而生畏，却不得不在姚奇面前服服帖帖地低下了。从那以后她一直盼望着那令人向往的一吻定终身，两人一起去看电影时，王小艺坐在他旁边的暗处，将头靠在他坚实的肩膀上，抵御着周围美国情侣们热吻的诱惑。尽管两人手握手十指交叉在一起，都捏出了汗，姚奇就是没有吻王小艺，让王小艺非常后悔自己选择了一吻定终身。当时她恶狠狠地发誓，将来结了婚，一定要用吻来惩罚这个铁人，木偶人，超理智的人，不可理喻的人，咬他！

　　两个年轻人在实验室谈论着和自己息息相关的大陆学运，国家前途，民族命运，因为他们一心一意想回到自己的祖国，为她鞠躬尽瘁。这时桌上的电话铃响了，王小艺拿起电话，是赵旒华。赵旒华先和王小艺说今晚有事，在外面吃饭，让王小艺不要等她，然后让姚奇接听电话。姚奇接过电话，赵旎华说有个哈佛助理教授是她以前大学的同学，叫刘一鹤，来纽约开会。刘一鹤看了姚奇发在《科学》上的文章，想和他见个面，交流交流。刘一鹤现在正在洛菲大学一个叫丁一的朋友那里等他们。一听到刘一鹤这个名字，姚奇的脑子里立马划过一道闪电，如雷贯耳，他在留学生中颇有名气，赵旎华常常向姚奇谈起刘一鹤。丁一姚奇认识，他是第一批来到美国的大陆公派留学生，现在洛菲大学做博后，他的导师和姚奇的导师有合作项目，两个实验室经常在一起交流讨论。姚奇的许多实验是在丁一实验室完成的，两个实验室一起发表了不少高水平的论文。

姚奇挂断了电话，对王小艺说他要去外校见一个人，让王小艺自己先做实验，如有问题，等他回来后解决。王小艺看着平时沉稳的姚奇这时眼里射出了一束兴奋的光芒，如同一汪深潭里面饱含着一粒太阳。姚奇披上外套匆匆离去，像一阵风，把王小艺留在了身后风影里。

姚奇走了，李智慧来了。"Maggie，我能不能借一下你的笔记本抄一下。今天有事没能上课。"

李智慧是一个台湾留学生，娇小玲珑，秀发披肩，透着一股甜美和琢磨不透，不过她那一双亮眼却在时时打量琢磨着人。李智慧和王小艺一个年级，也是新生。她老是喜欢和王小艺接近，为人大方具有亲和力，就是常常旷课。她经常找王小艺借笔记本，王小艺已经习以为常。有几次测验李智慧都不及格，王小艺担心地问过李智慧都到哪里去了，善意地提醒李智慧博士课程紧张，要用心学习，不好好上课当心考试掉队。学校规定，博士学习期间平均成绩要达到 B 才能够拿到学位。李智慧总是非常抱歉，每次都保证以后不了，非常谦虚，态度诚恳。但她还是旷课，根本没有听进去王小艺的劝告。那时的台湾是亚洲四小龙，经济腾飞，许多台湾学生家境富裕，学习不太上心。相比之下，大陆来的留学生则显得寒碜，国家被文革折磨的一穷二白，靠学校的奖学金度日，或在外面餐馆打临工。尽管海峡两岸是半个同胞，生活上学习上却大相径庭，地位不平等，台湾来的学生多多少少有点居高临下的感觉。

"Maggie，今天晚上我请你吃饭。"李智慧语音委婉，充满诚意。

"为什么？"王小艺略微惊讶，尽管大陆学生穷，却不缺少自尊心，无故受惠，怕被人瞧不起。

"看我学习上老是麻烦你，真的过意不去，想谢谢你啦，别介意，没有关系的。不见不散啊，你一定要等我耶。"李智慧露出了台湾女孩的嗲劲，一副不容推辞的模样，友善地一面笑着，一面退出了实验室。她做 rotation 的实验室就在隔壁，属于系主任。

第四章

赵旖华和姚奇坐公交车到上中城，来到洛菲大学。在校门口岗亭里，赵旖华在访客单上填写了自己的姓名和被访者姓名。门卫是一名腆肚黑人，他的眼球像两个溜圆的黑葡萄，在眼白的映衬下左右上下滚动，hold 不住。待赵旄华填写完毕，门卫拿起内部电话声音洪亮地向里面通报，露出一口白牙。赵旄华他们站在岗亭旁一面等待，一面好奇地打量着环境幽静干净整齐的校区。微雾氤氲覆盖着整个校园，鸟的脆鸣声响彻在楼顶、树丛和喷泉水池旁。春天的萌动隐现在开始吐露新芽的枝头上，树下道边是矮灌木杜鹃花丛，新绿中一片粉嫩，上面聚满了含苞待放的艳丽花蕾。花坛里各色郁金香却是等待不及了，尽情地开着，独领风骚地欲将春意按自己的意思演绎。

两人正看得入迷，一个不到三十岁的年轻人向他们走来。此人正是丁一，略微偏瘦，两眼炯炯有神。因为经常在中国驻美国领事馆举行的各种留学生活动中见面，赵旄华和丁一已经半熟了。打过招呼，丁一带着两人来到实验室，一个头发略微卷曲，面目白皙的年轻学者等在那里。见丁一他们进来，那人忙站起身，他显得文静，高高帅帅，有一种学究气质儒雅风度。丁一忙向姚奇介绍道："这位是从波士顿来的刘一鹤，刚刚在哈佛大学找到一个 Assistant Professor 的位置，来纽约开会，想见见你，他对你发表在 Science 上的文章很感兴趣。"然后丁一对赵旄华说："你们俩比我还熟，老相识了，我就不介绍了。"赵旄华和刘一鹤两人相视一笑，算是打过招呼。

姚奇趋身向前和刘一鹤握手："久仰久仰，读过你的许多高水平文章，向学长学习。"。刘一鹤的学术水准极高，已经进入了美国生命科学的核心圈，论文在 NCS（注：指顶尖学术杂志

Nature、Cell、Science）上是机关枪连发，乃学界一颗冉冉上升的新星，口碑极佳。因为是大陆留美学生里面的佼佼者，很少有中国留学生不知道他的。

刘一鹤温文尔雅，面含微笑伸出热情的大手说："我刚读过你在 Science 上发表的论文，非常有水平，很前卫，祝贺你的突破性进展。其中有几个问题不太明白，托朋友的关系请你来，想向你请教，不介意吧？"

"哪里哪里，和你相比，我是小辈，只要我知道的，一定回答。"两人眼里擦着火花一见如故，相见恨晚。

丁一招呼道："大家共同学习，都是大陆来的，不必拘礼节。要不我们到会议室去谈，那里宽大，有黑板，交流起来方便。"丁一领着众人来到会议室，大家探讨起学术来。此时的他们都是属于最早从红色中国来美的留学生，异国他乡有一种亲切感，凝聚感，况且年龄相差不大，朝气蓬勃。赵旆华和刘一鹤是大学同学，丁一和刘一鹤是同一个中美联合项目出来的，一起在国内集训过。姚奇比他们晚三届，算学弟。

大家无拘无束地你来我往，互补长短。这期间丁一的导师经过会议室门口，看见他们在讨论有趣的科学论题，被吸引住了，忍不住进来和他们打招呼。听了丁一介绍刘一鹤，丁一的导师对刘一鹤说："你以前的导师是我在耶鲁医学院时的同学，他曾经向我推荐过你来我实验室做博后，说你很优秀，不知后来为何没来。现在在哪里？"

刘一鹤彬彬有礼地如实回答。听完，丁一的导师指着丁一说，他也很优秀，你们大陆来的学生和其它国家来的留学生不一样，都很刻苦，肯动脑子，聪明能干。你们国家开放国门，让你们这些年轻有为的人到美国来学习先进的科学技术，改变了毛时代的封闭自锁，是一项了不起的进步。我可以断言，将来的学科带头人会从你们中间诞生，科学无国界。

二次大战后，丁一的导师在苏联吞并他的祖国前夕，一个人只身逃出了加盟共和国。他先在瑞典上的大学，后又来到美国进入了耶鲁医学院，现在是美国科学院院士，乃学界巨擘。因为有着相同的政治经历，他鼓励众人将来留在美国发展，当一名名符其实的科学家，不要回到社会主义国家，因为那样会一事无成。让他大感意外的是除了刘一鹤，其他三人都表示要回到自己的祖国服务。

"噢，为什么？"丁一的导师颇为不解。

"因为那是我们的祖国，我们不回去，谁会去？中国一百多年来落后挨打，饱受鸦片战争、八国联军、日本侵华的欺侮，都是因为国力太弱小。儿不嫌母丑，一毕业，我就会投身到四个现代化的建设中去。"赵旒华语气铿锵，首先表明自己的态度。

姚奇接着说："中国缺乏民主意识，奴化思想严重，统治者独断专行，导致了贪污腐化横行，鱼肉人民。现在我们在外学习，看到了西方的民主政治和司法独立，学到了先进的科学理论知识和技术。我们回去不但要在科技上帮中国一把，更是要在体制上让中国进步，成为真正的民主国家。只有这样，才能从根本上改变中国的贫穷面貌。"

"你呢，Yi?"丁一的导师显然惊讶于两人的回答，扭头接着问丁一。

"我是学校推荐出来的，和学校有协定，理所当然地要回去。美国虽然很好，可是毕竟不是自己的国家。"丁一如实回答，这时他想起出国前国内的校领导和老师们的殷切希望和谆谆教诲，他心里很明白，自己的事业和前途在中国，他和当时大多数的中国留学生有着相同的炎黄子孙归宿认同感。

"这么看来，只有 Dr. Liu 是决定留在美国了，要不然他不会在哈佛找工作。对不对？"丁一的导师又转脸看着刘一鹤。

刘一鹤白皙的脸色微红，有点窘迫，他内心深处有难言之隐。他在美国学习一直很顺利，曾经留学英国的父亲叮嘱他千万不要回中国，要在美国扎根，做一个科学人。因为父亲的关系，刘一鹤从小在中国经历坎坷，受尽磨难，有着刻骨铭心的伤痛。前不久刘一鹤经过激烈竞争，在哈佛得到了一个职位，父亲欣喜若狂，为儿子骄傲。丁一的导师看出来了刘一鹤的犹豫和尴尬，为了不让他在众人面前太难堪，解围说："都回去了对美国太不公平，培养了你们一场，总要有几个人留下来才对，要不然白白为中国培养人才不成？这里可是资本主义。"说完他哈哈大笑，恰到好处地接着说："让他们都回去，我们可以长期合作，我想请你到我们这里做个学术报告如何？"他头脑反映敏捷，刚一见面，就觉察出了刘一鹤的不一般，有把他挖过来的意思。

"真的？"刘一鹤有些意外，不知里面的含义。

33

"当然是真的，说不定我们还可以搞些合作。"你来我往，两人达成了意向，由丁一的导师发出邀请，下个月请刘一鹤来校作报告。

丁一的导师达到了目的，转而问大家对天安门学生闹事的看法。现在全世界的眼睛都盯着中国，丁一的导师也不例外。这个神秘的东方文明大国一直封闭着，突然一下闹出了这么大的动静。美国人多采取隔岸观火的态度，由于对中国的偏见，多少有些幸灾乐祸，想看看共产党的江山还能坐多久。这几个中国留学生自己谈谈还可以，遇有一个老外，态度就谨慎了许多，吞吞吐吐棱模两可。看看没有太多的反应，丁一的导师悟出了其中原委，加上还有事，起身告辞走了。

丁一的导师前脚出门，众人马上热烈地谈起了天安门风起云涌的学运，没有了局促，像自己人谈自己的家事。四个人四种态度。这里面赵旒华是党员，观点最向着政府，她说有赵紫阳当总书记，态度比较开明，应该会接纳学生们的意见，倒是学生们应该克制，不要将事情闹得太大。姚奇不以为然，两年前胡耀邦辞职，与赵紫阳不无关系。他觉得学生应该不断向上面请愿，施压，政治民主才有希望。丁一态度折中，觉得大家各退一步，事情就好商量了。只有刘一鹤在一旁默不作声，只是静静地听着大家争论。

正谈论着，一个个子不高的年轻人进来了，他前额有点后秃，戴一副秀琅眼镜，声调很高地嚷嚷："北京的示威学生向中央领导人发出了七点要求，是我的一个同学刚才从国内打国际长途电话来告诉我的，让我在留学生中传播，做些鼓动工作，第一时间战地资料，我都记录在这里了。"

他手里举着两张稿纸，高声立刻引得近旁其它实验室里的几个中国留学生和访问学者都跑了过来，想听国内最新消息和时事进展。大家这几天对中国发生的事情非常关心，一有消息，都愿意互相通气，了解情况。

"关点，快念给大家听听。"一个来自北京协和的中年女访问学者对手拿"七点要求"的关点催促道。

"快念念吧。"一片热切等待的附和声。

关点举起手稿说："北京的学生前两天在人民大会堂和新华门举行示威，向政府提出了以下几点要求：

1、重新评价胡耀邦同志的功过是非，肯定其民主、自由、宽松、和谐的观点。

2、严惩殴打学生和群众的凶手，要求有关责任者向受害者赔礼道歉。

3、尽快公布新闻法，保障新闻自由，允许民间办报。

4、要求国家领导人向全国人民公开其本人及家属的实际财产收人，严查官倒，公布详情。

5、要求国家有关领导人就教育政策的失误对全国人民作出正式检讨并追究责任，要求大幅度增加教育经费，提高知识分子待遇。

6、 重新评价反资产阶级自由化运动，并为在期间蒙受不白
之冤的公民彻底平反。

7、 强烈要求新闻机构给予这次民主爱国运动以公正如实及
时的报道。

关点念完了，大家拿过来传递，重新看了一遍。姚奇向丁
一借了纸笔刷刷抄录了下来，他要把这份记录给王小艺看，真是太
振奋人心了。胡耀邦在留学生中口碑不错，是他在当总书记时亲自
放宽了留学政策，允许自费留学，还批准家属和配偶出国来陪读，
夫妻团圆。85、86 年后，除了原有的公派指标，有大批拿私人护
照的学生自己开始联系出国，使留学生人数陡增。听了这七点要
求，这帮留学生和访问学者七嘴八舌地炸开了锅。

"看来要给所谓的'资产阶级自由化'平反了。当时就是
这莫须有的罪名，把胡耀邦搞倒的。"

"他虽然性子有点急，办事毛糙了点，可是思想开明，敢
说敢干，有所作为，是一个好的党和国家领导人。"

"就是，胡耀邦是被气死的。为了纠正文革冤案，他做了
多少工作，我老公就是他给平的反。两年前看见学生上街游行反贪
污反腐败，我就说了一句同情学生们的话，结果事后被领导约谈，
已经到手的访问学者名额差点被收走了，想起来后怕。"

"秦姨，连您这个政治红人都敢勒，也忒狠了点。不过这
'资产阶级自由化'能不能平反，还未见得。"一个年岁小一点的
访问学者说。

36

　　"连文革的案都翻过来了，'资产阶级自由化'有什么不能翻。我们这些吃社会主义饭的人到了美国来才发现，中国缺少的就是自由化思想。其实西方的民主就是大家随便说，互相批评，互相监督，不好的事情想捂都捂不住。在中国大家被禁锢在一个模式里，不敢发声，万马齐喑，让当官的人偷偷发大财，中饱私囊。"有个人胆大，观点像方励之。

　　从这批早期出国的人口中可以明显察觉得到，不管以前的政治理念如何，在美国这个资本主义的大染缸和肥沃土壤里，留学人员都被无形潜移默化了，主动或被动地接受着西方民主的启蒙教育。方励之只不过比众人早觉醒了一步，成了一个先行者回到中国去呼唤民众的意识罢了。这大概是当初中国领导人所料不及的吧。滑稽的是，虽然这些领导人一面在台上坚决捍卫共产主义，反对资产阶级自由化，一面却千方百计地将自己的子女竞相送出国深造，加入留学大军，接受西方民主思潮和生活方式。

　　窗外天色渐暗，谈兴未减的人们意犹未尽地散了，各自回到实验室去了。关点看见姚奇发言比较积极，两人有许多观点看法一致，要了姚奇的电话号码，以便以后可以常联系。他告诉姚奇，自己是公派留学生，正在写毕业论文。相同的经历和学历，让他们之间拉近了距离，产生了好感。

　　待大家都散去，丁一对刘一鹤、赵旒华和姚奇说："这样吧，今天我要招待刘教授在家吃饭，你们也一同到我家里来，吃个便饭，聊聊天，如何？"那当然好，赵旒华和姚奇也不推辞，一起去了丁一的家。

丁一的家住在一街之隔的学校公寓楼里，两房一厅。丁一的夫人月琴已经下班回来了，他们有个小男孩。丁一将众人一一向夫人作了介绍。打过招呼后，月琴说："都坐呀，干嘛站着说话。"

月琴因为要做饭，小男孩由丁一抱着。赵旎华看见他非常可爱，忍不住抱了过来，左看右看，一面想起了自己肚子里的小孩。小男孩也不认生，和赵旎华玩了起来。

赵旎华抱着男孩来到厨房，问月琴："他叫什么？"

"Brian。"

"多大了？"

"一岁多。"月琴一面忙着切菜，一面回答。

"以后我向你取经，看你把小孩带得这么好。不瞒你说，我也有了。"赵旎华忍不住向月琴兜出了底。第一次怀孕，赵旎华心里没底，看见月琴有经验，忍不住想交流一下。

"哟，真的？"正在切菜的月琴停下来，两眼看着赵旎华。"第一胎？"

"嗯。老是想吐。"赵旎华说着又有点想吐的感觉。

月琴见状明白，赶快喊："丁一，你过来带一下宝宝。"丁一进了厨房接过男孩，又到外面去和刘一鹤姚奇他们聊天去了。

赵旎华要帮月琴洗菜，月琴不让，说："你快去坐着休息。这里我行。"

"哪里，我还可以，做饭我很在行。另外想向你讨教怀孕要注意哪些事情，我心里一点数都没有。"赵旎华说。

"你要让你爱人多买水果给你吃，加强营养，没事多运动一下，对以后生产有好处。"

"我爱人不在身边。"赵旎华吐出了自己的难处，将自己的情况告诉了月琴。

"唉，留学生不容易，你们女留学生就更不容易了。要不休学？回去生完了孩子再回来读书？"月琴听罢建议道。

"不行，千辛万苦我好不容易能够出国留学，哪能回去，我要留下。你知不知道，外面那个哈佛的刘教授是我大学的同学，当年一起当学生会干部。瞧人家已经做到教授了，我还在读博，耽误不起呀。"赵旎华心有不甘地说。

看见赵旎华焦急和坚定的态度，月琴非常佩服。她说："看来我的情况比你幸运多了，有先生在身边照顾，两人可以分分手。如果以后你需要帮忙，只管来找我。"厨房里月琴向赵旎华倾囊讲述怀孕的注意事项，还建议她去医院做检查，参加保健班。她说一会吃完饭，将自己保健医生的信息都交给赵旎华。

第五章

天擦黑了，王小艺随着李智慧出了实验大楼。这时马路两旁高楼大厦的许多窗子点亮了灯，璀璨地点缀在淡淡的暗蓝天幕上，不远处的帝国大厦顶端的华灯亮了起来，桂冠群楼之上。来到街边，身穿紧身红色风衣的李智慧高高举起手来打着乘车手势，一辆黄色计程车停在了她们身边。李智慧礼貌地打开车门让王小艺先上车，自己跟着也进去了。她对英文含混不清的波多黎各人说去中城四十二街的一家意大利餐厅。其实也就十几条街的距离，囊中羞涩的王小艺和其它中国留学生平时会步行去那里。

　　计程车在下中城穿街过巷很快就到达了目的地，餐厅在第五大道附近。王小艺跨出车门，立刻被眼前的繁华景象吸引住了，满街的流光溢彩，霓虹闪耀。才到美国的时间不久，王小艺一直被掩埋在勤奋的学习里，还没有机会晚上逛夜街，再说也不安全，她听说过许多留学生被抢劫的经历。王小艺随着李智慧进了厚重金门把手的餐厅，里面一股温馨热浪扑在了她们带有春天寒气的脸上。前台一名身穿马甲的帅气高个男服务生同她们打招呼，李智慧面带微笑地说已经预定过座位。服务生查了一下，点头客气地带她们穿过其它食桌来到一厢半封闭的皮座位前，递上菜单。她们要踏上一小节台阶才能进入餐座里面，这个餐座比临近的餐座略微高一些，视野好，可以领略整个餐厅的华丽风貌。领班服务生走后，她们将外套脱掉挂在旁边的金钩上。过了一会，另外一个同样帅气的服务生过来问她们想饮点什么。李智慧问王小艺喝不喝酒，王小艺点点头，于是李智慧对服务生说一人来一杯法国干红。

　　这是王小艺第一次进入如此豪华上档次的西餐厅。刚才一路走到桌前，已经将餐厅的金碧辉煌尽收眼底，不觉自惭形秽，略显拘谨。在中国，王小艺的家境算得上是生活不错的了，小时候父母亲经常带着王小艺在同伴们羡慕的眼光中去外面下馆子。即使上了大学，父母亲常给她零用钱让她到外面用餐，让同宿舍农村来的学姐们嫉妒得很。她很大方，常常邀上她们一块去，就像现在李智慧邀请她一样。到了美国，王小艺也不节俭，周末还去餐馆，不过那都是中国餐馆。不谙事的她曾经有一次闯进了一家高档西餐厅，看了菜谱上的价格让她望而却步，一餐下来要 100 多美元。于是她脸红地狼狈退了出来，在嘲弄的眼光注视下如芒刺在背。

王小艺抬起头，发现李智慧正看着自己。餐桌上有一盏蜡烛灯，散发着一股桃甜的迷魂香味。王小艺从李智慧的瞳孔里看见了萤火如豆，使她的瞳孔显得很明亮。王小艺想起了一个汉语成语，叫洞若观火，仿佛自己好强自卑的心思已经让对方窥见，不好意思地脸微红了，只是灯光偏暗不那么明显而已。朦胧的灯火让李智慧显得有几分迷人，因为打了眼线，李智慧的眼睛在烛光里显得比较大，有点深陷，长长的睫毛泛着细光，恰如其分地遮在漂亮的眼睛上。如果自己是个男生，说不定会看上她呢，王小艺望着对方的俏丽脸庞心里这么奇怪地想，脸不觉又微红了。有一会两人都不说话，四目对望着，那感觉很神奇且微妙。

红酒上来了，侍者还拿来了餐前面食，是一束像筷子一样细长的面棍。王小艺拿起一根放在嘴里，非常香脆，带点甜咸。

"你以前喝酒吗？"李智慧见刚才要酒时王小艺一点都不带犹豫，用怀疑的眼光试探着问，自己先抿了一口，晶亮的杯口留下了浅浅的口红唇印。

王小艺点点头，"在中国大家都饮烈性白酒，度数很高。很少有人喝红酒，不过瘾。"王小艺是一次偶然的机会发现自己挺能饮酒的。有一次父亲宴请一位领导，中学生王小艺作陪。父亲和领导饭桌上互相敬酒，结果父亲不是对手，直讨饶。领导开玩笑说父债女还，要王小艺喝。其实那位领导也就说说而已，没有当真。哪知道不知高低的王小艺还真举起酒杯，一连饮了几杯，吓得两位长辈赶快按住她的手不让喝，结果居然没事。过了一会儿，领导看见她微红的脸像个小天仙，又要和她碰杯，父亲在一旁阻止，王小艺不听，一口气把领导喝趴下。领导回去后逢人就夸，说她父亲有一个会喝酒的女儿，人又漂亮。不久王小艺的父亲职位升迁了，回到家里说是喝酒的领导极力推荐的结果，可能里面还有王小艺的功劳。是真是假不知道，但王小艺知道自己的酒量不错。后来在大学时有不知底细的男生相邀，酒过三巡也被她给吓住了。所以别人请她喝酒，她一般不推辞，想暗暗看人家的笑话。

　　"噢，你能喝白酒，那这红酒就不在话下了，这是葡萄做的，度数低。"李智慧有点意外地说。

　　王小艺喝了一口红酒，微皱了一下眉，说："我在中国也喝葡萄酒，是甜的，清凉，这个是涩的。"

　　"西方的葡萄酒不去皮酿制，因为皮里面有单宁酸，可以抗衰老，对人体健康有好处，所以有点涩。"李智慧说，晃了一下酒杯，显得非常在行。她们一边饮，一边聊着酒，法国的，意大利的，美国加州的，当然还有干红和干白的区别。末了李智慧问了王小艺许多大陆的名酒和厂家的来历，王小艺不懂这些，因为她平时不怎么喝酒，也不关心。

　　"为什么请我？"来到这么高档的地方，王小艺觉得事情并没有表达谢意那么简单，于是开口问，她向来心直口快。

　　李智慧温婉一笑，"你为人善良诚恳，乐于助人，我喜欢交你这样的朋友，让人觉得有依托，这还不够吗？要是没有你帮忙，我课业上还不知怎么办耶。"她举起了酒杯又抿了一口。

　　"同学之间互相帮助是应该的，用不着搞得这么隆重。你为什么老是逃课呢？"王小艺旧话重提。

　　李智慧又显出了惯有的不好意思，说："实话说吧，我爸爸很有钱，从小对我娇生惯养。他想让我接受先进理念，出国接受洋化教育，好以后回台湾接他的班。可是我不想学，烦死了。反正我有花不完的钱，又没人管我，想趁自己年轻时好好玩，见世面，所以没有心思上课。那些美国老师讲得太难懂，估计我最终毕不了业。如果你能多帮一下我，就谢天谢地了。遇上你这个贵人，真是我的福气。我可以多请你吃饭，还可以请你旅游。我开车很棒哟。"李智慧满嘴抹蜜，王小艺听了直想笑。

　　"你会开车？"王小艺有些惊讶，带点羡慕的口吻。大陆来的留学生都不会开车，特别住在纽约，更是没这个可能和必要，也买不起车。王小艺和几个大陆留学生想去附近的熊山西点军校玩，因为不会开车的缘故，只好做罢。

　　"要不要周末我带你出去兜风？"李智慧主动地自我推荐。

　　王小艺有点心动，犹豫了一下，说："我可不可以带一个人？"

　　李智慧似乎早有预料，点点头，问："是不是那个一直和你一起做实验的男生？好俊美哟。"

　　"你都知道啦？"王小艺有时候受不了台湾人的语调，被李智慧说得有点羞涩。

　　"看你们两个亲热的样子，做实验时头碰头，谁都猜得出来。不过我觉得你们两个很般配，听说他很优秀唷。告诉我，你们两个想去哪里？"

　　"我们一直想去西点军校，就是去不了。"

　　"好耶好耶，那里我也没去过，也想去，要不这个周末？"李智慧马上接上话茬。

　　"你真的可以？"王小艺还是不确定，怕耽误别人的时间。

　　"当然可以，你帮了我那么多忙，这点小事算不了什么。真的很佩服你们大陆来的留学生，个个聪明能干，学习勤奋。你们大陆的教育是不是一直这样，为他人奉献，帮助后进，共产主义真好。"李智慧的表达显得生硬，明显对大陆用语不是很熟悉，特别是"共产主义真好"从一个台湾学生口中说出，有些别扭滑稽。"我有看过一些那边的书籍，有些观点我还是蛮赞同的。"李智慧补充说道。

　　"不都是像你说的那样，也有许多不好的一面。"大概因为李智慧的慷慨，也许是喝了一点酒，王小艺话语放开了，不再对台湾来的留学生说话拘束，像自家人一样。

　　"我对大陆知道得不多，就觉得你好，是不是有点以偏概全？大概天底下只要有人的地方，就有分好坏，要不最近大陆天安门也不会闹事。"李智慧随口提起了这个最近人人关注的敏感事件。

王小艺以为只有大陆来的学生才会对北京学生运动感兴趣，没想到李智慧也提起这个，于是问："你也关心这个？"

"都是中国人，怎么能不关心呢。我是有从广播里面听到的和在电视上看见的，没有你们大陆学生知道得多，也只能隔岸观火，不知道到底发生了什么要紧事，你能不能向我多介绍一些那边的情况。我有兴趣听。"

这时侍者来问她们要点什么菜单，李智慧非常熟练地要了一份，王小艺不懂上面的食谱，随着李智慧要了同样一份。看菜单时，王小艺见上面没有写价钱，不解地问李智慧。李智慧告诉她这里是高档餐厅，很贵，反正今天她买单，不必操心。李智慧告诉王小艺这家餐厅实行会员制，会从她的会员卡里支付。"你要是喜欢，我们可以常来，大家是朋友和同学嘛。其实纽约还有许多其它高级餐厅，以后有机会我带你都去试试。"原来她是这里的常客，还是会员，她家里的钱真像她说的那样花不完，难怪学习不认真，王小艺心里想。

侍者走了，李智慧接着刚才的话题继续问："大陆最近到底发生了什么事？"

"我们以前的总书记去世了，学生们悼念他。"因为李智慧是台湾学生，政治敏感话题王小艺掂量着说。

"悼念很应该呀，可是为什么要示威呢？学生们诉求什么？我真的搞不懂耶。"李智慧追问。

　　"这个问题很复杂，你不住在大陆，很难想象里面发生的事情。这个总书记两年以前被保守派轰下台了，思想比较开明。学生们怀念他，都不满现状，反对贪污，追求民主，向往自由，借着他去世的机会向政府表达自己的一些想法，宣泄一下。"

　　"你自己对这件事情的看法呢？"

　　"当然是同情学生，因为两年前我也上街游行过，懂得他们现在的感受。"王小艺一经提起，憋不住心里话，发泄了出来。王小艺从内心深处还怀念那场激动人心的运动。

　　"你也游行过，看不出来耶。我一直以为你是个乖乖女，小女生，原来还有传奇的故事憋在心里，大呼意外，快说来听听。"李智慧作惊讶状。

　　"本女生其实也就这么点事，其它还是清水芙蓉。你想听什么？"

　　"都想听，我对大陆一点也不了解，但好向往。我祖籍也是大陆的。"李智慧两眼露出了渴望的神情。

　　于是王小艺将两年前的故事又说了一遍。每一次说，她都回味无穷，被自己感动。李智慧津津有味地听着，不时插问，听到后来王小艺和同学们挨整，情绪激动地跟着打抱不平，说一个政府怎么能这样对待自己的子民。

　　"你们台湾学生上不上街游行？"王小艺问。

　　李智慧说："我们台湾以前有戒严令，老蒋总统逝世后，蒋经国总统接替，开放了不少。他去年逝世后，李登辉总统继任，政局相对平稳。台湾经济发展很快，是亚洲的四小龙之一，民众的幸福感多些，所以不想闹事。"

　　王小艺说："听说你们蒋介石总统到台湾去的时候将大陆国库黄金都带去了，才有了台湾的经济繁荣，就是苦了我们大陆人。"

　　李智慧不太同意王小艺的说法："你说的有一定道理，但不是全部，也不是关键。关键还是制度问题。"

　　"台湾制度民主吗？"

　　"我说不上来，我不太关心政治，不过我想应该比大陆民主。"李智慧肯定地说。

　　"其实我觉得两岸差不多，都是一党专制，要不国民党当年也不会丢了大陆。"王小艺有些不服气，想挽回心里劣势。虽然嘴上这么说，心里还是认同李智慧的说法，在美国的两岸留学生，台湾的留学生明显富裕许多。纽约有一个台湾办的中文电视台，大陆的留学生都喜欢看，对里面的内容非常感兴趣，觉得耳目一新，还有邓丽君。

　　李智慧退了一步，显然不想和王小艺争执，怕伤了和气。她转了一个话题，"撇开国家体制不谈，我们有台独问题，搅得人不得安生。"

　　"都是谁想搞台独？大陆都说是蒋介石。"王小艺将从小听来的故事竹筒倒豆子一样倒了出来。

　　"才不呢，这是对蒋总统最大的误解。台湾分本土人和外省人。搞台独的，是本土人中的一部分，要是没有蒋总统压住，台湾的局势还不知如何收拾。"李智慧急于澄清，王小艺第一次看见好性情的李智慧着急的样子很俊俏，特别是那双柳叶眉现在像两片飞刀。

食物上来了，王小艺连刀叉都不会用，显得很尴尬。李智慧回归平日的温柔，耐心地教她如何吃西餐，餐巾如何放在胸前腿上，刀叉如何摆，一面示范，一面纠正王小艺的动作。这餐晚宴王小艺吃得别扭，但很开心。

吃完晚餐两人出来，下外面台阶时王小艺一脚踩空，人往下坠。说时迟，那时快，李智慧赶紧伸出手去拉住王小艺，没有跌倒，虚惊了一场，两个吃得饱饱的女生相视而笑。外面人影幢幢，有许多流浪汉在附近讨钱，李智慧怕不安全，又喊了一辆出租车送王小艺回学校附近的宿舍。

分手了，李智慧对王小艺说："周末我们一定玩个痛快。知道你们大陆学生节约，该玩的时候还是要玩。我以前的一个老师说过，放松心情就是最好的学习。当然不要向我学。"说完做了一个调皮的鬼脸。

坐出租车穿行在满街的霓虹灯里，王小艺回味着这顿晚餐，觉得李智慧够朋友，同时感觉得出两岸的贫富太悬殊，心中不免落落寡欢。刚才李智慧拉她手臂的部位现在有些疼痛，大概她太用力了。这时她才意识到李智慧臂力非凡，以自己的重量，纤弱的李智慧是很难拉住自己的，更何况当时事发突然，李智慧的反映相当敏捷。王小艺有些想不明白，相交了一个多学期，觉得自己还是不太了解这位台湾同胞，尽管今晚自己对她的印象非常好。

王小艺回到公寓里，赵旒华已经回来了，烧好了茶，嗑着瓜子正等她，电视开着，播放的是当地台湾中文电视台。

"哪里去了？"赵旒华问。

"和李智慧去吃晚餐，她请客。"王小艺一面脱掉身上的外套，一面回答，捧起茶杯赶紧喝了一口热茶。

"就是那个台湾甜妹妹？"

"是呀。她老是逃课，多次借我的作业笔记抄，不好意思，说一定要请客谢我一下。"于是王小艺将餐厅的豪华描述给赵旒华听，"真是开了眼界。她还说周末要开车带我去西点军校玩，你要不要一道去？"。

赵旒华摸了摸腹部，摇着头，现在她一切都很小心。她是学医的，知道自己是高龄怀孕，丈夫又不在身边，万一流产事体就大了。"她怎么这么有钱？像个小公主。"赵旒华若有所思地问。

"是呀，她说她爸爸很有钱。唉，大陆落后太多。一直喊着两岸统一，生活悬殊这么大，不要说政府，连台湾老百姓也不会同意和大陆统一。我们一定要富强才行，都是中国人，台湾能做到，大陆也能做到。"

正说着，电视里播报新闻，说4月22日在人民大会堂召开胡耀邦追悼大会。两人都停下了对话，认真地倾听新闻节目。

第六章

　　大陆的动荡局势不断越过太平洋波及到美国，一环又一环，那里发生的一切都和留学生的前途命运密切相连。赵旒华一直密切注视着局势的发展，她知道中国现在正处在一个十字路口。一九七六年赵旒华还是一名公社知青，在穷乡僻壤里接受劳动锻炼，当时她已经是一名预备党员了。有一天公社召集党员开会，传达上面的文件，说北京发生了反革命示威，四月五日许多暴徒借清明节纪念周总理发动政变，想推翻以毛主席为首的党中央。十多年过去了，赵旒华对那场在北京爆发的"四五"运动记忆犹新，那场运动也是以纪念威信崇高的国家领导人为始，民众上街游行表达心中不满，结果导致了镇压。这次会如何呢？

　　赵旒华政治上比较成熟，不像王小艺幼稚单纯，知道共产党的内部运作有一套固定的思维和模式，因此她看问题比较深远。七七年赵旒华上医学院后当了五年的学生会主席，接触过许多党的干部，他们许多人思想僵化，还停留在战争年代，动辄以高压政策压迫下面，不许有反对意见。七六年"四五"运动的结局后来比较幸运，因为毛泽东去世了，被他打倒的许多老人得以翻身，重新掌权。胡耀邦当了中组部部长后大力平反，可是这些曾经被打倒的人并不领情，他们的思维方式和毛没有本质的区别，只是在位不在位而已，将曾经救过自己的改革派胡耀邦搞倒。他们的信仰偏执和时代局限性，注定他们还会以毛的方式处理党国事务。赵旒华心中有一股隐隐不安的感觉，为天安门闹事的学生们担忧。事物的发展有着一定的规律，不以人的意志为转移，前车之鉴，其结果有时会惊人地相似。

在丁一那里看见许多的访问学者和留学生们同情天安门学生的态度，更加让赵旒华为自己的国家担心起来。国家实行开放政策，以各种渠道派大家出国留学，希望他们回去为四化服务。中国现在的那副贫穷模样，也非常需要这批留学生们回去，全方位地改变中国的面貌。就像王小艺说的那样，我们一定要富强起来。但是万一中国这次对学运处理不当，还像"四五运动"那样对待，这拨留学精英还回不回去就是个问题了。特别是他们正处在西方世界里，天天像海绵吸水一样接触吸收着西方的自由主义观念和民主思想，再想让他们像以前那样唯唯喏喏听话已经绝无可能。包括自己在内，思想或多或少都已经有些改变，每个人都会用头脑重新思考，形成自己的看法。当然中国毕竟变了许多，一些党和国家领导人从文革里吸取教训，痛定思痛，走向开明。领导人里面已经出现了一些像胡耀邦那样的人士。最近听了党的总书记赵紫阳的一些讲话，发现他对学生持宽容态度。一个党的最高领导人能够如此，情况应该不会太糟。这么一想，赵旒华心里对事情的结局又有稍许乐观的看法，毕竟中国已经进行了十多年的改革开放。

还有一点让她心里欣慰的是大多数公派留学生都心向祖国，关心国家大事，愿意回国效劳。比如姚奇，一旦毕业，连博士后都不想做立马回国。赵旒华觉得姚奇是一个不可多得的人才，人聪明不说，为人上面也很成熟正直，性格阳光朝气。更难能可贵的是他非常热爱自己的故土，尽管他家在文革时受到过许多不公平的

51

待遇。怨言归怨言，姚奇说正因为如此，自己才要回国，从根本上改变国家命运。他充满信心地说老一辈终将去世，中国的未来属于自己这一辈年轻人，道路一定弯曲，前途一定光明。

　　赵旒华不由得想到了成熟的姚奇居然和幼稚的王小艺谈起了恋爱，两人除了聪明外，其它相去甚远。当然她知道这一切都是王小艺对姚奇穷追不舍的结果。不过这又为何不可呢，高峻的大山不是到处点缀着小花芳艳吗？有了大山的宽厚，花朵才会有所依托，有了花朵，大山才会显得生机勃勃。还有，有了大海船舶才会自由自在地飘荡，有了船舶，大海才会显得无边无际。赵旒华被自己的比喻和联想弄笑了，搞得像个深沉的诗人。赵旒华记得王小艺每每和她回忆起那天晚上姚奇和印度学生比赛魔方的趣事，就像一个传奇的故事百叨不倦，对里面的英雄人物充满了敬仰和崇拜。当然王小艺也略带羞涩地不断提起餐馆老板误会地称呼他们俩是恋人的尴尬事，甜蜜地笑得喘不过气来。看着眉睫闪着爱恋光彩的王小艺，赵旒华问她是不是真心喜欢姚奇。王小艺拼命点头，说姚奇是自己见过的最优秀男生，一副生怕他跑了的模样。赵旒华接着问要不要她从中加把劲撮合，王小艺连连摆手，说不必了，有那个老板的免费午餐已经够了，两人已经毫不客气地享用过若干次，一切发展顺利。赵旒华问姚奇对待恋爱的态度，结果王小艺将一吻定终身的事情和盘托出，然后问赵旒华说自己是不是太傻了，因为姚奇到现在还没有吻过自己。后悔自己的选择啦，赵旒华看着堕入爱河的王小艺问，心里憋着笑。王小艺犹豫地点点头，然后赶忙摇头，接着用被子捂住了头。

　　从那以后，王小艺真的一心扑在了姚奇身上，天天陪着姚奇晚上加班，赶论文。有几次赵旒华下班晚了，还看见王小艺从外面给两人买来盒饭匆匆往实验大楼里走。最近一段时间已经很少在家里看见王小艺的人影。赵旒华常常一个人坐在客厅里看电视，缺少了王小艺活蹦乱跳的影子，空空地有些不习惯。每天早上起来，王小艺都是快乐的，连走路都像鸟一样蹦跳，眼睛里闪现着抑制不住的快乐火花，匆匆忙忙吃完早餐就往实验室赶。以前王小艺特别依赖自己，这一段时间她很少烦自己了，她的心都扑在了姚奇身上。恋爱的力量真是神奇，可以将一个女孩子改造成另外一个人。以前不叠被子的王小艺现在懂得将自己的床收拾得干干净净，还多次邀请姚奇到家里来做客。记得以前自己提醒过她许多次，一个女孩子要注意生活习惯，可是王小艺一直听不进去，拖拖拉拉，怎么现在一切都变了呢？像个白雪公主，赵旒华摇摇头不解地笑了。还有次王小艺想给姚奇削梨，结果东一下西一下梨子一点也不听使唤，梨的形状被削得很难看。姚奇不言不语接过王小艺的水果刀，重新拿了一个梨，眼睛看也不看地将梨在手中旋转着，如同他玩魔方一样，一直到完了他才从一头将梨子皮拎起来。梨皮像弹簧一样在手中下坠，另一只手将雪白的梨身递给一脸惊奇的王小艺。王小艺满脸难为情地接过梨子，看着自己削的梨不知咋办。姚奇伸手将那一颗怪头怪脑的梨拿过来咬了一口，向王小艺做了一个鬼脸，然后两人各自啃着对方削的梨，你情我愿。看着他们俩幸福的样子，赵旒华内心里非常羡慕。她知道王小艺真是一个有造化的人，遇上了像姚奇这么一个优秀大度的青年，她一辈子有享不完的福了。

　　看着王小艺姚奇，赵旒华不免联想到了自己发生在文革中的恋爱往事。不过当时的情况是倒过来的，刘军疯狂地追着自己。在知青点自己先一步入了党，当刘军向自己表示爱慕时，惊喜的同时，赵旒华向他提出了一个非常苛刻的要求，就是刘军必须入党。为了得到爱情，刘军就拼命劳动表现自己，吃苦在先，积极写入党申请书。刘军有一身的好力气，每当他挑着沉沉的担子从赵旒华身边经过时，满头大汗地向她傻笑，看得赵旒华心里又痛又怜爱。但她就是不松口，自己的男人要像自己一样优秀，政治过硬才行，入党是硬性指标，这是当时的时尚和衡量标准。刘军不负众望，被知青点报上去了几次，但都没有被批准。慢慢刘军就有些急了，赵旒华也跟着急，还偷偷地到公社党委那里去打听消息。原来公社干部的几个亲戚入党问题需要先解决，刘军的入党时间要压一压。赵旒华没有办法，偷偷向刘军透露了这个消息，让他不要泄气，继续努力，她一定等他。两人心照不宣地互相鼓励，眉目传情。这样到了一九七六年，中国的三巨头周恩来，朱德，毛泽东都先后去世了，大家开始纷纷招工回城。只有刘军和赵旒华还在知青点留守坚持，不知道的以为他们要扎根农村，只有他们自己知道这一切都是为了爱情。两人有时看着渐渐空旷的田头，同伴们往昔的身影让他们觉得寂寞和失落。刘军的行动终于感动了公社领导，而且还听说入党是赵旒华谈恋爱的一个标准。于是上面批准了刘军的入党申请，并特别通报表扬了他们积极要求进步的先进思想和正确的婚姻态度。入党那天是赵旒华领着刘军在党旗面前举手宣誓的，两人眼里都闪着泪花，一切交给了党，也交给了对方。

那天晚上，在夜晚田野地里和稻花的飘香中，两人挽起了手，将终生大事定了下来。刘军搂紧赵旒华不顾一切地狂吻着，压抑了许久的激情一泻千里，如堤岸奔溃，连月亮也笑弯了。赵旒华任他摆布，第一次享受着男人的抚爱。她开始后悔自己的迂腐和教条，白白浪费了许多大好光阴，明白过来原来除了党，爱情才是最重要的。难怪柔石曾经说过，爱情价更高。在刘军的一再要求下，赵旒华献出了自己的第一次。完事后赵旒华枕在刘军结实的臂弯里看着天上的星星和月亮，听着夏虫的鸣叫，两人谈着未来，谈着理想，谈着如何为了共产主义事业贡献终身，一直到凉露初起才意性阑珊地回到空空的知青点。偌大的几间房，现在就剩下了他们两人，于是干脆搂着睡在了一起。赵旒华对刘军说，发个誓，这一辈子不许变心。于是刘军说，对毛主席发誓，一颗红心献给赵旒华，海枯石烂不变心。赵旒华大笑，说毛主席已经死了，对死人发誓不严肃，让他重来。于是刘军开始涎皮赖脸地说如果赵旒华肯再来一次，一辈子当牛做马，死了也心甘。结果赵旒华说想一死了之是不负责的态度，不干。抵不住刘军力气大，只好又来了一次，然后两人相拥入睡，微鼾甜蜜。

不久征兵工作开始了，赵旒华鼓励刚入党的刘军报名。刘军犹豫着，对她说，我走了，就你一个人留下我不放心。赵旒华怪他没有志气，好男儿志在四方，岂可儿女情长，这名一定要报。结果刘军在威逼利诱下报名参了军。送刘军走的那天，赵旒华到公社去送行，亲自将大红花戴在了他胸前，送郎去部队。刘军走后的第二年，教育部宣布恢复高考，改变了文革工农兵学员的招考方式。

赵旒华加紧复习，幸运地考上了医学院，成了最后一个离开知青点的人。虽然他们那时没有现在年轻人这么浪漫，回忆起来也是温馨甜蜜的，青春无悔。赵旒华和王小艺简直像两代人，不可思议地相聚在了资本主义的心脏纽约。

赵旒华在去大学报到的列车上遇见了后来的同学刘一鹤，他当时领着一个可爱的女儿。后来两人一直在学校共事，都是学生会的干部。昨天在丁一处见到刘一鹤，他已经是一个蜚声中外的著名学者了，让赵旒华既羡慕，又引以为自豪，掺杂着自卑。赵旒华知道刘一鹤一直没有再娶，一个人含辛茹苦带着女儿。虽然刘一鹤很少和人提起自己家里的往事，因为都是学生会干部，共事了五年，彼此知根知底，关系良好。但刘一鹤选择不回国让赵旒华多少有些不痛快。她知道刘一鹤的父亲是一个海外归国的科学家，文革中受了不少苦，刘一鹤的选择大概与这个有关。昨天在丁一家里，当着大家的面赵旒华不好询问。两人约好，今天刘一鹤开完了会到她这里来坐坐，老同学单独见个面叙叙旧。

不像姚奇，赵旒华的论文有些卡壳，实验进展不太顺利，大概还有两年才能毕业，因此实验上做得有些疲沓，提不起劲来。刘一鹤要来，赵旒华早早从实验室回到了家里准备好了等他。她拿出了上好的茶泡上，一面等着刘一鹤，一面望着窗外阳光下的街景将许多过往的事情在眼前过了一遍，思绪竟有些凌乱，缺少头绪。这时有人在敲门，她知道是刘一鹤来了。

赵旒华赶快打开门，果然是刘一鹤，笔挺地站在门外。"快进来，大才子。"赵旒华热情地邀请老同学。待刘一鹤落座，赵旒华为他斟上茶，也给自己倒了一杯。两人面对面坐着。

"一鹤，就这样在美国当上教授了？"赵旒华还像在大学时那样直率，那时她是学生会主席，刘一鹤是学习委员。

刘一鹤含笑默默地点了下头。

"像你这么优秀的人才，为什么不回国服务呢？现在四化建设多需要你这样的青年才俊。我真为你可惜。"赵旒华显得有些激动。赵旒华和姚奇一样，毕业后打算回到自己的祖国为四化服务，像早一辈的归国科学家投身到国家建设的滚滚洪流中去。

想了一会，文质彬彬的刘一鹤抬起双眼看着老同学赵旒华说："有两个因素决定我留在美国，将自己的一身交给科研事业。一是我的导师和我深谈过，鼓励动员我在美国留下来做科研。他说如果就这样抛弃好不容易建立起来的科研体系，太可惜了。我自己也这么认为。你知道我一向对政治不感兴趣，记得上大学时你动员我写入党申请书，我说我是学习委员，只关心学习，你还批评我走白专道路。第二是我和父亲商谈过，他极力反对我回去。当年他满腔热血从英国回去报效国家，结果被弄得身败名裂，枉为一生。前车之鉴，他坚决不同意我重步他的后尘。当年他在英国的同学文革后到中国去看望他，都为他当年执意回国惋惜。以他的聪明才智如果留在英国，一定会为科学做出巨大贡献。我们这群出国的人中，有人学成后需要回国服务，比如你，有些人则需要留下来为科学献身，两条路都需要人去走，我显然比较适合于后者。你是知道的，我一向对功名利禄不感兴趣，我就想做学问。"

"但现在的中国和以前的中国不一样了，中国没有我可以，没有你这样优秀的人才不行。"赵旒华反驳说。

"会有什么改变呢，中国还是以前的中国，从上到下还是那个思维和政治体制，还是不尊重知识，要不然现在学生们也不会在天安门前闹事了。"刘一鹤似乎已经洞察一切，将事情看得非常透彻。

"现在学生闹事正说明国家在政治上的进步，事情会往好的方向发展。要相信政府，要相信党。"

刘一鹤看着似乎成熟，但一脑子天真想法的老同学，掂量了一下说："我觉得我们国家将来非常有希望，但不是现在。闹事的那些学生们下场会非常悲惨。"

"你为何这么想呢？要不我们打个赌！"赵旒华尽管心里自己也不确定，但她更愿意将宝押在她愿意看到的那一边，有些意气用事，她觉得天安门的学生们应该没事。

刘一鹤笑而不语，没有跟她赌，也无意义，于是将话题绕开："难道我们不能谈点别的什么？大老远来，还想尝尝你的手艺呢。听说你怀孕了，是不是想生个美国公民？"

"什么公民，来得不是时候，论文进展不顺，急死人了。"赵旒华脸色微红，下意识地摸着肚子。

"有什么需要我帮助，请直言。"刘一鹤了解自己的这个同学，学习上不是属于脑子灵光的那一种，但很勤奋。

　　"你帮我分析分析，看看问题出在哪里了？"在学习上，赵旒华一直非常佩服刘一鹤，上大学时就是如此。于是两人开始认真分析起赵旒华的实验方案来。

第七章

　　姚奇加了一晚上的班，已经是星期五的凌晨。他揉着酸痛的眼睛，走到窗前，看着玻璃外旭日从东方冉冉升起，不免精神为之一振。加班对他是常事，已经习以为常。他喜欢在夜深人静的时候工作，专心而亢奋，没有人打扰，一个人想干啥就干啥，思绪在自由王国里漫游飘飞，慢慢咀嚼和品味实验中的失败和成功带来的酸甜苦辣。他喜欢这种五味俱全的感觉，如果缺了其中的任何一项，就是莫大的遗憾，不完美。每当熬完夜后，他会像现在这样站在黎明的窗前观赏城市上空的静谧和曙光，看着城市在薄曦中慢慢复苏，显出生机，出现灵动。一只鸟，一缕烟，一勾弯月，都是那么让人回味无穷。他会一直站着，等待太阳慢慢从楼房上空显出壮观的景色。在奇妙的逆光影里，烟囱和高楼像剪影一样贴在如锦缎般鲜亮的朝霞上，朦朦胧胧，让他有一种伸出双臂迎接新一天到来的冲动。

　　今天的姚奇特别高兴，因为一个关键的试验数据得到了，证明了他的想法是对的。这个想法他和库珀导师争执过，从《自然》杂志打回来的文章里，有一个审稿人提了一个刁钻古怪的问题，也可以说是一个有意为之的陷阱，因为审稿人提出了一个伪命题让他们证明。库珀教授说任何实验都不用做，直接给主编解释清楚伪命题不存在就行了，对这类别有用心的问题不必过于计较和认真，浪费时间。这是许多貌似大师们的常用伎俩，目的是让人摸不着头脑，迷失方向，尽量拖延时间，这样他们就可以在自己实验室里加紧模仿你的结果，后来居上，将你的成果据为己有。涉世未深的姚奇却不这么认为，他有自己的想法，决定用这个伪命题反证自己的理论的正确性。如果成功，让人无话可说，自己文章的档次也会上升不少。库珀教授不太乐意，但还是做了让步，只给了他两个星期的时间去证明，他一直欣赏这个聪明学生的勤奋和善于思考。时间太少，姚奇只好通宵达旦地工作，今天终于完成了实验部分。神奇的是，这组实验数据牵出了一个事先完全没有预见到的崭新结果，峰回路转中另开了一片天地，完善了自己的理论部分，还可以延伸到更远。自己是不可能完成的了，要是王小艺接下去做，那将是一个非常好的博士论文课题。实验吸引人的地方就在这里，一环扣一环，一层上一层，如探幽境，仙若蓬莱。

想到这里，姚奇的脑子里不免被另一件事纠缠，就是如何和国内单位联系工作一事。许多人对他想回国工作觉得不可理解，起码要等做完了博后再说嘛。还有人为了避免回国，跑到加拿大和新加坡去工作，采取迂回战术，因为国内的科研环境和人际关系太差太复杂。当然生活水平相差巨大也是一个很大的因素。姚奇不同，这些对于他来说都不是问题。另外，姚奇是个孝子，父母都在国内，姐姐当知青下乡后留在了当地，最近才回到父母身边，能力有限。父母一直对自己寄予厚望，悉心培养，现在他们快退休了，需要人照顾，自己有义不容辞的责任。以前他想回武大，可是刘校长出事后，一切变得不那么确定了。在丁一家里提起这事时，丁一说他有个大学同学现在北大工作，有意引进国外人才。现在中国人才短缺，到处需要高水平的学者。大家都一股脑地往国外跑，你现在却反向回国，一定是个香饽饽。丁一答应为姚奇引荐，这事在姚奇脑子里引起了波澜。本来这不是一件什么难以决定的事，可是姚奇身边现在多出了一个王小艺，砝码天平一会儿上一会儿下，犹豫不决。

　　刚开始姚奇没有太在意王小艺，哪怕她时时在自己身边搞出许多多余的高难动作让自己注意她，他都没有太放在心上。姚奇明白王小艺喜欢自己，就像上大学时许多女生喜欢自己一样。可是那天晚上玩魔方，王小艺惊人的记忆力让姚奇心中暗暗佩服，刮目相看，她绝对是一个奇女子。餐馆老板的一句玩笑让姚奇开始注意王小艺了，发现她其实很漂亮，充满灵性。她的五官无论是一件一件细看，还是放在一起看，都是很不错的艺术品。小巧的鼻子挺挺的，有点油亮，泛着细光，下面托着薄薄的嘴唇，略显湿润，微微上翘，带着顽皮，时不时从里面蹦出一些让人忍俊不禁的幼稚想法，缺乏基本生活常识，不失率真。她的眉毛有些奇怪，像漆黑漆黑的细细柳叶，一根根眉毛带些男孩子的英气竖立着。姚奇见过许多画过眉毛的女孩，显得做作，比不上她的自然美观。他曾经路过走廊时听见系里别的女生说要是有像王小艺一样的眉毛就好了。有这双漂亮的眉毛也就罢了，偏偏配上会说话的一双眼睛，不仅转动得很快，而且一下子对什么都心领神会，洞察秋毫。他们俩曾经玩过一个游戏，用眼睛对话，双方十分钟不许说话，眼睛看着对方，完了告诉对方这一段时间心里想的是什么。当然双方都事先用笔将自己想的事情先记下来，免得赖账。结果王小艺总是非常精确地猜到自己的想法，自己也丝毫不误地点明她的心思。从此姚奇懂得了心有灵犀一点通是确有其事的。王小艺心里包不住事，正义感强，真诚，这是姚奇喜欢上她的另一点，而且是非常非常重要的一点。上大学时有个美女紧追着姚奇，但姚奇不喜欢她的做作和虚伪，故作神秘和涵养。姚奇需要一个内心清得像泉水畅流的女孩，回荡着轻风，拂面而过，且歌且行。王小艺就是那样一位。

在回国这个问题上，尽管王小艺希望姚奇留下来陪自己读博，但她绝对尊重自己的选择，不拖后腿。她具有男孩子提得起放得下的胸襟，儿女情长在她眼里的解释就是深明大义，情郎自便。王小艺的大度反而让姚奇产生了犹豫，觉得自己也应该像她那样为对方想想。姚奇其实已经开始考虑是不是留下来做博后，多陪一下王小艺，给她一些指导。在丁一的推荐和王小艺之间，姚奇拿不定主意。

这时他听到了背后有脚步声进了实验室，不回头就知道是王小艺像小鸟一样跳过来了。

"给你带早餐来啦。"姚奇回过头时看见了一双明亮活泼的黑眼睛，和举起的食物。王小艺自己做饭的水平差，所以一定是从外面买的早点。"快到洗手间去刷牙，然后来吃。"王小艺吩咐道。她知道姚奇又是一夜没睡，也没有洗脸刷牙。

　　姚奇顺从地从抽屉里面拿出了牙刷去了洗手间，回来时发现王小艺在看自己的实验结果。见姚奇进来，王小艺笑着说："做出来了？厉害的厉害，恭喜的恭喜！"

　　姚奇点点头，"不过还有一个小实验需要加工，然后就可以整理《自然》杂志那篇稿件了。"

　　王小艺抢着说："这个实验让我来完成，你何不现在就动手修改稿件，早点投出去，早点接收，早点毕业。"

　　"我想跟导师提提，把你的名字也加进来。这段时间你做了不少实验。"姚奇开始吃王小艺买的早点 Dunkin' Donuts 甜圈，喝着香浓的咖啡。

　　"那我不是占便宜了？还没有进实验室就有了一篇《自然》paper。"王小艺一脸美滋滋的表情。

　　"还不知行不行，库珀教授很严格的，不要高兴得太早了。"

　　"不行就算了，多大的事。"王小艺满不在乎，"只要你毕业就行啦，以后你当了大教授，念着我今日的好处，在你手下当一名实验员就满足了。"

　　"我可是要当中国教授的，你要有思想准备哦。"姚奇郑重其事地说，喝了一口热咖啡。

　　"吓不倒我，你到哪里都跟着。"

　　"真的？"

　　"真的。"王小艺毫不含糊。

　　"我可能要饭。"

"我也跟着。"

"跟着一个穷要饭的有什么意思。没出息。"姚奇不以为然。

"你怎么知道我会没出息？"

"嫁给一个要饭的，哪里来的出息？"

"我出息了，可以施舍呀。"王小艺憋着笑。"你走到哪，我就施舍到哪，你想饿死都难。"

姚奇听了王小艺这句话差点把咖啡喷了出来，"想当我的恩人？我不接受。"

王小艺狡黠地眨着眼说："你现在在干吗？"

"吃早点。"刚一说完，姚奇发现自己被绕进去了，正吃着王小艺买的早点呢。

"说到中国教授，小艺，有个情况，丁一说他有个同学在北大，想给我引荐回国工作。"姚奇说出了心里的想法，等待王小艺的反映。

王小艺停止了手上的动作，看着姚奇，呆了一会，将嘴边的话又咽了回去。姚奇知道那句话是你不是同意留在这里做博后了吗，干嘛不说出口呢？这个女孩太要强，姚奇就是想要王小艺的一句话，给自己一个理由不马上回中国，下个台阶。姚奇在做思想斗争时，需要王小艺拉一把，自己就留下来了。

看看王小艺没有做声，姚奇只好换了一个话题，知道现在不是谈这个敏感话题的时候，"这个周末我们到哪里去玩？我想放松一下。"

"李智慧说她想开车带我们去西点军校参观。"王小艺回答。

"就是老来找你的那个台湾学生？"

"嗯。"王小艺的情绪还是有些不高，闷闷不乐。

"她为什么对你这么好，我知道的台湾学生一般都和大陆学生保持一段距离，互相敬而远之。"姚奇有些奇怪。

"她老抄我的笔记，想谢一下我不行吗？"

"刚才你说'我们'是什么意思？"

"就是你和我呀。本来她只带我，我说还想加一个人，她就猜到了你。"王小艺说。

"非常聪明用心的一个女生，为什么她的功课不好呢？有点奇怪。"姚奇脑子里出现了文静秀气的李智慧，一点也不笨的样子，很难将她和学习不好联系起来。

"她老旷课，所以跟不上。她家里很有钱，不太把学习放在心上。这些理由还不充分？"王小艺相信了李智慧对她的这些解释，重复给姚奇听。"我可是答应她了，你到底去不去？"王小艺有点委屈的样子，嘴角开始微微上翘。

姚奇知道是刚才回不回国的话题惹她不高兴，忙说："这么好的机会，当然去。不就是明天吗？"

陆陆续续其它人都来上班了，姚奇离开了实验室准备回去睡觉。在走廊上他碰见了赵旒华，两人打着招呼，赵旒华问："又熬夜啦？"

"赶结果呢。"姚奇回答道，然后反问："刘一鹤走啦？"

"他今天回波士顿。"

"你那个同学真棒，昨天和他讨论了一下。经他点拨，加了一个夜班，就做出来了好结果。"姚奇由衷佩服刘一鹤。

"你们两个都是属于天才的那一种，不像我，遥遥无期。"赵旆华自叹说，"你得帮我才行。"

"有事尽管找我。其实你多让刘教授帮忙，你的课题一定没事。"

"他让我有困难可以到他实验室去做实验。"

"那不更好。"姚奇羡慕得什么似的。

说完两人分了手。

刚刚回到宿舍，姚奇就接到关点来的电话。关点说北京的熟人告诉他北大，清华，人大的许多学生已经聚集到了天安门广场，在人民大会堂外面参加胡耀邦追悼会。据估计有五万人之众。学生们准备提交请愿书，为胡耀邦平反。关点说他已经串联了美东地区的几个学校学生联谊会，想声援一下北京的学生，因为大陆其它城市已经这么做了，到处都在示威游行。他问姚奇愿不愿意帮助他一起组织这次活动。姚奇说想一想，自己刚加完班，脑子胀，想睡一觉。关点说快去休息吧，大家保持联系，就挂断了电话。

第二天星期六，李智慧开着一辆宝蓝色的别克车来到学校实验大楼门口，老远看见王小艺和姚奇已经等在了那里。早晨的阳光洒在两个亲热的恋人身上，涂着一层薄薄的金辉，为青春谱曲。他们的背影是实验大楼的浅绿玻璃墙，里面隐隐飘着薄薄的白云，几只飞鸟在玻璃墙里墙外一划而过。两人说说笑笑，王小艺的巧笑活泼和姚奇的深沉劲锐相得益彰，真是一对金男玉女，看得李智慧不免心动，一股妒意轻轻浮上眉梢。李智慧在路边停下车，满脸笑靥地招呼着两人。

"你好，Maggie，你今天很漂亮喂。"李智慧从车窗里探出头来夸奖王小艺。

王小艺用双手拉开裙沿，左右摇摆了一下，自我陶醉着，"是吗？可是他说太艳。"王小艺向姚奇努努嘴，嗔怪他的不识货。

"他们男生都是这样，心口不一。你要是真穿得像个老太婆，又要嫌弃你了耶。要不要和我坐在前面，杀杀他的威风。"

王小艺不干，挽着手和姚奇坐在了后排。李智慧没有坚持，含笑地从镜子里看着这对大陆恋人。等他们坐好，李智慧提醒他们最好系上安全带，然后熟练地沿着东河 FDR Drive 向北开，一直过了 George Washington Bridge，沿着 Hudson 河边一路飞奔而去。沿途山峦起伏，河水波光粼粼，对岸纽约大都市的建筑既熟悉，又显得陌生，如同置身世外。不要说王小艺，连姚奇也是第一次从这个角度隔河观看雄伟的纽约市。尽管他已经在纽约呆了四年多了，但都是埋身其中，忙忙碌碌，像古诗里说的那样，"不识庐山真面目，只缘身在此山中"。

李智慧一路开车显得轻松自如。王小艺一面看着窗外的风景，一面好奇地问李智慧要多久才可以学会开车。李智慧说自己很小的时候父亲就教会了她，台北开车比美国难多了。她说其实开车并不难，学习的速度因人而异。看着王小艺非常羡慕感兴趣的样子，她问："你想学车？"

"想啊。可是在纽约市哪有地方学，满街横冲直撞，吓死人。"

"你如果想学，我可以教你，我们到纽约外面找个大停车场练习。"

"真的？"王小艺喜出望外。

"不过你得先注册，考笔试，拿个驾照准考证，我才好教你。纽约有五个区，听说皇后区的路试考点容易点。等这个学期结束了，就去办一个，拿到准考证后，我教你开车，一般一个星期以后就熟练了，争取假期通过路试考试。"

"一般路试要考几次才能通过？我听说有人考了八次都不行。"王小艺问，心里一点底气都没有。

"第一次肯定不行，但绝对要不了八次，这个我敢打包票。我已经教过好几个人了，一般都在三次时通过路试。"李智慧自信满满地说。

"姚学长，你想不想学？"看见姚奇一直没有搭话，李智慧微微偏过头搭讪着问，话语甜蜜。

"我暂时还没有这个打算，多谢你的好意。"姚奇礼貌地回答，身体挺得板直，他看见李智慧正从后镜里勾瞟了一眼自己，还用手将前额的一缕黑发有意撂在头顶，将白皙的前额露出。姚奇将眼睛移开，看着车窗外满山都是葱茏的树木。一片新叶里，不时夹杂装点着艳明的 Dogwood，漂一片红，泛一片白，像红霞或白云轻轻荡散在绿波里。

"听说姚学长非常优秀，是我们的榜样，毕业以后有什么打算？"李智慧收回眼神，关心地问。

"他想回大陆工作。"王小艺抢先替姚奇回答了。

"为什么这么急于回去呢？那样王小艺不就没人陪了，当心被其它优秀男生抢去了喂。"

"还没有定好，只是想法而已。"姚奇用手搂住了王小艺的肩头，他感觉得到有人已经用第六感官察觉到了。果然，李智慧默然不吱声了，只剩下王小艺小鸟依人地将头靠在姚奇的肩上。

到了西点军校，满目清秀，山水相依。他们下了车，一阵风从 Hudson 河上吹过来，夹着醇浓的晚春花香。阳光灿烂的绿茵草坪上到处都是走着姿态标准的西点军校男女学员，竖领的浅蓝制服配着笔挺的白裤或白裙，军旅英姿，目光炯炯。学员们对面走来目光相触时，大家礼貌和善地打着招呼。姚奇他们三人来到前侵朝美军司令长官道格拉斯.麦克阿瑟将军的雕像前，李智慧下意识地两脚并拢立正行了个注目礼。

王小艺和姚奇的态度却很随便，读着旁边的一块说明牌。看完了，王小艺漫不经心地问姚奇："这是不是就是那个朝鲜战场上吃了败仗的美国将军？原来他毕业于这里。"

"应该是吧？"姚奇也拿不定主意。两个大陆学生从小受着抗美援朝，保家卫国的爱国主义教育，不把这个美军传奇人物放在眼里。

"他不可能是败军之将，韩战只是打了个平手而已。他是美国最伟大的将军之一。"李智慧突然从旁插话，急于纠正两个大陆来的学生观点，引得王小艺和姚奇意识到原来还有一个台湾学生在身旁，方知两岸意识形态相差太远了。李智慧也马上意识到了自己的失言和冲动，大家尴尬地对视了一会，都不好意思地笑了。看不出来，李智慧非常在意这位美国将军，姚奇注意到了她刚才行注目礼时的神情和敬仰。

"要不我们到那边去，看看古炮台？"李智慧率先打破沉局，她从口袋里掏出了墨镜戴在脸上遮住眼睛，挡住了表情。

于是他们来到了一片开阔地，面朝 Hudson 河，河上有拖着尾波的快艇飞驰。这些黑竭色的古炮台都是南北战争和独立战争期间留下来的，炮口对着河。李智慧滔滔不绝地向两个大陆留学生讲叙着西点军校的历史，非常正点。

王小艺非常认真地听着李智慧的讲解，不时问些问题。"你不是说以前没有来过这里吗？怎么这么熟悉？有点像个专家哟。"王小艺忍不住又问了一个问题，她记得李智慧在餐馆里说过她没有来过这里。其实一路上看着李智慧轻驾熟路开车的样子，连地图都不用看，聪明如王小艺者心里就有了疑问。

李智慧怔了一下，马上说："我做过功课的呀，去图书馆读过一些这里的资料。走，我们到那边去看看。"

王小艺没有继续追问下去，只是觉得蹊跷，明明来过，却说没有来过。后面参观的过程中，李智慧的话语明显减少了。王小艺将 Walkman 的耳机塞插在耳朵上，手插在口兜里，一面参观一面听收音机。

他们走进了灰砖教学大楼围着的大操场，里面有一排排学员在阳光下练习正步走。王小艺兴奋得大叫："我们上大学时也搞过军训，我也会正步走。"说完还真的走了几步，露出自豪的神情。

"大陆的学生也搞军训？"李智慧好奇地问。

"当然啰。你们台湾学生搞不搞？听说你们大学毕业后都要去当兵？"王小艺问。

"台湾人少，不像你们大陆人多。"李智慧回答。

正谈着，突然王小艺不做声了，走到一边专心地听着 Walkman。过了一会，王小艺转头对姚奇说："新闻里说北京有十万学生去了天安门广场参加胡耀邦追悼会，但追悼会只开了四十分钟就结束了。有三个学生跪在人民大会堂前递交请愿书，要求会见总理李鹏，可是没人响应。现在学生们群情激奋，不肯离开，要讨一个说法。"

姚奇今天的话语不多，一直跟在后面听着王小艺和李智慧交谈，两眼忙乱地观看西点军校的各种名胜风景。这时听见王小艺的话，心里也正惦记着这件事，他想起关点昨天给他打电话说的事，说不定关点正在找他。他不解地说："怎么会这样对待学生呢？又不是洪水猛兽，学生们只不过提了一些正当的要求，为胡耀邦平反而已。要不我们回去吧？"姚奇对王小艺说，已经没有心思待下去了。

"好。我们在美国的留学生应该为国内的学生出点力。昨天听肖鸣说纽约几个学校的大陆学生在筹备活动，响应国内的行动给予支持。"王小艺附和着说。

李智慧一直注意地听着，观察着两个大陆学生的对话，这时看见两人突然急于要回去，问："我们台湾学生也同情大陆学生的，你们的活动我可不可以参加？"

"欢迎呀，都是中国人。"王小艺想都没想就回答。

第八章

果然关点给姚奇打了电话来，在电话里留了录音。姚奇打回去，关点让他去一次。

第二天星期天，4 月 24 日，姚奇在一个会场见到了关点，还有纽约地区各个大学来的留学生和访问学者。关点见姚奇来了，热情招呼。姚奇环顾四周，大家多多少少在领事馆的活动中有过一面之缘，互相点了头。看看都到齐了，关点拍了拍手开始向大家陈述讲话。

"今天请大家来，主要是关于中国最近学潮的事情。本来我们这些人的任务是在海外安心学习，然后回国报效祖国。可是现在国家贪官当道，民怨沸腾，回去以后我们又能干什么事情呢？忧心如焚啊！国家只有晴空万里，才有我们这些海外游子翱翔和施展抱负的天空。国家有难，匹夫有责。大家都是我认识的朋友，请大家来，就是想和大家商量一下我们可以做些什么。我这些天几乎每天都打长途和北京的朋友联系，花了许多长途电话费。北京的朋友告诉我，昨天胡耀邦追悼会学生们都跪下了，在人民大会堂前面跪了三个小时，可是傲慢的李鹏就是不接见，不接触。什么态度，冷酷！堂堂一国总理，有失风范，缺少大度，缺乏诚意，高高在上。现在全国人民都开始行动起来支持学生运动了，特别是湖南长沙，闹翻了天。我们在海外的留学生也要有所行动，声援国内，这也是我们分内的事情。鉴于中国领导人对学生提出的要求无动于衷，北京学生决定罢课。通报一下，昨天北京成立了学自联，协调行动，政法大学的周勇军担任主席，还有北大的王丹和北师大的吾尔开希为学生代表。今天北京已有 34 所大学 6 万多学生罢课，满大街都是大字报小字报，抨击政府的不作为。中国其他几个城市也开始行动了，也都在酝酿成立学自联。我们是不是也可以成立一个海外学自联，和国内遥相呼应？"

有个戴眼镜的学生说："我已经收到好几个人的邀请了，都说想成立海外学运组织，因为和你关系不错，才来你这边的。大家能不能协调一下，统一行动？"

"我们也是呀。"有几个人附和说。

关点见会场有点乱，这是他没有预料到的，马上摆摆手说："好啊好啊，这说明现在海外留学生的热情很高，关心国事。先不管其他人，我们先干起来再说。"

73

"如果大家一哄而上，那不是会有许多山头？另外我提个建议，每个学校都有中国学生联谊会，基础好，何不以学生会的名义组织活动，不是很好么？有组织有领导。"一个扎着辫子的女生说。

"学生联谊会是半官方组织，那些人靠得住么，他们都是和领事馆有联系的，如果那样，岂不是被领事馆控制了？我们搞的是群众运动，要靠自己的力量，像北京一样，成立独立的海外学自联。"关点解释，说服大家。

姚奇想到了赵旎华，她是他所在学校的留学生联谊会主席，威信很高。姚奇心里比较赞同扎辫子女生的主意。

关点继续说："同学们，现在不是争论山头的时候，谁出面都是一件好事，反正我们不能落后，现在的局面就像当年成立共产党时，全国都有共产主义小组，巴黎也有共产主义小组，最后大家联合起来成立了中国共产党，不是也干成了大事吗？波士顿地区留学生已经走到了我们前面，他们宣布成立《中国学生团结联盟北美分会》，今天到领馆进行了示威。纽约地区我这里的信息最可靠，和国内的联系最紧密，我在国内有联系人。别人怎样我不知道，我们这些人完全可以成立一个海外学运组织，推动国内的学潮发展，要相信自己。等我们有了自己的组织，我想组织一个声援团，代表美国留学生和访问学者回国到天安门广场现场支持那里的学生。"

打过几次交道后，姚奇发现关点非常热衷于政治，对时事敏感，思维快捷，说话情绪激昂，唾沫横飞，一副干劲十足的模样。他三十来岁，秀瑯眼镜后面的眼神带着亢奋，头顶已经有些稀疏了。

有个上海来的学生显出了担心，插嘴说："国内现在闹得凶，可是结果如何还很难说。我和上海有些联系，听说上海《世界经济导报》要出版纪念胡耀邦专辑，结果上海市委书记江泽民不让，强行压制，报纸开了天窗对抗，结果报社主编钦本立立马被解职了。国内学生这么干是不是鸡蛋碰石头？"

他的话引起了反响，在座的人中有些开始担心了，"这次国内的形势会不会又像两年前的那场学运，最后被弹压下去，自讨苦吃？"

"是啊。听说 38 军有部分军队已经进入了北京。"看来消息灵通的不止关点一人。

姚奇没有发言，认真地听着众人发言。其实姚奇骨子里是一介书生，他这一生就是想当一个名符其实的科学家，或着专家教授，在象牙府里凭着自己的真才实学踏踏实实做学问，为人师表。以自己的聪明才智，他丝毫不怀疑自己的能力。不过最近北京的局势和纽约地区的躁动，让他认识到事情没有自己想的那么简单，树欲静而风不止，搅得他心神不能宁静下来，因为这些事情都和自己回国工作的打算息息相关。一个时局动荡的国家，一个高压的国家，如果真回去了，就如同惊涛骇浪中的一叶小舟，岂可安然无恙，随时都有翻覆的危险，所以自觉不自觉中姚奇就在潜意识的支配下关心起海外学运。他环视了一下四周，在座的这些人大都是博士后，他们都是已经拿到学位的人了。自己还是学生，马上要毕业了，虽然已经开始写毕业论文，可毕竟学位还没有到手。他父亲曾经告诉过他，任何东西，除非到手，都是不作数的。姚奇不太想过深地卷入这场运动，谁知道自己在这里的一言一行会不会被监视，影响到自己将来在国内的工作。文革中父亲就因为说错了一句话，结果一直靠边站，得不到重用。不过关点想组织回国声援团的提议让他有点心动，因为这勾起了内心深处一个愿望，就是能否借这个机会回国看看，到教育部去打听，到北京大学去看看，寻找工作机会。不过这个念头像一枚火柴在他脑子里划了一下就灭了。

　　会场里众人继续讨论，最后觉得现在组织一个学自联为时尚早，而且各自的学习繁忙。最后达成共识，看看国内的形势进展，约定定期聚会，互相交流情报。

　　开明的赵紫阳总书记二十三日访问朝鲜后，中国的形势发生了急剧的变化。以李鹏为首的保守派团团围住邓小平，七嘴八舌聒噪鼓簧，为了自己的既得利益将爱国学生运动定了性。四月二十六日，得到授意的《人民日报》发表了"必须旗帜鲜明地反对动乱"的社论，大刀砍下，本想斩断乱麻，让万马齐喑。不想抽刀断水水更流，如同火上浇油，一下子将北京学生们的不满情绪煽动起来，成燎原之势。一时间群情激奋，皇城下胡同里本来袖手旁观的市民们也闲不住了，开始奔走相告，呼朋唤友，纷纷挽起袖子吆喝，你不打，他就不倒，打倒官倒。北京市民们历来有支持学生运动的传统，且都引以为自豪。于是当四月二十七日学生们声势浩大地从海淀区向天安门进发时，沿途受到市民们的广泛支持和声援，许多工人也加入其中，警戒线形同虚设。皇城北京，天子脚下，从一九一九年的"五四"到一九七六年的"四五"都是学生和民众运动的发源地，敢为人先。再说了，连文革的案不也都翻过来了吗，"四.二六社论"乱扣帽子算什么，推翻，道歉，上街，游行。长安街天安门一时间旗子飘扬，锣鼓喧天，标语高擎，打倒贪腐之声不绝于耳振奋人心，好不热闹。

　　"四.二六社论"是中国近代史上的分水岭，它不仅直接导致了北京有史以来的最大"六四"血案，回过头来看，它更为中国后来的官商贪腐之路鸣笛开路。当然，当时谁也没能预料到这一点。假如，假如当时赵紫阳没有离开北京，假如没有人民日报的"四.二六社论"，假如学生们要求惩罚官倒的愿望得到了实现，中国还会像后来那样贪官遍地吗？还会像后来二十几年演变的纲崩礼坏吗？一切都是一个未知数了。这些为以后的历史学家和社会学家们提供了许多永远没有答案的研究课题。但有一点是肯定的，在这个关键时刻赵紫阳的离开，无疑如同围棋博弈到最关键时刻自停一手，局势的转换平衡发生了逆转。

　　赵旒华一直关注着北京的形势发展，她不太明白中央为什么要发表这么个"四.二六"声明，显得一副狰狞面孔，思维老化，到头来于事无补，反而激化矛盾。白猫黑猫的邓小平是不是老了，开始办起了糊涂事，他一向思想开化的呀。她比较赞同赵紫阳的观点，对学生态度宽松一些，水宜疏而不宜堵，连大禹都懂得这个道理，更何况这股水正本清源，利用得好，天下太平无事，国富民安，一步步走向民主，普天同庆。

这天她正在实验室做实验，一个叫肖鸣的大陆新留学生蹑手蹑脚地出现在她身后，细声细气地问她："你去不去参加游行？"

赵旒华专心做着实验，没料到身后有个人，吓了一跳。待她回过头来，看见肖鸣，才用手摸了摸胸口。"吓了我一跳。什么游行？"赵旒华问。

肖鸣将搭在前额头上的一撮头发向上拢了拢，他的头发留得有点像个女生。他低眉顺眼，脸色微红地说："大家都反对'四.二六社论'，部分留学生明天有个集会，声援国内的学生，地点在唐人街孔子像前。我通知到了。"说完他扭头走了，迈着细碎的脚步，腰肢微扭。看着他不高的背影，赵旒华想笑，难怪王小艺说肖鸣像个女生，还真有些像。肖鸣不怎么和女性搭话，有时头发上夹一个女生发卡。肖鸣走了，赵旒华觉得这个男生有点怪异。学校学生会举行活动，碰到英俊的姚奇时肖鸣就会无故脸红，目光专注隐隐含羞。先前她不太懂，只是觉得感觉怪怪的，后来有一次同王小艺到14街格林威治村去玩了一趟，心里才有些明白了。

赵旒华的导师为人和善，就是不太指导学生实验，有些像放鸭子。苦于没人指导，赵旒华花了两年多的时间自己摸索，走了许多弯路，实验进展非常不顺利，落后其它研究生许多。看看姚奇只比自己早来一年，实验方面突飞猛进，发高档论文，已经快毕业了，心里不免着急。另外隔壁实验室有个研究生已经读了八年，因为没有成果，完成不了博士论文，只得退学。赵旒华焦急不安，一心想无论如何，博士学位一定要拿到手，好不容易挣扎来到美国，决不能半途而废，要不然多没面子。赵旃华的优点是不甘人后，非常努力。前几天和刘一鹤谈话后，豁然开通。按照刘一鹤的指导，她的实验似乎找出了门道，已经开始有些好苗头了。刘一鹤还向她建议，如有困难，她可以随时打电话找他，甚至还可以到他波士顿实验室去做实验。这个同窗够意思，赵旃华吃了定心丸，内心感激刘一鹤。她一扫前些时的郁闷，重拾信心，又鼓起劲来。赵旃华准备今天加个班，把实验往前赶一赶。

肖鸣刚出门，桌上的电话铃响了。赵旃华接起电话，是领事馆打来的，让她有空去一趟，也没有说是什么事情。望着眼前的一大堆实验，她无可奈何地摇摇头，然后脱下工作服，拿起挎包离开了实验室。

在门口赵旃华碰上了自己的导师，他也不问赵旃华实验上的事情，却打听起北京学生游行的事情来，问中国的高层是不是出现了分裂。这个问题赵旃华自己也很迷惑，她摇摇头说自己也不知道，然后说有事在身，得出去一趟，晚上回来加班。去吧去吧，导师摸着满头银发和蔼地说。要是搁在别的实验室，这么早走老板早就吹胡子瞪眼睛了，赵旃华却没事，她常常对其他人说自己的导师是个好老头。

这个老头什么都好，就是有一条，人好得让人受不了。在他手下如果不好好工作，你会觉得内疚，觉得于心不忍，觉得欠他什么的。他为什么对手下的人不能严厉一点呢？几年下来赵旃华慢慢开始懂得，这正是老头非常聪明的地方。老头不严厉并不等于他对你没有要求，因为没有实验结果，自己也知道不能毕业，耗在那里干着急。于是你得去想，拼命动脑筋想招数。当初赵旒华选他当导师，看重的就是他好说话，对学生管理不严，有较多的自由活动余地。不过后来发现付出的代价是他对你的实验不闻不问，任你发挥。偏偏赵旒华不是一个脑子很灵、动手能力很强的学生，思考有时塞车。和老头聊天，他会说到我这里来当学生，主要锻炼独立思考的能力。人和人不一样，能力有大有小，但独立思考这一关迟早要打通。我这里不培养高级技工，一个博士毕业生如果不能独立思考，那还算什么博士？去拿个硕士算了。老头的标准其实很高，看不见的严厉。老头对人宽松，自己却不松懈，以身作则。他是自己领域里一个非常有影响的杂志主编，有许多事务性的事情要处理。他办公室的灯光常常是这层楼里最后熄灭的一个。

在领馆门前下了车，赵旒华看见有一堆人举着标语牌子，上面用繁体字写着支持大陆学生运动的口号。从他们身边走过时，有个操着浓重香港口音的人伸手递给她一张传单，赵旒华没有接。那人冲着她高喊"打倒共产党"，他身后的一个人也接着喊"民主万岁"。

进了领馆的门，来到门口传达室，赵旒华报了自己的姓名，一个大阿姨模样的人让她等会，然后打电话给里面。不一会教育组的高领事下来了，他和赵旒华握了下手，领着她进去。到了教育组，高领事给她泡了一杯茶，关心地问她："上次听你说论文实验有一定的困难，现在怎么样了？"

"有了一些进展。"赵旒华回答。

"那就好，祖国需要像你这样又红又专的人才。需不需要我们和你的导师沟通一下？"

"不用，我能克服自己的困难。"赵旒华神情坚决地说，再说这样也不合适。

高领事换了一种口气，表情有些严肃地说："今天找你来有另外一件重要的事情想和你谈。我们到楼顶上去吧。你等一下，我去打个电话。"

高领事进到里屋打电话，赵旒华听到他和对方说"她已经来了。"

高领事打完电话出来领着赵旒华上到领馆顶楼，来到露天阳台。天上有一片云彩将太阳遮住，阳光从云缝里挤出了许多金色直线，远看像万千细针一样将曼哈顿的高楼大厦照得斑驳陆漓。他们踱到靠 Hudson 河的墙边，看着河里有不少游艇飚射，后面拖起了长长的飞溅浪花。

高领事说："这栋楼曾经是一家大酒店，被我们国家买下来了。房间里面美方装有窃听器，说话不安全，因此领你到这里来谈话。"

赵旒华马上意识到这次谈话一定不一般，她静静地听着。高领事继续说："你是党员，组织上信任你，有个任务要交给你。"

正说着，通向楼顶的门开了，一个个子高大满面笑容的男子和一位黑脸膛个子敦实戴眼镜的中年人向他们走来。高领事向赵旒华介绍了两人，高个子是领馆搞安全保卫的，黑脸膛是新华社驻纽约记者。记者看着赵旒华满脸微笑，赶快和赵旒华握手。他穿着一件打了领带的棉布格子衬衣。

第九章

高领事将赵旒华留下来吃了晚饭，其间他对赵旒华说，那个新华社记者常常给国内中央领导人写内参。两人又谈了许多留学生中最近的一些思想状况，不免涉及到了最近大陆的学生游行和示威对大家的情绪影响。赵旒华说大家的情绪波动很大，不能理解为什么赵紫阳总书记一离开北京，就将学生的单纯爱国热情定性为动乱，将大家反腐反贪的正当述求说成是试图推翻党的领导和别有用心。赵旒华流露出了自己的困惑和不解，试探地询问高领事中央领导们对待这场学运是不是有不同的看法，上面好像有不同的声音和态度对待这场学运。高领事说好像是，上面的政策忽左忽右，让人有些捉摸不透，弄得领馆也不好做留学生们的工作，现在只好持观望态度。高领事对赵旒华说，又像是自言自语："不管发生任何情况，要相信党，要相信群众，事情总会向好的方面发展的。毕竟现在不是文化大革命了，经过那场劫难，人们的思想至上而下比以前自由开放，不至于开倒车回到从前。"

善良的人们啊，愿意将一切向好的方向看，忽略了顽固势力往往会从另外一个方向杀出来，让人措手不及。

赵旒华从领事馆出来时，天已经黑了，河边停靠的军舰博物馆已经关门，硕大的钢铁身躯在残月街灯的笼罩下泛着瘆人微光，来时领馆外抗议的那些香港异议份子不见了踪影。她心里有些害怕路边的那些黑人，像游魂似地死盯着人看。走了一段路，街角转出一个警察，骑在高头大马上巡逻，威风凛凛。看着警察头盔上反射出的霓虹灯亮光，听着滴哒的马蹄声传来，赵旒华悬着的心放了下来。领馆附近治安不好，有许多中国人在这附近被抢劫。她舍不得打的，每次来领事馆都是步行到时代广场坐地铁回家。好不容易挨到时代广场地铁站，赵旒华心里总算有了一份安心，那一排排妖艳的色情店居然让她有了安全的感觉。

乘坐地铁到了学校附近，赵旒华从脏乱的地铁站出来，沿着街道回到公寓。进了公寓大门，她打开信箱，见里面是空的，知道王小艺已经拿过信了。这时门外有个波多黎各人在敲玻璃门面，不知说什么，赵旒华没有理他，赶快进了楼道。如果擅自开门，结果会很危险，小心为妙。她搭乘电梯上了楼，来到门口听见屋里面笑语喧哗，推开房门，原来王小艺，李智慧，还有一个是隔壁的邻居年轻女孩 Angela 坐在客厅里聊天。王小艺和李智慧坐在王小艺的床沿上，Angela 坐在椅子上，不知她们在谈什么高兴事。

看到李智慧在座，赵旒华有些诧异，奇怪她怎么今天到自己的公寓宿舍来了。"学姐好。"李智慧微微欠身，主动热情地和赵旒华打起了招呼，一脸讨人喜欢，一副台湾妹甜美形象。

"你好。"赵旒华礼貌地回答。

"How are you？"漂亮的 Angela 也同赵旒华打招呼，她经常来，这时已经穿起了短袖，露出了细腻的光滑双臂。Angela是个混血儿，具有杂种优势，高挑的鼻梁，深凹的眼眶，突出的颧骨，丰厚的嘴唇，修长的手腿，卷曲的披肩长发。她在一个大型商场做时装模特，健美匀称的身材让人羡慕。

"Good，how are you？"赵旒华一面回答一面放下皮包，结果一眼瞟见桌子上放着丈夫的来信。因为有客人，赵旒华并没有马上拆开信封，而是顺手将信放进了皮包里。这一切都被李智慧看在了眼里。

电视一直开着，这时纽约中文电视台开始播报了，女播音员用圆润的嗓音介绍今天转播中国中央电视台的录播节目，画面一出来就是国务院新闻发言人袁木在和学生代表谈判，另外国家教委副主任何东昌、北京市委秘书长袁立本、和北京市副市长陆宇澄也参加了。学生代表是来自十六所高校的四十五名学生。官腔官调的袁木夸夸其谈，颐指气使，缺乏诚意，以一种居高临下的态度胡扯，像个地痞流氓对学生们横加训斥，但遭到学生代表们的犀利反驳。

"你们大陆不错耶，这种场面还可以直播。"李智慧饶有兴味地一面看，一面发表意见。

"这也是开天辟地第一次。我就看不惯袁木这副嘴脸，恶心，像个恶棍。好好的交流机会，全让他给搞砸了。"王小艺也盯着画面，满脸一副生吃了猪油的样子。

"What is this about?" Angela 不懂中文，但知道电视上的人物在争吵，互不恭维。

"The Chinese Government is having a political dialogue with protesting students in The Tiananmen Square." 王小艺向她解释。

"For what?"

"For corruption, for freedom, for democracy!"

"You have a good government。Our government never does that。" Angela 不知是真是假地夸奖起来。美国人天真起来，有时傻得可爱。

"Yes they do。" 王小艺不同意，反驳道。

"OK，only before the elections，they want your votes。After that，forget about it。Those dirty politicians!" Angela 纠正自己刚才的说辞。因为听不懂中文，她站起身来回自己屋去。到了门口，她转身对王小艺说："As I said, you can come to my room to see pictures anytime you want, OK?" 漂亮的大嘴笑着，露出一口大白牙。

"OK。I will come right after this news broadcast。" 王小艺和 Angela 打得火热，两个美女经常来来往往，一点也不生分。

赵旄华忙了一天，在水龙头上接了一杯清凉水饮下，然后坐到电视机前刚才 Angela 坐的那个座位上看电视转播，位置上还留有 Angela 的体温和残余香水味。她敏感地察觉到有一双看不见的视线在围绕着自己打转。

"学姐，听王小艺说你的先生在军队当军官，一定很优秀噢。"视线转换成了甜蜜的聊天，果不其然刚才那封信已经引起了她的注意。

"哪里，他也就是一个平凡的军人。"赵旒华淡淡地回答，装着很专心看电视的样子，心里怪王小艺多嘴。她调动了全身的感官接受对方辐射过来的各种细微信息。

"我能不能看看他的照片？他要是不优秀，怎么能配上学姐的才华和好容貌。"李智慧的恭维声音具有一种感染力，让人觉得亲切，不知这是天生的，还是后天训练出来的。

赵旒华想了想，回眸看李智慧，她遇见了一双期待的眼睛，黑黑的睫毛下黑黑的瞳孔。赵旒华看着紧靠着李智慧正专心看电视的王小艺说："小艺，你到里屋去把我先生的照片取出来给你的同学看吧。"其实照片她两个星期前已经收起来了。

"赵姐，我这里正看电视呢，自己去吧。"王小艺不愿意，她关心着北京那边的事情，为学生们的激辩叫好。

"就你多舌，喊你干点事都不肯。"赵旒华装着有些嗔怪王小艺的样子，另一半眼神不经意地放在李智慧的身上。赵旒华进到里面自己的屋里，从抽屉里打开相册，犹豫了一下，拿了一张军人照片。当她给李智慧看照片时，李智慧一脸羡慕的样子，"你好有福气，这么帅，还说平凡。我好羡慕好羡慕，将来就想嫁个这样的如意郎君耶。"说着她抿嘴一笑，不经意间在胸扣上摸了一下，这个动作引起了赵旒华的注意。

大家很快就被电视上的唇枪舌剑和袁木的无耻狡辩吸引住了。

画面上双方针锋相对，有个学生提出了党风不正和各种腐败现象问题，袁木回答："我还是认为我们党就总体或者它的大多数来说，党的干部、党员还是好的，但是存在着严重的问题。于是，同学们这次游行的时候，也就打着羞辱共产党的口号，这个是基本前提，如果它已经彻底腐败了，从内部完全腐化了，已经变了质了，不要说同学们不拥护，我也不拥护。"

学生提出了新闻要讲真话，袁木回答："我可以很负责地告诉大家，我们国家现在没有新闻检查制度，我们现在实行的是各报刊总编辑负责制，总编辑如果感觉到某项报导、某篇文章、某个社论没有把握，他可能送到有关的领导部门去，要求帮助看一看，这种情况是有的。"王小艺义愤填膺道："怎么张口就来！三天前，上海《世界经济导报》的总编辑不是因为坚持总编辑负责制的原则，被江泽民停了职吗？"。

有学生不满"四.二六"社论将北京的学生游行与西安、长沙的打砸抢混为一谈，袁木回答："我倒觉得北京高校里头一些在背后策划的人，他们往往比长沙、西安那些直接打砸抢的人可能还要更厉害一些，他们要造成的动乱可能还要更大一些。现在的许多作法和当年的文化大革命有惊人的类似之处。"王小艺不满嘀咕："这不是移花接木吗？"

袁木说："我们也从年轻人过来，我没有意思在同学们面前摆什么资格，不是这个意思，我们在大学里面也闹过学潮，不过那是在国民党反动派统治下面。"赵旒华听了心里别扭，这哪跟哪儿呀。她瞥了一眼李智慧，她的脸上挂着一丝淡淡的别扭。

有学生提出现在的学生游行是爱国行动而绝不是动乱。袁木老奸巨猾地回答："但是同学们也要想一想，特别是有的长胡子的人，我说是老一点的人，是不是真转过来了呢？这个问题值得大家深思。"王小艺挥着拳头大为不满："学生运动明明是自发的运动，怎么说成了被人操纵？嫁祸于人，好像说的我们方校长。"

对于学生游行为什么要调动军队，袁立本回答："我们北京市的公安力量并不多，所以只起个阻挡作用。但同学们也可以深思一下，最后我们没有阻挡成功，为什么？因为我们面对的是学生。"李智慧显出惊讶，忍不住问了一句："有军队进城了？"王小艺摇头："不知道，我想是吧。"

谈到胡耀邦下台，袁木回答："耀邦同志八七年辞职的事情，当时耀邦同志自己对他在那段工作中的缺点作了自我批评，并且感到在当时他已不适宜再担任总书记的职务，主动提出了辞职申请，经中央政治局扩大会议批准，后来又经过十二届七中全会批准。我觉得这件事是党内的正常生活，不能反映说党内的生活不正常。"

王小艺马上摇头说："这人是谁呀，一副油腔滑调，睁眼说瞎话，真能扯。袁木袁木，'缘木求鱼'，哪有结果。李鹏派这种人出来和学生对话，心无诚意解决问题，我看是完了。"

赵旒华虽然口上不说，心里也对这位国务院发言人反感，更让她担忧的是李鹏怎么会看上他，堂堂一国总理的眼光和斤两也显现出来了，和他的养父周总理简直有天壤之别。

转播是节录，完了电视新闻节目接着播了一条简单新闻，北京的学生组织更名为"北京高校学生自治联合会"。接下来是娱乐节目，换成了台湾艺人的调笑节目。李智慧说台湾节目没意思，站起身来要走，彬彬有礼地谢过王小艺的招待。王小艺说不用不用，同学之间不用客气，你大老远地开车陪我们去西点军校玩，该谢的是我。李智慧又向赵旒华说声对不起，没有事先通报就来叨扰，打搅了。王小艺大包大揽，说是自己请她来坐坐的。自从李智慧带她到西点军校去玩了一趟，她对李智慧的印象加分不少，以朋友相待。

李智慧走后，赵旒华对王小艺严肃地说："以后她再来，事先和我打个招呼，好吗？"

王小艺知道这事有些不对，爽快地回答："赵姐，我以后一定注意。不过以后大家熟了就好啦，她人很好的，我们要团结台湾同胞。"王小艺又对赵旒华说："Angela 说她有许多美人照，喊我过去看，我去了。赵姐，你去不去？"

赵旒华心里惦记着事情，对王小艺说："你去吧，我改天再说。"

"是不是郎君的信要看，那么厚，大大地好看，要汇报喔。"然后做了一个鬼脸。

"贫嘴。"赵旒华打了她一下。

王小艺躲闪着，欢天喜地地去找 Angela 了。

赵旄华回到自己的屋里，并没有立刻打开刘军的信，而是一个人靠在床头，回忆琢磨着领事馆保卫组干事在领馆楼顶上的谈话。当时他一脸严肃地说，据可靠情报，你们学校新生里面有一个台湾职业学生，就是特工，她的名字叫李智慧。她的任务是专门收集大陆留学生的情报，并在留学生中发展内线。李智慧是个老留学生了，在美国读完的大学，在校成绩非常优异，会 5 种外语。据了解，她在台湾受过严格的特工训练，会武功。保卫干事让赵旄华注意监视这名台湾学生，有情况及时汇报，以后就由新华社记者和她接头，不要常来领事馆，避免耳目。

赵旄华这时脑子飞转，停也停不下来，她将李智慧的所作所为过了一遍。她不太熟悉这位文雅含羞的台湾女生，交道打得很少，关于李智慧的信息都是从王小艺的嘴里听来的，因此印象模糊。王小艺老是抱怨李智慧学习不上心，旷课，原来王小艺一直被李智慧蒙在鼓里。看来李智慧的扑捉目标之一是王小艺了。王小艺单纯，热情，社会经历简单，对人毫无防范，正好下手。赵旄华暗暗佩服李智慧的敏锐和手段，心思了得，要不是领事馆的同志点明，自己也会被她的假象蒙骗。今天她到自己的宿舍来，是一个新情况，一定是想进一步和王小艺走近，了解她周围的一切，也就是说，自己也在她的观察之列。所幸今天自己给李智慧看的军人照片，是以前知青点另外一个知青的。那个知青参军后给自己寄来了一张照片作为留念，那个年代时兴互相送照片保持友谊。赵旄华是在强调阶级斗争的环境下长大的，小时候看敌特电影看得太多，所以当她今天听到自己的身边真有一个特工时，着实吓了一跳。领馆向她交代任务时说，你是一名党员，立场坚定，除了完成自己的学业，还要为国为党做些贡献，这是特殊环境下的特殊任务。她的任务是就近监视李智慧，想办法多接近她，利用她。不知不觉之中，赵旒华就这样转入了看不见的战线。

赵旒华又想吐酸水，她赶快起身去了一趟厕所，涮了口，回到房间后取出了刘军的信。打开信封，里面洋洋洒洒写了好多张，句子缠绵，读着心里暖洋洋的。刘军提到是不是休学一年，先回国生下孩子，这样身边有人照顾。赵旒华虽然不同意，但内心还是感谢丈夫的体贴和善解人意，感受到了温暖。怎么生下孩子确实是一件犯难的事情。

王小艺在 Angela 的房间里小心翼翼地翻看着 Angela 的裸体照，心里扑通扑通直跳，脸脖子发烧。灯光照着精装的画面，微微反光。她从来都没有看过这么美妙的人体，一丝不挂，玉体横陈，乳房像翻转过来的饱满莲花，想用手指上去点两下。Angela 擦了指甲油的纤纤十指贴在身体的敏感部位，半遮半掩，让人浮想联翩。王小艺默不作声地轻轻翻看，身上的血液在升温，加速，她甚至有了舌干口燥的感觉，这是从来没有过的。因为 Angela 的胴体略显棕色，因此背景大多为浅黄色或乳白色。Angela 修长的肢体演绎着美轮美奂，其中有一张坐在临街的窗台前，身上裹着的一层白纱被风撩起，乳房若隐若现，镶嵌在窗外一片晚霞里。Angela

双眼迷幻般地遥望远方，憧憬着，梦幻着，期望着，分明是一个尤物。

Angela 在一旁解说每一幅照片的含义，完了微笑而自信地问王小艺喜不喜欢？王小艺心里喜欢，嘴上却不好意思开口。她从画册里抬起头来问："When did you take these photos?"

"A month ago. I was interviewed by the Playboy magazine. They wanted to know how I look."

"You work for Playboy?" 王小艺张大了嘴看着 Angela。她在路边书摊亭子里看见过许多 Playboy 的期刊杂志，知道那是色情杂志，封面上的风情女郎动作尺寸大胆。王小艺每次路过印度人开的这些书摊都怀揣兔子忍不住想瞥一眼，但又像见不得人似地匆匆而过。那些色情杂志像神秘的宫殿让人既窒息，又向往之。当 Angela 邀请王小艺看照片时，她起先以为是普通的模特照，就像街上橱窗里的那些模特照一样。可是 Angela 却拿出了这本裸体照相册。

王小艺不解地问："Why did you do that?"

"What's wrong? Because nudity?" Angela 显然对王小艺的大惊小怪不满意，"Come on. It's art. It's beauty."

"No, of course, because, I mean……" 王小艺语无伦次，非常窘迫，她有点晕头转脑，除了美丽，她确实感觉不到淫秽。

"Your Chinese ladies are too conservative。"Angela 长长的睫毛像 Barbie 娃娃一张一合地闪着。

"You have a good job. You don't need to do this." 王小艺还是不解。

"You don't understand. I do need this. This can make me rich, make me famous." Angela 说。

她告诉王小艺，Playboy 已经准备和她签合约了，所以才请王小艺来和自己分享这份快乐。"You can do this too." 说完 Angela 大笑起来，露出月牙一般的皓齿，不像在开玩笑。

"I will never do that." 王小艺急忙否定。

"I am just kidding." Angela 说。她话题一转，好奇地问："Have you had sex?"

王小艺大窘，"I am not even married yet."

"Why do you have to get married before sex? I know many ladies who never got married but have a lot of sex." Angela 开始给王小艺进行性启蒙教育，她觉得不可思议，长这么大了王小艺居然还没有 sex！"It's two different things, Maggie。"

"To us, it is the same thing. It is a moral issue in China." 王小艺在留学生中算是开放新潮的了，亲嘴可以，但她不认同婚前性行为。

"Do you have a boyfriend?"

小艺点点头。

"What does he think about this？"

"He agrees with me。"

"What？！ Your guys are crazy！ I cannot believe it!" Angela 彻底崩溃了，这群从东方来的不食人间烟火的神仙们。过了一会，她看着王小艺说："You know what, you are so pretty. I really think so." Angela 不无遗憾地说，"Playboy looks for some Asian models。"

王小艺终于明白了为什么 Angela 今天来请她看裸体片。看看时间不早了，她向漂亮的 Angela 道别，脚底生风一般出了门。Angela 在后面直摇头。

王小艺逃一样地回到公寓，见赵旒华坐在灯下等自己。"赵姐，已经很晚了，还不睡？是不是姐夫有什么好消息想告诉我？"

"他想让我停学一年回去生孩子。"赵旒华故意逗王小艺。

"啊？！ 不行不行，让你婆婆来带孩子。二楼有个留学生，就是她婆婆来带的孩子，经常在楼下小公园里看见她婆婆带小孩在外面晒太阳。你走了，我怎么办？我可以帮你洗尿片。"王小艺有点急了，央求赵旒华。

"美国都是一次性尿片，不用你洗。你是不是想要我留下来照顾你这个大孩子？"赵旒华打趣。

"就是就是，姐姐疼我，我不让你走。"王小艺坐到了赵旆华的身边，搂着撒起了娇气。

赵旆华慈爱地看着王小艺，摸了一下她的头，"你的脸颊是红的，是不是发烧？"

王小艺像被灼烧了一下赶快跳开，"我没有发烧。"她还在为刚才在 Angela 屋里看见的那些色情照片难为情。

赵旆华确信后，问："有一件事想问你。告诉我，那天你们到西点军校去都干了些什么？"

"和李智慧？"

"嗯。"

"随便瞎聊。"

"聊什么？"

"她想教我开车，考驾照。"

"为什么？"

"不为什么，她愿意。看不出来李智慧的飙车水平真高！"王小艺还在羡慕不已，身体不免又有些飘飘然。赵旆华想象着，一个女孩怎么会有这么高的驾驶水平呢？这进一步印证了她是受过特别训练的了。

王小艺接着说："她们台湾学生真有意思，和我们对朝鲜战争的看法完全不一样。在西点时，我们站在麦克阿瑟的像前，李智慧坚持说那是韩战，美国并没有被打败。"王小艺搜肠刮肚地回忆。突然她问，"赵姐，你问这个干嘛？"

"我觉得她突然对你接近，有点奇怪。"

"那有什么，她还欠着我的呢，我帮了她那么多忙。"王小艺不以为意，带点自豪。赵旒华肚子里没好气地说，那是人家给你下的钩，真以为人家学习差呀。

"是不是今天我请她到这里来没事先告诉你，还在生气？以后我不请她来就是了。"王小艺又赔不是。

"没有哇。请她来，请她来，我也想交交台湾朋友，那么柔弱的一个女生，难道还把我吃了不成？"赵旒华在王小艺回来之前已经想好了，既然李智慧打王小艺的主意，何不将计就计，和她接近，也好就近掌握情况。

"她看上去柔弱，其实蛮有劲的。"王小艺说。

"此话怎讲？"

"那天她请我吃饭，出来时我在台阶绊了一下，差点摔倒，没想到她扶住了我，好大的臂力。"王小艺记忆尤深。

"噢。"这么说她确实受过特别训练，赵旒华想。

赵旒华对王小艺说："她来玩可以，不过她有什么爱好和要求，你得先告诉我才是，要不然心里没有准备多不好。"

"是了是了。"王小艺连连点头。王小艺突然想起："李智慧很关心和支持我们的学生运动，她问我和姚奇，如果我们有什么抗议活动，能不能让她也参加。这多好，人多力量大，连台湾学生都愿意参加进来，正说明我们的民主要求得人心。"王小艺按照自己的思路发挥，天真地想着。

看来领馆的情报没有错，赵旒华沉住气，不动声色地对王小艺说："我是这里的学生会主席，李智慧有什么要求，你先给我报告，根据情况我们决定告不告诉她好吗？毕竟她是台湾学生，内外有别，还是有个组织原则才好。"

"当然可以，服从领导。"王小艺一向听从赵旖华的，忍不住打了一个哈欠。

"睡吧。时间不早了。"赵旖华说，然后回房间，两人各自上床睡觉。王小艺很快就进入了梦乡，赵旖华却睡不着，久久地思考着。

第十章

赵紫阳结束了朝鲜的访问，回到了北京，领导当局和学生们的对立情绪缓和了下来，而且新闻媒体开始积极报导学生活动的发展。开明的赵紫阳五月三日和四日发表了两次同情示威群众的演讲，肯定了学生关切官员贪腐问题是正当的，是一种爱国行为，基本否定了"四.二六社论"的内容。"五四"那天，大约有十万学生举行了纪念"五四"运动的游行，学生们人潮涌动，从各高校向长安街天安门进发，大家举着旗子，上面写着许多语句："打倒官倒"、"反对腐败"、"要民主，要自由"、"人民万岁"、"共和国万岁"、"人民日报，胡说八道"、"参考消息，胡乱参考"。

房间里靠在姚奇身上看中文电视转播的王小艺说："瞧这些标语，比我们八六年游行大胆开放多了，这次真的不一样了，来劲！"

姚奇说："国家总是要进步的，你们八六年一闹，给大家心里起到了鼓舞作用，留下了火种。虽然当时压下来了，可心里都憋着一股气，腐败问题不解决，国无宁日，不平则鸣，现在终于爆发出来了。"

"这么说国家还是有希望啰。"

"应该是吧。"

"唉，要是国家没有希望就好了。"王小艺又使起了小心眼，嘴一撇。

姚奇一个脑筋急转弯没有转过来，问："何出此言？"

"那你就不会惦记着回去啦，留下来陪我。"

姚奇被揶揄，猛不丁地在王小艺的腰肢上绕了两下，王小艺一躲，掉到了地上。她一面笑一面说，"看来你永远都是祖国第一，我第二了。打倒国家，打倒爱国，还我 Boyfriend，爱情万岁！"

姚奇对这个贫嘴的女友没有办法，心里涌出了一股甜蜜。他伸出手，在王小艺的短发上轻轻抚摸，两人继续看电视。

电视里的学生游行队伍在西单长安街附近停了下来，拥挤不前。王小艺忙问："怎么了？"

"好像前面有警察拦住了。"这时镜头切换到了六部口附近，果然警察们组成了一道人墙，在汹涌的人流面前显得非常单薄，像海潮的薄薄浪花线一样伸缩。

"也是的，那些警察也是年轻人，大家都是同龄人，没上大学而已，让他们干这个难为他们了。我看他们是有心无力，这么多学生，你看那阵势，警察如同蚂蚁面对洪水，支撑得了吗。"果然，过不久学生们又向前走动，重新高呼口号，警察们退到两旁观望，有的还和学生们互相打招呼。

"肚子饿不饿，我去拿 ice cream。"王小艺从冰箱里取出两块方方的锡纸包的冰淇淋，自己一块，姚奇一块。接下来她又拿了桔子，和姚奇一人一个。

"赵姐呢？怎么还没回来？"姚奇接过冰淇淋和桔子问。

王小艺又坐到了姚奇身边说："她最近加班很多，想在孩子生下来之前赶完实验。"

"难为她了，丈夫不在身边，一个人撑着。她人真好，稳重，事业心强，而且助人为乐，帮过我们大家许多忙。你要多帮助她。"

"知道，她的衣服都是我拿到楼下洗衣店去洗的。现在我抢着做饭，她回来基本吃现成的。我的厨艺水平大有长进，什么时候我做一顿给你吃。好不好？"王小艺带着向往的表情。

"好哇。不过我能想象得出，赵姐是皱着眉头吃下你做的饭菜的。"姚奇开着玩笑。

"我也吃呀，不是太难吃的。"王小艺眨着眼睛辩解道。

"什么不是太难吃，等你的水平超过了'不是太难吃'的阶段，我再吃你做的饭菜。"

"说实话，我觉得做贤妻良母比做实验难，许多东西要学。"王小艺坦白道，有点底气不足。

"那你可以有另外一个选择。"姚奇接着话题往下说。

"我不要另外一个选择。"王小艺才不上当呢。她将话题转回到了赵旆华身上："女留学生本来很少，希望赵姐不要打退堂鼓才好。"王小艺记起了赵旆华对她说过她丈夫想让她休学一年的事情。

"不会，我了解她。"虽然没有公开，姚奇知道赵旆华是党员。有一次在领事馆开留学生联谊会，姚奇有事到教育组去，正好撞见赵旆华在交纳党费，而且是五年一次交清的那种。看见熟人，赵旆华不好意思，两人出来后她对姚奇说请保守住秘密，留学生中的党员是不公开的。学校里姚奇和赵旆华比较谈得来，虽然差一年级，他们一起修过几门课。姚奇也把赵旆华当做大姐，两人常常一起去唐人街买东西，偶然还一起下馆子吃顿饭，谈理想，谈抱负，谈将来回国报效祖国。姚奇自己没有下过乡，但是姐姐的下乡经历让他知道像赵旆华这种当过知青的人非常珍惜来之不易的学习机会，他们懂得取大舍小，吃苦耐劳。

"快看，'人民日报'、'新华社'、'光明日报'的记者也参加了游行队伍！"王小艺吃着冰淇淋，兴奋地喊叫起来。姚奇果然看见记者队伍里举着醒目的标语："我们有笔想写文章不能写"、"我们有口想说真话不能说"、"我们要说真话，不要迫使我们造谣"。

"真的要实现新闻自由了，这可是开天辟地头一回。向往国家真正实现民主的那一天。"王小艺话语不断，兴奋点不断增长。

游行结束时，"高自联"宣布明天北京各大院校复课。

王小艺关上电视，姚奇带着赞赏的口吻说："学生们见好就收，是明智之举。"

"同意高见。"王小艺附和着。"有好几个人对我说，Brooklyn botanic garden 的花都开了，非常美艳，我们去不去看？"

姚奇点点头赞同，"我去过一次，非常值得看，要不就这个周末？"

"就我们两人。"王小艺要求道。

"当然。"姚奇回答。

王小艺想上去吻一下姚奇，又忍住了，想起了他们之间的约定。

随着国内的形势日趋激烈，关点又电话召集一些留学生开了一次碰头会，姚奇自然在列。这次的气氛比上次热烈许多，大家都看了不少听了不少国内的新闻，讨论着国内大快人心的民主局面。关点激动地说："昨天的天安门广场游行我想大家都看了转播，游行会场上发表了'五四宣言'，我这里刚从国内搞到全文，给大家念一遍：

> 同学们，同胞们，七十年前的今天，天安门前也曾聚集了一大批莘莘学子，中国的历史从此开始了伟大的新篇章。今天我们在此云集，不光是为了纪念这伟大的一天，更是为了把「五四」的民主科学精神发扬光大。今天，在我们古老民族的象徵——天安门前，我们可以自豪地向全国人民宣称，我们无愧於七十年前的先驱们。

> 一百多年以来，中华民族的精英们一直在探索著古老破旧中国的现代化道路。巴黎和会后，面对著帝国主义列强的分割，面对着封建腐朽势力的死而不僵，他们挺身而出，举起了「民主与科学」的大旗，开展了轰轰烈烈的「五四运动」。

> 五四」以及其后的新民主主义革命是中国学生爱国民主运动的第一步，是中国现代化建设的第一步。从此，中国历史开始了全新的一步。

> 由於中国的社会经济状况及知识分子本身的缺陷，「五四」「民主与科学」的理想并没有立即在中国实现，七十年的历史告诉我们，「民主与科学」并不能一蹴而就，焦躁与失望都无济於事，中国共產党的马克思主义理想在中国的经济文化环境中不可避免地受到了封建残余思想的影响。所以，新中国一方面一直在向现代化迈进，另

102

一方面却极大地忽视了民主建设。虽然强调科学的作用，却不重视科学的精神——民主。目前国内存在的诸如政府机构臃肿、贪污严重、知识贬值、通货膨胀等问题，都是我国政府继续深化改革、坚持现代化建设的严重障碍。这说明，没有「民主与科学」的精神及其实现的程序，在社会生活中与社会化大生产根本对立的各种各样大量的封建的因素及旧制度陈渣就会再度泛起，现代化就不可能实现。为此，发扬「五四」精神，加速政治经济体制上的改革、保障人权、加强法制，已成了中国现代化建设的当务之急。

同学们，同胞们，民主的精神，就是集思广益，真正发展每个人的能力，保护每个人的利益；科学的精神，就是尊重理性，科学立国。现在，我们更需要总结「五四」以来历次学生爱国民主运动的经验教训，使民主和理性成为一种制度，一种程序，「五四」提出的课题才能进一步深化，「五四」精神才能发扬光大，中华民族崛起愿望才能在地球上实现。

同学们，同胞们，中华民族的前途和命运，紧紧地牵系着我们的每一颗心。这次学运的目的只有一个，即：高举民主科学大旗，把人民从封建思想束缚中解放出来，促进自由、人权、法制建设，促进现代化建设。为此，我们促请了政府加快政治经济体制改革的步伐，采取切实措施，保障宪法赋予人民的各项权利能得到保障，实现新闻法、允许民间办报，铲除「官倒」、加强廉政建设、重视教育、重视知识科学立国，我们的思想与政府并不矛盾，我们的目的只有一个：实现中国的现代化。

同学们，同胞们，这次学运是继「五四」以来最大规模的学生爱国民主运动，是「五四」运动的继续和发展，是史无前例，极其成功的，十多万大学生（不包括数十万计的北京市民）走上街头，喊出了我们的口号，表达了我们的心愿，学运的功绩表现在：一大批高年级学生和研究生成了学运的领导和主干力量，使整个行动更为成熟、更为理智，我们还在学运中成立了一个在各校学生自发成立的群众性组织基础，由四十七所高校代表选举产生的「学生自治联合会」，这是一个全新的组织，是这次学运的壮举，它表现了同学们高度的民主意识和运用民主手段促进现代化建设的自觉性，它对日后的民主改革肯定会大有裨益，起到推进作用，尤其令人鼓舞的是，学运中，几十万市民及各界人士以各种形式帮助并支持了我们的行动，这也是前所未有的，学运的胜利是民主运动的胜利，是全体人民的胜利，是「五四」精神的胜利。

但是，同学们，同胞们，这个胜利是极其微弱的，几千年的文明不仅无法为我们拿出一个富国强民的现成方案，而且长期受带有封建色彩的政治经济制度及其基础农业文明极大地影响了，并且在一个相当长的历史时期内将继续极大地影响着我们的现代化建设。为此，我们目前的任务是，首先，在学运的发祥地——校园内率先实行民主体制改革的尝试，校园生活民主化、制度化。第二，学生积极参政，坚持要求与政府对话，促进政府的民主政治体制改革，反对贪污腐化。促进新闻立法，我们认为，这些近期目标虽然只是民主改革的第一步，而且是细小而蹒跚的一步，但确实是伟大的一步，可喜的一步，我们应该为这一步而奋斗，为这一步而欢呼。

同学们，同胞们，民族的昌盛是我们这次学生爱国民主运动的目标，民主、科学、自由、人权、法制是我们数十万大学生共同奋斗的理想，几千年的文明希望着，十一亿伟大的人民注视著，我们有什么可顾虑的呢？我们有什么可怕的呢？同学们，同胞们，让我们在这富有象徵意义的天安门下，再次为民主、科学、自由、人权、法制，为中国富强而共同探索，共同奋斗吧！

让我们的呐喊来唤醒年轻的共和国！

一九八九年五月四日

大家静静地听完，被感动着，沐浴在激情里，体验着广场上的气氛，都是年轻人，自然同意里面的观点。关点念完了，有人禁不住说："哇塞，连'新五四'的旗号都打出来了，写得有点水平。学生们这回应该满意了，目的基本达到。看来党中央还是开明的，能做到这样不容易。"

"这帮学生真是好样的，敢为人先。四化要建设，但必须警惕贪污腐败，当心出轨。"

有人提出了自己的担忧："广场上太乱，我没有看见一个或一群核心人物可以出来领导这个局面。如能到此为止，不再闹下去，就是一个不错的结局了。大家都能接受。"

"我也同意这个观点。到目前为止这只是一场自发的学生运动，比较涣散。我觉得这个宣言有和'四.二六社论'对着干的味道，上面有人会不高兴。"访问学者秦姨说。

"太过头，那帮党内元老们不会答应的，捋了他们的虎须。"一个当过红卫兵的中年留学生也附和说。

姚奇没有发言，坐在一旁想，到底是大哥哥大姐姐，经历得比较多，见多识广，考虑问题也比较成熟全面，他们看见了一些广场学生看不见的东西。

关点说："大家说得有道理。这几天我读了《人民日报》海外版上刊登的赵紫阳在亚洲开发银行理事会上的讲话，里面有一段精辟的分析，总书记认为目前的学运高涨有两条原因。"说着关点从口袋里掏出了一张纸条念道："一是由于法治不健全，缺乏民主监督，以致某些确实存在的腐败现象，不能及时地得到举报和处理；二是由于公开化不够，透明度不够，有些传言，或是张冠李戴，或是无限扩大，或是无中生有。。。。。当然，腐败问题是一定要解决的，但这个问题必须也只能同完善法制、民主监督、扩大透明度等改革措施结合进行。"他将纸条收起，然后继续说："连共产党的总书记都认识到了体制改革和解决腐败问题的重要性，我们不必有太多的顾虑。现在和以前不一样了，人民大众觉醒了，要用自己的行动推动历史的进程，发出自己的声音。就像毛主席说的那样，'宜将剩勇追穷寇'，对于官倒，对于腐败，一定要铲除干净，还我中华一片干净乐土。我国内的同学昨天在电话里对我说，他们正在酝酿一个更大的计划，可能会举行绝食斗争。他说现在全国都在支援他们，就剩我们海外留学生了。他动员我回国，代表海外留学生。我想暂时休学，把这里的学习停掉，回去投身到天安门广场学生运动中去，和他们并肩战斗。他说得对，全国都动员起来了，我们海外的留学生不能落到后面。"

"你说什么？！"

"还闹？"

"你疯了，不要太冲动。"

"你都快毕业了，论文答辩完了再回去不迟呀。"

几个人惊呼起来，大家对关点的决定大吃一惊，也对国内学生中的一些过激行为不以为然。再闹下去，恐怕会吃大亏，前功尽弃。

关点不为所动，显然经过深思熟虑。他做了一个标准潇洒的列宁动作，将手伸出举过头顶，"我们出国留学为什么，还不是想建设一个富强的中国。现在祖国在召唤我们，是我们献出自己青春和热血的时候了。天下大事，匹夫有责。我要为振兴中华尽一份责任，出一份力。希望大家能够响应我的号召，多几个人回去，投身到滚滚的洪流中去。"

对于关点的理想主义举动，有赞成的，有反对的，不过有一点，都不愿意这时回国闹革命。经过文革的折腾，大家心有余悸，谁会抛弃自己的学业冒然回去搞没有头绪的政治呢，弄不好要杀头的。

"关点，你这有些像当年孙中山复兴的意思，从海外杀到海内。等你革命成功，我们都回来讨口饭吃，给我们分一个部长局长的干干。"

"哈哈哈……"大家开怀大笑。

散会后，关点将姚奇留下来，问："怎么样，回国找工作的想法定好了吗？"

姚奇摇摇头。

"是不是舍不得女朋友？能够理解。"关点拍拍姚奇略显瘦削的宽肩。"不管你是否真想回国找工作，先回去看一下再说，了解一下国内现在的状况，顺便看看父母，一举两得。完了回到美国和女友从长计议，想回国就回国，想留下来就留下来，再做决定也不迟。回国找工作不是一件容易的事情，先探个路，以后慢慢落实。另外我也想有个伴，互相有个照应。"

姚奇非常思念在国内的父母，出国后已经有好几年没有看见他们了。打电话不方便，父母要到他们居住的中心城市的电话总局才可以连接国际长途。由于不方便，他们只通过一次国际长途电话，刚互相报完平安，母亲嫌电话费太贵就挂断了。他们一直以来就是靠写信联系，两个星期一来回，互相牵挂，互道珍重。关点的这个建议很对姚奇的心思，回去先看看，如果看了后不满意，就回到美国做博后，陪王小艺。如有可能，把父母接来探亲一起住住，也是一个不错的孝敬老人的主意。想通了这个道理，姚奇心里开朗了不少。虽然王小艺嘴上不求自己，可是自己心里已经有点舍不得她了。

看着姚奇略微舒展的眉头，关点问："怎么样，这主意不错吧？"

姚奇说："好主意。容我再考虑考虑。"

"好的。快点啊，机票要提前预订。我等你。"两人在街头分了手，各奔东西。

第十一章

周末一到，王小艺就拉着姚奇去植物园 Brooklyn Botanic Garden。

五月里春光明媚，植物园里人群熙熙攘攘，儿童奔跑，大人欢笑。一进门，粉红色杜鹃花像两堵艳丽的墙壁夹在中间地毯似的碧绿草地两旁，热情地向游客展现欢颜。温暖和煦的春风轻轻飘过，掠过草坪，掠过花丛，将阵阵甜蜜的花香送入脾胃，让人陶醉。

"姚奇，快给我照张像。"王小艺的情绪被春天的烂漫花朵胭染着，心情奇佳。她笔挺地站到了杜鹃花前，如同一枚刚刚绽开的花蕾，要将自己的美影镶嵌在春天里。姚奇微笑地拿着一架刚买的 Canon 相机，煞有介事地让王小艺挺胸拔背，下巴微敛，面带表情。姚奇身子一会站着，一会蹲着，斜眼歪嘴地上下左右为王小艺寻找不同拍摄角度。

"把前面的头发撩上去一些，挡住眼睛了。"姚奇嚷道，人太多，他得大声说话。

王小艺按照姚奇的要求摆放着腰肢，将被风吹得有些凌乱的头发往上拨了拨。姚奇穷喊了半天，也没照一张。王小艺不嫌烦，心甘情愿地当着模特儿，心里美滋滋地看着那个照相的人。两人相处的这一段日子里，都是她主动，有点仰视姚奇。这个酷酷的男生脑门上好像有一道锁，将自己的想法关在院子里。明明里面阳光灿烂景色芳秀，却庭院深深，只能在墙外观望猜测。虽然平日里有些大大咧咧，王小艺内心里却是一个地地道道的女孩，她觉得交往中应该是男生追逐女生才像那么回事。她也像其他女孩子一样，期望异性的呵护和关怀，而且是无微不至的那种，捧在手心的那种。春天的花朵如果没有风的抚摸是无论如何不会艳丽的，缺乏神韵和风采。现在姚奇从镜头里欣赏着自己的神态、姿势和口气开始有了那么点意思。阳光照射在姚奇俊朗的身上，头发上，和贴着相机的脸上。王小艺觉得很满足，她也在用自己的两只眼睛照相，将姚奇的身影深深印在大脑的底片上，定格在那里，一辈子不忘记。她内心的春动和女性美慢慢勃发，像被雨露滋润的小草，微微害羞的她心里充满了甜丝丝的感觉。这个大男孩的情感如同深邃的宇宙，表面看上去冷淡、平静、内敛，深处却包含着巨大的炽热、深沉、内能。

前不久姚奇突然提出要去买一个相机，王小艺问为什么，姚奇说想为女朋友照相，为青春留下永恒的记忆。王小艺听了高兴得什么似的，知道自己在姚奇心里分量重了起来，他开始正视自己了。王小艺问他什么时候有这个想法的，他说才有的，太迟了吗？他反问了一句，眼睛闪着狡黠的亮光。没有没有，王小艺赶快回答，生怕他将话收回。本来他们想到一个叫陈中的中国人办的代办店去买相机，吃过亏的几个留学生说他的信誉不佳。李智慧听说王小艺想买照相机，向她推荐了一家 34 街犹太人开的店，那里信誉不错。于是上个星期周末王小艺陪着姚奇一起找到犹太人开的照相机店去挑选相机。

店在二楼，里面店铺不大，挤满了人。靠墙的柜子里面摆满了各种照相器材，齐腰的玻璃柜台将售货员和顾客简单隔开，后面靠墙的大木柜则陈列着各种款式的相机。有意思的是这里是清一色的男售货员，清一色地留着带卷的胡须，清一色地带着犹太帽，每个顾客都有一位售货员对应着。接待他们的是一个年轻人，向他们极力推荐着一款刚出来的相机。这时有个三十来岁的东方面孔男顾客从外面推门进来了，在姚奇和王小艺身边停下，问售货员有没有他预定的旧相机。见说没有，男顾客失望地摇摇头。他没有立刻离开，看着姚奇王小艺在讨价还价，用带有明显台湾口音的国语主动和他们搭腔。台湾人说这款相机比较贵，所以售货员推荐你们买，不过这款新相机确实不错，代表了新潮流，功能齐全，货真价实，如果你们想买，我帮你们砍价。姚奇非常喜欢这款相机，拿在手里爽气，就是觉得比较贵，对于收入不多的留学生确实是一笔负担。正犹豫着，听了台湾顾客的话，忙点头说如果价格合适就要。结果那个台湾人真的和犹太售货员讲起价格来，说得头头是道，非常懂行的样子。他对售货员说这款相机新是新，但功能如何还不知道，又贵，买的人少。与其这样，还不如便宜一点，薄利多销。最后硬是砍了 50 美元下来，外加一个免费的手脚架。付完钱，犹太小伙子对姚奇王小艺说，这位先生常常来我们这里淘旧货，我们赚了他不少钱，如果我不同意他的要求，怕他将来不来了，说完他和台湾人哈哈大笑起来。台湾人告诉姚奇和王小艺，自己是个相机收藏家，没事就喜欢往各个相机店跑，这些店回笼旧相机，知道他常来，如有人出售脱手旧相机，就帮他收集，供他挑选。

"旧相机是不是很便宜？"王小艺问。

"哪里唷，贵，死贵，越老越贵。"台湾人说。

"为啥？"王小艺不懂，哪有旧的东西比新的贵。

台湾人哈哈笑了，"你这个妹妹不懂，听说过'物以稀为贵'没有。你集邮不，老邮票贵，一个道理。"

这下王小艺听明白了。问："贵多少？"

"至少比新相机贵一倍。有一台一九二零年出厂的，我花了一万多美钞才到手。"台湾人带点炫耀。

　　"这么贵呀！"王小艺听了吃惊不小，直吐舌头，她一年的奖学金也没到一万。她联想到李智慧的做派，大陆和台湾相比，经济上确实有天壤之别。

　　台湾人掏出自己的名片，告诉姚奇王小艺如果买照相器材需要帮忙，尽管找他，"都是国人，不必客气。"说完他爽气地和姚奇王小艺握手道别，祝他们玩好。

　　买了相机，姚奇暂时不怎么玩魔方了，抱着相机琢磨，还去 Barnes & Noble 买了一些摄影书籍。王小艺翻了翻，大多是人体摄影，知道坏了，自己跑不掉了，将来自己就是这台相机的主角。不知咋地，Angela 美丽风情的艳照身影在脑子里突然闪现了一下，她忙呸呸呸地驱赶不雅的想法。

　　姚奇还在摆弄，对了半天，终于按了快门，照了几张。王小艺跑过去也要给姚奇照。姚奇不同意，舍不得，说胶卷挺贵，将来自己会了，再教她，更何况他不喜欢照相。

　　两人兴高采烈地照着像，不远处有个年轻的白人青年一直观察着他们，貌似羡慕。过了一会，他走过来问："Do you want to take pictures together？"

　　姚奇犹豫着，王小艺嘴快，忙问："Do you know how to use camera？"

　　"Of course, this is my hobby." 于是白人从姚奇手里接过了相机，熟练地摆弄起了。他告诉姚奇如何设置光圈和速度，还有如何取景和挑选角度，以及光线的投影。姚奇听了直点头，知道遇上内行了。书上看不明白的地方，这时一股脑地都端出来提问，年轻白人耐心解释，姚奇受益匪浅。白人小伙子让他们站到花丛旁，开始摆拍。王小艺的衣着鲜艳，以绿叶为背景，姚奇衣服颜色深，以红白杜鹃花为背景。这是他们俩第一次一起合影，显得有些拘谨别扭，没有经验，手足无措，不知如何放置。

白人小伙子善意地笑着，明知故问："Are you in love？"

两人点点头，脸上泛起了微红。

"Then get closer and hold hands together."他示意姚奇显出应有的亲密。经他提醒，虽然人前不好意思，两人靠近了。姚奇将手环绕着王小艺的纤纤细腰，王小艺则用另一边的小手大方地握住了姚奇绕过来的大手，头顺势贴靠在姚奇的肩头。小伙子看了满意，向他们伸出了大拇指，"That's it. Very Good！"

白人小伙子用相机对准两人准备照相，忽然又从相机后面探出头来问："Are you happy？" 摆出满脸夸张的幸福感。

神情紧张呆板的王小艺和姚奇会过意来，忍不住露出了真诚的幸福笑容。白人小伙子赶快按动快门，咔嚓一下记录了这个动人的瞬间。两人想上前去感谢白人小伙子，不料他挥挥手，让他们不要动。"One more。This is your happy day。"

照完了像，三个年轻人站在草坪上又聊了一会，然后道别分了手。王小艺挽住姚奇，随着游客畅游，向植物园里面走去。路边的大梨树开着繁花，细小的花朵顶在头顶上，遮住蓝天，一路缤纷。路边有一片玉兰树林，紫色和白色花苞相间，馥郁芬芳，花影投在地上乱颤，飞鸟穿梭其中唱鸣。姚奇又为王小艺在玉兰树下拍了几张。

"一卷彩色胶卷有多少张？"王小艺有点舍不得，特别是姚奇托故不拍，心里过意不去。

"36张。反正今天给你拍个够。"

两人又摩肩擦踵向前走。突然前面现出了一片郁金香园地，各种花色交替斗艳，王小艺拉着姚奇的手跑过去。到了那里却发现丁一家也在赏花，大家打着招呼，笑到了一块。

抱着儿子的月琴一眼看见了王小艺，忙问："姚奇，还不快介绍这位，这么漂亮。"

姚奇不好意思，倒先向王小艺介绍起丁一他们来，"这位是R大学的博后丁一和他太太。"

王小艺大大方方，忙伸出手："我叫王小艺，刚到美国半年，和姚奇一个学校，也是来读研究生的。早就听姚奇说起过你们，幸会。"

"就这些？"月琴不满意这个回答，刚才看见两个人手牵手一路跑过来的亲热样子，已然明了。

"我是他的正牌女友。"王小艺补充道，脸色比郁金香还好看。

"来给女朋友照相啊。"看着姚奇手里提着个相机，丁一问。

"刚买的，还不太会。"姚奇不好意思地说。"要不给你们全家来一张吧？这里的景色真美丽。"

"不了，留着给女朋友多照几张。"丁一推辞。

"不要紧，就一张。"架不住姚奇和王小艺的热情，丁一一家在郁金香前拍了一张全家福。

"这可是我们全家第一次照相。"月琴说。

姚奇听了忙说："洗好了相片，我给你们送去。"

这时月琴怀里的孩子伸出胖胖的手胳膊，像藕节一样滑嫩好玩。王小艺将脸凑过去，让胖嘟嘟的肉团小手抓自己的鼻子。男孩发出了咯咯的笑声，两个眼睛又大又圆看着王小艺发愣。王小艺喜欢得不得了，像月琴要求道："你儿子真乖。我能不能抱抱？"

"当然可以。"说完月琴就将小孩递了过去。王小艺接在手里，沉甸甸的，小男孩好动，她有点不知所措。突然她对月琴说："怎么他下面热乎乎的？"

月琴笑着说："十有八九是尿尿了。没关系，他穿着尿片。来，给我，当心弄脏了你的衣服。"

丁一和姚奇谈着话，他问姚奇："回国找单位的事情想好了？我那个北大的同学来信还问起了你的近况。"

姚奇说："现在国内挺乱的，有点犹豫。不过想先回去考察一下、看看父母再说。"

丁一说："这样也好。其实我现在在回国的问题上也犹豫不定，近期国家局势动荡太厉害，对我们这些海外留学生的冲击很大。希望国内早点安定，我们回去就没有后顾之忧了。"

"就是。"姚奇同意。

丁一转问："机票定好了？"

"买了，下星期的中国民航飞机，和关点同行。"

"这关点也是的，都快毕业了，学位也不要了，不知他怎么想的，多可惜。那么大个国家，不缺他一人操心。"丁一摇摇头不解。

"他这人有自己的政治抱负，崇拜西方民主。他说学运完了还回来写论文，继续学业。"姚奇根据自己的了解回答。

丁一说："我那同学在信里说现在北京的大学都不上课了，忙着游行，恐怕你看了会失望的。中国的民主不是一天两天能够实现的，国内许多人封建意识和一党专政意识强烈，换了谁执政都会是大同小异，不会马上改变，太激烈恐怕会适得其反，授人以柄。想想邓小平三起三落，为了他七六年天安门发生了'四五运动'。可是现在他当权又回到了从前，用同样的手法对待现在的学生运动。前不久发表的'四.二六社论'，那调子和当初给他定罪多像，一个腔调和思维。我们在这里一方面学习西方的先进技术，一方面学习西方的某些先进治国理念。等将来我们这批人学成回国，老一辈去世了，国家才会渐进转变，慢慢走向民主制度。要有耐心，我们的优势是活得比当权者长。"

一直以来，姚奇觉得丁一看问题深刻独到，不愧为学长。大家谈得高兴，走到一处地方表演小孩节目，丁一一家驻足观看，和姚奇他们分了手。

王小艺和姚奇来到一处玫瑰园，里面已经开了几朵花，春阳里绽放得美艳。看看四下没人注意，姚奇伸手去采。

"当心刺！"王小艺提醒道。

可是已经迟了，姚奇的食指被玫瑰上的刺扎出了血，血滴在了玫瑰花瓣上。

王小艺心痛地上前去捧起姚奇的大手，用嘴对着姚奇刺伤的手指使劲吹气。

姚奇一脸不在意，将玫瑰花放在了王小艺的眼前，说："给你。"

王小艺接在手里，仿佛姚奇将自己的心递了过来。王小艺满脸微笑地将带着血迹的玫瑰放在鼻子下闻着，有一股淡香渗出。她那幸福的脸庞像那朵玫瑰花一样清纯清秀，看得站在一旁的姚奇着了迷，忍不住飞快地在王小艺的脸颊上吻了一下。

丝毫没有思想准备的王小艺惊呆了，抬起眼看着姚奇，有点迷惑，不太置信。他终于献上了初吻？！有那么一小会的犹疑，王小艺一下子抱住了姚奇，将脸紧紧贴在了他的胸膛上，倾听里面心脏的跳动，不顾游客们投过来的目光。

姚奇王小艺尽情尽兴地玩了大半天，王小艺手里拿着玫瑰，挽着姚奇的胳膊出了植物园。

他们乘地铁去了唐人街洗照片。留学生一般都喜欢到唐人街开的精益相片店洗照片，比较便宜，服务也周到。交了胶卷，冲洗店让他们一个星期以后来取。从照相馆出来，他们到唐人街边缘的一家巴基斯坦人开的电器行去买一些国内短缺的电器产品送给姚奇的父母和亲友。在拥挤不堪的小店里，两人和眼神闪着深邃亮光的店员友好地讨价还价，砍了不少价钱。王小艺用的 Walkman 也是前不久赵旒华陪着她在这里买的。在纽约的留学生圈子里，这家巴基斯坦店的信誉非常好，口口相传，照顾了他们不少生意，因此上价钱也容易讲下来。

这时两人的肚子都有些饿了，于是想找一家中餐馆用晚餐。他们提着大包小包经过孔子大厦孔子雕像前时，碰到一拨人在那里示威集会，支持天安门学生运动。示威者有香港的、台湾的、大陆的。围观的人很多，这时有个人在激情慷慨地发表讲话，声音熟悉。姚奇走近一看，原来是关点。关点在挥臂摇头之际也看见了姚奇，两人点了一下头。姚奇小声对王小艺说这人就是关点。

关点结束了演讲，集会就算是完成了，人群开始散去。关点走过来，身边跟着一个人，清癯，眼珠子四处骨碌。关点给姚奇介绍："这位是我们学校的博后郑久，也是一位海外民运人士。我走后，他就暂时接管协调这里的抗议活动。"

大家互相认识后，关点问姚奇去哪里。姚奇说想去餐馆用晚餐。关点说正好他也饿了，于是大家一起来到一家避街的中餐馆。茶水上来，各自点了菜肴，关点和那位郑久开始神聊起了学运的事情。郑久让关点放心，表示一定和他保持联系，将美国的学运搞好，轰轰烈烈。

郑久说："我有一个想法和顾虑。"

关点说："说说看。"

郑久呷了一口冰片茶水，清了清嗓子："我们在这里搞民运，万一领馆和国内知道就麻烦了。我们要给自己留个后路，适当考虑将学运和申请政治避难结合起来。"

关点听了有些不乐，说道："老郑，不是我批评你，我们这么干，是为了促使国家的民主建设，不是为了个人利益。如果怕这怕那，就不要参加进来，躲到美国不回去更加不应该。"

"是的是的，我反映的只是部分留学生的顾虑和想法而已，不能不有所警惕。但愿国家平安无事，日后我们不至于死无葬身之地。"郑久的眼光时不时地在姚奇和王小艺的脸上转溜，注意着他们对自己意见的反映。

"不知你们对这个问题如何看？"郑久试探性地问他们俩。

不知怎地，王小艺对这个郑久有些不感冒，平时话语很多的她，这时和姚奇两人默默吃饭，插话很少。听起郑久问起他们对政治避难的看法，两人都摇头说没有想过这个问题，但觉得不妥，两人都明确表示将来一定要回国工作。

郑久连连哦哦了几声，有点尴尬。

关点不满意郑久的话题，岔开问姚奇："回国的东西准备好了没有？"

姚奇指指袋子，说刚买了一些小电器产品，回去送人。

"八大件呢？"郑久忙不迭地问。【注：当时的留学生政策规定，公派留学生回国可以有指标购买八件中国稀缺的家电产品（彩电、电冰箱、洗衣机、缝纫机、手表、摩托车、录音机、微波炉）】

"领事馆现在对我们留学生很有意见，没好意思去办理。"姚奇如实回答。

"太可惜了，现在国内到处都买不到这些电器，开后门都不行。你们不要，指标送给我好了，我陪你到领事馆去跑一趟，将名额转让给我。"郑久眼球骨碌直转，闪出了急不可耐的光芒，觉得这是一个难得的机会。郑久执意要姚奇的电话号码，说今天太晚，明天电话联系。姚奇一眨眼睛说："我要回国一个月，已经告诉电话公司停一个月的电话费。"

不想郑久脑筋转动快，"将你实验室的电话告诉我也行呀。"

"可是我要准备回国的东西，这几天人不在实验室里。"姚奇还是推脱。

"老郑，你这不是为难人家吗，要是能去领馆，为什么这些指标要送给你。拿回国内，这些指标可以卖钱的。"关点一语点穿。

本来没想到这些，郑久的企望提醒了王小艺。她对姚奇说："明天我陪你去领事馆办手续，这八大件指标我们要了。"

看看泡了汤，郑久听了直瞪眼，口水往下咽。

第十二章

"五四"游行后，如果北京的学生领袖们能够冷静地想一想，退一步，讲究一点斗争艺术和策略，不激化矛盾，给改革派赵紫阳时间，也给高层保守派一个台阶下，事情可能就会向另一个方向发展，平缓地驶向和平演变的彼岸，不至于发生后来的流血事件，让好不容易出现的民主幼苗夭折，让中国的民主进程付出惨重的代价。正所谓欲速则不达。也许因为年轻，也许基于其它的个人想法，沸腾起来的热血很难再平息下来。苟且活，毋宁死。生命诚宝贵，爱情价更高，若为自由故，两者皆可抛。人生能有几回搏，要以天下为己任，甘洒热血写春秋。这些豪迈的句子和想法从小学到中学被反复灌输进了中国大地这一代年轻人的心田，注入了骨髓，升华成为了一种理想境界和下意识，在广场学生们的头脑里盘旋、敲击，寻求出路，转换成了双臂高举，引吭高歌。青春如此美好，有时是可以大把挥霍的。

　　面对大好局面，天安门广场的激进学生代表拒绝妥协。虽然大部分学校已经复课，可是被感召的大量外地学生开始涌入了北京，为天安门广场注入了新鲜血液，一切显得新鲜刺激，到处都是躁动，各个大学的旗子漫天飞扬，交相辉映。外地"上海高校联合会"也宣布成立，已经于 5 月 2 日举行了全市高校学生总游行，反对"四.二六社论"。其它南京的、广州的、武汉的、西安的、成都的等等高校也纷纷响应，和北京遥相呼应。这股反"四.二六社论"的旋风以北京为中心愈演愈烈，越转越快，已经不可能停下来了，慢慢积聚的能量，为后面的大风暴做着准备，也为高层的保守势力提供了镇压的口实，导致毁灭性的灾难。北京高自联的头头脑脑们精心谋划，王丹、吾尔开希等决定于五月十三日举行绝食抗议，时间选定在了戈尔巴乔夫访华的五月十五日前，制造难堪，让双方都没有回旋余地。当日，数百名学生在天安门广场绝食静坐，抗议政府拖延对话，要求政府肯定学生行动是爱国运动、推翻"四.二六社论"。学运自此发生了九十度的转弯，走向极端，走向不归路。

他们发表了"绝食宣言"。事后看来，虽然不乏幼稚，却切中时弊。

在这阳光灿烂的五月里，我们绝食了。在这最美好的青春时刻，我们却不得不把一切生之美好决然地留在身后。但我们是多么的不情愿，多么的不甘心啊！

然而，国家已经到了这样的时刻：物价飞涨，官倒横流，强权高悬，官僚腐败；大批仁人志士流落海外，社会治安日趋混乱。在这民族存亡的生死关头，同胞们，一切有良心的同胞们，请听一听我们的呼声吧！

国家是我们的国家，人民是我们的人民，政府是我们的政府，我们不喊，谁喊？我们不干，谁干？

尽管我们的肩膀还很柔嫩，尽管死亡对於我们来说，还显得过於沉重。但是，我们去了，我们不得不去了，历史这样要求我们！

我们最纯洁的爱国感情，我们最优秀的赤子心灵，却被说成是"动乱"，说成是"别有用心"，说成是"受一小撮人利用"。

我们想请求所有正直的中国公民，请求每一个工人、农民、士兵、市民、知识分子、社会名流、政府官员、警察和那些给我们炮制罪名的人，把你们的手抚在你们的心上，问一问你们的良心，我们有什么罪？我们是动乱吗？我们罢课，我们游行，我们绝食，我们献身，到底是为了什么？可是，我们的感情却一再被玩弄。我们忍著饥饿追求真理，却遭到军警毒打，学生代表跪求民主，被视而不见，平等对话的要求一再拖延，学生领袖身处危难，我们怎么办？

民主是人生最崇高的生存感情，自由是人与生俱来的天赋人权。但这却需要我们用这些年轻的生命去换取，这难道是中华民族的自豪吗？

绝食乃不得已而为之，也不得不为之。在生与死之间，我们想看看政府的面孔。在生与死之间，我们想猜猜人民的表情。在生与死之间，我们想拍拍民族的良心。我们以死的气概，为了生而战！但我们还是孩子，我们还是孩子啊！中国母亲，请认真看一眼你的儿女吧，当饥饿无情地摧残著他们的青春，当死亡正向他们逼近，您难道能够无动于衷吗？

我们不想死，我们想好好地活著。因为我们正是人生最美好之年龄；我们不想死，我们想好好学习，祖国还是这样贫穷，我们似乎没有理由留下祖国就这样去死。死亡绝不是我们的追求！但是，如果一个人的死或一些人的死，能够使更多的人活得更好，能够使祖国繁荣昌盛，我们就没有权力去偷生。

当我们挨著饿时，爸爸妈妈们，你们不要悲哀；当我们告别生命时，叔叔阿姨们，请不要伤心。我们只有一个希望，那就是让你们能够更好地活著。我们只有一个请求，请你们不要忘记，我们追求的绝不是死亡！因为民主不是几个人的事情，民主事业也绝不是一代人能够完成的。

死亡，在期待著最广泛而永久的回声！

人将去矣，其言也善；鸟将去矣，其鸣也哀。

别了，同仁，保重！死者和生者一样的忠诚。

别了，爱人，保重！舍不下你，也不得不告别。

别了，父母！请原谅，孩儿不能忠孝两全了。

别了，人民！请允许我们以这样不得已的方式报忠。

我们用生命写成的誓言，必将晴朗共和国的天空！

于是一场空前绝后的绝食示威就这样在古老皇城天安门广场开始了，既显出了青春的壮丽，又显出了乳稚蛮干和赌气。通过电视画面，中国乃至全世界看到医院乃至军队医院自行组织抢救。让人惊奇的是北京市民、机关单位、全国总工会、全国妇联以至武装警察都加入声援、募捐、抢救。铁路部门默许其它城市的学生和医务人员不买票乘车去北京。

　　中苏两党六十年代交恶后，正常的交往停止了二十多年，并一度演变成剑拔弩张，还在珍宝岛为了意识形态结结实实打了一仗。开明的戈巴乔夫当选苏共总书记后，中苏两国外长进行了互访。钱其琛外长半年前就邀请戈巴乔夫访华，力图改变世界社会主义阵营里老大和老二之间的两党尴尬关系。因为戈巴乔夫到来，进行历史性的访华，恢复友好关系，世界和美国各大电视台都派出了强大精壮的阵容前去北京现场报道。当然这些外国记者心里都打着小九九，想现场看一看红色中国到底怎么了。

　　因为想让全世界看到中苏关系的改善，赵旆华、姚奇、王小艺他们发现中宣部居然允许美国 CBS 和 CNN 电视台在天安门城楼上举行实况转播。这充分显示出了中国高层领导的自信和魄力，不想因此彻底改变了世界的格局，让社会主义阵营彻底洗牌，落花流水。本来就无孔不入的外国记者们一到北京就碰上了学运，连称好运，喜出望外，睡着都笑醒了。嗅觉灵敏的美国新闻记者大摇大摆地将镜头架在天安门城头上，看见下面广场旌旗飞扬，人头攒动。镜头毫不犹豫一致转播起天安门的学运来，这天赐良机岂可放过，天上掉下了一个大馅饼。这个太精彩太抓眼球，戈巴乔夫的访问自然而然地成为次要的了。

　　这段时间，纽约乃至全美国的留学生都聚集在了电视机前，聚精会神地守着看各个电视台的实况转播。他们享受着中国学生享受不到的新闻自由特权。从 CBS 的 Dan Rather 到 NBC 的 Tom Brokaw 再到 ABC 的 Peter Jennings，当然还有 CNN 的 Mike Chinoy，有机会亲眼目睹切切实实感受到天安门前发生的一切。有个美国记者站在天安门城楼上激动地说：能够报道这场盛况，让我能够对我们的子孙万代说，这是我一生中最自豪的事情。看着绝食的学生们众志成城，视死如归，留学生们的热血跟着一起沸腾起来，也分成了左中右各派，评论着，争吵着，辩论着，在公寓楼里，在实验室里，在地铁里。

镜头下

　　因为幼稚的学生一闹，戈巴乔夫的欢迎仪式不能在天安门广场人民大会堂的东大门举行了，改在了机场。当戈巴乔夫一行途经天安门广场和东西长安街时，多次要求车队停车，他露出招牌式的微笑和自信，频频下车和人群握手交谈。戈氏这种开明的举动，极大地鼓舞了广场上学生们追求民主的信念，让大家看到了苏联共产党里面的新气象和新作风，当然这也让中共头脑僵化腐朽的元老们大为不快，如鲠在喉。后来事情的演变发展没有按照戈巴乔夫的设想进行，他的这些举动都被录下来通过国际记者们转播至全世界。不光是西方国家在看，因为地缘的关系，临近的东欧国家也在偷偷看敌台，天安门的民主之风瞬间传遍了社会主义阵营的各个角落。忽如一夜春风来，东欧共产主义阵营的老百姓想，中国可以这样闹，我们也可以，他们要求民主，我们也要如此，向伟大的兄弟般的中国人民学习，于是就有了不久以后发生的东欧社会主义阵营的多米诺骨牌效应。在中国没能实现的学生民主理想，却在东欧实现了，并最终导致了苏联政变，且以戈氏的下台告终。这大概是当初在天安门广场上风光无限的戈巴乔夫没有料想到的。可以说，他的下台其实是他自己在天安门广场种下的苦果，历史开了一个玩笑。可惜人没有先见之明，要不当初他一定会绕道天安门而走，不去搅这趟混水。

镜头下

　　　绝食活动就像一个魔咒，将四面八方的同情都虹吸进来。5月15日下午严家其、苏绍智、包遵信、柯云路、钱理群、王鲁湘发起了声援学生绝食活动的首都知识界大游行，举着"中国知识界"大字的横幅游行。这些深思熟虑的理论家们也被学生们的不成熟举动搅昏了头脑，迷惑了。智者千虑必有一失，秀才造反，走上了不归路。以后的日子里他们要么在监狱里，要么在异国他乡为自己的不明智欠考虑扼腕叹息，暗夜良思。后来参加绝食的侯德健更是被一叶小舟从台湾海峡送归台湾，被中共宣布为不受欢迎的魏延式反骨人士，回到那个同样不欢迎他的地方。

镜头下

　　　5月16日，统战部部长阎明复和书记处书记温家宝来看望学生们。阎明复用颤抖的声音对广场学生发表讲话。他表示愿意作为人质与学生们一起在广场上静坐，并请求学生们保持理智，尽快结束绝食，给中共最高领导层时间和机会，给改革派时间和机会，希望学生停止绝食行动。阎部长的讲话博得热烈长时间的掌声，但缺乏斗争艺术的学生们不肯退回底线，要求很简单，否定"四.二六社论"，否则免谈，给阎明复出难题。

晚上赵紫阳会见戈巴乔夫时露出了一个惊天秘密，说："邓小平同志从 1978 年十一届三中全会以来，是国内外公认的我们党的领袖。尽管在十三大根据他的请求，他退出了中央委员会，退出了政治局和常委会，但是我们全党都知道，我们离不开他，离不开他的智慧和经验。我告诉你一个秘密，在十三届一中全会有一个正式的决定，虽然这个决定没有公布，但是它是一个很重要的决定，就是说，我们在最重要的问题上需要他掌舵。"原来赵紫阳的背后有一个垂帘听政的老人，自己只不过是一个儿皇帝。这事在中国封建社会里出现过多次，最后一次是慈禧太后。可以想见，邓大人听见这个披露后是如何地恼羞成怒。赵紫阳去朝鲜访问是他犯的第一个错误，导致了"四.二六社论"的出笼。向全世界宣布邓小平不在其位，要谋其政的事情是他犯的第二个错误，而且是致命的。这两件事可以看出，正直且充满改革理想和激情的赵紫阳是一个不成熟的领导者，缺乏大智慧，缺乏足够的胸襟和城府。

第二天天安门广场就更热闹了，留学生们通过电视看见了更加触目惊心的标语："小平糊涂"、"老眼昏花少而无能"、"八十五岁，尚能饭否"。北京体制内一些机关、科研、新闻、文艺、医务、企业系统的人员自发组成声援队伍来到天安门广场。他们打着的横幅写着"政府：你打算让学生饿多久？"、"孩子们没有错"、"拖延真诚对话，就是残害学生"，"不能坐视学生饿死"、"惜我学生，悲我政府"、"声援学生有理，抗议政府无情，学生有好歹，人民不答应"、"广场无水无食，学生危在旦夕"、"与大学生们共存亡"。这些标语直接将邓小平和学生放到了对立面。当然这些声势浩大的声援活动让如惊弓之鸟的保守派吓破了胆，让他们认识到再不出手，就死无葬身之地了，于是磨刀霍霍，狰面獠牙，破釜沉舟了。正如李鹏在日记中写下的那样"我们必须以坚决的态度制止动乱，挽救国家。"那些参加游行的成年人本意是爱护孩子们，却害了孩子们，火上浇油，造就了无数天安们母亲们。

　　不得不承认，外国记者明目张胆地直播天安门广场的学生示威，没有人干涉，应该与赵紫阳睁一只眼闭一只眼有关，他想借助外力动一动邓小平的根基。在纽约，在美国各地，以前只能从华语电视看到的二手转播节目，现在可以直接在 ABC、CBS、NBC、CNN 的主流电视里看到了，而且几乎是全天候的。许多还是现场直播和带有煽动性的解说，配有许多留学生采访。当然还有许多政客、专家、学者的评论，像打了鸡血一样，连篇累牍，滔滔不绝，有色眼镜和鼓簧巧舌。简而概之，中国要内乱了，共产党要垮台了。

　　戈巴乔夫结束了访问，外国记者们则赖着不走继续留下实况转播，一直拖到了戒严。

　　面对铺天盖地的天安门报道，生活在纽约的留学生哪怕再消极，这时也不能无动于衷了。每到晚上，住在同一层楼里的留学生和访问学者们都会挤到赵旒华的公寓里一起看现场直播，因为这里有一台 21 时平面直角的彩电，在当时的留学生中为高级稀罕物。因为美国和中国的时差正好颠倒，晚上就是中国的白天，于是大家一起熬夜，全无睡意，祖国的命运就是他们的命运。天安门广场学生的绝食场面非常煽情，让人心痛，一幕幕看了让人同情。北京各阶层都动员起来了，有送食物的，有送水的。长安街上一辆一辆车子通过，高音喇叭播报着反对"四.二六社论"的口号。在美国记者的镜头特写下，坐在电视机前的留学生看见巨幅标语居然挂到了人民英雄纪念碑上，强烈地感受着现场气氛，握紧了拳头，恨不能穿过电视去帮一把。广场上一排排帐篷前学生们头上缠着白色纱布，上面写着誓死的标语。绝食的学生们平躺在地上，许多闭着眼奄奄一息的样子，他们/她们在用自己年轻的生命赌博。有个老太太用毛巾蘸了水在一个学生的嘴唇上往下滴，可是这个学生将头偏向了一边，水滴从他的脸上滑到了地上，老太太叹了一口气，抹着眼泪。有几个女留学生看着电视机上的这个画面也跟着抹泪，隔着太平洋，大家心心相连。绝食的人中不断有人倒下了，特别是许多娇小的女生被抬到救护车上，让人揪心。

　　有一个曾经参加过文革大串联的女访问学者对这个场景似曾相识，她是来进修历史的。当年红卫兵们在同一个广场上接受毛主席检阅时也曾如此为了实现理想疯狂过。这个女访问学者摇着头喃喃道："傻孩子，不值得的。"

　　"为什么？"王小艺不解地问。

　　"他们这么做，除了摧残自己的身体，什么也得不到。"访问学者脸上尽显沧桑，洞穿世故。

　　"不这样做，上面就不会撤销'四.二六社论'。"

131

"可是他们这么做了，当初发社论的人更不会撤社论了。那些人的脑袋是花岗岩做的。你太年轻，不懂政治。"访问学者不知道如何解释清楚这里面的关系，她心里想，你们以后慢慢就会明白。

第十三章

5 月 17 日是北京最为壮观的一天，天安门广场上的学生绝食进入第五天。运送绝食学生入院救治的救护车不停地叫唤，汽笛声刺痛北京各界民众，终于爆发了全民大游行，甚至包括警察、军人。大家高呼："救救孩子！""救救国家！"因为赵紫阳有意无意的揭露，游行队伍里出现了矛头直指邓小平的标语："反对老人干政"，"打倒独裁"，整个首都都抖动了，包括中南海。当天上街游行声援绝食学生的北京各界民众逾 120 万人。这在共和国的历史上还是第一次，在世界上也不多见。

北京的绝食风也吹到了纽约。纽约的民运人士深受鼓舞，兵分两路，一路在 42 街东头的联合国大厦总部举行绝食行动，另一路在 42 街西头的中国领事馆前举行绝食示威。大陆的、香港的、台湾的人马一时间都云集在了一起，鱼龙混杂。回国前，关点头戴白色绷带，上写"支持绝食"，在纽约领事馆前面象征性地参加绝食示威。本来姚奇不想来，经不住关点的劝，也来了。他只和王小艺站在外围观望，没有进入示威人群。另外，姚奇想借此机会到领事馆开证明，好在北京办理八大件。

有意思的是领馆的许多高楼窗子开着，里面的人将头伸出到外面，向下面纷纷招手。有个窗子还伸出了五星红旗摇晃，和外面互动。突然间，一幅支持学运要求的条幅从一个窗口挂下来，引得下面人群一阵欢呼。这情景让人觉得轻松，双方不是对立面。领馆工作人员显然受国内宽松气氛和赵紫阳总书记态度的影响，也开始同情学生，站在学运一边。

这时有人站在一个临时搭起的高台上，用高音喇叭大声宣读严家其、包遵信的"五一七宣言"。

从五月十三日下午二时起，三千余名同学在天安门广场进行了近一百小时的绝食，到现在已有七百多位同学晕倒。这是我们祖国历史上空前悲壮的事件。同学们要求否定《人民日报》四月二十六日社论，要求现场直播和政府对话。

面对我们祖国儿女一个又一个倒下去，同学们的正义要求迟迟得不到理睬，这就是绝食不能停止的根源。现在，我们祖国的问题已充分暴露在全中国和全世界人民面前，这就是，由于独裁者掌握了无限权力，政府丧失了自己的责任，丧失了人性。这样一个不负责任和丧失人性的政府，不是共和国的政府，而是在一个独裁者权力下的政府。

清王朝已灭亡七十六年了，但是，还有一位没有皇帝头衔的皇帝，一位年迈昏庸的独裁者。昨天下午，赵紫阳总书记公开宣布，中国的一切重大决策，都必须经过这位老朽的独裁者。没有这位独裁者说话，四月二十六日《人民日报》社论就无法否定。在同学们进行了近一百小时的绝食斗争后，已别无选择，中国人民再也不能等待独裁者来承认错误。现在，只能靠同学们自己，靠人民自己。

在今天，我们向全中国、全世界宣布：从现在起，同学们一百小时的伟大绝食斗争已取得伟大的胜利！同学们已用自己的行动来宣布：这次学潮不是动乱，而是一场在中国最后埋葬独裁、埋葬帝制的伟大爱国民主运动！

让我们高呼绝食斗争已经取得的伟大胜利！非暴力抗议精神万岁！

打倒个人独裁！独裁者没有好下场！

推翻"四.二六社论"！

老人政治必须结束！独裁者必须辞职！

大学生万岁！人民万岁！民主万岁！自由万岁！

念完了宣言，周围又是一片欢呼声和狂热的口号声，群情激动。可是写这个宣言的人和听这个宣言的人想过没有，这无异于给了邓小平一记响亮耳光，让他下不了台，彻底埋葬了赵紫阳。想都想得出来，邓小平听了这个宣言后，两眼微眯，静静地按灭了烟头，仿佛那烟头就是赵紫阳。为民主而狂欢的人们被冲昏了头脑，不讲斗争艺术，毁灭了自己。从事后李鹏的回忆录里，知道邓小平这时已经在自己的住所越权召集了政治局常委开会，决定在北京实行戒严，赵紫阳失势，大势已去。

正在观看，有人和姚奇王小艺亲热地打招呼。两人回头一看，是郑久。

"你们也来了？"郑久显出腻味的亲热，显然他还惦记着八大件的事。

"你不也来了吗？"姚奇回答。

"都是为了民主和自由。"郑久表态。

"你不怕领事馆录像？"王小艺记起在中国城郑久的担心。

"你们看今天有多少美国主流电视台在这里转播。这里的录像说不定可以将来为政治避难留下证据。"郑久毫不掩饰地说出了心中的想法。

"想好了没有，八大件指标可不可以让给我几件？"郑久还在做最后的努力。

姚奇回答："抱歉，所有指标我都要了。"

郑久无奈，说："好的好的，你们忙，我还要发表演讲。"说完他离开了姚奇王小艺向演讲台走去。他跳上演讲台，面对大大小小的摄像头和相机，摆好姿势，对着镜头奋臂疾呼："打倒共产党！"尾音拖得很长很长，缺少气贯长虹的气势。这个镜头在各大电视台的晚间新闻里被播放了出来，郑久的表演被适时地录了下来，留下了将来政治避难的证据。

看着台上郑久的卖力表演，姚奇和王小艺摇着头，有人进来浑水摸鱼了。

突然王小艺被远方吸引住了，她用胳膊轻轻碰了一下姚奇，"你看，那是谁？"

姚奇顺着王小艺的眼神望去，发现李智慧正和那天买相机的台湾男子站在远处人群边缘，靠在河边的栏杆交头接耳地说着什么，手里也拿着照相机不时拍照。

"他们怎么会认识？"王小艺一脸迷惑。

这时李智慧也看见了他们，向他们招手，然后两个人走过来了。

到了跟前，两人都带着墨镜。李智慧介绍说："这是我表哥。"

"是你们，见过见过。"男子兴奋地说，然后问："你们的新相机玩得怎么样了？"

姚奇回答："第一卷已经照完了，正在冲洗，还不知效果如何。"

男子说："如果真想玩照相，以后要学会自己冲洗。今天怎么没有看见你们带相机来？"

"没什么可照的。"王小艺回答。

台湾男子不以为然，说："咦，这就错了。这种历史场面可遇不可求，应该记录下来，以后就珍贵了。"

"我们是穷学生，玩不起胶卷。自己照自己留作纪念。"王小艺如实回答。

"可以理解。"男子报以微笑。

姚奇看着他胸前挂着个相机，问："你是不是照了许多？"

"照了一些。昨天看见报纸电台介绍这里今天有示威，过来看看。好壮观哟。"

这时李智慧问姚奇："听 Maggie 说你后天要回大陆，我有个朋友在那里，想让你带点东西不知行不行。"说完她侧过身子来看着王小艺求助。

王小艺热情地说："他自己带的东西不多，应该没有问题吧。"

"听说大陆物质平乏，为什么不多带一点实用的东西送给亲戚们呢？"李智慧问。

"东西在北京提货，不用自己亲自带。待会我们就去领事馆办理指标手续。"王小艺心直口快。

"噢。"台湾男子来了情绪，问："可不可以带我们一起进去看看，就说我们是你们的朋友？"

"恐怕不行，出入是要登记的。还要看学生证，登记号码。"王小艺为难地说。

"那就算了，只是好奇而已。我们在台湾被洗脑了，一直以为你们大陆人是洪水猛兽。和你们打交道，发现很友善，很知性随和，像自己人一样。"

李智慧说："看来你们还有事，就不打扰了。今天晚上我有把东西送到Maggie那里去就好了？"

"我在实验室，直接送给我就行啦。"姚奇回答。

和李智慧他们道别后，姚奇王小艺进了领事馆。

在领事馆办理完了手续，姚奇和王小艺又到位于34街的一家中国人开的"出国留学人员服务部"去买一些小礼品和补品，都是国内看不到的。进去后，里面人不少，有一帮短期出国访问的学者，一个个西装领带，手里拿着油亮的黑皮公文包。他们大多只看不买，因为手里公家发的外币有限，没有实力。有一位个子瘦小的学者看中了一件小商品，和售货员讨价还价，斤斤计较，看了让人侧目和不忍。学者说出了一趟国，想给老伴买一件小礼物，身上就这一点点外币。可是售货员还是不同意，说我要是开了先例，其他人如果都有这个要求，就不好办了。学者无奈，恋恋不舍地离开了柜台。

这帮学者看见姚奇和王小艺买东西比较大方，都围拢过来。听说他们是留学生，询问来美国已经有几年了，一个个脸露羡慕之色。然后问七问八，哪年出国，学什么的，学完后回不回国。

姚奇他们一一回答。当听说姚奇马上要回国去，这帮人不以为然，劝他慎重考虑。国内现在很乱，形势不明。再听说姚奇有回国工作的打算，更是摇头不已。

"小同志，欠考虑，欠考虑。现在大家能出国的都削尖脑袋出国，你怎么还想回去？"有个像领头的学者问。

　　姚奇说："一时半会说不清楚，只是想先回去看看。并没有决定。"

　　"听我一句，国内的生活和工作条件和美国相差太远，你回去一定不适应。看看我们这些在国内学术界有身份有地位的专家们，连买一件像样的礼物都不可能。"一位矮矮胖胖的女学者说。

　　"听说你们回国有八大件？一下子就踏入了共产主义社会。"刚才讨价还价的瘦小访问学者问。他梳着精背头，身上散发着一股劣质香水味，口气却是低微和谦卑的。

　　"邵研究员，你这一辈子就别想了。好好培养你的儿子，将来出国留学，也好回国给你带八大件。"他的一个同行揶揄他。

　　"哈哈哈。。。"他们一干人都爆出了大笑。

　　"好的、好的。我一定鼓励他好好学习。"小个子访问学者露出了笑容，摘下眼镜抹了一下浅浅的泪花。

　　又是八大件！王小艺听了心里别扭，仿佛这些就是金山银山。做一个大陆人真是可怜，为了这一点点奢侈品，真情流露出渴望和羡慕。她脑子里又出现了李智慧的豪车和台湾男子上万元的相机，同时出现在她脑子里的还有天安门广场绝食示威的学生们。突然之间，王小艺明白过来，人的尊严是由物质享受决定的，而物质享受的差别是由政治制度决定的。那些学生们呐喊的，乞求的，其实是人类的一些最基本的权力，就是要将中国社会改变成为真正的民主制度国家，让大家过上好日子。看着这些寒酸的访问学者们，她仿佛看见了自己的父母，未来的公公婆婆姚奇的父母，中国千千万万个年长的父母。

　　回过头来，他看见姚奇也沉思不语。过了一会，姚奇对那个瘦小的访问学者说："刚才那件小礼品，您买，我付钱。"

　　惊愕之余，瘦小的访问学者连连摆手："使不得，使不得。你们留学在外，非常不容易，我也就说说而已，多买些东西孝敬一下自己的父母吧。你这个晚辈心地善良，有回国的志向，我都听见了。但愿你们早日学成回国，将我们的国家建设得富裕强大起来，这些东西我们也就有了。谢谢，谢谢。"

　　另外一个身体肥胖的学者深有感慨，"到国外来转了一圈，才知道自己的国家是多么地落后。现在在北京闹事的学生并不是无理取闹，中国只有走向民主制度，才能真正富强起来，而不是只为少数贪官谋利益。"

　　这群访问学者没钱买东西，但有嘴评时事，七嘴八舌地谈起了中国风起云涌的局势，在国内不能说的事，这里可以畅所欲言，将心中的不如意和失落感尽情倾倒。

　　王小艺和姚奇离开礼品店后回到王小艺的住所。没有看见赵旒华，大概还在实验室加班，屋里就他们两人。因为姚奇后天要走，王小艺恋恋不舍。植物园一吻，两人关系铁定了，王小艺现在每分每秒都守着姚奇。

　　王小艺从书桌抽屉里拿出两枚夹层书签，"这是我做的，一人一个。"她递给了姚奇一枚。

　　姚奇将书签对折打开，拿在手里端详。书签的一面贴着玫瑰花瓣，外面上了一层防护胶。书签的另一面有王小艺的书写手迹，一枚上题着"书山有路勤为径"，另一枚题着"学海无涯苦作舟"。书法如其人，龙飞凤舞。

姚奇看着精巧的书签，闻了闻，上面有檀香味。

"我喷了一些檀香水。"王小艺见状说。

"怎么想起做这个？"姚奇喜欢这对书签，好奇地问，对性格大大咧咧的王小艺突然花心思做这个不解。

王小艺天真烂漫地说："你要回国了，送点东西给你做信物，让你时时想起我。知不知道，这叫龙凤书签。这是用你在植物园送给我的玫瑰花花瓣贴上去的，花瓣干燥处理过了，不会褪色。这一片书签上的玫瑰花瓣不带血，是你的。这一片书签上的玫瑰花瓣带有你的血，是我的。"长长的睫毛下，王小艺的眼睛忽闪忽闪，露出真诚。

姚奇记得那天在植物园采玫瑰时不小心让玫瑰的花刺刺破了手指，有一瓣花沾上了自己的血。他从上衣口袋里掏出随身携带的小记事本，将王小艺送给自己的那枚书签放了进去，又放回到口袋里，贴在心口上。

姚奇和王小艺对望着，他捧起王小艺的娟秀脸庞说："心意我领了，让我们的爱情像玫瑰一样，我会用我一生的心血来爱护它，浇灌它。"

王小艺的脸庞这时泛起了一片玫瑰红，姚奇慢慢地吻起了她的娇艳脸颊、眉睫、红唇，将她紧紧搂在了怀里。

因为要等李智慧，姚奇回到了实验室，在走廊上碰见了做完实验正要回家的赵旎华。

"要回国了，还来上班？你应该整理一下自己的行李。"赵旎华关心地说。

"李智慧有点东西让我带给她在大陆的朋友，我来等她。"姚奇回答。

赵旎华马上警惕起来，问："她有朋友在大陆？"

"嗯。今天她告诉我和王小艺的。"姚奇将在领事馆见到李智慧的事情简单向赵旎华叙述了一遍。

"她要带什么呢？"

"不知道。"姚奇如实回答。

"王小艺呢？"

"在家。我刚从那里来。"

"你忙，我先回去了。"赵旎华和姚奇 Bye Bye。

姚奇进了实验室，见李智慧已经在那里等他了。

李智慧身穿一件白大褂实验服，正坐在姚奇的椅子上轻轻摇晃着身子，两眼凝视着桌面。看见姚奇进来，她不好意思地赶快站起身。

姚奇忙说："对不起，来晚了，有点事。你要带的东西呢？"

李智慧递给姚奇一个纸袋子，说："我这个朋友喜欢读书，里面是一本书和一支笔。"然后又让他看一张纸条，"这是他的地址。"

姚奇接过纸袋子，又准备接纸条。李智慧却没有递给他纸条，她微笑着说："听小艺说你有过目不忘的本事，这次想考考你，用脑子记住，怎么样？"

姚奇被她这个玩笑弄笑了，接受了挑战："依你，我再看一遍。"

李智慧用两只手将纸条伸开，放在自己的眼眉前面让姚奇看。姚奇看了一眼地址，默记在心，这难不倒他。

这时李智慧慢慢将纸条挪开，天哪！那是怎样一双含情脉脉的眼睛啊。四目对望，姚奇脑子里像被电击中了一样。李智慧的袖口逸出了一股隐隐的淡香，有点迷魂和陶醉。姚奇陡然间觉得浑身热血上涌，经脉舒张，他的脸顿时红了。

姚奇赶快低下头，低声说："我一定将你的东西带到。"就再也不敢直视那双眼睛了。

"为什么不看我？"李智慧看着姚奇的窘态，不肯饶过他。

姚奇转过身去，两眼看着窗外的夕阳洒在对面高大建筑上的金辉，"你要干什么？"他记起了去西点军校时，李智慧从车后镜里瞥他的那个眼神，当时他已经意识到了什么。

"知不知道，你很帅。"姚奇的身后飘过来李智慧的柔语。

姚奇不吭声。

"知不知道，你的优秀让每一位女生倾倒。"姚奇感觉出了李智慧在身后有些气急，而且有双有力的手臂从后面抱住了自己。

姚奇这时头脑清醒过来，"请不要这样，我有王小艺。"

那双手没有松开。

"这样让人看见不好。"姚奇开始挣脱了李智慧的双手。他转过身去正对着李智慧，本想说什么，却看见了她眼睛里面闪着泪花，一副楚楚可人的模样。

"我是王小艺的男朋友，你是王小艺的好朋友。我们应该到此为止。"姚奇理智地说。

"知道。"李智慧理智地答复，眼睛却不离开帅气的姚奇。"明天要不要我开车送你去机场？"声音尽显温柔。

"不用，有王小艺送就行了。"

姚奇拎起李智慧的纸袋子离开了实验室，将李智慧抛在了身后。姚奇的脚步有些慌乱。

第十四章

赵旒华回到家里，一进门第一句话就急切地问王小艺是不是在领事馆前面看见李智慧了。王小艺说是。

"听说她让姚奇带东西？"

"你怎么知道的？"王小艺看着赵旒华急迫的样子，有点奇怪。

赵旒华知道自己有点失态，调整了一下自己的情绪，说："我刚才在学校碰见姚奇了，他告诉我的。"

"她还和一个台湾男子在一起。"王小艺告诉赵旒华，"奇怪的是那个男子就是帮我们买照相机的那位。"

"这么巧！？"赵旒华觉得里面有文章。

"我也觉得很巧。"王小艺附和说。

"你去买相机的事情给李智慧说过没有？"

"说过。那家卖相机的店就是她介绍的。"

看来那个男的是李智慧有意安排的了，他们是同伙，赵旒华心里这么认定。她盘算着，转而对王小艺说："姚奇明天要走了，今天晚上我们请他来吃顿便饭吧，我来做，为他饯行。"

"好哇。有赵姐这一句话，我这就去告诉他。本来我还想今天晚上和他一起到外面去吃呢。"王小艺马上拿起电话告诉姚奇。

过了一会姚奇就来了。一进门，姚奇拉着王小艺的手，显得有些反常，此时他的脑子里还叠加着刚才李智慧突然温柔袭击的一幕，多少有点魂不守舍。

看着两人亲热的样子，正在洗菜的赵旒华开玩笑地说："要是舍不得，就不回去算了。"赵旒华明显察觉这几天他们两人的关系突飞猛进，不比往常。

两人不好意思地松开了手。王小艺来到赵旒华身后问："要不要我帮忙？"

"算了吧，到姚奇那里去陪他。"赵旒华问姚奇："姚奇，这次在北京住哪里？"

姚奇回答："还没定，去了找个招待所就行。"

"要不这样，我有个大学同学在北京一家医院工作，住在木樨地附近。我可以给你介绍一下，就住她们单位招待所。她叫崔小梅，人很好。"赵旒华有预谋地说。

"真的？那太好了。"王小艺高兴得一拍手说，"那里离北京电报大楼不远，和我通话方便。记住，打 Collect Phone Call，我付费。要天天打！"

赵旒华笑得合不拢嘴，"你有多少钱？这么打还不打穷？这叫人去财空。"

"我不在乎，北京这么乱，我要他天天报平安。赵姐，别忘了把你那个同学的地址写下来。"

赵旒华说："这会没空，待会我将我同学的地址告诉你们。小艺，把冰箱里的葱拿一根来。"赵旒华刚才说不让王小艺帮忙，脑子里想着事，无意中又指使王小艺了。

王小艺照办，在水龙头上洗好葱递给赵旒华。赵旒华切好菜，接着炒菜。她装着无意地问姚奇："李智慧找了你没有？"

姚奇回答："找了。"

"带的啥？"

"一本书，一支笔。"

"这么简单？"赵旒华又开始炒第二盘菜，手脚麻利。

"嗯。"李智慧那不简单的后续动作让姚奇想起来还在心跳脸红，脸上显出了不自然。进屋后，他一直沉默着。

"是不是有点不舒服？"王小艺将赵旒华炒好的一盘菜端到桌子上，不知就里关心地问姚奇。

姚奇赶快回答："没有。"他拿起桌上的筷子夹了一筷子菜放进口里尝着，掩饰自己的窘态。

冰箱里东西不少，赵旒华很快做好了四菜一汤。她解下围兜，招呼着："来，吃饭，咱们祝姚奇一路平安。"

大家围在桌子边吃边聊。

"听说今天有李鹏会见学生的实况转播。"王小艺说。

"这段时间中央对学生好像很将就。希望这次的对话能够有个好的结果，让一切都恢复正常。"赵旒华说。

"'四.二六社论'是李鹏的主意，我看他不会轻易放弃认错。看他今天是个什么态度，反正我对他不抱什么希望。事情不往坏的地方发展就行。"王小艺向姚奇的碗里拈了一筷子菜。赵旒华看见想笑，恋爱中的女孩子非常可爱，粗心大意如王小艺者也开始懂得关心起人来。不过她记得以前和刘军在一起时，都是刘军给自己拈菜，她又下意识地摸了一下腹部。最近她不怎么胃里反酸了，食欲倒是大增。

王小艺看见，也向赵旒华碗里夹了菜，"赵姐多吃点，你现在是两个人了。"

"我自己来。姚奇，看王小艺现在多会体贴人，都是你的功劳哟。你真舍得就这么回国工作，撇下她两地相思？"赵旎华故意问。

"是有点舍不得。"姚奇不好意思地回答，"我不是说过只是回去看看，没有定吗？"

"让他回去看一下也好，有个比较。"王小艺又往姚奇的碗里拈菜。

"其实留下来做完博后，应该是个上佳选择。"赵旎华将王小艺心里的话说了出来。她不知道，下午姚奇和王小艺在一起，温存的时候姚奇已经基本决定留下来做博后。

王小艺得意地说："赵姐，这事你就不用操心了，我能够摆平。"

"都说爱情的力量是伟大的，我相信你的魅力。"赵旎华说，对两个小辈做了一个怪脸。

"就是那个叫什么关点的人让人不解，连博士学位都不要了，回国去参加民运，投笔从戎，还捎带上姚奇。"王小艺有点不满说。

"人各有志。其实我很佩服他，为了追求自己的理想，舍得牺牲。中国需要他那样的人去改变现状。"姚奇为关点辩护。

吃完了晚饭，天色已经很晚，姚奇还要回去收拾东西，王小艺也要去陪。她告诉赵旎华今晚可能不回来了，因为她明天一大早要送姚奇去机场。

赵旒华能够理解。待两人走了，她一人收拾好碗筷，打开电视，静静地看美国电台转播的中央电视台直播。

迫于北京百万人上街游行的压力，5月18日李鹏终于在人民大会堂会见了学生代表。陪同的还有李铁映、李锡铭、阎明复、陈希同等，和以王丹、吾尔开希为首的学生代表进行对话。学生们期盼的对话终于实现了。有些学生代表还是从医院里被拖来的，身上穿着病人服装，打着吊针，头束绝食布条。赵旒华看到这幅画面，心里一阵紧缩，觉得有一种气壮山河的美丽和为了理想献身的悲壮。事情怎么会发展到这个地步呢？还没有开始，她的心不由自主地已经站到了学生一边。

电视上学生们指出，由于静坐示威政府不在乎，才导致了绝食。他们担心"四.二六社论"里提出的"一小撮"会导致将来秋后算账，对话的重点自然在撤销"四.二六社论"上。可是在接见过程中，"四.二六社论"的始作俑者李鹏缺少诚意，居高临下，颐指气使。他非常粗鲁地和带着绷带的绝食学生代表吾尔开希唇枪舌剑，表现出来的愚蠢和僵化让电视机前的赵旒华大吃一惊。堂堂一国总理，表现出了极低的素质和素养，显得苍白无力。她和天下人这时都不知道，在刚结束的党中央政治局常委会议上，赵紫阳已经在党内斗争中失势，八老（指邓小平、陈云、李先念、彭真、邓颖超、杨尚昆、薄一波、王震）已经决定下达戒严令，所以才有了李鹏的傲慢和底气，满眼的杀气腾腾。会议开到了后来，吾尔开希激动得心肌炎发作，在对峙高潮时倒下了，被抬出去急救。

【对话的主要内容。摘自《人民日报》，１９８９年５月１９日】

国务院总理李鹏等领导同志于今天上午１１时至１２时在人民大会堂会见了在天安门广场绝食请愿的学生代表。

李鹏同志说，很高兴同大家见面。今天见面只谈一个题目，如何使绝食人员解除目前的困境。党和政府对这件事很关心，也为此事深感不安，担心这些同学的健康。先解决这个问题，以后有什么事都好商量。我们不是出于其它什么目的，主要是关心。你们年龄都不大，最大的二十二、三岁，我最小的孩子也比你们都大。我有三个孩子，没有一个搞"官倒"的，但都比你们年纪大。你们都如同是我们自己的孩子，都是亲骨肉。

北师大学生吾尔开希：李总理，这样下去，好象时间不够。我们应尽早进入实质性谈话。现在我想把我们的话说一下。您刚才说我们只谈一个问题，而现在的实际情况是，不是您请我们来谈，而是我们广场这么多人请您出来谈，谈几个问题应该由我们来说。好在，我们的观点是一致的，广场上现在已有许多人，有多少人晕倒了，您大概也清楚。我想重点是如何解决问题。昨天，赵紫阳同志书面谈话，我们都听了，也看了。为什么现在同学们都没有回去呢？我们认为，这还有点不够，很不够，我们提出的条件以及现在广场上的趋势您是知道的。

北京大学学生王丹：广场上的情况，我可以介绍一下。现在已有两千多人次晕倒。如何能使他们离开现场，停止绝食，必须全面解决我们提出的条件。上次同阎明复部长也谈过这个问题。政府一定要重视民心，尽快解决问题。所以，我们的意见很明确，要使绝食同学离开现场，唯一的办法就是答应同学们提出的两个条件。

吾尔开希：您这么大年纪，我叫您李老师，我觉得是可以的。李老师，现在的问题并不是在于要说服我们这些人。我们很想让同学们离开广场，广场上现在并不是少数服从多数，而是９９．９％服从０．１％——如果有一个绝食的同学不离开广场，广场上其他几千个绝食学生也不会离开。

王丹：我们昨天对一百多个同学作了一次民意调查，阎明复同志来讲话之后，是不是同意撤离广场。调查结果是９９．９％的同学投票表示不撤离广场。在这里把我们的要求再明确一下，一、肯定这次学生运动是民主爱国运动，而不是所说的动乱；二、尽快对话，并现场直播。这两点如果政府能尽快圆满地回答，我们可以去现场向同学做工作，撤离广场。否则，我们很难做这样的工作。

吾尔开希：关于这两点，我还想说明一下，我们提出要尽快平反，否定社论，即第一，要求正面肯定这次学生运动，而且要反面地否定"四·二六"社论，否定是动乱。到现在为止，还没有人说学生运动不是动乱。还有，应为这次运动定性。然后，可以想出几种办法，一、请赵紫阳同志或李鹏同志，最好是赵紫阳同志到广场去给同学直接讲话。二、人民日报发个社论，否定"四·二六"社论，向全国人民道歉，承认这次学生运动的伟大意义。只有这样，我们才可以尽量说服同学把绝食改成静坐，然后在这种情况下继续解决问题。我们可以尽量说服，但我们还不敢说一定能够做到，但如果连这一点都不行的话，那后面的情况就很难说了。关于对话，应该是公开、平等、直接、真诚地同广大学生代表对话。这一点，国务院也说过，要对话，那么，我们这样提，为什么不可以？公开，就应有电视直播，这也是真正地公开，而且应有中外记者在场。关于平等这一点，应该是由有决策力的领导同志，与真正的、能影响学生运动的、直接由学生选出的代表对话，这才是直接、平等的意思。对话之中，不应再出现诸如这个问题："我无法回答这样的说法"，"这只是我个人的意见"。也可以这么说，如果有些问题政治局会议未讨论到，而我们提出来了，应该马上再召集会议研究，这才是真正解决问题的态度。

　　王丹：现在我们这些代表到这里来，实际是代表广场上绝食的同学，为他们的生命负责而来的，所以希望各位领导能对我们提出的两个问题表态。作为发起者和组织者，我们都为同学的生命安全担心。我想各位领导也会有同样的想法。基于这些想法，希望能对两个问题尽快明确。

吾尔开希：其他同学还有什么意见，赶快补充，因为我们时间不多。

北京大学学生熊焱：我们认为，不管政府方面还是其他方面是否承认它是爱国的民主运动，历史会承认的。但是，为什么还特别需要政府及其他各方面的承认呢？这代表了人民的一种愿望，想看看我们的政府到底是不是自己的政府。其实问题就在这里。第二，我们是为共产主义而奋斗的人，我们都是有良心的人，有人性的人，为了解决这样的问题，什么面子及其它什么东西都应放下来，只要是人民的政府，承认了自己的错误，人民是会拥护的。第三，我们对李鹏总理有意见，并不是对你个人有什么意见，对你有意见，因为你是共和国的总理。

中国社会科学院研究生院学生王超华：我同意刚才一个同学的说法，如果作出某种决议，但不代表广大同学的话，也是没有用处的。

北京大学党委书记王学珍：有不少北大同学在天安门广场。对同学们的行动，我们作为师长的，心里都很难过。我认为，我们广大同学是爱国的，是希望推进国家的经济、政治体制改革的。广大同学不是代表动乱，这一点，希望政府能肯定。第二，希望政府的领导人，也希望总书记能到天安门广场，给同学们讲一讲，一方面表示理解同学们的心情，对于"官倒"、腐败现象，我们政府也已多次表示有决心解决。同时可把这些问题向同学们讲一讲，即没有人说广大同学的运动是一场动乱。我希望政府同广大同学配合，劝绝食同学回去。这样下去，对学生身体是不好的。中国的建设，民主政治的推进，都要靠青年人担负。

中国政法大学学生王志新：民主、科学的口号已提70年了，但一直未达目的，现在又喊出来了。我再赠给政府一句话，从4月22日开始了请愿，结果你没有出来，5月13日开始绝食直到现在。世界上有个惯例，绝食7天的时候，政府应该给予答复，连南非这样的国家都能做到。再一个问题，不知道政府有何想法，现在，加入游行队伍的有幼儿园的阿姨等，各种人都有。

王超华：我认为，同学们是在自觉地搞一场民主运动，争取宪法赋予的权利，这一点，我希望明确，如果仅仅说是爱国热情，那么在这种热情下，什么事也会干出来的。否则，无法解释这次运动中的冷静、理智、克制、秩序。

王丹：还有发言的没有？没有了，那么请领导表态。

李鹏：我提一点希望，当我们讲话时，不要打断。我们讲完后，如果谁还有意见，可以再讲，充分地讲。

　　北京大学学生邵江：学生运动可能已经形成一个全民运动，学生是比较理智的，但是我们不能保证全民运动是理智的。我想请你们讲讲，这种事态怎么办？

　　李鹏：你们讲完了吧，请铁映同志讲一讲。

　　李铁映：我作为国家教委负责人，已经与明复同志和大家讲过。关于与国家教委建立一些对话渠道，听取广大教师和学生的意见，对我们的工作提意见，这个问题，从国家教委来讲，没有能够建立一个正常的、多层次、多渠道的形式，能使大家有说话的机会，我们做得不够。这次学潮发展到这样的规模，是我们不愿看到的。因为，实际上已经形成了全国范围内很大的一场事件，而且问题是一些政治问题，在社会上产生很大反响，事态还在发展。关于对这次学生游行示威的看法，我在两次对话中已经表示了。广大学生在运动当中，应该说表现了爱国的精神，应该说提出了很多意见，表达了爱国的愿望，但是很多事情并不能完全凭我们主观的想法和良好的愿望，要看事态的发展和历史的检验。大家都是反对动乱的，我们也反对，学生也反对，全国人民也反对，希望有一个稳定的局面。如果在今天的中国，没有一个安定团结的局面，什么事情都吹了，不管是经济建设也好，经济体制改革和政治体制改革也好。我们振兴中华的这个愿望，没有一个稳定的局势，或者继续通过改革建立长治久安的稳定的机制，没有一个稳定的和平的国际环境，我看中华民族的振兴只

不过是一个愿望，或者说是一句空话。不管我们内部有多少问题的讨论和争论，都应在民主法制的范围内进行。我们有人民代表，我们有人大，还有各种各样的机制。对广场上的学生和广大学生的最大爱护，就是希望我们共同努力，在逐渐推进改革的过程中建立一个能够真正实现振兴中华的这么一个机制，这是我们的历史的任务，这也就是我们十三大提出来的在社会主义初级阶段所要达到的目的。现在事情的发展并不完全取决于同志们的主观愿望和良好的爱国热情。例如从昨天来看，全国已有１９个城市发生了不同情况的游行示威，有一些学生已从其他各地来到北京。现在广场上的那些学生已经不完全都是北京的学生。像这么一种秩序，已经不完全和我们的主观愿望相适应。为解决同学们提出的一些问题，我们已经举行几次对话。现在最主要的问题是来研究如何通过民主和法制的办法来加以解决。希望同学们能够认真思考，使我们在座的一些同学能够工作，使在广场上的同学尽快回到学校去。

阎明复：这些天来，我和同学们有过多次接触，我现在关心的唯一问题就是要救救在广场上绝食、体质非常虚弱、生命受到严重威胁的孩子们。我想，问题的最终解决和绝食要分开，特别是没有参加绝食的同学，要爱护绝食的同学。我相信问题是会最终解决的。但是，今天就必须把一些身体非常虚弱的同学送到医院里去。我们应该达成一个协议，把这两个问题分开来谈，因为现在事态的发展正像我5月13日晚和吾尔开希、王丹讲的，已经超出了发起人的善良愿望，已经不是你们能够影响得了的。5月16日，我到广场上和同学们交换意见，我提出了3点：第一，请你们马上离开，把绝食的同学赶快送到医院去抢救；第二，我代表中央宣布，绝对不会对同学们"秋后算账"；第三，如果同学们不相信我的话，在人大常委会开会之前，我可以和同学们一起到学校里去。听说我走之后你们同学组织讨论，有些同学同意我的意见，但大部分同学不同意。在这样的情况下，中央领导同志本想到广场上去看望同学们，因为没有与你们联系上，就没有办法进去，这一点你们可能都知道。现在，越来越多的迹象表明，同学们自发产生的3个方面的组织，对局势的影响是越来越差了，现在事态的发展不是按你们的意愿进行的。事态会怎么发展，我们很担心。现在你们唯一可以影响的是，决定绝食的同学离开现场。党中央、国务院有诚意、有决心解决同学们提出的问题。现在人们关心的重要问题是孩子们的生命，对孩子们的生命要高度地重视，对孩子们的生命要负责。

陈希同：我来这里时，车子已经很难通行，所以晚到了。我作为北京的市长讲几句话。这几天事态的发展，同学们都已经看见了，广场上的游行大家也看见了。现在，许多人很关心这件事，工人、农民、知识分子、机关干部，都关心目前发生的事情。许多工人、农民、知识分子和机关干部到市委、市政府，希望我们能够按照赵紫阳同志讲的，在民主和法制的轨道上解决问题。大家知道，现在城市交通基本上瘫痪，生产受到极大的影响，有的工厂的一些工人也出来了，表示支持同学们。但多数群众希望不要再这样继续下去，希望安定下来。如果全城交通瘫痪了，供应中断了，会对我们的人民、我们的国家造成很大的影响，这一点大家是很明白的。他们要我向同学们转达这个意见，现在，我转达了。现在，大家对绝食的同学都非常关心，医务工作者、红十字会的工作人员，都十分关心绝食同学的健康，要求给他们以最大的方便条件，能够把绝食的同学顺利地送到医院。他们向我提出来，政治问题是政治问题，不要拿我们孩子的生命开玩笑，或者作为一个什么交换条件。我想，这一点希望同学们能了解。你们因为绝食，身体受到影响了，甚至于牺牲了生命，对国家、对个人都没有好处。我作为市长，就转达这两点意见，希望同学们多多协助，让红十字会能够履行他们的人道主义的义务，保证每个绝食同学的生命安全。我们市政府决心提供一切必要的手段，提供防雨、防寒设备，我们现在已经作了充分的准备。

　　李锡铭：我没有什么说的，现在首要的任务是不要有一个绝食的孩子生命受到威胁。要团结一致，先解决这个刻不容缓的问题，希望大家共同努力。

　　李鹏：我现在谈几点意见。大家愿意谈实质性问题，我首先谈实质性问题。我建议由中国和北京市的红十字会，负责把参加绝食的同学安全地送到各个医院去；我希望所有在广场上的其他同学予以协助和支持，这就是我的具体建议。同时，我要求北京市的和中央所属单位的各级医务人员，大力地抢救、护理参加绝食的同学们，以保证他们生命的绝对安全。不管我们之间有多少共同点，或者还有什么不同点，现在救人是第一位的。在这方面，政府责无旁贷，有责任。每一个在广场上的同学也应该从关心同学的立场出发，予以协助。我这个要求，不是讲等到绝食的同学在生命垂危的时候再把他们送走，而是现在就把他们送到医院去。我已经发出指示，要求各大医院想一切办法，腾出床位和必要的医疗条件，接待这些绝食的同学。这些天来，我们广大医务人员也是非常辛苦的，他们夜以继日地、精心地护理绝食的同学。今天上午，我和紫阳、乔石、启立等同志看望了在医院的部分同学。第二点，无论是政府，还是党中央，从来没有说过，广大同学是在搞动乱。我们一直肯定大家的爱国热情、爱国愿望是好的，有很多事情是做得对的，提的很多意见也是我们政府希望解决的问题。我坦率地讲，你们对于解决这些问题起了一定的推动作用，有些问题我们一直想解决，因为有许多阻力，未能及时解决，同学们极尖锐地提出了这些问题，能够帮助政府克服前进道路上的困难。这一点，我认为是积极的。但是，事态的发展，不以你们的善良的愿望、良好的想象和爱国的热情为转移。事实上现在北京已出现秩序混乱，并且波及到全国。我没有把这个责任加给同学们的想法，绝对没有这个意思。现在这个事态，已是客观存在。我可以告诉同学们，昨天京广铁路在武汉一段被堵塞了三个多小时，停止了铁路动脉的运输。现在有不少城市的社会闲杂人员，纷纷打着学生的旗号到北京来了。北京这几天，已经基本上陷入了无政府状态。我再说一遍，绝没有把这个责任加给同学们的意思，我希望同学们想一想，这样下去最后会导致什么样的结果。中华人民共和国政府，是对全国人民负责的政府，我们不能对这种现象置之不理。我们要保护广大同学的生命安全，要保护工厂，保护社会主义的成果，保护我们的首都。这些话，你们愿意听也好，不愿意听也好，我很高兴能够有这样一个机会告诉大家。动乱，中国出现过很多次，原来很多人并不想搞动乱，但是最后发生了动乱。第三点，现在是有一些机关的工作人员、市民、工人，甚至有我们国务院一些部门的人员上街游行，表示声援。我希望你们不要误解他们的意思，他们出于对你们的关心，是希望你们身体健康不要受到损害。但是这里面也有许多人的作法，我是不完全赞成的。如果他们劝你们吃点东西，喝点水，能够保持身体的健康；劝你们尽快地离开广场，有话好和政府来商量，这完全是正确的。但是，也有不少人是在那里鼓励你们继续绝食，我不能说他们动机怎么样，但是这样做，我是不赞成的。作为一个政府的总理，不能不表明我的态度。同志们提出了两个问题，我们是理解的。我作为政府的总理，作为一个共产党员，不隐瞒自己的观点。但是我今天不讲，我会在适当的机会来讲这个问题，而且我也差不多讲了我的观点。如果今天一味要在这个问题上来纠缠，我认为是不合适的。如果你们认为你们自己在座的这些同学，不能够左右你们伙伴们的行动，那我就通过你们向在广场上绝食的同学发出呼吁，希望他们尽快结束绝食，尽快到医院去接受治疗。我再次代表党和政府向他们表示亲切的慰问，衷心希望他们能够接受政府对他们这一很简单、而且很紧迫的要求。

吾尔开希：非常抱歉，我刚才给您写了一个条子，我现在想提醒您，刚才说纠缠这个问题，我们学生现在只是从人道主义立场上来解决这个问题。还有一点，现在解决问题的关键，并不是说服我们在座的这些人，问题是在于怎么让他们离开。他们离开的条件我已经说得很清楚了，只有这一种可能性，这是客观现实。我们广场上如果有一个人不离开，再继续绝食的话，我们就很难保证其他的几千人离开。关于由红十字会解决这个问题，我请李总理和在座的领导同志们考虑一下这个问题的可行性。我现在再说一遍刚才说的话，咱们不要纠缠，这也是我们的意见。迅速答复我们的条件，因为广场上的同学正在挨饿，如果再不行，还在这个问题上纠缠的话，那么我们认为政府毫无解决问题的诚意，我们这些代表没有必要在这里再坐下去了。

王丹：如果李总理觉得会闹成动乱，对社会造成不良影响的话，我可以代表广大同学说，应由政府来负全责。

熊焱：亲爱的李鹏同志，刚才您说了一个问题，就是现在好像社会上有动乱的迹象，我要讲学生运动与动乱的关系。学生游行与动乱没有关系，望能及时解决。

阎明复：在今天这个对话中，大家的意见向党中央、国务院提了出来。李鹏同志代表党中央、国务院表示了我们对这些问题的看法。现在一个最迫切需要解决的问题，是如何尽快地使绝食的同学在红十字会的协助下，到医院里边去进行治疗。其他的问题，我们都有时间来解决。对话就到此结束。

王志新：这不是对话，而是见面。

阎明复：对，是见面。

首都部分高校负责人、专家教授也参加了会见。

看完了转播，已经是半夜时分，赵旒华关上了电视。她站在窗前望着远处，帝国大厦的顶层灯光已经熄灭，零零散散的高楼窗灯和残星对应，散发着微弱的光亮。这一夜她辗转反复，开始为广场上学生们担心起来了，也为中国的前途担心了。李鹏的拙劣态度和缺少涵养，让她心情不能平静。有总理如此，乃中国的大大不幸。这种庸人何以上台，窃国器？看来中国的领导人选拔制度真的有问题了，是不民主带来的后果。连像自己这样比较保守的党员留学生都开始质疑了，天安门广场的人心向背可想而知。赵旒华的思绪紊乱不堪，她想起了刘军，不知他现在在干什么。

隔着地球那边，这时的刘军正和部队日夜兼程向首都北京进发。

第十五章

五月十九日这天，姚奇和王小艺在肯尼迪机场前下了出租车。出租车司机为他们取出行李，姚奇付了车资和小费。出租车离去时，卷起一阵风将王小艺的裙子吹得飘了起来，贴在了姚奇的腿上。两人相视而笑，然后拖着行李箱进了机场大厅。天还早，但里面已经是人群熙攘，一片繁忙。他们在中国航空公司的检票柜台前办好手续，托运了行李。早上起得早了点，为了赶路，两人没有吃早餐，这时肚子都有点饿了。他们来到机场里面的一家自助早点店，一人买了一份早餐，拈了一排座位坐下，并肩吃了起来。

不知怎的，气氛有些凝重，两人有点沉默，心里都不愿分开。

还是姚奇打破了沉默，对王小艺说："我走了，实验就靠你自己了。有不懂的地方可以询问其他人。昨天库珀教授同意将你的名字挂在论文上的要求了。"

"我准备和库珀教授说，留在他实验室做研究生。等我毕业了，学到真本事，我们一起回到中国去报效祖国，做一对科研夫妇，为四个现代化服务，改变中国科研的落后面貌。"王小艺抬起了头，两眼饱含深情地看着姚奇。

姚奇看着王小艺眸子里的亮光，这几个月下来，她成熟了许多。他将王小艺的手握住，捧在手心里，放到唇边支着。

"看见伯父伯母，代我向他们问好。"王小艺闪动着睫毛，有点湿润。

"好的。可惜我们在植物园拍的相片还没有取出来，要不给他们看我们的合影多好。"姚奇不无遗憾地说。

"我这里有一张大学毕业的标准照，要不先拿去充数？等新照片洗出来了，我给你家寄去。"王小艺说着从身边的袖珍皮包里掏出了钱包，又从钱包夹层里拿出了自己的大学毕业照片。

姚奇非常高兴地接过了王小艺的照片端详着，一个稚气未脱的女孩，纯洁，倩丽，一头短发，满面笑容，阳光灿烂，无忧无虑，许多字眼在姚奇的脑子里蹦了出来，他已经深深喜欢上了这个女孩和学妹。

姚奇从上衣口袋里掏出随身记事本，满意地将王小艺的单人照放进了里面，和王小艺做的那个微型书签叠放在一起。"你真漂亮！这张照片我收了，送给父母留作纪念，父母看后一定满意。

如有机会，我还想见见你的父母。"说完姚奇将父母家的地址写了下来，然后撕下纸页递给王小艺收好。

王小艺将姚奇家的地址放进皮包，高兴地说："等我博士qualify 通过了，我想回国探亲，带你一起去见我父母。"

姚奇用手揽住王小艺的肩头，王小艺靠在了他的胸前，里面的心跳传到了她的耳朵里。王小艺免不了担心，说："中国现在这么乱，我心里不放心。回去后要注意安全，不要去危险的地方。记得常常给我打电话，好让我安心。"

姚奇吻着她带有香味的头发梢说："那么多人都没事，我应该不会有问题。其实我有些向往，向往能够亲自到天安门广场去目睹这次伟大的学生运动，见证这场能够改变中国历史的壮观场面，甚至投身到这场洪流中去，真是可遇不可求的机遇呀。我们国家经历了太多的苦难，先是内忧外患，丧权辱国，后又经历了共产党统治下的各种运动，民不聊生。希望这次声势浩大的学运能够唤起民众的觉醒，杜绝贪腐，让国家走向自由民主，让中华民族走向新生。"

"你再这么说，我跟你一起回去算了？"王小艺的调皮劲又上来了。

"等那边闹歇停了，国家走上了正轨，你再回去也不迟。"姚奇接着说："如果我这次回去找工作不理想，回美国后就找博后。"

"你留在库珀教授这里当博后不行吗？他非常欣赏你的。"

"行是行，但我还想多开开眼界，想去不同的实验室，经受不同的锻炼。"

"你想去哪里？"

"还没开始想，等从中国回来后再决定。不过丁一那里或刘一鹤那里都不错。如果留下来做博后，我还要到领事馆去延长护照，我的快到期了。"

看了一下手表，王小艺说："时间不早了，你的登机时间快到了，你去登机口等吧。以后的事情回来后我们再聊。"王小艺虽然舍不得，但担心误了航班，提醒着姚奇。

他们起身，将桌上的残物清理干净倒进垃圾箱里。两人牵着手，像机场许多美国年轻情侣一样亲热地来到检票口。要分手了，两人忍不住紧紧拥吻，不肯松开。过了好久，姚奇在王小艺的耳边喃喃："我得走了，各自保重。"

在王小艺的泪光和挥手中，姚奇一步三回头地向里面走去。

告别了王小艺，姚奇一个人来到去中国的航班登机口，忽然听见有人喊："姚奇。"

他抬头一看，原来是关点坐在人堆里，他的头上这时还扎着支持民运的白色绑带。他旁边还有两个和他一样扎着绑带的人，姚奇在关点组织的几次聚会上见过，因此彼此熟悉。他们也和关点一样，是回国参加民运的留学生。大家打着招呼，姚奇在他们身边坐下。

显然关点几个人已经谈了一会了。他们接着刚才的话题，原来谈的是李鹏接见天安门学生代表的事。昨天姚奇收拾东西，又和王小艺有说不完的话，卿卿我我，没有看电视，错过了转播中央电视台的节目。这时他只好听大家议论纷纷，插不上嘴。坐这趟航班的大多数是中国人，或访问学者，或探亲的老人，还有几个外交官。因为大部分人昨天都看了电视转播，不时插进来发表不满议论。大家愤愤不平地大谈李鹏的拙劣表演，鄙视之情溢于言表。姚奇看得出来，大家不仅失望，而且义愤填膺，有点后悔昨天没有看电视转播。

"这家伙心胸太狭窄，气量太小，再加一个字，蠢！这种人哪有资格当共和国总理，丢人现眼。"

"要不是他趁赵紫阳离开北京搞了一个文革式的'四.二六社论'，事情也不会闹到这步田地。"

"胡耀邦追悼会时，有三个学生跪在人民大会堂前向他请愿，他就是不理，视学生为草民。"

"扇这丫的耳光子，可恶。"

"七六年天安门事件，北京人到人民英雄纪念碑悼念他的养父周总理，和现在学生们的举动多么相似。他应该同情学生站在学生这边才是，怎么对学生就恨之入骨了呢？搞得那个'四.二六社论'和当年打倒邓小平的'四.五社论'一个调子，好像是同一个人写的梁效腔。一句动乱，非要把学生们置之死地而后快。"

"他当电力部长那会就无能，靠的是一个烈士的爹和周总理这个后爹。"

　　他们周围坐着一帮短期出国开会的国内学者，虽然拘谨，一个个眨巴着眼睛非常有兴趣地听着这几个留学生的畅所欲言，毫无忌讳，这异国他乡的大胆议论听着很新鲜。这时里面有个人善意提醒几位说："小同志，看你们像是要回国去的样子。李鹏是一国总理，回到中国后，可要当心自己的言行，不比美国随便。"

　　姚奇回过头来，认出来了他们是几天前在34街留学人员服务部见到的那拨学者。讲话的人就是那个一直想买而没有买成礼品的瘦小个子研究员。他们这代人还留有时代的烙印，不敢犯政治错误，说话办事谨小慎微，连蚂蚁也不愿意踩死，怕惹麻烦。

　　"老师，北京的学生不也这么谈论李鹏吗？有些话语好像比我们还尖锐。"姚奇向小个子研究员点点头，回了他的话。

　　研究员早就认出了姚奇，也冲他笑笑，接着说："你们太年轻，不懂中国的政治，这次学生一定吃亏，你们回去无异于飞蛾扑火。听我一句劝，留下来好好学习，充实自己，珍惜来之不易的机会，留得青山在不愁没柴烧。"他瘦削的脸庞显得凝重，话语语重心长。

　　"何以见得？"关点显然不同意。

　　研究员解释道："试想，如果毛主席当年逝世没有那么快，邓小平能翻身吗？七六年的天安门'四.五运动'能平反吗？不管李鹏如何，这次'四.二六社论'是邓小平指示发的，他能自己推翻自己吗？在他有生之年绝对不会发生，除非他死。可是他现在很健康，抽烟打桥牌，活得好好的，离他去世还远着呢。这就是这次运动和七六年那场运动的主要区别，现在谈论改变'四.二六社论'，无异于与虎谋皮。"

"都说是李鹏蛊惑邓小平发的'四.二六社论'。邓小平是改革的设计师，思想开放，他有知错就改的前科。"旁边一个回国的留学生插话。

"这个你们就不懂了。文革中邓小平三起三落，每次都认错，还说'永不翻案'。结果呢，上台后我行我素，继续自己的做法。最后一次，他甚至将放自己出笼的华主席赶下台。还有一段历史你们这些年青人大概不完全了解。我们这群人中，大多数都曾经被打成了右派。我比较幸运，当年没有赶上，可是几年以后，我被说成是漏网右派，还是没有逃脱。知道全国上下划右派的主要推手是谁吗？邓小平。"研究员眯起了两眼，眼前一片虚光，仿佛回望那段不堪回首的岁月。

看着关点姚奇他们一脸惊奇和不解，研究员声音低沉地继续说道："五七年反右时邓小平是中央书记处的总书记。1956 年 5 月，毛主席宣布开展'百花齐放、百家争鸣'运动。邓小平不赞成，认为可能引发一场反对中国共产党的群众运动。几个月后，毛泽东放弃这场运动的初衷，在随后的 1957 年到 1958 年间，开展反右运动，邓小平任中共中央反右领导小组组长，亲自主持并积极推进反右运动，迅速将 55 万人划为"右派分子"，是毛主席最初估计右派人数的一百多倍。在 1957 年 9 月召开的中共八届三中全会上，邓小平作了《关于整风运动的报告》，把反右作为整风运动第二阶段。这场运动，让多少有才华的青年学生毁了前程，入了地狱。我们这拨人大多服过牢狱，进过牛棚，被思想改造，身体垮了，妻离子散，家破人亡。一直到了文革以后，吃过亏的邓小平才有所醒悟，让胡耀邦给我们平了反，恢复工作。但俗话说，江山易改本性难移。谁要是动了共产党的根基，他就不认人了。当我们看了'四.二六社论'，立马就想起了当年的反右运动。所以不要对邓大人存有幻想。三十年前他可以将几十万学生打成右派，现在他也可以，连党的总书记胡耀邦也可以干掉，谁也逃不过他如来佛的手心。他是一个共产党人，坚定的马克思主义者，他的一些做法和当年的毛主席不会有两样。"

研究员的话入木三分，分析透彻，让姚奇陷入了深思，虽然自己文革时还小，但父亲单位里的那些被管制的右派分子的身影在他脑子里盘旋。

关点听完却不以为然，分辨说："您说得有道理。这也就是为什么需要我们年青一代的地方。中国几千年的皇权思想根深蒂固，再加上老人政治，独裁专制，固步自封。社会要前进，就要有勇气改变这陈腐的畏首畏脑的想法，就一定要传播民主思想，改变现实，以民为本，像当年孙中山先生那样。现在和以前不一样了，中国已经不是一个独裁者说了就算了的，天安门广场上发生的一切已经说明了问题。我们回去给国内的学生多一些支持，就多一分力量。人多力量大，柴多火焰高。"

"你真的不怕，愿意抛弃这里的一切？"研究员瞪起了一双眼睛，不太理解关点的行为。

"我不上刀山谁上刀山。我不下火海谁下火海。舍得一身剐敢把皇帝拉下马。"

关点的列宁式演说，带点悲壮行色，像个荆轲，博得了旅客听众们的一片掌声，包括瘦小研究员。他说："后生可畏呀，中国的希望就在你们这一代年轻人身上了。愿上天保佑。"

这时广播里播喊登机时间到了。众人排好队，鱼贯而入。

王小艺一直等到姚奇走得看不见了才依依不舍地转身离开机场，她的心仿佛被装在了姚奇的口袋里带走了。她回到家里，心里空空的，姚奇的影子挥之不去，一个人闷闷不乐，没心情去实验室。她蒙着头嘤嘤哭泣，体会到了爱情的甜蜜和相思之苦。过了好一会，她才起身，去厕所里洗了一把脸。这时她想起了照片，于是锁上门，下楼乘地铁去了唐人街。

在唐人街出了地铁站，外面阳光灿烂。神情恍惚的她老远看见一个人的背影像姚奇，刚想喊，马上把嘴捂住，意识到姚奇已经上了飞机回中国了。她忍不住笑自己想姚奇想得有点神经错乱了。孔子像前还是人头攒动，没玩没了的示威，出现了"打倒李鹏"、"打倒邓小平"、"打倒共产党"的口号声。王小艺这时没有心情理会这纷乱世界，好像都和自己一点关系也没有，她心里装满了姚奇。

她这时一心只想取出相片，急匆匆地来到精益洗相店。付完钱，店员将装有相片的纸袋子递给她。王小艺一出门，就迫不及待地赶快从纸袋子里取出一叠相片，坐在外面的长条靠椅上一张张翻看起来。照片都是 4X6 的，其中有几张是她和姚奇在杜鹃花前的合影，非常甜蜜的样子。这时她脑子里又出现白人小伙子的声音：Are you happy? 王小艺笑了，一股暖流通遍全身，心里感激白人小伙子的善解人意和热情友好。她起身回到店里，告诉店员加洗放大同姚奇合影的照片，8x10 的。另外她还加洗了其中几张自己中意的单人照。

办完了这些，王小艺出来，心情好了许多。看看手表时间已经不早了，得赶快回学校去找库珀教授，将自己要留下来做研究生的决定告诉他。于是她又急急忙忙往回赶，生怕错过了什么，怕其他一年级新生抢在前面和库珀教授敲定，没了自己的份。

到了学校，王小艺来到库珀教授的办公室，库珀教授在看文献。看见王小艺，库珀教授已经预感到了什么，眼睛眯笑着等待王小艺开口。王小艺一刻也不耽误，将自己想留下来做研究生的决定告诉了库珀教授。

"Maggie, you want to stay. Is it because of me, or because of Ki?"

王小艺红了脸，"Both!"

"OK. You are very smart."这大概是一句双关语，即肯定王小艺留下来的决定，又赞赏她回答问题的机智。于是王小艺坐了下来，她和库珀教授谈了许多未来的实验设想。谈话中间，库珀教授告诉王小艺，上午已经有个曾经在他实验室做过 rotation 的学生来找过他，想来库珀实验室做研究生。因为等着王小艺的选择，库珀教授没有马上给那个学生一个肯定的答复。库珀教授告诉王小艺，最近一段时间她在实验室的表现，他非常满意。库珀教授称赞王小艺是一个聪明用功的好学生，鼓励她以姚奇为榜样，好好干，争取早日毕业。

从库珀教授办公室出来，王小艺来到了实验室，她在姚奇的桌前坐了下来。想到自己将来几年会接着姚奇的课题做论文，心里一阵欢欣鼓舞。她开始翻起姚奇的东西。一打开抽屉，那只废旧魔方和自己送给他的那只魔方立刻映入眼帘。王小艺将废旧魔方拿在手里端详，仿佛看见了姚奇灵奇的十指在转动。自然而然地，她和姚奇的交往一幕幕浮现在脑海里，如果真有上帝，这一切一定是他的安排。感谢上帝！

第十六章

赵旒华回到住所，打开信箱，发现里面有一封丈夫的来信。她觉得奇怪，自己的回信他还没有收到，怎么这么快又寄一封来了。按一般情况，他们都是你一封我一封地鸿雁传书，不急不慢，倾述衷肠和爱意。是不是自己怀孕了，丈夫显出了格外的急切关心和体贴。想到这里，赵旒华心里一阵温暖。她打开信封，里面只有短短的一段话，笔迹匆匆。原来刘军接到上级指示，要去执行一项特殊的任务。他用隐晦的文字告诉赵旒华短期内不能回信，希望她保重，祝她和肚里的小孩一切平安，等他的回信。他又一次提到，希望赵旒华考虑回国生小孩。

军人以执行任务为天职，作为一个军人家属，这个道理赵旒华还是懂的。她收起信，回到房间，一面用手抚摸腹部，一面回味信的内容，猜想刘军接到的是一个什么任务。正在想着，王小艺回来了。她有些疲惫，将手提包扔到床上，从里面翻出一袋相片翻看。因为两个人各怀心思，话语都不多。前一段时间王小艺和姚奇谈恋爱，在家里的时间不多，赵旒华常常一个人简单做一点自己吃的东西了事。现在王小艺回来早了点，而且显得比以前成熟了许多，赵旒华倒有些不适应。她犹豫了一会，不知是只给自己做，还是也给王小艺带上，像以前一样。

"他走了？"赵旒华问。

"嗯。"王小艺算是回答了，并起身来到水池旁，还是像以前一样，从冰箱里拿出蔬菜，在水池边洗起来。

赵旒华会心笑了，又要两个人一起做饭了，有个人聊天。

王小艺将洗好的菜放到案板上，告诉赵旒华说："从今以后，我想多下厨，赵姐教我。"

赵旒华有些意外，不过马上会过意来，笑着说："怎么，开始实习家庭主妇了？"

"不许笑话人。"王小艺满脸羞涩，"你得将真本事教给我。"

"好的好的，我做你的饭菜论文博导。你这压力大了，两个博士学位都要完成。"赵旒华取笑王小艺。

王小艺说："这有什么不好。我还告诉你，刚才我去找了库珀教授，他同意收我为徒了。"

"看来你和姚奇将来不光是夫妻，还是同门师兄，多好。有个师兄兼恋人，想不毕业都不行。小艺，我已经严重嫉妒你了。哪像我，自己的事情只有自己操心，老公远在十万八千里以外，没劲。"赵旒华有感而发。

"让你那个老公转业算了，到这里来陪读。"

"哪有你说的这么容易。年初回国问过，像他这样当军官的退役，五年后才能出国。"

"真的？！同情你们这对苦鸳鸯，我能做的也就是这些了。不过你那个叫刘一鹤的同学可以帮助你做论文呀，姚奇崇拜他崇拜得要死。"

王小艺这么一说，赵旒华想起来了一件事，她一面指导王小艺切菜，一面说："哦，正想告诉你，后天我要到波士顿去一趟。有个实验技术我不会，我们实验室也没条件做，刘一鹤让我到他实验室去完成。"

"怎么，你要去波士顿？"王小艺有点意外。

赵旒华点点头，"今天刚和刘一鹤决定的。"

"赵姐，你太残忍了。那个人刚走，你也要走，我怎么办？一个人孤苦伶仃。"王小艺的孩子气又上来了，刀在案板上剁得直响。

"好妹妹，急什么。我只去一个礼拜，实验做完了就回来陪你。"赵旒华见状赶快安慰王小艺。她知道这时王小艺的心理脆弱，需要人安慰。

　　听说赵旒华只去一个星期，王小艺转怒为喜，问了一个不解的问题："我不懂，你当时怎么舍得让男朋友去当兵，不让他陪在你身边？而且现在两人还两地分居，神仙啊？"

　　赵旒华笑起来了，说："告诉你实话吧，送他当兵走的那天，我一个人在知青点哭了整整一个晚上，把自己臭骂了一顿。我们那个时代和现在不同，政治不过硬，一切免谈。本来想让他转业，可是后来他上了越战前线，表现英勇，打完仗被送到军校进修，回来就提拔当了官，据说前途无量，弄得没办法，一锅夹生饭。哪像你，人比人气死人，一点办法也没有。"

　　"怎么没办法？你不读博士不就行了。"王小艺揶揄赵旒华。

　　"要是姚奇让你不读了，成天陪着他，你愿意不？"赵旒华反过来问。

　　"他不会这么要求我，他喜欢我，不会让我做自己不愿意的事情。"王小艺不讲理，蛮有自信。

　　"我那位也是这么说的，看来我们的男人英雄所见略同。"赵旒华一面夸奖王小艺，一面打击她，"毛主席说妇女能顶半边天，中国的男人都知道这句话，都听毛主席的，当他老人家的好学生，把我们往前推。"

　　赵旒华这句话一出口，王小艺忍不住大笑，说："哪跟哪呀，你当年一定是毛主席著作活学活用的积极分子，满嘴语录。"

　　"那当然，要不怎么入党。"

　　两人一来一往，气氛活跃起来。

"你去唐人街了？"赵旒华转了一个话题。

"你怎么知道？"

"我刚才看见你从包包里拿出照片。是不是去"精益冲洗店"了？相片拿给我看看。"

王小艺来了情绪，她停下手里的活，到床头拿来照片，两人也不做饭了，津津有味地欣赏着照片。看着相片，王小艺讲叙当时拍照片时的许多趣事，还有丁一一家。这时王小艺已经恢复了情绪，手舞足蹈。看着王小艺和姚奇站在杜鹃花前青春阳光的模样，赵旒华打心眼里羡慕年轻的一代。一晃眼，自己已经过了三十了，还在和这帮年轻人一道打拼读博，心里不免有点酸楚。

看完了照片，两人继续做饭，这时变成王小艺话多，赵旒华话少的局面。饭做完了，两人坐到桌子旁，一面看电视一面吃饭。结果电视画面让两人大吃了一惊，北京时间凌晨，赵紫阳来到了天安门广场。他面目憔悴，两眼含泪地拿着高音喇叭对学生讲话。

"我给同学们讲几句话。我们来得太晚了。对不起同学们了。你们说我们、批评我们，都是应该的。我这次来也不是请你们来原谅我们的，不是这样。我只是说，现在同学们的身体到了现在已经是非常虚弱了，你们现在绝食已经到了第九天。"

【旁边学生更正】"第七天了。"

"不能再这样下去了。绝食时间长了，对身体会造成难以补偿的损害，对生命有危险的。这个大家都知道。我觉得现在最重要的就是赶快结束这个绝食。就是赶快结束这个绝食。我也知道，你们这个绝食是要达到你们希望政府和党对你们所提出的问题给以满意的答覆。但是我觉得，要满意的答复，我们的对话渠道还是畅通的，那一些问题还是需要一个过程才能解决。比如你们提到的性质、责任问题，我觉得终究可以解决，终究可以取得一致的看法。但是，什么事情你们也知道，情况是很复杂的，需要有一个过程。你们不能够在已经绝食九天到七天，现在还在坚持这一条，一定要达到满意了才停止绝食。但是那个时候就晚了，没法补偿了。

你们还年轻，同学们啊，还年轻，来日方长，你们应该健康地活着，看到我们中国实现四化的那一天。你们不像我们，我们都已经老了，无所谓。国家和你们的父母把你们培养抚育上大学不容易呀！现在十八岁、十几岁、二十几岁，就这样把生命牺牲掉！稍微理智地想一想。我今天不是来跟你们对话的。今天就是说，同学们能不能理智一些。现在是已经到了一个什么样严重的情况？你们都知道，现在党和国家非常着急，整个社会可以说忧心如焚。整个北京都在议论你们这个事情。另外你们也知道，北京的情况也不能再继续下去了。这么大的城市，也是首都，各方面严重的情况一天一天在增加。同志们都是好意，为了我们国家好。但是这个事情发展下去不能够控制，造成各方面影响，你看交通、运输、工作。。。。

　　"总之，我就是这麽一个心意。你们停止绝食，中国政府绝不会这样子就把对话的门关起来，绝不会！你们所提出的一些问题，我们党会继续讨论。事实上，不管怎么样讲法，晚是晚了一些啦，事实上现在一些问题还在逐步地解决嘛。我今天就说这一些。主要是看望一下同志们，同时说一说我的心情，希望同志们冷静地想一想这个问题。冷静地想一想这个问题。还有组织这个绝食的同志们，你们也冷静地想一想。这件事情在不理智的情况下，是很难想清楚这个事。大家都这麽一股劲，年轻人嘛，我们都是从年轻人过来的，我们也游过行，我也卧过轨，我也知道当时那个情况。不用想后果怎么样。但是事后一想……现在要冷静地想一想今后的事。现在有六天了、七天了，真的要过八天、九天、十天吗？我说有很多事情总是可以解决的。你们就是为了未来这么一天，会达到你们满意这一天，你们也应该早结束。谢谢同志们，谢谢大家。"

　　终于，赵紫阳在学生领袖们赌气拒绝妥协的条件下，完成了自己的历史使命，步下了历史舞台。

　　听完了讲话，赵旋华立刻意识到中央发生了大事，而且她马上联想到了刘军的信，有军队调动了！

王小艺也是一脸不解，呆呆地看着电视画面上的赵紫阳和他身后的随访人员温家宝，问："这是怎么了？发生什么事了？怎么赵紫阳这么早去了广场？"她和赵旒华一样，心里也有一股不祥预感。她不由得想起了刚刚去中国的姚奇。

这顿饭，赵旒华和王小艺吃得无精打采，食不甘味，刚刚好转的情绪，又回到了沉默寡言。

根据李鹏日记记载，北京时间五月十九日上午 10 时，陈云、李先念、杨尚昆、李鹏、姚依林、乔石，和人民解放军三总部的迟浩田、赵南起、杨白冰，还有秦基伟、洪学智、刘华清到无冕之皇邓小平住处开会。太上皇邓小平震怒，决定动武了，并越过组织程序，指定江泽民接任赵紫阳。邓小平将自己凌驾于组织之上，效仿当年毛泽东的一言堂，将自己文革中和文革后好不容易树立起来的开明形象毁于一旦，将自己的脸抹黑展于世人。他的这一决定，将中国的民主政治改革倒退了许多许多年。这时追求民主的天安门广场学生们还不知道，他们善良的、幼稚的和平请愿已经被全面否定，即将被铁血粉碎。被反的贪官们这时个个咬牙切齿，磨刀霍霍，亟不可待地准备反攻倒算。紧闭的深重大院里，已经可以看得见他们眼里的血丝，已经闻得出他们鼻息里的壮行酒气。

生活在海外的千千万万个留学生们没有想到，即将到来的，是眼睁睁地看着神州大地上民主人士和学生倒在血泊之中，被投入监狱，那里面有他们的亲朋好友。在这天夜晚，他们全然不知，和国内天安门广场上的学生们一样，还在傻傻地做着民主美梦，编织着没有贪官污吏、人人平等的花环和乐园。乌托邦。

形势急转直下，当天晚上 10 时，在总后礼堂召开了首都党政军干部动员大会，会议由乔石主持。扳倒了政敌赵紫阳，李鹏在会上作了报告：

今天，党中央和国务院召开中共和北京市党政军干部大会，要求大家紧急动员起来，采取坚决有力的措施，旗帜鲜明地制止动乱，恢复社会正常秩序，维护安定团结，以保证改革开放和社会主义现代化建设的顺利进行。

当前首都形势相当严峻。无政府状态越来越严重，法制和纪律遭到破坏。本来，5 月初以前，经过大量的工作，形势已趋于平稳，但进入 5 月以后，又更加动乱起来。卷入游行示威的学生越来越多，公共交通到处堵塞，党政领导机关受到冲击，社会治安恶化，严重干扰和破坏了首都的政策秩序。

天安门广场部分学生绝食请愿的活动还在继续。实际上这是少数人拿绝食学生作为"人质"，要挟、强迫党和政府答应他们的政治条件，连一点点起码的人道主义都不讲了。党和政府一方面采取了一切可能采取的措施，对绝食学生进行治疗和抢救，另一方面，同绝食学生的代表进行对话，希望立即停止绝食，但都未能取得预期效果。

　　北京的事态还在发展，而且已经波及到了全国许多城市。在不少地方，游行示威的人越来越多。在有的地方，也发生了多次冲击当地党政领导机关的事件，发生了打、砸、抢、烧等严重违法破坏活动。种种情况表明，如再不迅速扭转局面，稳定局势，就会导致全国范围的大动乱。现在已经越来越清楚地看出，极少数极少数的人要通过动乱达到他们的政治目的，这就是否定中国共产党的领导，否定社会主义制度。他们公开打出否定反对资产阶级自由化的口号，把矛头指向为我们改革、开放事业做出了巨大贡献的邓小平同志，其目的就是要从组织上颠覆中国共产党的领导，推翻经过人民代表大会依法产生的人民政府，彻底否定人民民主专政，他们四处煽风点火，秘密串联，鼓动成立各种非法组织，强迫党和政府承认，就是要为他们在中国建立反对派、反对党打下基础。如果他们的目的得逞，中国将出现一次历史的倒退。一个很有希望很有前途的中国，就会变成没有希望没有前途的中国。

　　我们所以旗帜鲜明地反对动乱，揭露极少数人的政治阴谋，一个重要的目的，就是要把广大青年学生同挑动动乱的极少数人区分开来。前一段，我们在处理学潮问题上所以采取及其宽容、克制的态度，也正是出于这样的愿望和目的，那些躲在背后策划和煽动动乱的人，却以为党和政府软弱可欺，不断制造谣言，蛊惑群众，扩大事态，导致形势发展得越来越严峻。必须强调，我们仍然要坚持保护广大青年学生的爱国热情，把他们同制造动乱的极少数人严格区别开来，对他们在学潮中的过激言行不予追究。

为了坚决制止动乱，迅速恢复社会秩序，我代表党中央和国务院紧急呼吁：

一、目前还在天安门广场绝食的学生，希望你们立即停止绝食，离开广场，接受治疗，恢复健康。

二、广大同学和社会各界，希望你们立即停止一切游行活动，不要对绝食学生进行所谓的"声援"了。再搞"声援"就是把他们推向绝路。我代表党中央和国务院，号召全党全军全国各族人民，和衷共济，团结一致，立即行动起来，在各自的岗位上为制止动乱和稳定局势作出贡献。各级党组织必须在稳定局势中充分发挥战斗堡垒作用；全体共产党员要在制止动乱中发挥先锋模范作用；各级政府必须严肃政绩法纪，认真抓好稳定局势以及各项改革和建设工作；全体国家机关工作人员必须坚守岗位，忠于职守，维护正常的工作秩序；全体公安干警和武装警察要努力维护社会秩序，强化社会治安，坚决打击各种违法犯罪活动；所有工商企业和事业单位都要坚持正常生产秩序；各类学校都要坚持正常的教学秩序，凡罢课的应一律无条件的复课。

我们的党是执政党，我们的政府是人民的政府，为了对神圣的祖国负责，对全体人民负责，我们必须采取坚决果断的措施，迅速结束动乱。希望广大人民群众对人民解放军和武警部队、公安干警为维护首都安全所做的努力给予全力支持。"

鲁迅曰：血沃中原肥劲草，寒凝大地发春华。英雄多故谋夫病，泪洒崇陵噪暮鸦。

第十七章

却说姚奇到了北京，在首都机场下了飞机。狭小的空间和他几年前离开北京时没有多大区别，到处烟雾腾腾，随地吐痰，大声喧哗。入口处有人举着牌子，上面有关点的名字，是天安门广场一个学生组织专门来接他们的。来人说外面有车等着，直接去天安门广场安营扎寨。

"姚奇，要不一起去？"关点问，想拉姚奇一起。

姚奇摇摇头，"我得先到医院去，得空去天安门广场看你。"

接关点他们的学生说："一定来，欢迎美国留学生回国支援我们。民主万岁！共和国万岁！记住，一定要找我们，广场上的学生组织很多。"他随手递给了姚奇一张传单。

他们分手后，姚奇和其他旅客乘坐机场巴士去市区。姚奇掏出赵旒华给的地址，告诉司机要去市区木樨地的一家医院，司机说没问题，巴士就在离那里不远的地方下车。同路的还有那拨短期出国访问团的学者专家们。一路田野闪着绿色，大路两旁大树笔直高耸，姚奇贪婪地看着。接近市区，窗外到处都是标语和游行的人们，上面写着"打倒李鹏！"、"打倒邓小平！"、"李鹏不下台，我们天天来！""邓妈妈，快把鹏儿领回家，给他一个大嘴巴"的标语，甚至有人要"油炸李鹏"。满街的红旗飞舞，锣鼓喧天，让姚奇想起了文革时的群众运动。

姚奇觉得蹊跷，问机场专车司机是怎么回事？

"北京昨儿宣布戒严了。丫的，老百姓不干了，和李鹏那个龟孙子对着干。"司机戴一副墨镜，说一口北京土话。

"刚才在机场听几个要出国的人说赵紫阳下台了？有这么回事吗？"和姚奇一起回国的那拨代表团里有个人发话。

"可不。也都是那帮学生头，倔头，不肯和赵紫阳阎明复改革派妥协，弄得大家下不了台。这下好了，给李鹏这小子口实，怂恿邓小平把赵紫阳硬给挤下去了，马上宣布戒严，取消游行示威。这蠢猪头要能力没能力，要德行没德行，也不知当初周总理是怎么收养教养他的。"

众人听后多少有些目瞪口呆，飞机上坐了十几个小时，情况说变就变。正说着，前面的路给堵住了，人山人海，口号震天。

司机将车停了下来，问路边一个看热闹的哥们："我说，这都是怎么回事啊？"

那人叼着烟说："军队来了，让市民们给拦住了。前面过不去，您绕道走吧。"

　　司机知道坏事了，说："早晨就听说有军队要开进来，还真来了。咱北京老百姓讲义气，不能让学生们吃亏不是。我们隔壁的小二子就说了，他要开着自己的新摩托车满城转悠，到处报信哪里有军车，这下子热闹了。大家耐心点，我得绕道了，耽误您功夫。"说完他打着方向盘，绕道胡同小巷，避开大路继续前行。

　　"小同志，我在美国说什么来着？"坐在姚奇身边的瘦小研究员开腔了，摇摇头，"这就是中国的国情，要改，难啊。听我一句，办完自己该办的事情，马上回美国，这里不是久留之地。"

　　姚奇听着陷入了沉思，看着外面乱哄哄的鼓噪局面，和自己想象中的差距太大，有点不太适应。出国了几年，享受惯了美式民主生活，潜心做学问，泰然安逸，似乎一切顺理成章。一旦离开那里，马上有了一种鱼儿离开了水的感觉，呼吸紧迫，脚下无根。现在天安门的学生们争取的，不就是自己已经在美国享受的习以为常的普世价值么？就这样回国，自己一介书生能干什么呢？恐怕要先像眼前的学生市民一样上街游行，争取权利，改善环境，然后才能安下心来做学问。可那是何年何月呢？眼前的现实仿佛是一面镜子，它让姚奇窥见了自己的天真。他不由想到了老校长刘道玉，一个理想主义者，想干一番事业的他是不是也太天真了一点。还有同情学生的赵紫阳，想学西方民主，是不是也太天真了一点。姚奇有种被重重摔在地上的感觉，在美国时对中国的激情和向往，想回国在象牙塔里专心做学问的想法，未免有些可笑，海市蜃楼一般。如果真的回国，恐怕自己一辈子也不能真心做学问了。

姚奇惊奇地发现，自己已经潜移默化了，变得和出国前不一样了。这时他才从更深一层次认清了关点。关点不同，他的理想是改变中国的政治现状，争取大家的权益，为民主自由奋斗。关点放弃到手的学问，因为他已经认清，在中国如果没有必要的政治变革，就不会有真正意义上的学术研究。虚假的学术头衔不要也罢，解放以后中国知识分子的集体命运已经说明了一切。除非自己像关点一样也投身到中国的政治变革的洪流中去，否则一切象牙塔的梦想都不会成真。可是政治变革谈何容易，堂堂如胡耀邦赵紫阳者，不也被罢了官吗。理想和现实撞击着，姚奇摇摆得厉害，没想到一踏上中国大地，自己就想明白了一切。"听我一句，办完自己该办的事情，马上回美国，这里不是久留之地。"刚才研究员的一句话如洪钟在他耳边鸣响，振聋发聩。姚奇想到了王小艺，她的一颦一笑，一举一动，这时显得弥足珍贵。

姚奇一路思想激烈斗争着，终于到了市区。他下了车，和刚认识的众人道别，然后拿起自己的行李。忽然后面有人喊，回过头来，原来是瘦小研究员喊住了自己。

"这位同学，还没有请教尊姓大名。"

"不敢，我叫姚奇。"

"看你为人诚恳，想交你这样的美国朋友。这是我的名片。"学者从西装口袋里掏出了自己的名片谦恭地递给姚奇，"你有没有联系方式，将来好联系。我有个儿子，快大学毕业了，是个高材生，将来想让他出国读研究生，步你们的后尘。可是我在国外不认识人，到时联系学校还想让你帮帮忙。"研究员从上衣口袋里取下一支钢笔，拧下笔帽递给姚奇，还有记事本。

姚奇在记事本上写下了自己在美国的联系方式。

"如果可能，我想请客。"研究员满脸笑容。

"不了，这次回国时间短。我还要去外地看望父母。多谢您的好意。"

"理解，理解。在国内注意安全。"瘦小研究员恋恋不舍地和姚奇挥手告别。

姚奇按照司机的指点，来到了崔小梅工作单位。进了医院大门，问了门房往哪里走。门房老头正在听收音机里的戒严令和严惩动乱分子的广播，没有在乎姚奇，只是向前面的门诊楼指了指。

姚奇谢过了门房。他来到外科门诊，看见一个上了年纪的护士经过，忙上前询问。护士三角眼上下打量了一下他，瘪着嘴说已经下班了，明天再来找崔医生看病。姚奇忙解释，自己是从美国来，熟人介绍，事先有约定。听了这话，护士转过脸，立刻热情起来，马上把他领到一个房间门口，对一个年轻医生喊道："崔医生，有人找您，美国来的。"

"您请。"护士友好地对姚奇说，给他让道，有皱纹的脸笑起来像朵菊花，两眼不停地打量姚奇。

房间里那个女医生带着口罩，两只眼睛露在外面，她正在脱掉医生的白大褂。她双眼流盼走到姚奇跟前摘掉口罩，露出了脸庞打招呼："你好，我是崔小梅，你大概是赵旆华介绍的姚奇同学了？"

"正是，赵旆华常提到你。崔医生，添麻烦了。"姚奇也做了自我介绍。

"我刚从天安门广场回来，怕发生流行病，我们医生护士轮流去那里值班，喷洒消毒药水。怎么才到？"崔小梅生得眉清目秀，皮肤细腻，一条粗辫子扎在脑后。姚奇觉得她有几分像王小艺的神态，不同的是王小艺脸上有点男孩的英气顽皮，露着天真，崔小梅则眉宇间多了一股书卷气，含蓄些。如果是姐妹俩，崔小梅应该是姐姐，王小艺则是妹妹比较合适。姚奇为自己的联想好笑。

"外面到处游行，堵车，绕道过来的。"姚奇如实回答。

"是了是了，北京最近一些日子一直很乱，学生市民游行扰乱了正常秩序。"崔小梅好奇地问："听赵旆华说你想回国工作，这次回来是想看看北京的单位？"

姚奇回答："还没想好，主要还是想拜望父母，出国好几年了，怪想他们的。"姚奇想绕过这个话题，他的想法已经和在美国时大不一样了。

站在一边的年长护士急忙开口说："没定就好。你看现在国内贪官横行，物价飞涨，民怨沸腾，大家都往国外跑，您怎么反其道而行之呢？国外有哪里不好，不待见想回来。上面斗争得很厉害，连赵紫阳总书记都下台了，以后的日子还不知怎么过，回来喝西北风呀。幼稚。"护士的菊花脸说起严肃事来，语重心长，皱纹变得像海边的岩石一般深刻，话语更像海水倒灌。

崔小梅见她话多，挡住了她，说："人家刚回国，别吓着人家，也没您说的那么严重。看看外面的学生多争气，我们国家还是有希望的。"

"也是，戒严怎么着，今天大街上到处都是堵军车的。不像往年了，老百姓现在敢讲真话了，觉悟了。我这人嘴没遮拦，直爽，你别介意啊。"护士有些大大咧咧，岩石变回了菊花。

姚奇听着，露出牙齿笑了。在美国呆的时间多了，他的举止言谈显得彬彬有礼，谦恭礼让，让人产生好感。

崔小梅被姚奇的英气吸引住，半当真半玩笑地说。"听赵旎华说你很帅气，果然如此。"

姚奇被说得不好意思，说："别听赵旎华，她乱说的。"

"有没有女朋友？"护士赶紧问，眼睛一闪都不闪。

"我有女朋友。"

"在哪？"女护士赶紧问，带点失望。这一问，姚奇立刻认识到自己确确实实是回到了中国，不像美国人注意隐私。到了中国，一切都要暴露在光天化日之下。

"在美国。"

"同学？"

"同学。"

女护士啧啧嘴，"我有个侄女，现在读人大，又漂亮又聪明，你要是没有女朋友，将她介绍给你多好。可惜可惜。"

说得有点不像话了，崔小梅赶快打断："护士长，去忙吧，我还要安排客人。"

护士长有点不舍地离开了，临出门还不忘用眼睛剜了姚奇一下。

崔小梅对姚奇说："我在单位招待所给你订了一个床位，我这就带你去。"

两人出了门诊楼，拐过一道弯，来到一个二层楼房前，前台的一个扎着短辫子的小姑娘见了忙喊："崔医生。"

"我要的房间安排好了吗？"崔小梅和气地问小姑娘。

"安排好了，这是钥匙。"小姑娘脸色红扑扑的，带有几分羞涩地看着姚奇。

崔小梅将姚奇领到楼上，房间很简陋，里面一盏日光灯，两张木板床，一张木桌子，一条凳子。墙角还有一个木架子，上面搁着一个掉了瓷的洗脸盆。

"国内就这条件，将就点，这里不比美国。"崔小梅有点不好意思，"就这，我还是给我们院领导好说歹说，说有个美国客人要来，才给批的。一般要凭单位介绍信才能住得进来。"

"没关系，这里挺好。"姚奇将行李放下。他问崔小梅："这房多少钱？"说着开始掏钱。

崔小梅拦住，"这里是公家的，不付钱。"

姚奇这才想起原来如此，出国以前都是这样，怎么就忘了。他说："那就谢谢了。"

这时小姑娘拎着两个热水瓶进到房间里来。"我打了两瓶热水，一瓶给您洗脸，一瓶留着喝。"说完她有些不好意思地理了理衣襟，用眼角偷看这个从美国来的客人。看看没事，就退出了房间。

"她是农转非，刚来医院工作不久。需要什么就跟她说。喏，这是我们单位食堂里的饭票，就在食堂搭伙，方便，免得上街去买。"崔小梅将一叠医院食堂的小饭票递给姚奇。

姚奇又要给崔小梅钱，崔小梅不要，说那能值多少。姚奇拗不过崔小梅，只好作罢。他不好意思地摸摸头，问北京电报大楼怎么走。崔小梅告诉他沿长安街向东走，西单附近就是，里面可以打国际长途。

崔小梅神秘兮兮地看了姚奇一眼，知道他要干什么，说："估计现在下班了，要到明天才行。时间不早了，我要回家了。"崔小梅看看表说。

"远吗？骑车还是乘公共汽车？"

"不远，就在海军大院，我的家在那里面，骑自行车也就一二十分钟。如果有什么需要帮忙，到科室去找我。"崔小梅想起了什么，掏出笔在一张纸上写下了自己家的电话号码。"这是我家的电话号码，揩公公的油，他是高级领导干部，有事可以用这个电话和我联系。"

崔小梅走了。姚奇开始整理行李，忽然记起李智慧托他带东西的事情。他来到楼下接待口，小姑娘还坐在那里。这时门房多了两个中年人，看上去非常精干。看见他来，小姑娘赶快站起来。

姚奇说需要打个市内电话，想借电话一用。

小姑娘用眼睛看了那两个人一眼，那两个中年人站起身走过来，一高一矮。其中一个问："你是从美国回来的姚奇同学吗？"

姚奇有些惊奇，看着两个陌生人点头称是。

"借一步说话。"那人和善地对姚奇说。

他们来到姚奇的房间，矮的一个说："我们俩是国安部的，有一个重要情况需要你配合。"

姚奇听了头皮发麻，摊上国安部一定没好事。该不是和纽约民运的事情有关吧？两个人简单地把李智慧是台湾特务的事向姚奇挑明，惊得他说不出话来。

"她是不是让你带了东西回国？"

"是。"姚奇坦白回答。

"我们想看一看。"高个子的那位以不容置疑的口气说。

姚奇拿出李智慧给他的书和笔，交到高个子的手上。高个子很内行地检查了一遍，对矮个子说："书是密电码，笔是微型照相机。"

姚奇一听脑子就懵了。高个子对姚奇说："不要担心，我们知道你事先并不知情。你可以和接头方联系，让他来取，我们布控。"

他们一起下楼，来到前台。地址姚奇记在脑子里，当时以为李智慧考自己，现在想来，她是怕地址被无意泄露。姚奇的脊背有一丝冷汗冒出，他凭着记忆按照李智慧给他的那个电话号码拨通了对方，是一个声音沙哑的男子接的。一听美国有东西带来，对方立刻兴奋起来，说马上就来取。

姚奇放下电话，那两个国安部的人很满意。矮个子留下来陪姚奇，高个子出去了。

回到姚奇的房间，矮个子让姚奇不要紧张，该如何就如何，只当没事发生。东西交到来人手里，就没有他的事情了。他让姚奇称呼他是住一个房间的房客就行了。一面等，两人一面聊着天。矮个子国安津津有味地听着姚奇说留学的许多趣闻，不时哈哈大笑，姚奇的紧张情绪慢慢消失了。姚奇也向他问了一些北京的近况。矮个子国安说军队已经进城了，好意劝姚奇赶快办事，完了尽快离开。"中国的许多事情你们外面的人不了解，其实连我们里面的人也不了解，谁也不知道会发生什么。"精干的国安也显出了一脸茫然。

过了一个多小时，门房敲响了。姚奇起身开门，来人是一个略微秃顶的中年人，两人简单地做了自我介绍。姚奇请来人进屋。

来人看了房间里还有一人，在看书，拘谨地在姚奇的床上坐了下来。矮个子国安无意识地抬头，和来人点头打了个招呼，又埋头看书。姚奇将书和笔递给了来人，来人看了看就将书和笔放进了随身的一个黑色公文包。两人简单地聊了几句，来人说天黑了，太晚了不方便，沿路军车堵得厉害，得早点走，就告辞了。等那人一出门，矮个子国安就到窗前从口袋里掏出一个小手电，向外面照了照。他回过身来和姚奇握了握手，迅疾出了房门。

第十八章

因为时差的原因，姚奇晚上三四点钟就醒了，房间里有一股残留的烟味，脑子里很乱。李智慧怎么就成了特务了呢？那本书是密电码？那只笔是摄像机？姚奇努力在脑子里搜寻关于李智慧的蛛丝马迹。这时李智慧的那双漂亮眼睛不免出现在眼前，含情脉脉的样子，连从袖口里逸出的淡香仿佛还逗留在鼻孔里。这些难道是特务的伎俩？小时候姚奇看过许多敌特电影，里面都有美人计。他想到了王小艺，她们两个人关系那么近，难道也是李智慧有意为之？倒也是，一般台湾学生和大陆学生并不怎么亲近，李智慧是个例外，主动和大陆留学生接近，对大陆最近发生的学生运动特别关心。姚奇想起了李智慧在西点军校参观时的一些令人费思的言谈举止。这么想着，李智慧的疑点果然有许多。那天李智慧从后面搂抱他时，非常有力，当时就觉得不像一般女孩的臂力。但在内心深处，姚奇还是觉得李智慧对自己有一份真诚和爱慕，这种感觉是他那天到西点军校去的时候，从车后视镜里面看到的，尽管李智慧当时只是轻轻地从后视镜瞥了一眼，眼睛是不会说谎的。他想起和李智慧分别时，她眼睛里闪动的泪花。姚奇越想越乱，开始为王小艺担心起来。不管李智慧是谁，王小艺应该离她远点。

姚奇心中不免想到了另一层，有点奇怪，是谁将自己给李智慧带东西的事情告诉了国安部？这事只有王小艺和赵旎华知道。

他猛然明白过来，应该是赵旒华通风报信没有错。她是学生党员，已经不是什么秘密，且常常去领事馆。可是她怎么会盯上了李智慧呢？这又是一个谜。他绞尽脑汁也想不明白。他想起了那天和李智慧在一起的那位台湾大哥，站在领事馆前和李智慧低语的神情，由此姚奇联想起了买相机的事情，回想起来颇为蹊跷。他们难道是一伙的？不知不觉中自己被推到了对敌斗争的前沿。自己会不会被国安部盯上呢？要是那样就麻烦了。想想姚奇有点怕了，文革中父亲单位有个叔叔偷听敌台，被判了十年徒刑，老婆也离了婚。

胡思乱想了一阵，楼下有人开始扫街了。姚奇起床到外面洗漱间洗漱完毕，然后下楼去了食堂。看了看早餐品种，少得可怜，有玉米窝窝头和玉米粥，还有不多的几个馒头。这和他出国前没什么两样，北京的伙食供应还是粗粮细粮。于是他要了两个馒头和玉米粥，外加一碟咸菜，在一个靠窗的地方坐了下来，囫囵吞枣地吃起来。在美国吃惯了肉食，这时的玉米粥反而显得香喷喷的可口，在美国这是健康食品。只是玉米粥里面带有沙子，老是磕牙，得小心点。人真是有意思，以前向往的肉食，现在讨厌，以前讨厌的素食粗粮，现在反而喜欢吃了，由不得自己。姚奇这才发现自己有些洋化了，思想上和物质上都发生了变化。

正吃着，招待所前台的那个女孩也端着窝窝头过来了，看见姚奇犹豫着要不要坐到这张桌子来。姚奇忙招呼，让她坐下。女孩略带羞怯地坐在了姚奇的对面，两脸还是红扑扑的，一双黑白分明的大眼睛看着姚奇转动了两下，不好意思，低头开始喝玉米粥。姚奇有点不太习惯听她玉米粥喝得呼呼响的声音。在国外，吃东西一般都尽量不出声，要不显得不礼貌。姚奇还在慢慢适应着中国的一切，熟悉以前那再熟悉不过的东西和习性。

姚奇先问女孩："不值班了？"

女孩抬起头来回答："接白班的人已经来了。咱是新手，值夜班。昨天晚上睡得好不好？"小姑娘问姚奇。

"还好。"姚奇没有讲实话，不过现在没有睡意也是事实。

看着姚奇小心翼翼地喝着玉米粥，小姑娘问："你们美国吃什么？听说那边都吃肉。咱们院长从美国参观回来作全院报告说，那里每餐都有鸡肉吃，羡慕死人啦。咱村里只有万元户才有这个福气。"

美国的鸡肉比蔬菜便宜，姚奇有切身体会。刚到美国时看见鸡肉又多又便宜，高兴坏了，天天吃，顿顿吃。蒸着吃，炒着吃，烤着吃，红烧吃，晚上吃，上学吃，周末吃。吃多了，慢慢不想吃了，再后来腻味了，于是回过头来想吃蔬菜，结果发现价钱和吃肉差不多贵。讲这些恐怕这位小姑娘不会懂的，姚奇放弃了解释的企图。在美国看人民日报海外版，姚奇从报纸上读过万元户，听崔小梅介绍过她是从农村来的，姚奇好奇地问她什么是万元户。

问到自己熟悉的事情，女孩话语多了起来："上面鼓励一部分人先富起来，哪个村里有万元户，上面就有奖励，评先进。咱村长说他是党员，要积极响应党的号召，要先富起来。他分田到户，包产到户，将好的地和牛都分给了自己，还让咱村每家每户都借钱给他，办了个养鸡场。养的鸡除了自己吃，村长还送给上面来视察的领导吃。他是我们那里的先进典型，劳动模范。后来村长生意做大了，雇咱村的人当劳力，帮他养鸡种地。他家现在可发了，又养了鱼塘。他家里天天都有人来参观，成了先进典型。"小姑娘如数家珍，一点也不生气的样子。

看着她朴实善良的脸，姚奇心里泛起一股怪味。看来不光是城里，农村也是权势当道，程度不同，方式不同罢了。姚奇开始对这个小姑娘的身份感兴趣起来，能进城，一定有来头。于是他问小姑娘如何能农转非。

"咱娘是北京知青，文革后为了回城，咱娘和爹离了婚，一个人回来了。"小姑娘平静地告诉姚奇，脸上带点骄傲。姚奇却惊得筷子要掉到地上了。小姑娘继续说："娘回城后，咱和爹过。两年前爹在工地上出了工伤事故死了，娘拼命把咱办回了北京，顶替她安排在这里看门。"

"娘在哪里呢？"姚奇心底的一根神经被深深触动了，有一种想知道的强烈愿望。因为他的姐姐也曾经是一个下放知青，在当地结了婚，不能回城，成了一家人的心病，后来离了婚才办成了回城手续。

"咱姥姥以前是这家医院的护士，提前退了休，让咱娘顶替上班。咱到了北京，娘想安排咱在医院找一份工作。医院领导说没有名额，除非她退下来让咱顶替，所以她也提前退休了。我娘和我姥姥都在家呆着。"

"干什么呢？"

"拾破烂，卖钱。"

姚奇无语地听着。小姑娘只吃了一半不吃了，将剩下的窝窝头放在一张报纸里包好。

姚奇不解，问："怎么不吃了？"

"带回去给我姥姥吃。"

"她们不够吃？"

"以前够的。这些日子娘将捡破烂卖的钱都捐了，支援闹事的学生，家里吃的就少了。"

看来人人都在凭自己的良知尽一份微薄之力支援学生反贪反腐败，姚奇感动不已，对这一家人肃然起敬。他不吃了，也将自己没吃完的给了她。想了想，又从口袋里拿了一些钱给她。女孩有点不好意思，还是接了，谢了姚奇，高高兴兴地走了。

吃完了早餐姚奇出了医院大门。转入一个小巷子，想看看北京的胡同四合院。正走着，呼啦一下从一张门脸里泼出一盆水来，溅得他的裤脚管上满是泥水。他旁边有个男子也被溅上了，破口大骂："没长眼睛啊，怎么泼水？"

门里面是个女的，也不露脸，大着嗓门还上嘴了："你才没长眼睛，老娘每天早上都是这么倒的，人家没事，偏偏你有事。"

"哎哟喂，你他妈怎么不讲理，像他妈的李鹏。"男的气坏了。

门里的女人呼啦一下出来了，头发直甩，指着男的鼻子说："谁李鹏，你他妈的才李鹏。"

"你不讲理你李鹏。"男的不依不饶。

"我不讲理，我怎么不讲理了，我不李鹏，你李鹏。"

"坏秧子，你李鹏。"

"你丫李鹏。"

"你李鹏，你他妈的就李鹏。打倒李鹏！"

旁边一下子围上来了许多看热闹的人，看着两个李鹏掐架，一个个乐得东倒西歪的。姚奇也跟着笑，就听旁边一个大爷说："瞧，都是李鹏惹的祸。好好的一个北京城，经他一闹，又是四.二六社论，又是戒严，弄得大家上火。算了算了，我说你们都别吵了，吃饱了，喝足了，消消气，上街打倒李鹏去。"

这么一说，女的气消了一些，也有个台阶下，对男的说："我说大兄弟，我也不是故意的，失手。这位大爷说得是，要不是这李鹏，我也不会这么匆匆忙忙。刚吃完饭，我想上街去堵军车，怕晚了，没顾上看清楚，给你陪个不是。"她又向姚奇笑笑，"你看这位小哥文气，半天没吭声，也对不住了。我们都上街打倒李鹏去。"

这时众人的气都消了，都说去堵军车。姚奇觉得这一幕新鲜，非常有意思，径直往前走去。沿着长安街向东走，前方又挤满了人群，满街都是咋呼声：有当兵的从复兴门地铁站出来，快去堵。于是人们一窝蜂地又是跑，又是骑自行车地往前串。

这时天上隐隐约约有轰鸣声，姚奇手搭凉棚抬头观望，见有几架直升飞机像蜻蜓大小向天安门广场飞去。姚奇随着人流向前，前行不远来到复兴门一带，却是人头攒动，口号声不断，道路都被石头桩子和公交车拦住了。一打听，原来有一股戒严部队想经过地铁从复兴门车站口出来，前往天安门广场，被市民发现，于是堵在地铁施工洞口，不让部队上来。

有些军人整齐地坐在地上，热汗淋漓。围观的人们同他们讲道理，夹杂着情绪高昂的高呼：

　　　　"反对戒严"

　　　　"打倒独裁"

　　　　"团结起来"

　　　　"反对暴力"

　　　　"李鹏下台"

　　　　"打倒邓小平"

　　　　…………

文革开始时姚奇还小，隐隐约约记得街上也是这番景象，红旗招展，口号声不断，到处都是干柴烈火，一点就燃。看来李鹏政府发布戒严令，彻底激怒了北京的学生和市民。口号声里一句"打倒邓小平"让姚奇觉得耳熟，心里觉得滑稽。这呼声将早已忘却的记忆从心底唤起。以前自己也上街游过行，高举拳头喊"打倒邓小平"。不过那是自己上中学时反击右倾翻案风喊的，再还有七六年邓小平下台时也喊过，虽然言不由衷，也是理直气壮。再早就是文革初期在同学家中看到的连环画，上面讲的是刘邓路线，党内最大的资本主义当权派，踏上一只脚，叫他们永远不得翻身。不同的是前两次自己参加游行是学校组织的活动，这次却是群众发自内心喊的。各个不同时期的画面和场景在姚奇的脑子里交替出现，互相重叠，不断错位。

　　这时有个学生模样的女孩站在了一群军人面前，身旁簇拥着几个男生。他们放下一张长木凳，让女孩站到长凳子上。女孩清秀，穿着方格子连衣裙，手里拿着一只高音喇叭，用富有感染力的女高音充满激情地演讲起来："不明真相的解放军兄弟们，你们辛苦了。你们知道我们为什么要游行示威吗，知道北京人民为什么要游行示威吗。因为我们的国家在腐败，在官倒，物价在飞涨。我们反的不是共产党，不是中华人民共和国，我们不是动乱分子。我们反的是那些钻国家空子的贪官污吏，他们打着改革的旗号，为自己谋取私利，中饱私囊，唯利是图。他们的行为会中断来之不易的改革开放。我们如果不反他们，中国就会开倒车，就会垮掉。睁开你们的眼睛看看吧，全北京的人民都在参加这场伟大的全民运动，难道他们都是反革命动乱分子吗？不是，他们是你们的兄弟姐妹，是你们的同志。你们来自于人民，是我们的亲兄弟。人民的军队，来自人民，属于人民，为人民服务。你们的神圣使命是保家卫国，而不是镇压老百姓，共产党的队伍爱人民。毛主席说，军民鱼水情，你们是人民的卫士，你们的任务是保家卫国，就像当年的志愿军一样，打击侵略者，而不是镇压手无寸铁的老百姓。"

　　这位女生非常有口才，许多解放军年轻娃娃兵被她说得惭愧地低下了头。

　　这时女生转过脸来，满脸汗津津，她微笑着对围观的人群说："大家听好了，我为解放军兄弟们唱一首《上甘岭》电影中的'英雄儿女'，好不好？"

　　"好！"围观的人群大声呼应，一阵热烈的鼓掌声。

　　"我想请大家还有解放军兄弟和我一起唱好不好？"

　　"好！"又一阵热烈的掌声。

　　于是一个男生站在前面指挥，他说："预备，起。"

　　伴随着男生有力的挥臂，嗓音甜美的女学生面对解放军放开歌喉大声领唱了起来，歌声在街头飘荡，在一群绿军装上飘荡：

　　烽烟滚滚唱英雄, /四面青山侧耳听, 侧耳听 /青天响雷敲金鼓, /大海扬波作和声 /人民战士驱虎豹, /舍生忘死保和平 /为什么战旗美如画, /英雄的鲜血染红了她 /为什么大地春常在, /英雄的生命开鲜花。

　　士兵们虽然没有大声跟着唱，但有些已经在微微动着嘴唇。女生回转身来，面对密密麻麻的人群，高举双手，示意大家提高嗓音合唱，于是她的周围立刻响起了气壮山河的合唱：

　　英雄猛跳出战壕, /一道电光裂长空, 裂长空 /地陷进去独身挡, /天塌下来只手擎 /两脚熊熊趟烈火, /浑身闪闪披彩虹 /为什么战旗美如画, /英雄的鲜血染红了她 /为什么大地春常在, /英雄的生命开鲜花。

203

看着看着，姚奇觉得这个女生真的有点像电影里面的那个王芳。大概当兵的也看到了这点，里面有人忍不住了，终于大声跟着女学生一起唱起来：

一声呼叫炮声隆, /倒海翻江天地崩, 天地崩 /双手紧握爆破筒, /怒目喷火热血涌 /敌人腐烂变泥土, /勇士辉煌化金星 /为什么战旗美如画, 英雄的鲜血染红了她 /为什么大地春常在, /英雄的生命开鲜花。

看看太被动了，一个当官的立起身来。他笔挺着身子，用沙哑的嗓音开始指挥自己的部队。"听好了，向首都人民致敬。大家和我一起唱'三大纪律八项注意'。预-备，唱。"他挥动着带有白手套的雄健双臂，打着有力的节拍：

革命军人个个要牢记/三大纪律、八项注意/第一一切行动听指挥/步调一致才能得胜利/第二不拿群众一针线/群众对我拥护又喜欢/第三一切缴获要归公/努力减轻人民的负担/三大纪律我们要做到/八项注意切莫忘记了/第一说话态度要和好/尊重群众不要耍骄傲/第二买卖价钱要公平/公买公卖不许逞霸道/第三借人东西用过了/当面归还切莫遗失掉/第四若把东西损坏了/照价赔偿不差半分毫/第五不许打人和骂人/军阀作风坚决克服掉/第六爱护群众的庄稼/行军作

204

战处处注意到/第七不许调戏妇女们/流氓习气坚决要初掉/
第八不许虐待俘虏兵/不许打骂不许搜腰包/遵守纪律人人
要自觉/互相监督切莫违反了/革命纪律条条要记清/人民战
士处处爱人民/保卫祖国永远向前进/全国人民拥护又欢迎

　　军人的雄伟歌声赢得了围观市民的热烈掌声。女生及时引
导，对着群众喊："解放军。。。"

　　"来一个！"

　　"解放军。。。"

　　"来一个。"

　　于是当兵的只好又来一个。都是戒严惹的祸，要不一家亲
多好。姚奇注意到，一直有个美国记者在一旁录像，满头大汗。看
到记者穿的工作服上有 CNN 的标志，姚奇上前和他聊了几句。CNN
记者说："This is very interesting. Never seen anything
like this. It's great. I love it."他继续聚精会神地录像。

　　姚奇看着眼前的场景放心了，继续往前走。过了西单，他
看见了电报大楼，刚打算进去给王小艺打长途，想了想，决定还是
先到天安门广场去转一圈，看看那里的情况。

　　这时有辆宣传车慢慢开过，上面的高音喇叭在播放："我
们是学生爱国民主运动绝食团宣传车。工人市民同志们，连日来，
轰轰烈烈的人民爱国民主运动已到了紧要关头，天安门广场绝食的
学生面临着被镇压的危险。我们呼吁广大的工人和市民全部罢工罢
市，到天安门去，去声张正义，去坚持真理。"

第十九章

　　星期天长安街上到处人山人海。姚奇走到了天安门广场的西北角，这里也有个广播站，标明是"首都工人自治联合会"。见姚奇路过，一个穿着工装的工人捧着个捐募箱走上前，鼓动姚奇说："师傅，看您像从外地来的，欢迎来到北京。我们是北京的工人，支援广场上绝食的学生。没人性的政府，居然宣布戒严，昨天这里有 20 万人静坐示威，反对所谓的首都党政军大会。我们协调给学生送饭送水，有钱出钱，有力出力。"

　　看着对方期待的眼神，再看看广场上黑压压情绪高昂的人群，姚奇在口袋里摸了一下，记起吃早餐时已经将不多的人民币给了医院招待所看门的小姑娘。他对那工人说："美元要不要？"

　　"感情您是从国外回来的呀，要，要。感谢支援中国革命。"

　　姚奇拿出一张美元零票子投到了募集箱里面。

　　"我代表学生谢了，师傅。"工人直向姚奇点头称谢。

　　姚奇放眼望去，广场上几百面旗子迎风招展，各个学校各个单位都有，比电视上看到的还要壮观。这时头顶上又有直升飞机飞过来在天空盘旋，绕着广场散发着传单，像雪片一样纷纷扬扬落下来，让人感觉到了紧张气氛。

　　"学生在这里没有危险吗？"姚奇露出了担心。

"没事，进城的部队被群众拦住了。据最新情报，西面来的部队被围堵在八宝山，南面来的部队被围堵在南苑，东面来的部队被围堵在通县，北面来的部队被围堵在北太平庄。还有一股2000余人的部队到了北京站，刚下车，也被包围了，困在里面动弹不得。现在北京许多重要的路口都有路障，全北京的民众都上街支援学生，保护他们不受伤害。"

"消息真灵通呀。"姚奇有些惊讶，这么多的部队，要多少人才堵得住，姚奇切实感受到了人心的向背和气场。

"当兵的再多，能比得上北京的群众多吗？我们是汪洋大海。我们这里的消息都是'飞虎队'给报的信。"

"什么是'飞虎队'？"姚奇不解。

工人乐了，说："不像我们国营工人，现在个体户有钱了，自家买了摩托车。可是他们的觉悟高呀，自愿组织了车队满城跑，四处打探消息。哪里有军队，就通风报信给市民，市民就去堵呗。"他顿了一下接着说："还听说了，不光是市民反对戒严令，连许多高级将领也不同意这种做法，包括八名开国上将。"

"哪八位？"姚奇好奇地问。

"王平、叶飞、张爱萍、萧克、杨得志、陈再道、宋时轮、李聚奎。刚得到的消息说三十八军军长徐勤先接到命令后，拒绝接受戒严令镇压学生。还有消息说，以彭冲为代表的人大常委会的几位副委员长要求万里回国，举行人大会议，否决戒严令。"

也不知是真是假，总归是好消息，姚奇听到这里放心不少。这时身边的广播里在播送"北高联"、"首都工人自治联合会"和"绝食团"联合发表的《首都全体工人和学生的联合声明》，要求全国人大立即召开临时大会，罢免国务院总理李鹏、国家主席杨尚昆，追究法律责任，反对军管，呼吁北京市民抵制军队进城。播完了声明，广播里一个激越的女高音响起："最新消息，最新振奋人心的消息，中国人民解放军将领王平、叶飞、张爱萍、萧克、杨得志、陈再道、宋时轮、李聚奎等八位元老人物致函邓小平，呼吁军队不要进城，并要求'绝对不要向人民开枪'"。广场上立刻响起了一片欢呼声，旗子拼命高低舞动。

"听见没有，那戒严令管个屁用。"工人的眼里显出了蔑视的神情，脸上青筋暴露。

姚奇静静地听着广播，不远处天安门城楼耸立在那里，气势雄伟。毛泽东的巨幅画像还像往常挂着，两旁 "中国共产党万岁"、"中华人民共和国万岁" 的巨幅标语还是那么醒目。姚奇想：时代真是大不一样了，有点人民当家做主的样子。经历过文革高压的民众觉醒了，他们懂得要想不被愚弄，要想过得有尊严，只有站起来对强权政治进行抗争，为了国家，为了子孙万代，一定要抗争。民主的希望火种一旦被点燃，就很难再被扑灭。姚奇远远看着如火如荼的大场面以手加额，内心的热血跟着上涌。

姚奇离开了广播站向广场中心踱去，在旗林中穿行，在静坐的学生圈缝隙里寻找着落脚的地方。天上飘下来的传单和地上飞起来的纸片交互着在人们的头上和身边打旋，漫无目的。广场乱得很，到处都是垃圾，静坐的学生们东倒西歪，头上缠着绑带。姚奇两眼不断四处张望，想在人群里发现关点。可是这人山人海的，像大海捞针一样。让姚奇疑惑的是整个广场显得很无序，没有一个中心，到处都是一小堆一小堆的人围着喇叭听演说，各自为政。姚奇记起了在纽约时丁一的看法，他认为任何民主运动一定要有领导核心和政治纲领，否则就是乌合之众，成不了大事。

姚奇走到人民英雄纪念碑北侧附近，见有一堆人大声嬉闹，喝彩声不断，和严肃的气氛极不协调。走近一看，原来是一对新人在结婚。姚奇看去，两人刚二十岁出头。男的四方脸，带着一副眼镜。女的甜美，留着短发。

"他们怎么这时结婚。"姚奇的旁边有个人不解地问另一个人。

另一个人回答："听说女的今天刚从南京来。男的是李禄，南京大学的，绝食团指挥部副总指挥。他们想效仿'刑场上的婚礼'，来点血色浪漫。不是戒严了吗，他们想在死前完成终生大事，从求婚到办婚礼，一共才一个小时。"

"哇塞，确实够浪漫的，羡慕。"

"可不，他们的伴娘伴郎是绝食团的总指挥夫妇柴玲和封从德。喏，在那里。"

姚奇顺着他们指的方向看过去，这才注意到，不远处的一张女性面孔就是电视上常看见的柴玲，显得弱小，皮肤发黑干瘦，单眼皮。她和大家一样，笑得很欢乐，看不出她与众人有何不同。

姚奇身边的对话还在继续："可惜我的女友不在身边，要不然我也向她求婚，举行广场婚礼。"

"打电报喊她来呀。"

"她来了恐怕我已经牺牲了。不想让她守活寡，要对人家女孩子负责。"那人说。

"为有牺牲多壮志，敢叫日月换新天。不过你悲观了不是，看这气氛，戒严令不至于导致流血牺牲吧。"

"要真为了民主牺牲，也值了。舍得一身剐，敢把皇帝拉下马，我才不怕死。你有没有女朋友？"

"我算了，不打算结婚。"

"为什么？"

"没听柔石说过吗，'生命诚可贵，爱情价更高。若为自由故，两者皆可抛。'生活在这个伟大的时代，个人的一切都可以抛弃。"

两人的谈话撞击着姚奇的耳膜，一方面显得新奇，弥散着理想主义，另一方面又让刚从美国回来的姚奇觉得别扭。两个学生的对话反映了广场上学生们的思想境界和局限性，跳不出已经形成的固有革命思维模式。姚奇明白，这与他们多年来接受党的教育有关。小时候邻居里有许多红卫兵，成天喊的也是这些口号，耳熟能详。他们大概只有像自己一样跳出禁锢的小圈圈，到外部见识大世界，才能理解认识到民主自由的真正含义。姚奇在外面呆了几年，看到了西方民主的利弊。那里面既有精华，也有糟粕。

举行婚礼的消息迅速在广场传开，人们纷纷围拢过来看热闹。这时有人大声喊："他们为了一个共同的理想，走到一起来了。战地黄花分外香，在这不平凡的日子里，我们祝福他们白头偕老，相濡以沫，为了民主事业奋斗终身。现在请他们向大家一鞠躬，二鞠躬，三鞠躬。"

一对新人露出了灿烂笑容，向着众人鞠了三个躬，赢得了周围一片欢呼声。

"亲一个。"

"吻一个。"

"亲一个。"

"吻一个。"

学生们此起彼伏地狂喊起来，好家伙，这广场上成了新房。拗不过众人，新郎和新娘在众目睽睽之下亲了嘴，成了一对革命情侣，又引得一片欢呼声。四周都是采访的中外新闻记者们，他们抓紧时间赶紧采访，让两位新人发表感言。

姚奇若有所思，眼前晃动着王小艺活泼的影子。

姚奇又在广场上转了一下，离开了喧闹的集会地点，按事先的安排去了北大。

按照丁一给的地址，姚奇找到了北大附近的教师宿舍。像中国当时绝大多数的教师居住楼一样，这里非常简陋，一般四层楼高，俗称筒子楼。灰色楼房斑驳的水泥墙面都是污垢，水渍沿着窗台爬下来，一条条如同一幅丑陋的图画。电线信马由缰，在各家的窗口进进出出，晃晃悠悠。晾衣物的铁架从各家窗台伸出，上面搭满了竹竿，大人小孩的衣物无精打采地挂着，水滴从高空下降滴在地面打出一个个小坑。姚奇沿着有裂缝的水泥方块板砌成的楼间小路前行，沿路问了几个人，来到要找的地方。他沿着残缺的楼梯上去，上到四楼。由于缺乏光线，楼道显得黑漆漆的，眼睛很不适应。姚奇站立着适应了一会，才看清里面狭小的楼道里堆满了杂物和炉子。

他向里面走了一小段，见有一个戴眼镜的人在生火炉，煤烟熏得他直咳嗽。弄了一会，刚点燃的火苗还是熄灭了，眼镜有些泄气，准备再来。因为炉子在过道中央，姚奇过不去，等着。那人发现了姚奇，歉意地站起身来，示意姚奇先过去。

姚奇问："请问朱宣老师住哪间？"

那人愣了一下自我介绍说："我就是朱宣。"

"你好，我是姚奇。"姚奇赶快伸出手。

那人刚伸出手，马上缩了回去，"都是煤灰，免了吧。来，进屋说。"

房间非常小，里面仅够放一张床，一张书桌，还有一个书架。剩下来不大的一个墙面上挂有一副双人照，是朱宣和一位短发大眼的女孩结婚标准照。

看来朱宣有了家室，姚奇问："你结婚了？"

"嗯，爱人也在北大。"

"有没小孩？"

"还没啦，就这套房子还是刚刚分到手的，生了小孩往哪搁？"朱宣露出无奈。"再说了，我和爱人还想出国深造，现在也没心思想那些。就在床上坐吧，实在太小。国内就这条件，不比你们美国。"

　　姚奇在床沿上坐下来。这时他已经完全适应了室内暗处的光线，看见朱宣脸上有些络腮胡子，颧骨下抹了一道煤印，整个脸型像画家笔下的素描肖像，俊酷。

　　朱宣从上衣口袋里掏出了一袋烟，问："抽烟？"

　　"谢谢，不抽。"姚奇礼貌地回绝。

　　朱宣自己点燃烟，抽了一口说："怎么，听丁一说你想回国找工作？想知道什么？中国现在到处都是乱糟糟的。"

　　"也就想看看。"姚奇说。

　　"就这条件，有什么好看的，回来能干什么？这就是居住条件。前两年从你们美国回来了一个陈章博士在我们系工作，住我楼下，比我好一点，两间房。"朱宣猛吸了一口，烟头闪了一团明亮的光点，他将烟雾吞了下去，然后从鼻孔里吐出了两道浓滚直烟。他继续说："当然，像你这样的美国博士，来我们这里是香饽饽，现在正是人才青黄不接的时候。如果你现在回来，副教授没问题，讨价还价一下，正教授也有可能，陈章一回来就是正教授，职称的大门对你这样的人开得大大的。但是当了教授又如何？还是穷字当头，几百元的工资，不被当人看待，要不学生和青年教师们也不会闹事了。"

　　"你好像没去。"姚奇看着眼前的这个青年知识分子忍不住地问。

　　"我没兴趣，逍遥。不过我爱人去了。"残余的烟雾从素描的嘴里逸出，沿着灰白的墙面冉冉上升，如诗如画，仙气十足。

　　姚奇欣赏着眼前的朱宣，有一种书生的傲气和寒酸。他身旁的书架上都是专业书籍，中外文都有，整个房间就这点东西值钱。

　　"国内的科研条件如何？"钱和地位对姚奇不算什么，能干事就成。

　　"我没去过美国，但我们这里绝对落后。你回来后大部分时间只会是去教书，和粉笔灰打交道。要不我带你到我们系去看看，眼见为实，也好让你真实了解国内一流大学的现状。"

　　朱宣走到屋外，将烟头扔到没有烧着的炉里，将炉子挪到靠墙的位置，然后锁上门，两人就下了楼。

　　在校园里走着，到处都是贴着的醒目标语和大字报栏，却没有多少学生，大概都上街游行了。这情景多多少少有些像文化大革命初期的情景。他们来到生物系，老远看见一个青年人在用板车拖仪器设备，显得很吃力。

　　"陈教授，要不要帮忙。"朱宣赶上去问。

　　那人将板车停在门口，用袖口擦擦汗，说："已经到了，谢谢。"两眼却打量着姚奇。

　　朱宣向姚奇介绍道："这位就是从美国回来的陈章教授。"他又向陈章介绍了姚奇，说想看看国内的工作情况，想回国工作。

　　握过手后，姚奇问陈章："能不能介绍你对北大和中国的看法。"

"简陋，原始。"陈章直截了当，带着浓厚的广东口音。他转身对朱宣说："搭个手，能不能帮我把新仪器抬到我的实验室？工友们都去支援学生了，找不到人手。"

"我也可以帮忙。"姚奇自告奋勇。

好在仪器不大，三人费了一点力气把仪器搬进了楼，放在门外楼道里。

陈章接着对姚奇说："进去洗洗手吧。"

大家进到实验室，一面洗手一面聊，陈章继续说："国内一切都靠你自己，看我这个教授兼职搬运工，典型的一把手，也是没有办法的事。"消瘦的陈章自我解嘲，"而且没法做美国的实验，试剂没有，仪器没有，经费少得可怜，要什么没什么。当然生活水准更没法提了，比我回国前想象的差距要大多了。你在美国哪个大学？"

姚奇通报了自己的学校，陈章说："那是一流的学校呀！是不是呆不下去了，压力太大？我当时就是觉得压力太大，才决定回国的。"

"哪里，毕业后导师倒是想将我留下来做博后。"姚奇没有说自己已经在《科学》上发表了一篇高质量的论文。

陈章用一种不理解的神色看着姚奇，又看看朱宣，仿佛说：那你回来做什么。朱宣耸耸肩，没有答案。

姚奇问："陈教授，如果你能重新选择，还会回来吗？"

"会。"陈章推了推眼镜，眼球转动了一下，想了想说。

"为什么？"姚奇好奇地问。

"容易当上教授啊，而且是堂堂北大学府，没有其实，也有其名，这是中国多少人梦寐以求的位置。在美国，可能混一辈子都没有指望当上教授。另外留美博士在中国被领导重视，有地位。我们系里许多四十多岁的人还是讲师，退休的人里面有几个五十多岁的终身副教授。"陈章露出些许得意。

姚奇若有所思地望着眼前这位三十刚出头的年轻北大教授陈章，心里拿他和刘一鹤比较，心想除了实验条件，自己将来和什么样的同事打交道也很重要，择良木而栖。

洗完手，姚奇在设备非常简陋的实验室里走动，药水瓶像古董一样，台子上落满了灰尘。

朱宣说："这是陈教授的实验室。"

陈章改正："准确地说，这是植物实验组，我只是个组长。"他向姚奇介绍："在这里，个人服从组织，连课题也要由系里确定。"

"你手下有多少人？"姚奇问。

"十来个吧，他们都出去游行去了。"

这时门外有人喊："陈教授，顾孝诚老师有请。"

陈章歉意地对姚奇说："我走了，你们聊。"

房间里就剩两个人，朱宣这时又掏出了烟点上说："其实陈教授有许多难言苦衷，许多事情身不由己。他两年前是由我们系里 CUSBEA 项目顾孝诚老师从美国招回来的，出国前他毕业于华南热带植物学院，是农业部派出国的。"

　　姚奇好奇地问："你们系里有多少像他这样从国外回来的引进老师？"

　　朱宣回答："就他一个，所以被树为了爱国典型。相比之下，我们系里出国进修的许多年青教师基本都逾期不归，系里的教学出现了严重的断层现象。"

　　朱宣又带着姚奇楼上楼下转了转，除了简陋还是简陋，各个教室很安静。姚奇问学生们都到哪里去了。朱宣说，绝食期间本来还有一部分学生来上课的，可是李鹏的戒严令一下，北大的学生们提倡空校运动，全部不上课了。他对姚奇推心置腹地说："听我一句话，如果能在美国呆下来，就不要回来。实话告诉你吧，我已经收到了美国学校的录取通知书，过一阵子就去美国读研究生，步你们的后尘。中国不是做学问的地方，浪费人才。"他眼望楼道的尽头，吐了一口标志性的烟雾，略微沉思，定格在素描里。

　　看着这个比自己年龄略大的北大助教，姚奇半晌无语。在美国他见过许多从中国出去的优秀人才，他们来自中国许多著名的大学和科研所，有的还出版过专业书籍，有些在国内是身份显赫的教授，但他们在国外带着老花眼镜读博士，孜孜不倦，想得到一个洋学位。有些中国医院的名大夫，在美国医院里当护工，如果你问他们在国内的真实身份，他们大多不会告诉你，顾左右而言他。国家太落后了，一丑百丑。

　　他们在走廊上碰见了几个剃光头的学生，姚奇不解，问朱宣是怎么回事。朱宣笑着说，几天前系里的几个研究生提出剃光头行动，学习昔日反清义士剪辫子，反抗李鹏暴政。这五花八门的抗议举动让姚奇觉得非常幼稚新奇，倒也可以理解。相比之下，纽约的抗议活动显得更有组织一些。参观的时间不长，姚奇觉得非常失望，和自己期望的相去甚远，连北大都是如此，其它院校可想而知，回国的念头基本消灭。

他们离开了生物系矮小的楼房，在夏日的校园里漫步，燥热压抑。北大这个政治风暴的中心，这个"五四"运动的发源地，这个中国的学术重镇，此时对两个年轻人失去了吸引力，周围的一切喧闹仿佛与他们一点关系也没有。谈话的内容倒转过来，朱宣开始向姚奇打听着在美国读研究生的注意事项和课程，美国的人文历史，当然还有那里的自由民主，社会制度，以及留学生近期的抗议活动。

第二十章

纽约。

赵旒华要到波士顿去一个星期，床位空着，Angela 介绍了一个华人女孩暂时住进来。她是来试镜的模特，在纽约人生地不熟。姚奇走了，赵旒华也不在，王小艺心里空得发慌，这时有人来陪，她求之不得。女孩叫郭晴晴，是大陆来的一个自费生，北方人，高挑个子，白皮肤。女孩长相有些混血，特别是眼睫毛长长的，她说自己有四分之一的俄国血统。他的外祖父曾经在西伯利亚跑生意，和一个俄国女人生下了她母亲，回到中国后居住在哈尔滨。她有个舅舅在美国，解放前夕来美国留学，再也没有回去。她由舅舅担保来美国留学，不负责她的学费生活费，因此都要靠自己挣。因为身体条件好，外加一张中国脸添加些许洋人元素，混血混得漂亮，混得气质不凡。东方女孩的美太柔，她却轮廓分明。西方女孩的美太外露，她却眉目含情。她试着找模特儿的工作，希望能多赚一点对付学费。Angela 已经告诉过王小艺，郭晴晴到她们那里应征的是裸模，顶替一个临时有事的签约模特。王小艺虽然不能认同郭晴晴的选择，可也想不出什么更好的办法来，是人家的事情。在大陆被认为不道德的事情，在美国就另当别论了，人都要有活路，都要生存。大陆著名女明星、拿过百花奖的陈冲来美国不也洗过盘子，不也在好莱坞拍过妓女么。估计要不是走投无路，郭晴晴也不会出此下策，看她的样子，是从好人家家里出来的。王小艺问她为什么不去餐馆打工，她泪眼婆娑地说试过，因为英文不好，不能招待客人，只有在后面厨房里洗盘子，可是自己的个子太高，站长了腰酸，摔过一次盘子后，就被老板炒了鱿鱼。后来到了第二家，一个香港的瘦老头是个色鬼，老是揩她的油，还想包养她，没法又离开了。又去了一家，老板娘一看她的漂亮面孔，马上就拒绝，怕老板出问题。

　　郭晴晴恳请王小艺，不要告诉其他人她的来历，也不要告诉她是做什么的。王小艺还是忍不住问了她舅舅为什么就不能资助她一下呢？郭晴晴叹了口气，摇摇头没有说什么，只说人家能出面把自己办出来已经不容易了。郭晴晴告诉王小艺明天是第一次拍裸体，心里害怕，问王小艺能不能陪同她一起前往。王小艺在

Angela 那里看过裸体模特的刺激画面，哪里敢答应。郭晴晴没有再要求，一个人回到赵旒华的房间里去了。

郭晴晴为生活计，没有心思和时间关心中国的大事，只留下王小艺一个人坐在客厅里看电视。几乎所有的电视台都连篇累牍地报道着北京热火朝天的学运，由于高层斗争得厉害，中国的领导人暂时把无孔不入的外国记者们给忘记了，他们窜大街走小巷，一切得以录像转播。画面上王小艺看到军队开始进城了，但被北京市民们蜂拥堵住，严严实实，一队队军车被困在大马路中间不得动弹。有意思的是市民们热情地送水送食物，发表演说，试图感化军人。一脸娃娃相的军人们则大多面无表情，不断地被动拒绝食物和水。

在看 CNN 一段剪辑录像时，王小艺突然在一群唱歌的人群中看到了一个人很像姚奇。揉了一下眼睛，镜头晃过去了，对准的是一个唱歌的女学生。过了一会镜头又移动回来，这次看清楚了，是姚奇！这一发现让她激动不已，真想喊出声来。她又随着镜头看了几次姚奇。过了一会，电视台播放了另外一段天安门李禄举行婚礼的剪辑镜头，无独有偶，王小艺又看见了姚奇。他怎么无处不在？太过瘾了！今天怎么运气这么好。王小艺被浪漫的婚礼触动了，自己仿佛也靠在姚奇的肩头上，沉浸在天安门广场的欢乐人群里面。她在想，等姚奇回来，是不是也向他提结婚的事情。

正看得起劲，桌上的电话铃声响了，她神经质地一跳而起，冲过去拿起电话，"喂喂。"她大声喊，心中充满了期待。电话里传过来了一个男接线员的声音，说有个人从中国要打 collect phone call，叫 Ki Yao，问她愿不愿意为对方付费接过来。

"Yes，Yes，Please。"王小艺赶快喊道，心里砰砰直跳。

过了一会，王小艺听到了从太平洋底部电缆传过来的姚奇声音，高兴极了。

"是你吗？姚奇，我是小艺。"王小艺迫不及待地大声喊。

"我是姚奇，我在北京电报大楼给你打长途，报平安。你好吗？"电话里杂音很多，不过还能听清楚。

"我很好，就是想你。喂，我刚才在电视里看见你啦。"王小艺马上通报。

"我昨天在长安街和天安门广场转了一天，然后去了北大。今天抽空到电报大楼给你打个电话报平安。"姚奇在电话那头如实汇报。

"感觉北京怎么样？"

"挺好，大家都反对戒严，进城的军车都被堵住了，水泄不通。"

"你可要当心，不要出事。"王小艺挺不放心。

"不会的。这里的气氛犹如过节一般，大家团结一致，非常友好，军人也很克制。现在连交通警察都没有了，交通由学生们维持，井然有序。大家不恐惧，我也不恐惧。广场上出现了'还紫阳，迎万里！'的口号，人大准备开会，讨论废除戒严令的事情。你呢，一切还好？"姚奇又关切地问。

其实才分别了几天，感觉却有一个世纪那么长。王小艺大声说："我很好。我已经跟库珀教授说了，留下来做研究生，做你的同门师妹。"。

"师妹好。"姚奇马上恭维。

"你什么时候去看望你的父母？"

"明天。然后六月三日回北京，四号回美国。"

"替我代问伯父伯母好。"

"一定。有件事想征求一下你的意见。"

"说吧。"

"我想向我的父母挑明我们俩的关系。如果你不反对，我回美国就结婚，想提前告诉他们俩，让他们高兴高兴。"

"真的？什么时候这么想的？"王小艺完全没有料到，事情发展这么快，比预期的好。

"在天安门广场看别人结婚时想的。他们比我们还年轻，还浪漫，倒先结了婚。"

王小艺大概由于激动，由于意外，泪花涌了出来。"亲爱的奇，我爱你！"她的声音有些颤抖。

"你哭了？"姚奇听出了王小艺在抽泣，"没想好的话，我们再等一等。"

"不，不等，我们结婚。"王小艺马上打断姚奇，坚决地说，生怕幸福从指缝里溜走。

"好。如果我爸妈知道，一定会高兴坏了。知不知道，这次回来，他们在信上说想给我提亲，所以我得向他们赶快说明了。"

"赶快说，赶快说，赶快告诉伯父伯母我们两人的关系，不许反悔啊。"王小艺一听急了。

姚奇哈哈大笑，"会的，你等我。小艺，还有一件事我必须对你说，离李智慧远一点，不要和她接触。"

"为什么？"王小艺觉得突兀。

"电话里不方便说，等我回来后再告诉你详情，事关重大。"姚奇语气严肃。

"你是不是听到什么了？"

"我们的电话都是被监听的，当心，一切等我回来。电话费很贵，我挂了，看完父母回北京后再给你打电话。"

王小艺又纠缠着姚奇情意绵绵地温情了一会，挂了电话。

半饷，王小艺手里还攥着电话，她回味着姚奇的话语，一方面想象自己居然这么快就要成为新娘了，一方面又觉得李智慧的事有些蹊跷。过了一会，她放下电话，却发现郭晴晴站在一旁羡慕地看着自己，脸立刻红了。

郭晴晴问："是你男朋友？"

王小艺点点头。

"是不是就是那一位？我可以看看吗？"郭晴晴指着床头柜上的双人照。

王小艺将照片递过去，就是他们在杜鹃花前合影的那张。

"你真漂亮，你的男友很有气质，真是天生的一对，绝配。"

王小艺说："他向我求婚，我答应他了。"

"你那么大声，我都听到了。祝福你们。"郭晴晴羡慕地说。

王小艺要回照片，放在胸口，和许多痴情的女孩子一样，她觉得自己是这个世界上最幸福的人。

就在王小艺从电视上看见姚奇的同一天晚上，在同一个画面上，身在波士顿的赵旒华也看见了自己的丈夫。他就是那个指挥唱"三大纪律八项注意"的精干青年军官。

赵旒华实验遇到了一个难题，缺少指点，大学同学刘一鹤伸出援助之手，邀请她去自己在哈佛的实验室做实验。晚上赵旒华就住在刘一鹤那里。刘一鹤有一个女儿叫杜鹃，在上中学。刘一鹤的夫人是一个农村女孩，据说杜鹃刚出生不久就亡故，刘一鹤一直未再娶，一个人含辛茹苦带着小孩，亦爹亦妈。赵旒华是考取大学后，从农村去学校报到时在火车上认识刘一鹤的，那时杜鹃还在襁褓之中。当时赵旒华坐在他们父女对面，看着一身破烂的刘一鹤怀里抱着个天真可爱的小女孩，随身还携带着一把小提琴。接车的时候，有个漂亮大方叫毛娣的工厂女工将他们接走。上大学后，杜鹃就由这位女工照顾，女工是和刘一鹤一起下乡的一位知青。不过刘一鹤常常将杜鹃带到学校玩，同学们都抱着她逗她，因此杜鹃从小和赵旒华相熟。出国后，刘一鹤将杜鹃接到自己身边，悉心培养，父女情深。赵旒华来美国后，刘一鹤带着杜鹃到纽约去玩过几次，在赵旒华那里打地铺。

杜鹃看见久不见的赵旒华，还有些认识，喊她赵阿姨。杜鹃已经开始进入豆蔻年华，青青小草，亭亭玉立，像含苞的花蕊，一双眼睛亮晶晶，清澈见底。看见父女俩不容易，赵旒华说这个星期的晚饭她包了。从实验室回来，赵旒华就忙着做饭，像在自己家里一样手脚麻利。这天吃完了赵旒华做完的丰盛饭菜，杜鹃心满意足，谢谢阿姨之声不绝于耳。她要洗碗，赵旒华不让，直喊主随客便。杜鹃谢过了赵旒华后，礼貌地说学校还有功课要做，就将自己关在了房间。

饭厅剩下刘一鹤和赵旒华两人。赵旒华洗完碗，刘一鹤泡好茶，两人坐在沙发上一面看电视，一面喝茶聊天。

"怎么样，现在还有时间拉提琴吗？"刘一鹤拉得一手好提琴，读大学时，他的演奏是学校文艺晚会的保留节目。

"拉得少了，太忙。特别现在刚当上助理教授，实验室建立不久，压力太大。你知道哈佛这学府，牛人太多，进来已属不易，呆下来更难。"刘一鹤如实回答。

"你这么忙还帮我，有点不好意思哟。"赵旒华真心感谢。

"哪里话，我们谁跟谁呀，说这话就见外了。以前在大学时，你帮我的忙还少了？记得当年出国名额就只有一个，许多人都抢，你上下跑动为我拉关系，说破了口，让我入围。以我的家庭社会关系和背景，当时是很难被选上的。"

"说得我倒像是伯乐似的。还不是你自己争气，学习委员当得尽职，学习优秀，提琴拉得好，否则我也帮不上忙。那次去校长家里为你说情，校长对你一点印象也没有。他说找上门说情的太多，都是领导和关系户，不好照顾，我磨了半天嘴皮也不管用，坐在那里和他赌气。他看我那样，问是不是我的男朋友，我说不是。他问那个男生有哪点值得你这么推荐，你得说点名堂。我记得校长在大会小会上表扬过你多次，因为你为学校争得过荣誉。于是我就对校长说，记不记得在省里大学生汇报演出拿小提琴一等奖的那个男生。校长说记得，是不是头发有点卷的那个？我说就是。他大腿一拍，好，就他出国，我给你们系主任打电话。从他家出来后，我后悔死了，早知如此，早告诉他不就结了，白费了半天的劲。"

"真有这事？"刘一鹤装着不知道。

赵旎华打了刘一鹤一拳，假装生气了，"你这人没良心，不谢就罢了，还想赖账。"

刘一鹤说："考取出国研究生后，去学校行政楼办手续，正好碰见校长，他已经都给我说了，逗你玩的。我们系的同学都佩服你，学生会的工作搞得有声有色。前天还和几个已经在美国留学的同学聊天，大家都想见你一面，等我哪天安定下来，忙完这一阵，是不是搞个聚会？"

"好哇。不过你得当心，知不知道，你是我们那个年级的白马王子，多少女生为你哭鼻子。有几个女生甚至找到我，让我给她们解决个人问题。我问是谁？都说是你，其中有的现在就在美国。"赵旎华挤眉弄眼。

　　刘一鹤宛然一笑。其实有些已经找过他了，现在还有一位有事无事地打电话找他聊天泡点，上大学时，这位女生经常递给他饭票，怕他吃不饱。都有痴情的时候，虽然自己不能接受她们的情感，但回想起来那甜蜜的友情还是非常温馨的，自己不也是陷入过情感不能自拔么。

　　刘一鹤走了一会神，再看赵旒华时，她的眼睛盯着电视屏幕一动不动。电视上赵旒华除了看见了姚奇，还看见了刘军，他指挥着自己的部下高唱军歌。看上去他还是那样身体强壮，孔武有力，非常标准的军姿。只是现在他那开朗的笑容没有了，一脸严肃，像一块油画布蒙在脸上，黑红的脸膛冒着汗。赵旒华聚精会神地看完了这段录像，明白了刘军在信里所说的任务是什么了，原来他参加了戒严部队，被调往北京执行任务。

　　赵旒华由于太过于集中看电视，没有理会刘一鹤。看着老同学一语不发的样子，刘一鹤也不打扰她。他的这个同学是个忠诚的党员，思想比较正统，为人正派，谦虚热情，助人为乐。和她同学四年，一起当学生会干部，一起商量事情，配合得很好，得到过她的许多帮助和指点。但她有个缺点，政治上太向党靠拢，比较相信上级指示，缺乏独立思考，循规蹈矩。不像自己，因为从小成长道路坎坷，政治上一直受压迫，遇事冷眼旁观，看事情比较独立，喜欢分析，正反两面衡量。自己深深懂得中国的政治体制不是一朝一暮可以改变的，那些政治老人不会轻易放弃自己手中的权力和既得利益。中国现在处于大变革时代，走到了十字路口。引导好了，就是康庄大道。走斜了，前途凶险，国家就会向贪腐方向进一步发展，大梁倾斜，甚至于失控。时下中国正在进行两种前途，两种命运的搏斗。从目前的局势来看，情况有些不妙，因为代表正确方向的赵紫阳下了台。他不懂，前一段时间中央已经拿出了诚意，学生领袖们为什么不妥协呢。是幼稚？是无知？是有野心？是血气方刚？或是真像有人说的那样有人在后面操纵？

　　录像播完后，赵旒华终于从电视画面上转过头来，脸上显出了茫然和沮丧，不言不语，和刚才判若两人。

　　刘一鹤见她脸色不对，问："旒华，怎么了？"

　　赵旒华不知如何回答。她马上记起上次在纽约见面时和刘一鹤争论学运，自己曾经要和刘一鹤打赌的事。她不免惭愧，看来自己已经输了一半，自己有些看法不太准确，刘一鹤看问题深远一步。她一直相信有赵紫阳这样的改革派当党的总书记，一定不会对学生采取高压政策。可是两天前突然宣布赵紫阳总书记下台，她的思想产生了剧烈震动，党内民主生活怎么这么不正常，党的总书记居然被几个越权老人罢黜了，简直不可思议。特别是赵紫阳下台前亲自到天安门广场含泪对学生讲话时的绝望表情，让人有一种悲壮和末路的感觉。这几天她的情绪低落，心里面抱怨天安门广场的学生们为什么不作让步，和改革派妥协（多年后她才知道，这一切都是学生领袖柴玲等的预谋，她们期待的就是以不妥协的态度激发流血事件，导致暴力革命。见《柴玲八九年 5.28 自白》）。好了，现在赵紫阳下台了，学生们没了保护伞。李鹏的拙劣表演和低下的领导才能，不仅缺少国家领袖应有的大度气质，更带着一股血腥味，让赵旒华和几乎所有的留学生都大倒胃口。怎么这样的人居然占了上风？由他来领导国家，中国的前途在哪里？现实面前，她以前对党中央乐观的情绪发生了严重动摇，许多事情越来越看不懂，越来越想不通。李鹏不咋样，难道邓小平也老糊涂了？现在不但不顺应民意，反而宣布戒严。刚才让她大吃一惊的是刘军居然也在戒严部队里，她知道事态的严重性了。

看着赵旒华不做声，刘一鹤语气沉重地说："军队进城了，我看学生们在劫难逃啊。"

赵旒华心有不甘地说："军队进城可能也就是帮助管理北京的混乱秩序，不会真的动武吧？"赵旒华声音很不确定，像是反驳刘一鹤，又像是询问自己。她有苦难言，不想告诉刘一鹤自己的丈夫在戒严部队里，刚才电视上的那个军官是自己的丈夫，如果传出去，自己还怎么在留学生中做人。因为有刘军在里面，赵旒华打心眼里不希望军队进城演变成为镇压行动。"你看，军车不是都被挡住了吗？军人规规矩矩坐着，不是没有开枪吗？"赵旒华心里非常矛盾和痛苦，她在寻找一切理由，让心里的愿望变成现实。

刘一鹤摇摇头说："如果赵紫阳还在台上，学生不会吃苦头，可是他不在了，谁来保护学生们呢？之所以现在还没有动武，是因为时机还没有成熟，上层很乱。听说有些高级将领反对镇压，我想邓小平和李鹏觉得现在力量不够，他们一定正在加紧调集更多的部队，等兵力到齐了，血腥就会开始。"

"不，他们是人民的军队，一定不会开枪的。"赵旒华心理上在做抵抗，但是底气终究不足。

"要不这次我们再打个赌？十天半月之内一定会有镇压的军事行动。"刘一鹤说。因为自己一家文革时的惨痛经历，因为自己女友杜鹃的悲惨命运，既是出于本能，又是出于理智分析，他断定得势的一方一定会镇压，学生和市民一定会反抗，流血一定会发生。这场学运已经演变成了一场你死我活的斗争。

"我不和你赌。"赵旒华有些害怕，她没有一丁点底气。她心里还是不相信，自己深信的党和政府会对学生开枪，解放军会对学生开枪，刘军会对学生开枪。想到刘军，她心里有了一丝安慰，打死，他也不会向学生开枪的。如果他不会这么做，他的部下也不会这么做，其他的军人也一定不会这么做的。刚才电视上那个女学生唱《英雄儿女》时的歌声又在耳边响起，听着是多的亲切和熟悉啊。那个女生像极了电影里的王芳，大方美丽，神情甜美。这歌自己也常常在嘴里哼，记得在大学里参加文艺表演，自己站在合唱队里竭尽全力唱这首歌，气动山河，灵魂跟着歌声向上腾跃，进入崇高的境界。它倾注了军人对人民的热爱，对国家的热爱，这样的军队绝不会对人民开枪！想到这里，赵旒华终于又有了点底气。

"我只是不明白，为什么事情会闹到这个地步？"赵旒华又不确定了，说出了心里的疑惑。

"你问到事情的点子上了。"看出来了赵旒华的犹豫不决和思想动摇，刘一鹤走到电视柜前，打开一层抽屉，从里面拿出一盒录像带。他走到赵旒华跟前，将录像带交给赵旒华。

赵旒华不解地看着刘一鹤，问："这是什么？"

"《河殇》。看看吧，可能会对你有启发。一共六集，每集三四十分钟。"

赵旒华将录像带接到手里说："听说过，一直没有机会看，哪里弄来的？"

"在纽约时丁一借给我的，是中央电视台去年拍的，这几天你应该可以看完。另外托你将录像带带回纽约还给丁一。"刘一鹤解释说。

刘一鹤继续回答刚才赵旒华的问题："其实这次学生运动，表面上看是反贪官，反腐败，实质上是反独裁，反皇权。中国几千年来热衷于集权统治，大家的思维热衷于明君来维护自己的利益。他们不明白一个简单的道理，那就是命运只有掌握在自己手里才是最可靠的。中国几千年的历史其实就是奴化教育，让人们相信孔子，相信佛教，因为中国的统治者需要良民和顺民，需要忠臣良将保卫自己的政权。这种人治思想的后果就是出了明君大家就幸福，出了昏君大家就遭殃。明君也有糊涂的时候，翻手为云覆手为雨，皇帝永远正确。比如无冕皇帝邓小平高兴时可以恢复高考，改革开放，让大家感恩戴德，惠泽四方；不高兴时发布戒严，不许民主，唯我独尊。不管他是否认识到了这点，他的许多做法和毛泽东非常相似，尽管他曾经是这种做法的受害者。潜意识里，他和毛泽东，和中国千千万万个老百姓一样，跳不出皇权思维的圈圈。想想看，为什么文化大革命会出现在中国？反右为什么会出现在中国？中国的知识分子和老百姓被压迫了还不敢反抗，还自我反省，还山呼万岁，东方红，太阳升。就是因为皇权思想在大家的头脑里根深蒂固，就是因为传承近千年来的惰性，习惯于让天上的太阳来普照决定自己的命运。应该说这并不是中华民族生来具有的秉性，中国古老传说里有一个神话故事叫'后羿射日'，直接表达了对神的不敬和大胆挑战。后来的春秋战国时代百家争鸣，互不服气，如果不是后来的秦始皇统一了中国，中国也就不是现在这个样子了，也就不会出现'劳心者治人，劳力者治於人'的局面了。这次学生运动的真正意义连参加运动的学生们自己也认识到了，那就是他们在'绝食宣言'里提到继承'五四精神'。'五四'反对的是封建礼教，打倒的是孔老二。而这次天安门运动的真正伟大之处是唤醒了人们对皇权的怀疑，触及到了领导层的根基，让人们对几千年来的封建愚昧进行反思，有让中国重新回到'后羿射日'时代的可能，摧枯拉朽。人民，也只有人民，才是创造历史的真正动力。当人民真正起来这么做了，当局就像历届封建王朝的统治者们一样，成了叶公好龙，惶恐不安。这就是这次戒严的深层原因，和当年反右以及文革一样不可避免，如出一辙，不以人们的意志为转移，所以一定要发生镇压！"

"犀利呀！士别三日，刮目相看。刘一鹤，有你的，什么时候变得这么能说会道？"赵旒华听了刘一鹤滔滔不绝的深刻解说，大为吃惊。在她眼里，刘一鹤学习拔尖不假，但他以前似乎从来对政治都不关心。不得不承认，刘一鹤分析得非常有道理，这些都是经过深思熟虑才会有的思想火花。

赵旒华反问："这么说，让广场上的学生们当家做主，这中国就走向光明了？"

刘一鹤想都没想就回答："我看难。"

"为什么？"赵旒华盯住不放。

"因为他们的思维方式是从我上面分析过的传统思想模式里教育衍生出来的，他们现在就像青年时代的毛泽东，向权威挑战，挥斥方遒。如果真让他们掌权，慢慢他们也会变成老年的毛泽东和现在的邓小平，搞一言堂，唯我独尊。"

"何以见得？"

"天安门广场也有些时日了，到现在还没有谁提出一个强有力的政治纲领和改革措施。其实除了皇权思想，现在的年青学生还继承了一个非常不好的东西，是进口的，产自苏联。"

"什么？"

"列宁的暴力革命学说。"

"作何解释？"

刘一鹤喝了一口茶，缓缓道来："列宁继承了马克思主义，他的创新发展是发明了暴力革命学说，用暴力对付反对的一方，置沙皇于死地。斯大林将暴力革命发挥到了极致，在苏联进行大规模的肃反运动，杀一切可杀之人。中国共产党的许多领袖人物在苏联学习期间，学到了这点，回国后也在当时的苏区进行肃反，崇尚血腥，视人头为草芥。在残酷的斗争环境中，中国共产党人一方面同国民党和日本人斗，一方面自己内斗，对谁都不放心。这种斗争学说一直延伸到了解放后，三反五反，反右乃至于文化大革命，阶级斗争年年讲，月月讲，天天讲。斗争，斗争，再斗争，多少人头落地！现在的青年学生都是在这种环境下受的教育，他们的思想和血液里也充满了斗争哲学。你看天安门广场上的学生领袖只懂得斗争，不懂策略，一味和中央领导层斗，自己内部也斗，你方唱罢我登台，像走马灯似地轮流坐庄，谁也不服谁。"

　　刘一鹤的这段不紧不慢话语，讲得斯斯文文，像一位几百年以后的一位历史学家评论前朝古史，分析得非常透彻，但比刚才那段还让赵旒华振聋发聩。经他这么一说，赵旒华的精神世界有一种崩溃的感觉，但非常紊乱的头绪一下就理清了。以前在学校时都是她给刘一鹤做思想工作，现在倒过来了，刘一鹤不但专业过硬，政治上也像自己的老师了。自己为什么没有想到这个浅而易见的道理呢？看来自己党性思维方式要改一改了。对于赵旒华这个老党员来说，这将是一次痛苦的蜕变。

　　两个老友促膝谈心，茶杯在手，严肃地谈论着天安门学运，谈论着人生，谈论着大千世界，一直到玉兔东升。

第二十一章

　　自从姚奇去了中国，除了王小艺日思夜想，还有两个人心里一直惦记着他。一个是李智慧，一个是肖鸣。

　　肖鸣是过了几天后才发现姚奇没有出现在实验室的。这天他来找王小艺借东西，两眼却羞答答地瞟一眼姚奇的空座位，显出了一种渴望和焦急。看着他迈着细步的扭腰和不自觉地将头发往上拢的手姿，还有那别在前额上的发卡，王小艺不解地摇摇头，心里想笑。两人都是一年级的研究生，虽然一起上课，可是话语沟通不多，这个男生对女生好像不太感冒。看着他有些心不在焉地和自己讲话，王小艺看出了名堂，问他是不是找姚奇。肖鸣红着脸马上否认，但又忍不住问姚奇为什么不来上班。王小艺说他回中国探亲去了。肖鸣黯然，一声不响地踅开了。

李智慧也来，看见王小艺还是说笑，不过多了一份矜持。她一来就坐在姚奇的椅子上，询问王小艺姚奇有无音讯。王小艺说他来过一次电话，然后用一丝察觉不到的眼神观察李智慧。李智慧忙问都说了些什么？想起姚奇的警告，王小艺告诉她姚奇只是简单地报了一声平安，一切都好。她直愣愣地看李智慧时，李智慧眼里闪现了一丝羞怯和失意，然后顾左右言它。王小艺摸不着头脑，感觉得出李智慧举止有些不同寻常，她猜不透姚奇为什么不让自己和李智慧接触。当然赵旆华对李智慧的警惕也提醒着李智慧一定有什么不寻常的事瞒着自己，似乎大家都知道，就自己瞒在鼓里。王小艺单纯，用一双纯净的眼睛看世界，怎么一会儿赵旆华，一会儿姚奇都那么对李智慧不信任，难道她是美女蛇？

李智慧从口袋里掏出了两张林肯音乐厅的票子，对王小艺说："我这里有两张交响乐的票子，想请你周末晚上一起去听。"其实这是她两个星期以前就买好的，准备和姚奇一起去，结果没有想到他回中国去了。

王小艺摇摇头，说自己已经有了安排，她永远都听姚奇的，姚奇不会错。

李智慧有些失望，仿佛察觉到了什么。她咬了一下下嘴唇，留念地看了一下姚奇的桌子，微微闪了一下睫毛，起身离去。

王小艺最终还是拗不过郭晴晴的请求，陪她去了一趟色情杂志的摄影地，为她壮胆。到了一栋豪华大楼，进到里面，按照进门处标牌索引找到楼层和房间。进去后前台的接待女郎秀发披肩，画着浓烈的艳妆，热情地和她们打着招呼，安排她们进了一间工作室。工作室里面宽大，布置得粉气十足，充斥着一股奶油香，到处都摆放着各种尺寸的情趣玩意和道具。两人等在里面，拘谨地看着，心里忐忑不安，却又忍不住四下好奇打量。粉色的墙上挂着许多一丝不挂的女郎照片，各种撩拨的姿势都有，比 Angela 让王小艺看的那些拍照尺寸还开放，一点遮拦也没有。

"你以前拍过裸照吗？"房间里只剩下她们两人的时候王小艺忍不住问郭晴晴。她想如果自己要是当时答应了 Angela 的请求，来这里拍照的就是自己了，想想有点后怕。

"拍过。"郭晴晴小声回答。

"你不怕？"

"开始很怕，现在习惯了一点，但还是有点怕，他们很随便的。"郭晴晴如实回答。

"你是怎么和 Angela 认识的？"

"在一个模特俱乐部。我比较孤零，胆子又小，要不是没有办法，也不会去那里。美国不像中国，性很开放，做模特的也很多，人家觉得这是一项职业。因为人多，竞争激烈，我属于弱势群体。Angela 比较热心，看我一人常常打单，时常帮我介绍一些事情做，她知道我需要钱。"

两人正谈着，Angela 过来了，她只穿了一条比绳子还细的三角裤，颤巍巍的乳头上贴着金星，妖娆无比，玲珑曲线尽显，媚眼飘飞。她说自己就在隔壁工作，听说她们来了，过来看看。"Don't be scared. Everything is fine here. They are very nice."她又露出了招牌式的大嘴微笑，显得亲切和热情。

正说着，一个留着大胡子的中年人面带微笑进来了，脖子上挂着照相机，自我介绍是这里的摄影师。Angela 想离开，却被他拦住了。

"You can stay。I may need your help to work out with your friends. They are so gorgeous and pretty."Angela 听了这话，冲着郭晴晴和王小艺眨了一下眼睛就留了下来。

"How old are you?"摄影师对着漂亮的郭晴晴问，态度和蔼，他在调节气氛，让人显得不那么紧张，但还是用手拨弄了一下郭晴晴垂下的头发。

"Twenty-two。"郭晴晴略显被动地回答。

"What about you?"摄影师又问王小艺。

"I am her companion. Not for this."王小艺忙解释，撇清自己。

237

"I see." 摄影师明白过来，然后对郭晴晴说："Originally, we wanted to shoot a nude lady riding on a tiger. But she was ill and cannot make it."

郭晴晴的英文不太好，以为让她骑真老虎，马上有点紧张起来。

"Don't worry. Nobody is going to eat you. The tiger is a fake one." Angela 看到了郭晴晴的紧张表情，大声笑着解释。说完了摄影师让郭晴晴看美女和老虎的示意图。

不料 Angela 突然插话，建议说："This looks boring. Everybody can do that. I got an idea. It is more interesting than tiger ride."

众人都回过头来不解地看着她。她认真地说："I have been watching the Chinese student protest in Tiananmen Square recently. It seems that the government intends to crack down the student movement and has already imposed the martial law a few days ago. That is not acceptable. We should do something about it. Let's pretend there is a massacre by the communist party in The Tiananmen Square. QingQing is a protesting student. Her clothes were ripped off by soldiers of the Liberation Army and she laid down on Tiananmen Square with blood over her nude body. How is that?"

摄影师听完了两眼放亮，叫道："This is a brilliant idea. Let me talk to the boss. QingQing, undress yourself quickly. Be ready for the shooting." 说完他急急忙忙走了。

王小艺和郭晴晴听了他们的对话惊呆了，一下子显得非常被动。两个大陆女生对望着，这么严肃的政治事件怎么和色情搞在了一起，这个不知天高地厚的 Angela，亏她想得出来。

Angela 看她们呆在那里不动，不解地问："What's wrong? This is your chance. Come on." 她催促郭晴晴脱衣服。

可是一直到摄影师陪着另外几个人进来，郭晴晴还没有脱掉衣服。摄影师不解，问是怎么回事。郭晴晴将顾虑向众人解释了，她也是中国来的一员学生，同情和支持天安门广场的学生运动，如果和色情搞在一起，是一种对大陆学生不尊敬的行为，她不能亵渎了这场伟大运动。

摄影师有点急了，说你是我们付钱雇的模特，有义务做这些。

陪同摄影师进来的另外一个像老板的人显得比较有耐心，他用手摸着下巴开导说："Hi, I am Mark. I run this place." 他同郭晴晴握手，然后接着说："I perfectly understand your concern. But think this way. We have a lot of readers around the world. This is one way to show them your love of your motherland. Your picture may be even more powerful to raise your voice, your protest, your anger than any other languages. This is definitely a good way to show your support to your fellow citizens in China. If you do well, you may become a superstar instantaneously."

郭晴晴两眼望着王小艺，有些听不懂的地方王小艺帮着翻译，郭晴晴觉得他说得有些道理。王小艺也不知怎么办，两人你看看我，我看看你，犹豫不决。

Mark 继续做工作："I also follow the protest in China closely。If I am right, the students in Tiananmen Square ask for freedom, self-expression, and democracy. They don't have these basic elements. Why? Because everybody living in China has been confined in cages，which is made by the Communist Party. The Communist Party thinks that everything is evil if you disobey its ideology, including nudity. So, the nudity in this story represents a lot of things. In short, the nudity represents free expression and human rights, similar to the proclaim made by the students in Tiananmen Square."

两个大陆来的女学生被 Mark 的一套似是而非的哲学灌了迷魂汤，有点晕头转向，想反驳，但觉得他说的好像又是那么回事。

Mark 趁热打铁，说："How about this. I can raise $5,000 more to pay you for doing this." Mark 提高了价码。

"Why QingQing? Anybody can do this。"王小艺质疑地问。

"Because she looks like Chinese. None of my girls looks like oriental girls, or students. Right? If you want to do it, you are absolutely welcome to." Mark 的这一番强词夺理马上让王小艺不做声了，她生怕自己被拉去拍裸体。

郭晴晴太需要钱，听说可以多赚五千美金，她同意了，但坚持要先签一份合同。Mark 怔了一下，马上就同意了。他说："Of course, you are smart. Looks like you had some modeling experience before."

工作做通了，于是马上开始工作。在摄影师的指导下，他们打开了幻灯机，找来了一张天安门广场的幻灯片投放在墙上作为背景。Mark 对 Angela 说，让她把所有的模特儿都喊过来扮演学生。等人都到齐了，他吩咐模特儿脱光衣服，一丝不挂。化妆师将每人身上涂满血迹躺在天安门前，面对毛主席的画像伸出双臂，背对观众。这样洋面孔看不见了，只露出光溜溜的肩背和臀部，有效地防止了穿帮。看着大家都不穿衣服，郭晴晴的压力小多了，和大家一样也脱光了衣服，露出了东方人特有的细腻肌肤。因为她生长在中国的北方，胴体显得特别白，一点也不输其它的女模特。化妆师让所有人头上都绑一条白布带，装扮成天安门广场上的学生，唯独让郭晴晴带一个自由女神头上的光环，坐在众人前面。因为郭晴晴是东方面孔，她面对观众。化妆师在她胸前涂了一个弹孔，浑身是血，双手伸向天空，在毛主席关注的眼神里装出一副呐喊的样子。

　　摄影师见了这种场景非常兴奋，相机不停地响着，闪光灯不断地闪耀，多角度，多方位地拍摄，不断地要求众人变换各种姿势。

　　王小艺从来没有见过这种裸体阵势，看呆了，也有些吓坏了。除了郭晴晴有些不自然外，其她的模特都非常敬业，一丝不苟。王小艺心里翻腾着，心想中国无论如何也不会走到这一步，因此她看着眼前的赤裸裸画面觉得非常可笑，荒唐和滑稽，甚至觉得这是对自己祖国的侮辱。可是她一点办法也没有，她算是领教了资本主义赚钱的本领和绝招。看着看着，她又深深地被这些模特的美妙身躯吸引着，倒是没有自己以前想象中的那般色情。特别是主角郭晴晴带着那个自由女神的光环，显出了东方女神的韵味。每当郭晴晴的眼光和她的眼光相碰时，马上就闪开，带有一丝慌乱。当然她们万万没有想到的是没有过几天，天安门前果然竖立起了一尊自由女神像，和天安门城楼的毛主席巨幅挂像面对面地站着。那时的王小艺再回过头来想起今天的这一幕，感受就不同了。

　　折腾半天拍完了，Mark 非常满意郭晴晴的表现，立马询问她的银行账户号码。可是郭晴晴为难地说自己现在还没有银行账户。Mark 也犯难了，因为钱数太多，写张支票给郭晴晴怕不安全。郭晴晴灵机一动，问王小艺，可不可以先将钱打到她的账上，等她开了账户后再转过来。王小艺同意，事情就这样解决了。

　　Mark 说他们一直缺乏 oriental 裸体模特，希望郭晴晴能够加入他们。并诱惑她说模特可以享受海滩，享受豪宅，去各地旅游。郭晴晴说回去考虑考虑。

在回家的路上，王小艺问郭晴晴真的想当裸体模特？郭晴晴摇着头说不知道，穿衣服的模特还行，如果自己的裸体经常出现在画报上在街头报亭卖，熟人看到会很难堪的，传到国内父母那里就更糟糕了。但她两眼迷茫地说：可是我需要钱。

王小艺突然觉得郭晴晴很可怜，一个人孤苦伶仃，内心里溢满了同情。

两人累了一天，在纽约的街头慢慢走着，茫茫人海中，两个大陆留学生显得有点孤单。王小艺的肚子有些饿了，想在路边买些东西吃。可是郭晴晴说还是回去吃吧。王小艺知道她想节省钱，爽快地说自己请客。于是她们走进了一家麦当劳。

两人一人要了一份套餐，端到靠窗子的座位坐下来，可以看到外面的景色。

郭晴晴对王小艺说："今天的麦当劳费用，你就从我存在你那里的钱里面扣掉。"

王小艺不以为然地说："虽说我也是穷学生，但我的收入有保障，这顿晚餐还是请得起的。说实话，你得赶快去开一个账户了，来美国这么久了，居然连一个账户都没有，太不方便。"

郭晴晴无可奈何地说："你已经陪了我一天，现在又请我吃晚餐，心里真的过意不去。在你那里住，得到你不少帮助。我也是太难了，过一天算一天，哪有钱存，开个账户需要最起码的底金，可我硬是拿不出来。我是有了这顿愁着下顿，钱左手刚进来，右手又出去了。这将近一万美金是我生平见到的最多钱数，刚才听到这个数字，以为听错了。"

　　王小艺很同情她，说："那个 Mark 对你很中意，想留下你，这可是一个好机会。"

　　不料郭晴晴摇摇头说："那里的钱不好赚。知不知道，Angela 进去工作后不久，就是 Mark 的免费情妇了，所以她说话 Mark 听，要不我哪有这么容易得到这份美差。想想看，Angela 的一个建议，Mark 为什么那么容易就接受，连摄影师也听她的。我想如果我进去后，不久也会成为 Mark 的情妇的。模特这个行当很肮脏，除了性，还有就是吸毒。听 Angela 说，她已经尝过毒品了，是 Mark 让她这么做的。要控制一个女模特作为性奴，最好的办法就是让她染上毒瘾，我已经见过几起这类例子。知不知道，今天你可帮了我的大忙，如果你不在场，我怕 Mark 会对我动手脚，有你在，他就不敢造次了，有顾虑。"

　　王小艺记起刚才在工作室时 Mark 的大方，恍然大悟。"太可怕了。那你今后怎么办呢？你总要生活呀。"

　　郭晴晴说："我先和他们周旋一下，等钱进到你的账户后，请立马告诉我，我想离开那里。今后嘛，走到哪里算哪里。"郭晴晴的眼睛有点湿润了，她开始沉默不语。过了一会，郭晴晴恳求王小艺："我非常羡慕你们这些考出来的公费生。我能力太差，你能不能帮我想想办法，在你们学校找一份工作，干什么都行，我能吃苦。"

　　和郭晴晴相处得不长，但王小艺从她身上感受到了许多有益的东西，通过郭晴晴，王小艺对社会的理解又深入了一步。和郭晴晴比起来，自己的那点人生经历简直微不足道，可笑的是自己还常常津津乐道，挂在嘴边，到处表功。虽然诸事不顺心，郭晴晴在逆境中不屈不挠，没有多少抱怨，让王小艺深受教育。生活需要忍是王小艺从郭晴晴那里学到的最深刻的一点。王小艺似乎记得系里的几个实验室想合着招一个洗瓶子的工友，Student helper 也行，于是答应郭晴晴去问问。另外她还建议郭晴晴到她们学校人事部门去填一张表备案，说不定机会就来了。王小艺这时一心想帮助郭晴晴，即使有了洗瓶子的工作，那点钱恐怕也不够郭晴晴交学费和生活费。王小艺的脑子快，忽又想起那天在植物园碰到丁一一家，听月琴偶尔提起他们想请一个保姆，也不知他们请到了没有。她向郭晴晴提起了这档子事，说回去后马上就给月琴打电话问问。

王小艺的积极帮忙态度感染了郭晴晴，她的情绪好了起来，两人互相谈着到美国来的一些人和事，和对中国亲人们的怀念。窗外街灯亮了起来，车水马龙，流光溢彩又开始泛滥。人影中，王小艺忽然看见街对面一男一女有两个人走过，其中女的是李智慧，男的是买相机碰见的那位。他们在稍微僻静的街角停了下来，男的似乎在大声训斥着李智慧，李智慧则不断抹着眼泪不言语。这是怎么回事？王小艺揉了揉眼睛，确信那人是李智慧，吃惊地盯着他们。

郭晴晴没有太注意王小艺表情的细微变化，还在聊天。慢慢她感觉得到王小艺的话语减少，看着窗外不吱声，以为她累了，于是问王小艺是不是应该回去了。王小艺说不忙，再坐一会。

王小艺一直等到李智慧和那个男的离去，才和郭晴晴起身离去。

第二十二章

　　回到家里，王小艺给月琴拨了一个电话，询问他们的保姆找到没有。等电话的时候，郭晴晴端来一杯加了冰的果汁放在王小艺的桌前。这时电话那头有人接起电话。

　　"喂，那位？"听起来像是月琴的委婉声音。

　　"我是王小艺，姚奇的女朋友。"王小艺回说。

　　"是你呀！你好。有事吗？"

　　"我想请问一下，你家的保姆请到了没有？"这时郭晴晴坐到了王小艺的身边，侧耳倾听，王小艺向她靠拢了一些。

　　"面试了几个，都不满意，还在找。"月琴回答。

　　王小艺和郭晴晴相视一笑，王小艺接着问："月琴姐，我这里有一位中国来的女生，想应聘你家的保姆，行不？"

　　"好哇。你先简单地介绍一下她的情况，我好有个准备。"月琴那头说。

　　"她就在我身边。要不你直接问她？她叫郭晴晴，漂亮大方，吃苦赖劳，北方人。"王小艺连忙美言了几句，然后将电话递给了郭晴晴。

　　郭晴晴接过电话，感激地看了王小艺一眼，就和月琴聊了起来。

246

　　她们聊的时候，王小艺离开坐到电视机前打开电视，调小音量看起新闻来，里面正在直播北京新闻。结果情况不妙，一队中国的警察正在 CBS 下榻的北京旅馆房间里，让他们关掉设备，停止直播。CBS 的工作人员正在交涉，说中方不能违反规定，他们是经过中国政府允许的，并拿出合同给警察看。警察说现在情况有变，合同终止，请美方立即停止播放。双方言辞激烈，场面严峻。等王小艺明白过来是怎么回事，她大吃了一惊，从大陆过来的人都知道这意味着什么，这是要出大事的前兆。看来改革派真的要倒霉了，学生也要倒霉了，想起两年前学潮的结果，王小艺不寒而栗。没有过多久，有人将电源切断，电视屏幕上一片花白杂点，播报终止。美国这边电视台的主持人向观众抱歉，说大家看到了，中方单方面停止了双方的合同，切断了直播现场。主持人接着说，CBS 将竭尽所能，尽早恢复直播，但情况不容乐观，因为中方已经要求采访戈巴乔夫滞留的所有外国记者尽快离开中国。主持人说，如果可能，他们将竭尽所能地报道北京的情况。CBS 不行了，王小艺又将按钮调到 CNN 台，那边的情况也是一样，不让播报。

　　王小艺沮丧起来，转播广告的时候，她神经质地马上想到了姚奇，开始无缘无故地为姚奇担心，怕他出事。他可不能出事，他不许出事。前几天因为曾经在电视上看见过姚奇，所以王小艺每天一回到家就将电视打开，守着屏幕希望还能看见他，尽管她知道姚奇已经回外省看望父母去了。这下好了，播报中断，再也看不到他了，急得王小艺大声嚷嚷："真不讲理，有什么见不得人的事情不让人知道。"

　　郭晴晴正好放下电话，忙过来问发生什么了？谁不讲理了？王小艺告诉了郭晴晴关于中国切断播报的事情，担心姚奇。郭晴晴安慰她，说姚奇过不久就回来了，不会有事的，瞎操心。王小艺也觉得自己好笑，不该在郭晴晴面前失态，姚奇六月四日就会回来，机票都订好了。再说军车不是都已经撤走了吗？天安门广场上的学生不是载歌载舞地庆祝吗？这么一想，她的紧张心情没有了。

　　王小艺问郭晴晴保姆的事情如何？郭晴晴说月琴让她明晚去她们那里面试。

　　王小艺为郭晴晴的好运高兴。"那洗瓶子的事情我就不掺合了？"王小艺说。

　　"先等等看再说吧。"郭晴晴笑得合不拢嘴，她对王小艺说："你洗不洗澡，你不洗我先去洗了，今天折腾了一天，出了许多汗水。"

　　"你先洗吧。"王小艺说。

　　郭晴晴进里屋去准备换洗的衣服去了。王小艺走到床头坐下，盯着床头柜上和姚奇的合影端详。带有细小菱形的玻璃晶体面框在灯光的照耀下散射着点点如星的光芒，这张相片王小艺百看不厌，每看一次，心底就有一股温泉上涌，弥漫全身。王小艺又记起那个可爱的白人小伙子问他们的那句话：Are you happy? I am happy! We are happy! 王小艺在心里说，一遍又一遍地说。她回头看了看，确信郭晴晴不在身边，赶快用嘴唇在相框上姚奇的脸上轻吻了一下。

临走的那天晚上，在王小艺的要求下，她和姚奇完成了人生的情爱处女作。很痛，难以忘怀的痛，甜蜜的痛，痛得她用牙咬紧姚奇的肩头，痛得她把姚奇的后背抓伤，几乎晕死过去。可是那痛随着一股热流进入体内嘎然而止，代之而来的是美妙的迷幻，人在空中飘浮，心随小舟荡漾，脑子里弥漫着麝香。天气有点热，开着窗子，窗帘在夏风里微微抖动，发着轻微的响声，像弹奏的夜曲撩拨心声。完事的姚奇趴在身上，沉甸甸的半天不动，似乎睡着了，呼吸声均匀。王小艺抱紧姚奇，用手指插进他的头发慢慢抚摸梳理，从上到下，从下到上。窗外云絮遮住半个月亮，月亮却努力从云后面探出头来，看着王小艺发笑。月光温柔地洒满了他们两人赤裸的年轻之躯，相拥之躯，将爱的银河营造，姚奇的液体像银河里的无数星星在子宫里弥漫畅游，左冲右突。

想起两人当时那笨拙的样子，王小艺的脸上一阵绯红，心也扑扑地急跳。洗澡间传出了水声，王小艺知道郭晴晴开始洗澡了。她半躺在客厅的床上，开始想象姚奇现在在做什么。他一定和他的父母，自己未来的公公婆婆在一起享受天伦之乐。姚奇曾经给她看过他父母的照片，打扮朴素，慈眉善目，一对谦和的知识分子。他们都显得消瘦，像当时许多营养不良的知识分子一样，这是那个时代带来的特征，可是他们的眼神却显示出了内心的丰富精神世界和豁达人生。王小艺觉得自己和他们很近，似乎以前认识，聆听过他们的教诲，亲切自然。取回照片后，王小艺已经按姚奇给她的家庭地址将他们的照片合影寄去，想来应该快收到了。不知两位老人家看了照片后，会对自己有什么评价？喜欢，不喜欢，漂亮，不漂亮。将来如果能和他们生活在一起，一定要孝顺他们，要和和睦睦。

王小艺迷迷糊糊睡去，和姚奇一家生活在一起，一直到郭晴晴从洗澡间出来将她唤醒："小艺，该你洗澡了。"

天色向晚，郭晴晴乘车去面试保姆。按照王小艺的指点，她来到上东城一栋三十多层的大楼前。沿着台阶上去，里面人来人往。在等电梯时碰见一个中国人，带着眼镜，手里拿着标语牌，上面写着支持民运的标语。看见郭晴晴，那人用死鱼一样的眼睛盯住不放。因为要面试，郭晴晴今天穿戴亮丽，发髻高挽，一双长长的玉腿在厚鞋跟的凉鞋衬垫下更显高挑。郭晴晴有模特的身段，轮廓圆润，皮肤白皙，胸部高挺，走在路上有很高的回头率。因此她对此见怪不怪，两眼盯着电梯上方的楼层指示灯，并不斜视。

这时从外面又进来一个三十岁不到的中国人，手里拿着一份报纸。他向另一个人打着招呼，原来一栋楼里住着，互相认识。

"老郑，怎么又去游行了？"进来的人问。

姓郑的人回答："二十一号我们《全美中国学者学生联谊会》去华盛顿特区举行集会，抗议戒严，反对独裁。几个地区的学生头头碰头，讨论后觉得中国的人权状况太差，于是我决定在纽约地区成立一个人权组织。今天是我们人权组织举行的第一个活动，到自由女神附近的 South Ferry 举行集会，继续抗议北京的戒严。"

"怎么，你们成立了人权组织？"

"为了适应形势的发展，有必要这么做。"大概注意到郭晴晴在听，他有意提高了嗓音，"我是这个人权组织的主席，现在不断扩展壮大。怎么样，丁一，参加进来吧？"

叫丁一的人马上拒绝："现在纽约的各种民运组织多如牛毛，都参加，哪顾得过来。你们和胡平、王炳章他们那个'中国民联'有没有联系？听说'中国民联'和国民党的'中华公所'最近成立了'声援中国民主运动委员会'。"

"暂时还没有，但不排除将来一起成立联合阵线，将海外民运推向高潮。我们还计划通过关点和天安门的学生取得联系，扩大我们在中国的影响。"他不断用眼睛瞟着郭晴晴。

丁一问："关点有消息了吗？他去中国也有一个星期了。你觉得这场学生运动还能支撑多久？"

"刚和关点通过电话，他说香港运来了大批物资和帐篷，支持天安门的学生运动。现在学生准备在天安门广场上安营扎寨了，我看要打持久战。另外许多民营企业像四通公司都在为学生们提供后勤支持，太振奋人心了。"

这时电梯开了，两人都看了一眼郭晴晴，礼貌地等着她先进电梯，姓郑的更是摆出一副讨好的姿态，伸出手谦让郭晴晴。看来这两人在美国来了有年头了，知道女士优先。郭晴晴不好意思地谢谢了一声，先踏进了电梯。那两人随后也进来了，各自揿了自己要去的楼层按钮。姓郑的问郭晴晴要去那层，殷勤地准备为她按按钮。

郭晴晴嗓音甜美地说："和这位先生去同一层楼，他已经揿了。"

丁一有些诧异，若有所思，欲言又止。姓郑的难掩失望，有点嫉妒丁一，骨碌的眼神分明在说这么漂亮的女士为什么不和自己同一层楼下。他摆出一副居高临下的架势责问丁一："我说老丁，外面热火朝天的，怎么没看见你参加游行示威活动？不能不关心国事呀。"。

他那做作的样子让郭晴晴憋住嘴想笑，那位男士顶多也就三十岁，怎么就"老"了？不过他觉得姓郑的挺有意思的，忍不住偷瞥了他一眼，迎接她的是热辣辣的目光。郭晴晴抿着嘴赶快撇过头去。

"工作太忙，又有小孩，分身无术呀。没有去游行，不等于不关心。我每天晚上都看电视，了解北京的情况，刚才还去报摊买了一份中文报纸，第一版都是关于学潮的消息和评论。"丁一话锋一转："不过听你们实验室的人说，你已经很久没有去实验室了，成天在外面搞运动，听说你老板在实验室的会上点了你的名，不高兴了哟。"

姓郑的正了正脖子，推了一下眼镜，一脸严肃："国家有难，匹夫有责。现在管不了太多了，大陆的人权问题得不到解决，我决不罢休。"眼镜说得有些激动。

"可也不是一朝一夕的事情呀？有些事情要从长计议，革命要搞，工作也要搞。别忘了，你还要养家糊口。听你太太抱怨过几次，说你现在在外头跑，家里的事情都落在她一人身上，连孩子的奶粉也不买。"

"大丈夫以四海为家，世界上的事有轻重缓急，先有大我，才能有小我。趁年轻，做些青史留名的事情，对得起大家，也对得起自己。这位女士，你同不同意我的观点？"。姓郑的面朝郭晴晴询问，一事当前，先取其义的样子。

郭晴晴抿着嘴笑，没有搭腔，还是忍不住又瞥看了他一眼。

这时电梯门开启了，丁一下去了，郭晴晴跟着也下去了。郭晴晴明显地感觉得到后面有一双紧盯着自己后背的眼睛。

丁一发现两人都是去同一个地方，马上明白过来，回过身笑着和郭晴晴握手，问她是不是来应聘保姆的。郭晴晴赶快点头称是。丁一说刚才就觉得有些像，只是拿不定，不敢造次。

打开门，丁一向里面喊道："月琴，应聘阿姨的人来了。"

听到喊声，里面走出一位贤淑的年轻妇女，脸上挂着笑容，打扮得清清爽爽，手里还牵着一位步履蹒跚的小男孩。她热情招呼着郭晴晴："你就是郭晴晴吧，我是月琴，昨晚通过电话。这是Brian，他还小，不会叫人。"

"没关系，来我抱抱。"郭晴晴蹲下身子将小男孩抱了起来。"哟，这么沉！"充满了称赞的口吻。

男孩在郭晴晴丰满的怀里，伸出胖胖的小手在她脸上摸，然后抓鼻子，郭晴晴趁机在他手心里轻轻吹了一口热气，逗得男孩咯咯笑。

"他好像和你有缘。"月琴在一旁细心观察着郭晴晴的举动，"以前带过小孩吗？"

"没有正式带过。但在家时，我经常帮助哥哥带小孩，换侄子的尿片。"郭晴晴伸出食指，小 Brian 一下子就紧紧抓住。郭晴晴上下左右地晃动手指头，Brian 两眼跟着转动，神情好奇，两个小腿兴奋得直蹬。

从这些细小的自然动作里面，月琴看到了满意，郭晴晴一下子就取得了她的好感。她好像和自己的儿子有一种亲和力。

丁一给郭晴晴倒了一杯水过来，问她什么时候到的美国，习不习惯美国的生活。郭晴晴大大方方地一一回答。

郭晴晴说："在家时，我是我妈的帮手，会做饭菜。来美国后我在中餐馆打过工，虽然没有下过厨，但是熟悉许多大师傅的手艺。如果你们不嫌弃，除了带小孩，我还可以做饭，一定让你们满意。不另外收钱。"

月琴和丁一对望了一眼，说出了心中的疑虑："和你通过电话后，我们商量了一下，让我们为难的是你现在的学生身份。当了保姆后，如何保持学生身份？说穿了，你到我们这里来当保姆，是非法打工，不上税的。"

"这个我想过了。第一，我准备做 part time 学生，注册最低学分。我们学校有晚上授课，应该没有问题。我现在急需钱，没有钱交学费，恐怕连保持学生身份都成问题了。第二，打工的事情我不会对别人说，出了问题有麻烦的首先是我。"

郭晴晴在来的路上想好了，将自己的实情告诉月琴，争取她的同情。于是她将自己做裸体模特的事情和着泪水毫无隐瞒地和盘托出，如果不能带小孩，只好回去继续干模特。

听了郭晴晴的叙述，月琴和丁一惊讶不已。都知道自费生困难，但没有想到这么困难。他们在这样一位弱女子面前，又是自己的同胞，心里充满了同情心，很难拒绝她。在谈话的过程中，月琴几次想将儿子抱过来，可是小家伙居然不肯，只愿意趴在郭晴晴丰腴的怀里，将小脸蛋贴在她的胸前。谈话到了尾声，小男孩居然在郭晴晴怀里睡着了，小鼻翼一扇一扇。

月琴同意了，对郭晴晴说："好吧，我们先试试看。孩子好像很喜欢你，黏你呢。"

"这孩子我喜欢，我一定带好。"郭晴晴忍不住眼泪在眼眶里打转，用手轻拍着 Brain 的厚实背部。

第二十三章

军车在老百姓的拥堵下终于没能进入天安门广场，在老百姓的挥手中离去，皆大欢喜。几天下来，北京演出了一场别样的军民鱼水情，人们见面都热情地打着招呼：瞧，子弟兵不打老百姓。北京已经开始清理路障了。

部队暂时撤走了，是因为邓小平心中没有底，他震惊于居然有不少解放军高级将领抵制戒严，还有刚刚扳倒的赵紫阳的余孽在四处活动，煽风点火。战争年代和文革中血与火的洗礼，一生的沉浮让他深深懂得一切不能贸然行事，要老谋深算，重兵在握。他在施行缓冲之计，酝酿更大的行动，名义上是让部队待命郊外学习爱民政策，暗地里却调兵遣将，运筹帷幄。让他们高兴吧，高兴不了几天的。邓小平眯着眼一面抽烟，一面打着桥牌，几个小毛毛翻不了天。

天真的学生和愿望良好的市民们陶醉在胜利的欢乐里，没有想到一股股钢铁洪流不动声色地从各个方向向北京挤压过来。据记载，被调动来北京的戒严部队包括北京军区属下的陆军第 24 集团军、陆军第 27 集团军、陆军第 28 集团军、陆军第 38 集团军、陆军第 63 集团军和陆军第 65 集团军；沈阳军区属下的陆军第 39 集团军、陆军第 40 集团军、陆军第 64 集团军；济南军区属下的陆军第 20 集团军、陆军第 26 集团军、陆军第 54 集团军、陆军第 67 集团军；南京军区属下的陆军第 12 集团军；直属中央军委指挥的空降兵第 15 军；以及北京军区属下的炮兵第 14 师、北京卫戍区属下的警卫第 1 师和警卫第 3 师、天津警备区属下的坦克第 1 师、武装警察部队北京市总队，总人数逾 20 万。

本来就没有统一组织规划的天安门学生们在外部压力突然失去时，这时像沙一样松散下来。来自四面八方的学生们显示出了不成熟不理智的缺陷，外患未除，自己内部开始争权夺利互斗。学生领袖们发生了严重分歧，理智的觉得这时应该撤出天安门，让戒严缺乏口实；不理智的却觉得应该坚持下去，斗争到底。统一不了意见，愿意撤走的学生陆陆续续离开了广场，使得主张撤离的学生呼声越来越少。要命的是这时还有许多外地学生源源不断涌进北京，涌进天安门广场，怎么刚来就要撤走？我们不是白来了？前前后后有二十七个省市自治区的二百一十六所高校的学生驻扎在天安门广场。于是愿意坚守天安门的这股新生力量日渐增多，坚持下去的声音越来越强壮，渐渐形成了主流。

广场上非常混乱，各自为政，不同高校的学生抢夺喇叭争发言权，还发生了柴玲被绑架的事件。历次运动中吃尽苦头，将一切看得清楚的知识界人士心急如焚地赶到广场劝说，罢了罢了，赶快离开吧，大祸临头了。学生们不买账，斥之为中国知识分子固有的软弱，凭什么让我们撤离，你们算老几。于是学生们成立了《保卫天安门广场指挥部》，柴玲任总指挥。五月二十七日从广场上撤离的动议，被柴玲封从德夫妇以及南京的李禄给否定了。要奋斗就会有牺牲，沿着共产党人的哲学和共产斗，让这次轰轰烈烈的民主运动落入了万劫不复。

广场上一片欢呼，充满了节日的气氛，国际歌声没了，代替的是吉他和摇滚乐，还有广场舞，年轻人有的是激情和热血。这些学生做梦也没有想到他们被自己的同伴利用着，背叛着。不知出于何种心态，这时的天安门广场总指挥柴玲偷偷地找来外国记者，录下了自己的内心想法和政治动机。从后来公布的这段录音里，人们看见在一间昏暗小屋里，嗓音沙哑的柴玲眼神怪怪地对记者说中国人不值得为之献身，她的目的就是要利用学生对抗政府，制造流血事件，这是不能和大家说的秘密。李禄也很可疑，多少年后网上传言李禄是国安部在学生中安插的卧底，尽量挑起事端，为镇压提供口实。特别是后来他一路顺风顺水地成了华尔街的骄子，并可以随金融大亨巴特尔到大陆访问，更是让当年追随他的人相信确有其事，让人眼红。

真有其事也罢，被人妒忌也罢，造谣中伤也罢，千千万万个当年活跃在广场上的学生们到了头发灰白的那个年龄再回首这段往事、重新审视自己的义举和辉煌人生时，在恍然大悟中痛心疾首，再想理智，为时已晚。跟着受牵连的落难精英政客们，也各自在天涯海角暗夜落泪，检讨自己往昔的失算。

如果。。。。　历史没有如果。

古今中外，历史就是由一部部错误选择连接而成的悲剧。所以历史是厚重的，引人深刻反思的，诲人不倦的，高瞻远瞩的。

当然此时天安门广场上大多数学生没有认识到太多。为了理想，为了正义，为了美好的明天，他们/她们要坚持下去。

接下来更加激动人心的一刻来到了，五月三十日这天，一尊高十米的民主女神像运到了天安门广场。她被学生们耸立在天安门毛泽东肖像的对面，隔着 300 米遥遥相望。这尊女神像由中央美术学院、北京电影学院、中央戏曲学院、中央音乐学院、中国音乐学院、中央工艺美术学院，北京舞蹈学院的热血学生完成。这尊仿制美国纽约自由女神的肖像立刻成了广场学生们的精神支柱，让整个抗议活动达到了高潮，其冲击波迅速波及全球。广场上学生们载歌载舞，举行了揭幕式。从此，女神的倩影永远留在了人们的记忆里，提起六四，谁也不会忘记她。

波士顿。

一大早女儿杜鹃手里拿着早点去学校了。赵旒华和刘一鹤没有在家里吃，两人步行去上班。来到哈佛广场附近，这里已经显得拥挤，上班的车辆和学校的天之骄子们交互穿行，像沸腾的浪潮。新的一天忙忙碌碌开始了。

他们在一家绿色咖啡店前面停了下来，跟着排队买早点。早晨的太阳将他们的影子斜拖在红砖铺就的地上，慢慢向房屋的阴影里蠕动，重叠在一起。咖啡店的室外有些小桌子，坐着的人一面喝着咖啡吃着甜点，一面看报纸读新闻。刘一鹤到不远处报亭买了一份报纸，他将报纸分开，递了几张给排队的赵旒华。报纸的各个版面充斥着关于中国的新闻和时事评论。

赵旒华打开报纸，蓦然看见上面介绍中国的学生们在天安门广场上竖立了一尊自由女神雕塑像，面对面和天安门城楼的毛泽东画像唱对台戏，觉得很滑稽。

"你看，学生们的胆子越来越大，戒严期间居然把美国的东西搬到了中国的心脏，这不是成心让中国的领导人难堪吗。"赵旒华不解地说。

刘一鹤伸过颈子来看，也笑了，说："还真来劲了，不这么干，就不是他们了。"

"他们要是现在撤出天安门广场，不失为一个好时机，双方都有台阶下。一味地闹下去，对双方都不好。感觉上学生们对自由概念的理解还很肤浅，站在这山看那山高，用中国的瓶子装美国的酒，跟《河殇》一样。"

听赵旒华提起《河殇》，刘一鹤问："《河殇》看完了？"

赵旒华点点头，说："昨晚看完了。"

"感想如何？是不是也可以改变你以前的立场，顺应潮流？"

"哪有那么快。不过确实是一部不错的纪录片，开眼界，中国居然有人能以否定的观点看待中华五千年的文明史，发人深思，很受教育。不过我不能完全接受里面的观点，自我否定太厉害，有些崇洋媚外。我总觉得不能因为国家走了一些弯路，就将一切全盘否定，外国的东西都是好的。"赵旒华直率地说出了自己的想法。

"有独立见解。"刘一鹤夸奖道，"其他人看完了这部片子一个劲地叫好，你是第二个提出自己不同想法的人。"

赵旒华歪着头好奇地问："第一个是谁？"

"丁一。他借《河殇》给我时，说了一通和你一样的话。他觉得这部纪录片反映了当代的中国思潮，这次天安门的学生运动是这种自由思潮的延伸和放大。"

"这个我倒没有想过，看来丁一比我想得远。"

"丁一满肚子学问，读过许多书，写得一手好文章，思想深刻，因此看问题比较全面。可惜他对政治不感兴趣，不然的话，会是一个不错的政治家。当一个科学家，有点大材小用了。"刘一鹤不知是可惜丁一，还是夸奖丁一。

"听姚奇说，丁一的实验做得非常棒，他的导师想把他留校当助手。"

"真的？那要恭喜他了。"这个刘一鹤不知道，丁一没有向他提起过。"其实你们比较近，如果实验上有什么困难，你也可以找他解决。他非常乐于助人。"

"这个姚奇和我提过，姚奇得到过丁一的许多帮助。不过从上次在纽约见面时的谈话看，他好像博后做完了想回国去工作，不愿意留在美国，他导师的安排未必能如愿。"赵旎华回忆起在丁一学校见面时，他对他导师的表态。

"未必见得。"刘一鹤说，他眯眼看了一眼刚从哈佛校园楼房顶上升起的太阳。

"此话怎讲？"

"现在中国的局势有变，天安门的学生们不肯退让半步，中央领导层愿意让步的赵紫阳下了台，不肯让步的邓小平和李鹏在台上，针尖对麦芒。宣布戒严是第一步，这样下去，以暴力武装冲突而告终的可能性很大，想都不用想，学生必败，那尊刚竖立起来的女神像也不会站立多久。"

"以后呢？"

"我们都是经过文革的人，想象得出接下来一定是高压政策。你想，从美国回去的留学生能被信得过吗？回去了，能够发挥自己的才能吗？丁一是聪明人，不会不明白这个道理。远了不好说，时下的局势起码现在让大多数留学生不愿立刻回去，持观望态度。"

"你对中国的局势好像太悲观了点。"赵旒华不太同意刘一鹤的分析，继续和他争论："别忘了，邓小平是改革开放的总设计师，思想一直比较开放，开放国门让我们出国学习是经他同意的。说毛主席会采取高压手段我相信，说邓小平会镇压学生我还是难以相信。"

道理刘一鹤先前已经给赵旒华讲过多次，看来她没有接受。刘一鹤知道这样争论下去是没有结果的，只有等着让事实来说话，不见黄河不死心。他确信，自己的这个老同学终有一天会改变自己的观念。

这时他们排到了，刘一鹤为自己和赵旒华各买了一份早点，赵旒华要付钱，刘一鹤不让。付完钱，他们将报纸夹在腋下向校园走去。有几个刘一鹤的学生对面经过，和刘一鹤打着招呼，其中有一个停下来说想到他实验室做 rotation，刘一鹤让他下午到办公室去谈谈。看着刘一鹤的人气以及这几天的所见所闻，赵旒华为自己的老同学骄傲和高兴。

没走多远，前面聚集着一群中国学生，举着哈佛和麻省理工学院的校旗挥舞，围了一块场地，一看就知道是与中国有关的示威活动。刘一鹤和赵旒华出于好奇，停下来驻足观望。只见一个戴眼镜的留学生留着长发，他嘴里叼着一根香烟，展开一面五星红旗，另一个人掏出打火机在旗子上烧洞。刘一鹤不解地问他们干什么？

看见是刘一鹤，青年学生恭敬地解释："刘教授好，我们这是血染的风采，来点悲壮的，暴力的，抗议北京戒严，为天安门广场上的学生鼓舞士气。"说完其中一个学生将烧有黑洞的五星红旗在空中挥舞起来，蓝天白云下散发着一股糊焦味。

看见这阵势，路过的教职员工和学生们纷纷驻足，里三层外三层围了起来，人越聚越多。因为美国主流媒体连篇累牍的狂轰滥炸，大家都知道了中国的动荡局势。他们和中国留学生们热烈交谈，了解情况，交换各自对时局的看法。留学生们则急不可耐地将也是道听途说的消息传给他们，说服他们支持中国的学生运动。

这时有个清瘦的年青人站出来了，他清了清嗓子，摇晃着一份报纸，上面有天安门广场竖立的自由女神像，就是刘一鹤买的那家报纸。年青人指着报纸上面的女神像开始了激情演说，抑扬顿挫，慷慨激昂，呼吁北京解除戒严，打倒集权专制，争取民主自由。

刘一鹤在赵旒华耳边小声说："那个演讲者和你同姓，也姓赵。他毕业于北大，康州大学博士刚毕业，高材生，来哈佛做博士后，师从名师，做大分子蛋白结构。"

"口才挺好的，情绪饱满，搞理工的能有这能耐不简单。"赵旒华夸奖道。

"他政治上也挺过硬，和你一样，是党员。"刘一鹤向赵旒华介绍，向她眨了一下眼。

"是吗？可是他的言辞够反动的。"赵旒华调侃道。

"是啊，北京一闹，许多人都及时改变调整了政治观点，以前的信仰丢到了一边。也不知是真是假。我只是觉得他们的立场改变得太快了一点，感觉不适应。"刘一鹤跟着戏谑调侃。

"我转弯比他们慢，共产党并不是一无是处，没有他说的那么坏。"赵旒华说，大概知道这位本姓的演说家也是党员，心中就有了一丝不快。

刘一鹤说："和你打交道心里踏实，不见风使舵。大家的观点可以不同，但做人要忠诚，有自己的信仰，守住自己的底线。"

后面又有几个人演讲，鼓动大家积极参加全球华人大游行。刘一鹤和赵旒华听完了演讲后，离开了人群向实验室走去。

到了刘一鹤实验室门口，赵旒华对刘一鹤说："这个星期劳神不少，实验结果比预期的要好，这样心中有底了。我明天回去，虽然老同学不言谢，但还是要谢谢你的帮助，把我从死胡同里拉出来了。现在大方向清楚，回到纽约再努一把力，希望明年能够毕业。"

"祝你好运。你的实验结果有点出乎我预料的好，其实我们可以继续合作下去。如有难题，你还可以再来。对于你，我是有求必应。"刘一鹤脸带微笑。

"可不许反悔哦。"赵旒华露出了少有的狡黠，"有一个小请求，不知你答应不答应？"

"说吧。"

"帮人帮到底。你构建的那个载体非常好用，我能不能带一些菌株回去自己培养？"

"如果是别人要，我肯定不会给。那是专利技术，我的看家本领，也是我们在分子生物学领域领先的奥秘。当然你除外。不过只能你用，不能转给其他人。"

"那当然。"

"关心一下，你不要太劳累，当心自己的身体。你现在是两个人了。"刘一鹤关怀地看了一下赵旒华的肚子说。

赵旒华身上一股暖流通过，感激地望着老同学。两人分了手，刘一鹤去了自己办公室，还有许多课题经费申请等着他写。

第二十四章

楼道对面肖鸣微低着头扭着花旦的小步迎面走来，王小艺忍不住想笑。看着他用手指像女生一样将溜在前额的头发往上捋，顽皮的她下意识地也学着样子做了做。她知道肖鸣不愿搭理女生，今天非要和他搭腔不可。

"肖鸣同学，有件事想问你。"王小艺先停下了脚步，两眼闪灼灼地盯着一脸窘相的肖鸣。

肖鸣警惕地看着王小艺，不知她葫芦里卖的是什么药。这个有着男孩性格的女孩有时让人有点畏惧，肖鸣一般采取惹不起躲得起的态度。

"也不是我有事问你，是 Matt。"王小艺故意顿了一下，卖一个关子，看看肖鸣的反应。在班上，Matt 是肖鸣愿意搭腔的男孩子，上课时两人喜欢坐在一起。

肖鸣听了耳朵果然像兔子一样竖了起来，耳翼的上部还微微动了一下。但是他没有做声，只是停下脚步两眼警惕默默地注视着王小艺，等待下文。两人对视了半分钟，王小艺存心不说，心里憋着笑，不提 Matt 问的是什么。从肖鸣憋红的脸色看，他心里挺着急的。

难道你就不能问一声，谁会吃了你不成？王小艺最不满意的就是他的这个态度。

"不想知道，那我走了。"说完王小艺嘴角翘了起来，真的转身就走。

"哎，别走，Matt 有什么问题？"肖鸣从后面急切地终于将话问了出来。

王小艺满意了，回转身来，裙子的下摆随着裸腿的翻转旋了一个小圈又停了下来遮住半截腿肚子。王小艺眼神装出一副迷蒙的样子，柔情地看着肖鸣。肖鸣一下子又陷入了惊慌失措里面，眼光没有地方放。捉弄够了，王小艺才慢条斯理地说："他想知道你准备选哪个导师做毕业论文？要有可能，能不能两人选同一个导师。他说他已经有了自己的想法，想和你通通气。"

　　"噢。"听完了，肖鸣低下头准备走，王小艺说："还有。"

　　"还有什么？"肖鸣又停下来，终于带着愠怒的口气，刚弄上去的长发又滑落了下来："别这么吞吞吐吐，有什么话赶快说，我还要去参加游行集会。"肖鸣非常不满。

　　"他让你将联系电话告诉他。"王小艺知道自己过分了。

　　肖鸣离去了，王小艺看着他的背影有些可怜他。生长在中国那个伦理道德环境里，人是不可以有自己的性取向的，同性相恋被认为是不道德的，活生生地扭曲着人的灵魂。自己以后少为难他算了，不就是不说话吗？有许多女生也不太愿意和自己说话。她开始有些明白肖鸣对待姚奇的暧昧态度，内心里觉得别扭和反胃，也明白过来自己这么对待肖鸣多少有些醋意夹杂在其中。王小艺又想姚奇了，除了自己任何人是不可以碰他的，包括用眼光碰也不行。

　　自从见到了郭晴晴，郑久开始了魂不守舍之旅。那天看着郭晴晴跟着丁一出了电梯一同离去，心也被拽出了胸膛跟着一起走了。郭晴晴有一种说不出的风情和妩媚，颦笑间眉目流盼，整个脖子，胸脯和臂膀连成一体，如雪原铺展开来，照得郑久一阵晕眩，目不暇顾。她一定是擦了香水，合着体香微微飘散，等电梯时她一出现就闻到了，那么好闻。如果不是丁一的出现，他是会找机会搭上腔的。自己和丁一聊天时，分明看见她抛过来几眼，微含羞怯，虽然只是一瞬间，但被他扑捉到了，如同闪电将天地连接。自己和丁一高谈阔论时，斜着眼还看见她自顾掩嘴一笑，那分明是赞同嘛，至少自己是这么认为的。可是她听到了，却装着没有听到；听懂了，却装着没有听懂；在意他们的谈话，却装着不在意。叹时间太短，这尤物下了电梯去哪家了呢？她还会不会再出现，还会不会再出现呢？可人儿，乖乖儿。郑久是个情种，见过许多女人，也偷偷上过几个，也就是一夜情而已。不像这个，她就像是上帝派下来勾魂的。

那天回到家里后，他将游行的标语牌扔到一边，脑子漫游，独自兀想。一天没见面的老婆一面做着晚饭，一面叽叽呱呱地埋怨，打断了郑久脑子里的联想，让人心烦。他莫名其妙地发着火，东也不是西也不是。儿子跑过来，抱着大腿喊爸爸。要是搁在以往，他会抱起来亲一亲，咬两口。忙着做饭菜的老婆尽管嘴碎，看见父子俩一亲热也就心满意足了。如果要是郑久能过去陪着老婆在厨房里唠叨两句，一切的不快就都烟消云散，老婆也就可以体谅他在外奔波劳累养家糊口。至于他为民主献身的动机老婆心知肚明，知道那是为了办绿卡。可是这天郑久心里装着没影没踪的郭晴晴，嫌儿子吵，把他推开，仿佛母子俩成心和自己作对似的。他打了儿子的小屁股一下，可能心不在焉，打重了，儿子立马哇哇大哭地跑到厨房去了妈妈那里。

老婆不依不饶了，从厨房冲了出来嚷嚷："你为什么打儿子？你狠心！我的儿子是你随便打的？你一天到晚不归家在外面闹民运，回来就撒野。你给我说清楚，要不然给我滚出去，没有你饭吃。"

郑久这才明白闯了大祸。别的无所谓，儿子是碰不得的，那是老婆的心肝宝贝。老婆一直有种被欺骗了的感觉，只有儿子了。所以每次回来看见老婆的脸色不好，儿子一哄，立刻云开天晴。看看为时已晚，祸已经闯了，只好硬着头皮顶了。

"老子的儿子打不得？你一个娘们什么也不做，一天到晚在家里呆着，哪里知道我在外面的辛苦。"郑久知道自己今天吃了豹子胆，居然说出了这种话，都是刚才那女子给自己添加了点男性荷尔蒙。他知道下面会发生什么。

果不其然，老婆一下子脸色煞白，冲上来就要拼命。"你个没良心的，为了追我，对我发毒誓要娶我，一辈子对我好。为了你我牺牲了一切，远渡重洋和你到了这里，为你生儿子，吃尽了苦，看尽了人家的脸色。好处没得到你的，现在就给我脸色看，不过了。你给我滚！我们离婚！"

郑久吓得起身就往门外跑。这已经不是第一次了，他有经验，老婆不过是装装样子，自己配合着装装样子就行。在门口才发现忘了拿烟，于是回转身将桌子上的烟盒装在口袋里溜出了门。

到了楼下，来到外面街旁，他靠在一个角落里拿出一根烟，发现打火机忘了拿。郑久苦笑地将烟放在鼻子下闻着，然后夹在了耳廓上。天空的楼房浸润在晚霞里，华灯初放，黄昏里显得不那么明亮。一阵晚风带点热气，心中掠过一丝孤独。以前吵架时他都是这样躲一躲风头，给老婆一个台阶下，然后回到屋里，饭菜都准备好了，吃完饭后在沙发上睡一夜，第二天给老婆赔个不是，事情就过去了。今天他自然还想如法炮制。

269

　　有个抽烟的人过来了，郑久借了火，点头谢了那人。他美滋滋地抽了两口，将烟雾一点不剩地都吞了进去。烟雾通过气管进到肺里，将每个肺泡都刺激得快乐地跳跃起来，呼吸畅通无阻。烟雾融进了血液，流入大脑，思绪慢慢开始正常了。郑久开始检讨自己，觉得今天有些邪门，为那不着边际的美女自寻烦恼。他开始念叨老婆的不容易，跟着自己确实有些委屈了。他又想起了回国和老婆相亲的甜蜜时光。

　　郑久出生在一个干部家庭，从小生活本来优越。父亲是一个大型国营工厂的厂长，南下干部，母亲是一所小学的教务主任，按当时的说法都是实权派。他有一个姐姐一个妹妹，因为是独子，在家比较受宠爱，不太用心学习。郑久刚读初一时赶上了文革，屁颠屁颠地跟着高年级的学生去大串联，挤火车。毛主席第八次接见红卫兵时，被他赶上了。当毛主席出现在天安门城楼上挥舞巨手时，成千上万的楼下红卫兵向天空举起手臂挥舞着红宝书，毛主席万岁万岁万万岁，天安门前呼声如潮，一片红海洋。郑久人小，为了看到远处的毛主席，他得不断在人堆里跳起来。一激动，憋了一天的尿终于忍不住了，发泄了出来。发泄吧、发泄吧，一股热流向下，一激灵，激起全身热血沸腾，在这伟大的时刻。接见完毕后退场，他才知道周围的红卫兵们都尿尿了。女生们不好意思说，但裤腿上留着的深色印子说明了一切。互相问了问，结果都没有真正看见毛主席，有的说看见一个小黑点，有的连点也没有看见。以后每次看见毛主席接见红卫兵的照片时，他都下意识地要去厕所。

　　从北京出来，他又去了革命圣地延安，然后去了毛主席的故乡韶山。因为自己根正苗红，为了表忠心，一路上他带着其他成分不好的学生们跳忠字舞，背语录，让红色江山永不变色。在火车箱里，有个资本家出身的红卫兵为了和剥削家庭划清界限，甚至当着大家的面将毛主席像章别在了胸前的肉里，满眼热泪盈眶，圣徒一般自我赎罪忏悔，博得大家的认可。

　　可是好景不长，让他意想不到的是串联转了一圈回来，突然发现自己成了一个狗崽子，连家门都进不了，给封了。三八年参加革命的父亲被当做走资派揪了出来，家也被抄了。批斗时父亲"坐飞机"，被和自己一样的红卫兵打成了残废。母亲在学校里被造反的革命教师批斗，逼着喝尿。不堪侮辱的母亲跳河自杀，小妹妹吓成了神经病。接下来的凄风苦雨只有他和姐姐冷暖自知，受尽世态炎凉，走到哪里都遭受鄙视和白眼。父亲当权时天天往家里跑的那些人，现在见了面对他们吐口水骂杂种。

　　没了经济来源，为了家庭的生存，没有办法，他只有到处偷东西，常常被抓住遭受毒打。他变得非常自卑，变得猥琐，仇视社会，同情姐姐，可怜妹妹。但是姐姐理解他，说他是个好弟弟。不过从此他落下了走歪门邪道和贪小便宜的毛病，外加撒谎不诚实。上山下乡运动来了，单位里为了有人照看残废的父亲和有精神病的妹妹，让他们姐弟俩有一个可以进工厂顶替病退的父亲，留在城里照料家庭。最后商量的结果是他坚决要求下乡。第一因为自己还小，照料起父母来不如姐姐细心；第二自己是男孩，内心里萌发着男子汉的豪气；第三是他不想见到周围的任何人，那一张张可恶的世俗脸庞。结果他在农村一呆就是八年，常常偷鸡摸狗往家里送。生产队嫌他的品行不好，凡有招工机会，都给了别人，与他无缘。他也死心塌地，准备一辈子做个挖地球的人。

不幸中的万幸，在农村他遇见了一个大恩人，一个五七年被打成右派回乡务农的大学讲师。单身右派和他同病相怜，劝他学一点文化知识。起初他不屑一顾，学了当右派，不学。可是看见老右派因为能算会写，不怎么参加田里的劳动，才勉强同意老右派的忠告，一五一十地从基础打起，向老右派学习文化知识。老右派自己无后，将他视为己出，倾力相助，悉心辅导。虽然没有上过什么学，但他脑子好使，日渐长进。随着肚子里的墨水变多，他慢慢学得规矩了不少，右派讲师也给他讲些做人的道理。这样一直到了毛泽东逝世，四人帮倒台，邓小平复出，恢复高考。

起先他对社会上流传的高考消息没怎么在意，可是视若父亲的老右派提醒他督促他去报名，结果他报名时被大队卡住了。于是他动了一点心思，装模作样地要和大队书记的女儿谈恋爱，哄她骗她巴结她，给了她不少好处。有一次他在隐蔽的树林里一面摸着书记女儿的浑圆乳房，一面信誓坦坦地说只要能考上大学，第一年学校放假就回来娶她到城里去。没见过世面的支部书记和他女儿信以为真，被他哄骗得团团转，同意他去考试。复习考试那一段时日还杀了鸡给他这个准女婿补充营养，不分配农活。为了保险起见，他不敢报太好的学校，自愿全是填写的农学院，也是做给书记看的，我可是要回来务农的。在那读书无用的年代，老右派教的东西管用，还真被录取了，而且成绩优异。后来的结果当然是黄鹤一去不复返，再也没有回到农村去见那个可怜的支部书记的黄花闺女。那女孩痴情，在他走之前缠着他要将自己的身体给他。天地良心，他心里知道是怎么回事，不能害了人家，没有同意。每每回忆这段往事，郑久一方面觉得自己还是一条男子汉，没有对不住那女孩，一方面沾沾自喜这一生中考大学的得意之作。有时他想，如果当时考不上大学，估计就得成婚，生一窝小崽崽当老农了。这些经历让他懂得做人要不择手段，只要不伤天害理就行。

　　姐姐后来嫁给了一个复员军人，父亲也平反了，拿劳保，家里逐渐好转。他时常和老右派通信，感恩戴德。因为相貌不扬，上大学时给几个女生递过情书，大都是石沉大海。收到信的几位里有的见了面就当没有那回事，有的抿着嘴笑。有一位可恶，约他周末到公园去见面，左等不来，右等不来，结果被耍了，从此自信心受了很大的打击。他于是发奋读书，功课门门优秀。毕业时考研究生，他考进了农科院前三名。农科院有公派出国名额，给了他一个，只要英语能过关。他基础扎实，通过了国内的英文测试，顺利地来到了美国成了一名公派留学生。知道他要出国了，那位和他约会的女生回心转意，说那天肚子痛，没能来，又约他去公园见面。他连忙说好。结果那天他去了，不过没有和女生见面，而是老远躲在一堆树丛后面偷偷看人家，幸灾乐祸地看着那个女生焦急徘徊，频频张望，总算出了一口鸟气。

　　出国后找对象的机会更少，第一他其貌不扬，第二女留学生太少。结婚成了他的一块心病，因为自己的年龄越来越大。有一次回国探亲，姐弟俩谈及此事，都有些着急。不料姐夫说他有一个战友，有个妹妹在文工团唱歌，要不介绍一下？姐姐说可以试试。对方听说他是美国留学生，尽管年龄相差十来岁，巴不得攀这门亲，满口答应，比他还积极主动。相亲那天，姐姐将郑久送给他的美国表又送还给了他，让他给女方当见面礼。姐姐不放心，已经先一步见过那位姑娘，漂亮着呢。等到两人见面时，郑久马上从对方大大的眼睛里扑捉到了失望和随之而来的虚假热情。当时的留学生是香饽饽，能出国的都是万里挑一。能嫁给留学生，等于这一辈子有了荣华富贵。看着文工团员的美貌，听着她婉转甜蜜的嗓音，郑久自然不会放过，吹嘘自己在美国如何如何，许诺自己有能力留在美国，不费吹灰之力。两人喜滋滋地前后一个星期就把婚礼办了，享受了几天花前月下，洞房花烛，恩恩爱爱到天边。

不到半年郑久把大腹便便的妻子接到了美国。当然到了美国后老婆立马发现郑久想留在美国不是那么容易的事，因为中美签有协定，持 J-1 签证的中国留学生必须回国去服务两年。于是老婆渐生悔意，夫妻俩常常口角。郑久知道自己的条件不好，事事忍气吞声迁就着她。以老婆的姿色，再找个男人嫁了不是什么难事。首先留学生中男女比例严重失调，男的成僧多粥少局面。再加唐人街的那帮香港小老板看着大陆女人实惠勤俭，比香港女安分老实，也多有垂涎之意。老婆以前是文工团的台柱子，先以为是高攀，后发现是低就地被骗到了手，因此怨气十足，每每以离婚要挟。不过生米煮成熟饭，特别有了孩子后，老婆还是守本分的，只是嘴上说说而已。以自己的德行，能有这么一个老婆郑久已经心满意足了。留学生聚会，许多人都会向他取经，如何抱得美人归，还会生儿子。

不过他心里毕竟还是憋着气，老婆怎么变得越来越凶悍，特别是生了孩子后体态发福，以前那个身材袅娜，通情达理的美女跑到哪里去了？

郑久正在东张西望，百无聊赖，突然眼睛一亮，看见郭晴晴从楼里出来了。她迈着轻盈的步子向自己这边走来，秀美的白腿在黄昏的灯下交替舞动，煽情。他赶快灭了烟头，理了理头发。郭晴晴也看见了郑久，还记得就是在电梯里那个时时注意自己的人。到了近旁，两人都鬼使神差地互相点头致意。

"你好。"郑久献上一个媚笑。

"你好。"郭晴晴报以一个微笑。

"来看朋友？"

"来面试工作。"郭晴晴不自觉地停了下来，面对着郑久，黄昏的暗色调也遮不住她雪白的颈脖和露在外面的双臂。

"哦，还顺利？"

"挺顺利的。"

郑久马上联想到了丁一，他们家正在找保姆。于是试探性地问："该不是面试保姆吧？"

"正是。"郭晴晴脸有些微红，好在天开始暗下来，不易察觉。

"那一定是丁一家了，他家一直在找保姆。我是他同事，关系挺好。我叫郑久。"说着郑久伸出了手。

"猜得真准。"郭晴晴也大方地伸出了自己的嫩手，她对郑久好奇，觉得这个人很有意思。

握住郭晴晴软绵绵的手，郑久有一种被电麻木了的感觉。"这就回去了？住哪里。"郑久掩藏不住自己的关心，急切地问。

在这人生地不熟的大纽约，心里孤苦的郭晴晴在郑久温暖的眼神环绕下，有一种久违了的亲切感，尽管他们刚刚萍水相逢，她却觉得他们应该是认识过的。在哪里不知道，也许前世，也许今生，也许现在。自己在这里举目无亲，却有一个人似乎很在乎自己，眼睛蒙骗不了人，在电梯里她就知道了。

"吃过晚饭了没有？"郑久问。

郭晴晴摇摇头，"没有。"她声音很小，拍裸体赚的钱还没有到腰包里。今天的晚餐原准备两片面包夹果酱，不好意思老吃王小艺的。

郑久马上接上腔："我也没吃，要不我们一起去前面拐角的一家中餐馆？挺不错的。"

郭晴晴立马气短了，"不了，我还有事。"她没好意思说自己没钱。

郑久其实一听她说自己是来应聘保姆的心里就马上明白了，这位漂亮的女孩缺钱，他见过许多这样的大陆妹，非常地节省。"要是事情不急，吃顿饭应该不会花费太多时间，我请客。以后来上班，我们还会常见面，一回生二回熟嘛，先认识认识。"不容分说，郑久热情地邀请郭晴晴，自己已经穿过马路往前面走了。

郭晴晴犹豫地跟在后面，身不由己。他们穿过了马路，消失在街角处。

这一切都被郑久的老婆从楼上的窗子里看在眼里，眼睛冒着愤怒的火花。每次郑久在楼下抽烟，他老婆就在窗前向楼下观望，等郑久抽完了烟回来时，就赶快将饭菜布置好。等郑久快进房间了，自己就去了里间屋，装着生气的样子。可是今天她看见郑久和一个漂亮的女孩走了，急得眼泪都出来了。她预感事情有些不妙。

第二十五章

看完父母，六月三日姚奇乘火车去北京。他在火车上碰见了一群去北京的年轻学生，大家激情高昂，大谈民主自由，大谈解除戒严。

姚奇问身边的一位活泼女生到北京去干什么。

女生脸蛋红扑扑的，大声说："去天安门广场，去看'民主女神'，去加入时代的伟列，去投身到北京的游行队伍里去，甘洒热血写春秋。"青春的气息从她明亮的眸子里溢出。

"不上课了？"姚奇问。

"中国现在这样贪腐遍地，哪里还有心思上课，学出来了也是为贪官服务，为独裁增砖添瓦。"

"你们这样的献身精神真的很了不起。"姚奇听了不免赞道。

"这算什么，前两天南京有五六百学生举行'民主长征'，徒步赴京请愿，那才是真正的了不起。"

"真的？"姚奇不知道这个，满脸惊奇。

"我的男朋友就在里面，他打长途电话告诉我的。"女生露出了自豪。

听了这个，不免勾起姚奇想起了文化大革命开始的时候，姐姐有一天突然和家里人说她要去徒步大串联时的情景。年轻最不缺乏的就是激情和献身，理想和浪漫，而且不计后果。

这时邻座有个男生站起来对车厢里的其他学生们说："刚听广播里说，台湾歌手侯德健和其他三位民主人士开始了绝食，声援学生运动。"

"侯德健万岁！"有人大声喊了起来，车厢里其他人鼓起掌来。

"让我们大家一起唱他写的《龙的传人》好不好？"男生站起来提议。

"好！"其他学生附和着，"你指挥，我们唱。"

"看我的，预备，起。"男生有力地打着拍子，指挥众人。

"遥远的地方有一条江/它的名字就叫长江/遥远的地方有一条河/它的名字就叫黄河/虽不曾看见长江美/梦里常神游长江水/虽不曾听见黄河壮/澎湃汹涌在梦里

古老的东方有一条龙/它的名字就叫中国/古老的东方有一群人/他们全都是龙的传人/巨龙脚底下我成长/长成以后是龙的传人/黑眼睛黑头发黄皮肤/永永远远是龙的传人

百年前宁静的一个夜/巨变前夕的深夜里/枪炮声敲碎了宁静夜/四面楚歌是姑息的剑/多少年炮声仍隆隆/多少年又是多少年/巨龙巨龙你擦亮眼/永永远远地擦亮眼"

　　歌声从年轻的歌喉里出来，带着朝气，带着鼓动，感染着车厢里的每一个乘客。列车冒着白烟行驶在青山绿水间，歌声从车窗飞出，飞向蓝天，飞向田野，飞向北京。这首歌姚奇在纽约看台湾电视台时听侯德健唱过，那时侯德健还在台湾。姚奇当时的心被歌词彻底震撼了，听完后他和其他留学生围着电视激动了半天，很快这首歌就在纽约留学生中传唱开了。每次国内留学生慰问团到美国演出，台上专业演员们唱这首歌，台下留学生就跟着起劲地唱，因此姚奇对这首歌并不陌生。列车车厢里气氛浓烈，姚奇忍不住也跟着大伙一起唱了起来。他望着窗外的农田和村庄飞快地逝去，歌声中心里燃起了对故土的一片热恋，仿佛又回到了往昔大学时代。

　　在北京西站下了车，姚奇明显感觉出了大街上的气氛与走之前不同，有不少军车被市民们拦截住，双方这次互不相让，发生激烈的争吵，呛人的火药味十足。一个多星期前双方虽然对峙，但相处融洽，摆事实讲道理。军队不是已经离开了吗，怎么又回来了？姚奇心里一阵疑惑看着满街奔跑的人群。

已经没有公交车可乘，路不通了。姚奇无法，只好要了一辆三轮车去崔小梅医院的招待所。他去找崔小梅时，门诊室里又碰见了护士长。

"准备回美国了？"护士长看见姚奇马上停下来打着招呼，脸又笑成了菊花。

"是，明天的班机。"姚奇回答着，一面向崔小梅点头打着招呼。

"得赶快离开这里，听说好多军车又从郊区进了城。昨天晚上十一点，我们这里附近有一辆武警的吉普车冲上人行道，撞死了三人，还有一个重伤的现躺在我们医院的急救室里。看这架势，怕是要动真格的了，再晚了恐怕走不了了。"护士长的焦虑从菊瓣里溢出，露出关怀。"我还有事忙着，以后多回来啊。多好的一个小伙子，可惜了。"护士长一面走出门诊室，一面眼睛不离姚奇，舍不得扔掉他。

崔小梅知道她心里还惦记她侄女的事，赶快将姚奇领走到招待所登记。

路上崔小梅向姚奇打趣："回去一个星期，长胖了不少。"

"天天被像猪一样地喂，能不胖吗。"

"父母身体还好？"

"都不错，就是显老。"

"这次回来感想如何？"

"乱，物价飞涨，怨声载道。"姚奇毫不隐瞒地实话实说。

"希望下次回来会好些。要有信心，我们国家在转型时期，从长远看，还是有希望的。"崔小梅安慰姚奇，也鼓励自己。

崔小梅的语调感染了姚奇，他很喜欢她那文雅的气质，知性乐观，附和着说："我也是这么认为的，这样我们海外留学生就更愿意回来工作。"

崔小梅陪着姚奇在招待所办好了入住手续，分手时说："我这里有两本刚出版的诗集，自己写的，麻烦你带给赵旃华。"崔小梅将手中一个袋子递给了姚奇。

"你出版了诗集？"姚奇脸露惊讶地接过诗集问。

"嗯。一向喜欢写点东西，还有一本新的短篇小说集正在付印。"崔小梅语气里有点骄傲和兴奋，不掩饰让人分享的心情。

姚奇对崔小梅刮目相观，带着佩服的语调恭维："看你工作这么忙，没想到还有时间搞创作，很荣幸认识大作家。回去以后，不，在飞机上我就拜读你的诗。我们那里也有一位诗底深厚的留学生，将来你们要认识一下才好，他和赵旃华非常熟悉。"姚奇指的是丁一。

"别瞎吹捧，我也就写着玩，陶冶性情，根本就不是作家。希望以后到北京还来找我。"

"一定。多谢这次你的招待，给你添了不少麻烦。"

"明天需要我送你去机场吗？"

"不用，一个人就行。"

崔小梅上班去了，姚奇进了自己的房间，里面已经住了一个人，是广东来出差的。姚奇将东西安顿好后，就上了大街。他和王小艺上次电话约定，回国的前一天给她打电话。

姚奇经过医院门口，遇见两个大妈大爷带着红袖章在执勤，一面吆喝着维持秩序，一面聊着天。

"昨晚撞死了人，今天当兵的又回来了，前面不远被老百姓给堵上了，轮胎给放了气。"黄牙大妈一面剔着牙缝，一面对另一位抽烟的大爷说。

"可不，刚才跑过来几个人，说这次当兵的和上次不一样，忒横，坐着公交车，里面藏着家伙偷运武器，给搜出来了。市民要收缴，当兵的不让，据说双方动手了。"大爷不紧不慢地搭着腔，烟雾随着音节一段一段往外冒。

"该不会有事吧？"大妈担心地问，将剔出的碎末菜渣吐到大街上。

"我看够呛，二进宫，善者不来，来者不善。"老头饱经风霜的前额褶在了一起，显出了忧虑。他长长吐出一股烟雾，眯眼看着。

"你说刚解放那会，我们敲锣打鼓地欢迎解放军进城，现如今怎么这样了？成什么体统。人民子弟兵不是，真要打老百姓呀？"

"等等看吧，希望不会，世事难料哟。"老头将烟头在鞋底上按灭。

大妈说："明个是星期天，休息，我要到广场去给学生们送饭，您去不去。喂，那谁，懂不懂规矩，绕道，绕道，别在人行道上骑车，小心撞着人啦。"大妈一面问大爷，一面指挥着行人。

"我倒是想，可我儿子担心出事，不让我去。上次去了一回，被他抱怨了，数落了我一通。"老头眯上了眼，心里有事。

姚奇离开了他们，上了长安街，径直向天安门方向走去。街上的气氛充满了焦虑、躁动和不安，不少人都是匆匆忙忙地一路小跑着，好像在互相传递着什么消息。他来到西单路口，看见一辆大客车被围困在那里动弹不得，从车窗里隐隐约约看见里面有许多当兵的。围着的人们向当兵的辱骂和吐口水，还有人给他们照相。

"当兵的，告诉你，别不识好歹，敢动学生一根汗毛瞧瞧看。"喊的人挥舞着拳头，青筋暴露。

"邓小平、杨尚昆、李鹏是反革命，与人民为敌，别听他们的，调转你们的枪口，打他个龟孙子，要不然滚出北京，爱上哪上哪。"

⋯⋯⋯⋯⋯⋯

姚奇绕过人群，来到了电报大楼，给王小艺打 collect phone call。电话隔着太平洋接通了，讯号还是掺着杂音。听到姚奇久违的声音，王小艺在电话那边高兴得不行，说你要是再不回来，我就要买飞机票到中国去寻你了，想死你了。姚奇说又犯傻了，我这不是马上就要回到你身边了吗。两人各自询问了这一个星期来对方许多的事情和思念，放心不少。王小艺问姚奇寄给他家里纽约 Botanical Garden 的合影相片收到没有。姚奇告诉王小艺离开家的前一天刚收到，他父母看见了。

"他们喜不喜欢我？"王小艺很在意，急不可耐地问姚奇。

姚奇说："当然喜欢，他们让我下次一定带你回来和他们见面。"

"好哇，大概是三个人去。"

姚奇一时摸不着头脑，"怎么多出一个人了？"

王小艺咯咯直笑，像银铃一般："不兴有个小人呀？"

姚奇在电话这头摇着头，知道又被绕进去了，甜蜜地笑了跟着打谑："要不干脆再多几个。"

"那我可受不了，说好了，顶多两个，我要有事业呢。"王小艺娇嗔地说。

话锋一转，王小艺问："北京现在紧不紧张？美国的电视电台说好像不对劲，有许多军队调动，不要紧吧？"

姚奇的脑子里出现了街上的混乱局面，怕电话里有人监听，不敢多说，"有点。不过我明天就离开了，放心好了。"

王小艺懂得姚奇的意思，叮嘱说："你可要注意安全，sweet heart，我不许你出事。"

"出什么事？我会注意安全，如果可能，待会到王府井去给你买果脯。另外你后天不用到机场去接我，我自己打的回来。"

"我会买好多好吃的食品等你，呆会就去 China Town。"王小艺在电话那头吧唧了一下。

姚奇和王小艺说了 Bye Bye 后，挂断了电话。

　　姚奇出了电报大楼，站在台阶前抬头望去，长安街人潮漫涌，每个路口都设有路障，许多公交车横错地摆放着，非常杂乱。他掏出胸前口袋里的微型笔记本，上面记满了需要完成的事项。姚奇将给王小艺打电话一事勾了勾，表示完成。笔记本里面夹着王小艺送的书签，他拿起来看了看，闻了闻隐隐透出的檀香味，回味着刚刚和王小艺通电话的喜悦。他回想起王小艺说的龙凤书签，自己的是一枚龙签，上面有王小艺书写的"学海无涯苦作舟"。字迹活泼可爱，像王小艺的躯体和思维在舞动。前几天在家时给父母看过这枚书签，母亲拿在手里看了又看，爱不释手，说王小艺这孩子手巧，一定头脑灵活，活泼好动，字如其人。姚奇点头称是，还将王小艺的大学毕业照给父母过目。父母让姚奇讲关于王小艺的一切，怎么认识的，怎么恋爱的，有没有结婚的打算。姚奇一一回答，并告诉他们两人已经订婚了，当然没敢告诉两人上床的事。

　　昨天收拾行李准备回北京时，邮差在楼下喊有美国邮件。父亲赶快下楼去取，打开一看，是王小艺寄来的照片。两老看着两人在杜鹃花前的合照，高兴得只夸王小艺漂亮。姐姐也在家帮忙，听了父母的夸奖，跑过来接过照片看了，连忙说认识认识。大家都奇怪地问在哪里认识的，她说在梦里，逗得家人大笑不止。姐姐认真地说，这姑娘水灵，性情活泼，赶快娶到手，免得夜长梦多。姚奇胸有成竹地说不会的，她现在已经是自己的师妹了。他想起了离开美国前夜的颠鸾倒凤，生米熟饭，脸微微发红。

　　姐姐和母亲在厨房里忙着做饭时，父亲问到了姚奇将来的打算。看着父亲花白的头发，姚奇说原来打算博士毕业后回国找工作，在家敬奉父母。这次回来看见一切太乱，不是回国的好时机。他又讲了回家前在北京时见到朱宣的情形，那位年轻教师一个劲地劝他千万别回来，说国家还是像以前一样地对知识分子不重视，大家只顾赚钱，物价飞涨，乱象丛生，民怨沸腾，搞原子弹的不如卖茶叶蛋的。父亲点头称是，让姚奇不要太顾及他和母亲，好男儿志在四方。姚奇说当然还有新交了女朋友王小艺，心里舍不得，所以决定留在美国做博后，等一段时间看看再说。最好等王小艺毕业了，两人一起回来，为时未晚。父亲显然满意这个答案，如此甚好，这样最稳妥。看着日渐成熟的儿子，父亲显出了欣慰和放心。

　　他们的谈话被端菜进来的姐姐听见了，说要有可能，干脆留在美国算了，好不容易出了国，何必多此一举又回来。姐姐说她的同事们听说她有个弟弟在美国读博士，羡慕得不行，怂恿她劝弟弟娶一个美国女孩当老婆，办绿卡，留在美国当美籍华人，学杨振宁李政道，再风风光光回国，光宗耀祖。要不等买了大房子，把父母接到美国去探亲养老。姚奇笑话姐姐对美国认识肤浅，不了解美国。他说现在留在美国是权宜之计，以后一定会回来的。姐姐下农村当知青，在当地结了婚，耽误了前程。后来知青大回城，她办理了离婚手续也回来了，在一家集体企业找到了一份工作，时常回家照顾父母。有姐姐留在父母身边，姚奇放心不少。他和姐姐谈过婚姻的事，姐姐说慢慢来吧，这事着急不得。要不你在外面给我找一个华侨，姐姐半真半假地说。

　　这顿饭母亲姐姐做了满满一大桌，出国好几年，姚奇已经好久没有享受过这么丰富的美食了，在美国都是吃的快餐。母亲姐姐一人一边，一筷子一筷子地往他碗里拈菜夹肉，他一口一口地往嘴里送，只有两只眼睛来回看着母亲和姐姐笑，腮帮子鼓得满满的。岂止这一顿，回家的一个星期里，母亲和姐姐几乎天天为自己做好吃的，体重增加了好几斤。他将自己在美国省下来的美金交给父母，一万多美元。父母一定不要，说你带回来的八大件已经让邻居羡慕得要死，钱留着自己在美国用吧，在外打拼不容易，处了一个女朋友更要花钱。最后好说歹说，给父母留了一千，给姐姐留了一千，这已经相当于他们每人五六年的工资了。

　　姚奇收回了思绪，他决定再到天安门广场去看一眼。沿着长安大街向天安门的方向走去，沿路大幅标语依旧到处都是，人们依旧亢奋，军车依旧被堵。不过路边的广播里已经换了腔调，播放着义正严辞的戒严令和通告，有点像文革时常常听到的那种让人提心吊胆的广播警告，让人毛骨悚然。天上的直升机还像蚱蜢一样飞来飞去，轰鸣声让人窒息。

　　到了天安门广场，老远他就看到了新立起的女神像，还真有些像纽约的那尊，只是个头小了许多。在纽约时他去过好几次自由女神岛，每次去都有股子神圣的感觉。看着眼前的这个仿制版，心里不免也有种神圣在涌动。他暗暗佩服现如今的中国学生，居然胆敢让她和毛主席面对面站着，挑战权威。这是他们那代大学生想都不敢想的事情，那时叫欺君罔上。他站在女神像前，看看女神，又回头去看看毛主席的油画像，觉得很滑稽，很有趣。中国现在真是不一样了。姚奇心中有点失落的感觉，觉得自己没能亲自参与这场翻天覆地的变革，不过能亲眼见一见也不错。

广场上的临战气氛浓厚，高自联、工自联、北大、人大、北师大的广播轮番紧急呼吁，戒严部队开始大批进城，带有武器装备，情况万分紧急了，呼吁同学们老师们市民们立即行动起来，设置路障，拦截军车，捍卫广场。天安门广场比上次来时多了许多彩色帐篷，好看了不少，依旧显得很凌乱。姚奇在帐篷搭起的微型街道里穿行，正走着，忽然背后有人喊："姚奇！"不用回头，听声音姚奇已经知道是关点了。

姚奇转过身去，看见关点。他黑了不少，显得疲惫，不过精神矍铄，依然是一副斗志昂扬的样子。关点上来拍了姚奇的肩膀，说："今天总算碰见了你，是不是改变了想法，留下来参加我们吧，投身到这滚滚的时代洪流中去，这可是历史呀，可遇不可求的事情，多伟大。"

"可是我明天就要回去了。"姚奇如实说。

"还是没有转过弯来？"关点有些失望，"要不要我领你去见见侯德健他们四君子，就在人民英雄纪念碑那里。"

"不了，我就转一转，沾点民主的喜气带回纽约，待会还要回去收拾东西。"姚奇谢绝了关点的好意，知道如果跟着他走下去，广场那么大，那将是一件没完没了的事。

"知不知道，我在这里找到了革命的伴侣？"关点突然兴奋地告诉姚奇。

　　"哦，那祝福你。"姚奇确实吃惊，为关点高兴，在美国男留学生找对象是个老大难问题，关点不止一次向他抱怨过。这个姚奇有兴趣，忙问："有没有可能见一面？"

　　关点对着近旁一顶帐篷大声喊："关珊，出来一下。"

　　"哎。"随着一声清脆的女声，一个秀气的女孩从帐篷里面钻了出来，手上沾有油墨，正在复印传单。不看则已，一看原来见过面的，她就是上次在戒严部队面前唱《英雄儿女》的那一位女生。

　　关点忙对她说："来，介绍一下，这位是我在美国纽约认识的留学生，叫姚奇。"

　　"你好。"女生想握手，发现自己的手上有油墨，不好意思地说："我的手上都是油墨。"

　　"没关系。"姚奇犹豫着是不是点明听过她唱歌，终于忍住没说。他耳朵里禁不住又回旋起她那美妙的歌声，羡慕关点好运气。

　　"我去忙去了，传单得赶快印出来，急着要。"女孩不好意思地解释。

　　"去忙去，我和关点老相识，以后有的是机会见面。"姚奇表示理解，向她挥挥手。

　　女孩又回到了帐篷里面。姚奇对关点说："怎么找了一个同姓的妹妹？"

　　"也是巧合，在天安门这个革命的大熔炉里，什么都有可能。"关点有点沾沾自喜，像个小孩笑了。

"你这是革命爱情两不误，祝贺你。"姚奇又记起了上次在这里看到的浪漫婚礼场面，模仿刑场上的婚礼。他说归说，心里隐隐有些担心，因为现在局面已经变得严峻了。

看着偌大一个广场，飘着许多旗子，姚奇问："这里有多少学校参加？"

关点回答："我也搞不清楚，不过看过一份简报，说从五月二十日到三十一日的游行示威单位有北京高校六十一所，外地大专院校三百三十二所。高自联已接受海外捐款一千多万元，可谓是真正的全民运动。"

这时姚奇发现人民大会堂西侧有几千戒严部队官兵和学生们对峙，大会堂顶上也有不少人走动，指指点点在观察广场的情况。他马上对关点说："今天的情况好像不对，你看那上面有人走动。"

关点顺着姚奇指的方向看过去，满不在乎地说："没有关系，现在全国人民都站在我们这边，全世界的舆论也在我们这边。他们拿我们没有办法。"他一口一个我们，还没有回来几天，他已经完全融入到了天安门的学生运动中去了，不把自己当外人。

关点说他要到人民大会堂那边去看看，问姚奇要不要一同去，姚奇摇摇头，两人就此分手，互道珍重。姚奇看着关点远去的背影，很快就被人流淹没。他被关点和广场学生们的献身精神深深感染着，这些都是国家将来的栋梁之才。

第二十六章

　　姚奇浑身是汗地沿着混乱的长安街回到了医院招待所。同房的人不在，他先到洗脸间冲了一个冷水澡，清爽不少。然后下楼去食堂吃饭，饭票还是崔小梅给的。他将盛有玉米粥、烙饼和咸菜萝卜的碗碟放在一张桌子上，坐了下来。桌子对过坐着一位男医生，旁边放着一个小收音机。他们礼貌性地点头打了招呼，一面吃，一面简单聊着天。男医生说他是值夜班的，问怎么在医院里没见过姚奇，看着他年轻的样子，问是不是新来的。姚奇笑笑说自己是美国留学生，回国探亲，经人介绍住在招待所里面。男医生恍然明白过来。听说姚奇是从美国来的，立刻来了情绪，话多了起来，问这问那，向姚奇打听美国的情况，一脸羡慕。姚奇将他了解的美国讲解给男医生听，让他不要太迷信美国，哪里都有好坏。男医生固执地认为美国的月亮就是比中国的圆，要不为什么大家都一股劲地往美国跑？他大学的许多同学都去了美国，要有可能，自己也想去。可是太晚了，年纪大了，结了婚，还有一个小孩。男医生说现在天安门广场的学生这么闹，还不是想过上美国那样的民主自由富裕安定的生活。

　　当男医生知道姚奇是崔小梅介绍的，谈兴更浓。说崔小梅的丈夫是海军的一位高干子弟，父亲很有权位，利用关系和双轨价格差异倒卖指标，不知赚了多少。他说崔小梅倒是清闲人一个，从不过问丈夫的事情，喜欢看书，是医院里面有名的才女，许多男医生都喜欢她，可惜追不上手。他讲话的神态里面有不少惆怅，大概他也是那些男医生中的一位。

吃完了，聊得也差不多了，姚奇看了看表，刚好 6 时。他起身对那位男医生说自己要回去收拾东西，想早点休息，明天要起早去机场。正准备起身离去，不料收音机里面开始播报北京市政府和戒严指挥部向全体市民发出的紧急通告，要求首都公民要遵守戒严令的规定："凡在天安门广场的公民和学生，应立即离开，以保证戒严部队执行任务，凡不听劝告的，将无法保证其安全，一切后果完全自己负责。"语气严厉无比，警告味浓厚。

听完了严峻的广播，姚奇和男医生面面相觑。联想到今天看见听见的一切，姚奇觉得情况有些不对劲，说："该不会有事吧？"面露担忧之色。从天安门回来的路上，他一直想着学生们这么拖下去不是个事。在广场上的所见所闻，一方面让人激动，一方面又让人失望，学生们似乎失去了刚开始的目标和动力，像一群不上课的大孩子在玩，授人以柄。关点也有些失望，说大家在这里挥霍着青春，浪费理想。当时姚奇想，保守的政府当权派怎么会就这么听之任之呢，回医院时一路上看见许多军车和上面荷枪实弹头戴钢盔的士兵，让他隐隐约约觉得一定有大动作，平静中酝酿着风暴，心头压着不祥预感。他将自己的疑虑告诉了男医生。

男医生则不以为然，说："能有什么事，穷嚷嚷。真敢开枪杀人？要真有啥事，老百姓饶不了他们，他们胆敢开枪的那一天，就是他们进坟墓的那一天。希望这样闹下去，能给中国带来一个美好的明天。"他和姚奇握了握手道别："祝你一路平安。我得值夜班去了。"

姚奇径直回到了宿舍，同房间的人还没有回来。他将行李收拾停当，洗漱完毕早早上床睡了。

不知怎地，姚奇翻来覆去睡不着。他听到大街上隐隐约约传来喧闹，广播声随着晚风断断续续地还在播报着戒严令，像催命符。他睁着眼，看见开着的窗外有一只大蜘蛛正在编织一张大网，蜘蛛圆圆的肚子在月光下泛着微亮，如同一只狡黠的眼睛慢慢移动。突然，窗外枪声大作，如同鞭炮一样，夹杂着人的呼喊声和咆哮声。他一咕噜坐了起来，侧耳细听，辨明确实是枪声。上中学时搞军训，他见过民兵真枪实弹打过靶子。

突然房门被推开了，同房间的广东人踉踉跄跄地跑回来了，脸色吓得惨白，口里直叫唤："开枪了，杀人了，满街都是血！"

"谁开枪了？"

"戒严部队，好多好多当兵的在大街上。"广东人惊魂未定，嗓音颤抖。

担心的事情终于发生了，姚奇心里扑扑直跳。他倒了一杯水递给广东人，让他慢慢说。广东人说自己像其他人一样，站在街边看热闹。军队开着军车过来，还有坦克车。

"坦克车？！"姚奇惊得大叫。

"是的，坦克车，见了人也不停，有几个跑得慢一点的，被压成了肉饼，然后向天安门方向直冲过去。看见惨状，群众向当兵的扔石块，大声叫骂，结果当兵的就开了枪，不管男女老少，见人就打。"

姚奇坐不住了，决定到外面去看看。

"去不得，太危险，当兵的打红了眼，子弹像天上的落雨。"广东人极力劝阻姚奇。

姚奇看着窗外，啪地一声脆响，对面墙上的一个玻璃窗被一颗流弹击得粉碎，吓得两人赶快一缩头，楼下有人发出尖叫声。只有那颗蜘蛛还在悠闲地编织着网，一根根一丝丝分明闪亮，不为所动。

姚奇热血上涌，得上街去看看到底发生了什么事，除非亲眼所见，他还是不相信共产党的军队会开枪打老百姓。不走远，就在医院门口，姚奇心里这样安慰着自己。不顾广东人的劝告，他出了门，急匆匆地下楼。

医院门口像一片战场，人声鼎沸，不断有流血的人被板车拖进来。他看见那个一起吃晚餐的男医生在人群中声嘶力竭地指挥着救人，头发凌乱。

"快，快，从那个门进去急诊室。"

"小艾，这里又有一个腹部穿孔的。"

…………

294

　　有许多穿白大褂的医生和护士忙进忙出，抢救伤者。姚奇头脑开始麻木，身不由己地让开道，看见几个人的肚子被打穿了，血肠子露在外面。

　　他不由得出了医院的门上了大街，立刻看见不远处头戴钢盔的军人一排排地往前行进，不断向人群开枪。夜空里一道道红色的弹道暗光四处飞散，带着刺耳的啸声，不断有人倒下，一片惨叫。路边许多人不顾个人安危冲上去用板车将倒下的人抢回来，赶快往医院送，夹杂着愤怒的骂声。不光路上的人被击中，连窗台上探头观看的人也被击中。

　　姚奇有些惊慌失措，意识到这里不能久留，想退回到医院里面。转眼间，他突然看见了火车上那位坐在身边的女孩。她勇敢地站在堆满燃烧物的马路中间，眼睛里燃烧着怒火，伸开纤弱的双臂阻挡向她逼近的戒严士兵，毫无惧色。姚奇向她的前方看去，士兵们像涌动的铁流，头盔如同飘浮的反光锅底起伏不定。他们手中的枪管在路灯的照耀下隐隐泛光，枪口黑洞洞的，充满了死亡威胁。显然这位刚到北京的女生想用自己的无惧无畏感化当兵的，以自己的娇柔之躯换来钢铁洪流停止前进的步伐。路人见状先是惊讶得不出声，继而大声喊：快下来，不要命了！

　　她的惊人举动显然让大兵们吃惊，犹豫不决，谁也不愿对她下手。许多枪口对准了她，又都挪开了，将子弹射向别的方向。大兵们从她身边绕过，甚至有个军官模样的人劝她赶快离开。但是在马路中间行驶的军车不得不在她面前停下来，高声按着喇叭。女学生丝毫没有退让的意思，挺立在那里，如同枪林弹雨中的一朵盛开着的战地玫瑰，震人魂魄。

就在这时，姚奇突然看见不远处一个士兵手中的枪口短促地吐了一下火舌，女孩被什么东西使劲推了一把跟跄后退了两步，痛苦地要栽倒，她挣扎坚持着不让自己倒下。又是一串火苗射向了她。

"No！"姚奇大喊了一声，下意识地快步冲上去，赶紧扶住即将倒下去的女学生。他从后面抱住软绵绵的女生身体，手中立刻感觉到了一股热液漫流而过。女生的双臂无力地垂了下来，头歪在了一边。

"你们不能开枪！"姚奇大声对着前面的那个黑枪口怒吼。

啪的一声枪响，黑枪口又吐了一下火舌，姚奇的脑门中了一枪。顿时，两人一起向后倒在了血泊里，女生压在了姚奇仰卧的胸前，热血交织在一起。

崔小梅住在离木樨地不远的海军大院里，她公公住独门独院的将军楼，享受着特殊待遇。这天下班回家，吃过保姆做的晚饭，她像往常一样来到二楼阳台上。晚风里她穿着短袖衫坐在宽大阳台上的藤椅上开始闲适地看书，磕着瓜子，喝着普洱茶。正看得入神，不远处突然枪声大作，像放炮仗。崔小梅惊异地拿着书赶快站起，扶着砖砌的栏杆向天空遥望，火光中，只见夜空里子弹拖着亮尾划着红线飞向黑色无边的苍穹。她清晰地意识到大事不好了。

　　听到枪声，屋里的丈夫急忙出来，站在她身边，两人一起并头仰望，长安街上的火光将不远处街边的楼房映照得通红泛亮，空气中有燃烧的味道飘来。

　　"妈的，真的开枪了？"丈夫用手掌抚摸着胡子下巴，蹙着双眉说。

　　"好像是。"不知怎地，崔小梅的身体开始有些颤抖。

　　"别怕。"丈夫用手臂搂着她的肩头，想让她安静下来。

　　这时崔小梅的婆婆从屋里出来，对崔小梅说："医院打电话来，说有许多伤员，让医务人员赶快去医院报道，那里人手不够。"

　　崔小梅没有想到事情来得这么快，她放下手中的书，转身回房，去了自己的屋里换衣服。她出来后，慌乱的情绪镇静了一些。

　　丈夫不放心，问："行吗？外面危险。要不不去了？"

　　"那怎么行，救死扶伤是我们当医生的责任，我一定要去看看。"崔小梅镇定下来后，心里开始有了一股气愤情绪在周身蔓延，脸色显得严峻，义不容辞。其实她心里这时和大多数人一样，还不太相信军队真的开了枪，也想出去一探究竟。共产党的子弟兵是不会对老百姓动武的，从小受到的教育让她永远相信军民鱼水情，更何况自己的父母和公公婆婆都是从这只军队里走出的一员。

　　"让她去吧，军人的使命在战场，医生的使命在医院。听这枪响的密度，死伤的人不会少。"神色严峻的公公一头白发，嗓音洪亮，是战争年代过来的老军人，凭经验知道事情发展到了非常严重的地步。"前几天我们许多高级将领上书反对戒严，三十八军的军长拒绝执行命令。他们还是这么干，是要当历史的罪人呀！有什么事情不能好好商量，非得对学生市民动手不行呢？"老将军惋惜痛心地说。

"真要走？"丈夫问崔小梅。

崔小梅坚定地点点头，准备下楼。

"等等，我送你。"丈夫不放心地对崔小梅说。

"别，当心两个人都挨枪子。"崔小梅阻止丈夫。

"此言差矣，老子在越南前线看的子弹还少？咦，这是什么？"说着他指着手臂上的一个弹疮。那是他七九年抗越战争当三人尖刀班时留下的杰作，如果当时动作慢一点，越军的子弹可能就要了他的命。

"算了吧，还提它干嘛，老子身上的枪疤比你多多了，有什么好炫耀的。开警卫班的车去。"老军人果断地吩咐。

"是。"崔小梅的丈夫风风火火地进屋换上军服，领章帽徽齐全。尽管退伍了，他还保留了一套。

"别说，这小子还真有点将门虎子的味道。可惜了，非要退伍经商不可。"他父亲不知是夸奖，还是责备地看着自己高大威武的儿子，满脸遗憾。

崔小梅坐着丈夫开的吉普车出了大院。上街不远，车子就被街边扔来的石头硬物砸的叮咚响。

"妈的，把我们当成戒严部队了。"丈夫微皱着眉头，露出白牙侧着头怪笑着对崔小梅说，担心她被吓着了。因为他在越南

298

战场曾经差点牺牲，尖刀班的三个战友就他一个人活了下来，所以对死无所畏惧。

崔小梅默默地不做声，看着沿路的人群在高呼，"打倒邓小平！"，"打倒李鹏！"，"血债血还！"丈夫不知她的脑子里在想着什么，这个一向逍遥尘外的清秀妻子一下子变得如此心事重重，仿佛在重新认识这个混沌世界。丈夫身上还保留着军人的机警灵活、勇敢无畏，他一踩油门，吉普车在人群和部队散兵中穿梭飞行向前飙去。因为是军车，沿路的戒严部队没有阻拦他们，只是奇怪海军来这里干什么。形势非常混乱，谁也没心思想那么多。

到了医院门口，崔小梅翻身跳下车，对丈夫说："快回去吧。"就一头冲进了医院，身后留下的是丈夫担心的眼光和让她当心的安慰语。

崔小梅匆忙来到科室，忙得晕头转向的主任像见到了菩萨说："你来了，赶快换上制服，去急救外科，死伤了不少人。"

护士长也在，菊花脸这时像个苦瓜脸，骂骂咧咧地："操他妈的祖宗八代！老子们四九年欢迎他们进北京，现在翻脸不认人了。国民党傅作义还懂得和平解放，共产党就开枪杀人，真是瞎了眼。"

崔小梅和护士长来到急救室，一片慌乱，地上床上躺满了人。崔小梅还是在学校里实习过创伤急救，那时她怕血，看见断胳膊断腿的病人就往后躲。这时的她心里还是打怵，牙齿都在打颤。不过看见所有的人都在拼命地救护伤员，她带上口罩立马投入了抢救行列。外面不断有人被抬进来，手术台上地上都是血人。

"崔医生，这里有个人恐怕不行了，快来帮一下人工呼吸。"有个男医生喊道。

崔小梅连忙走过去，男医生正在做人工呼吸，累得气喘吁吁。崔小梅接替男医生接着做人工呼吸。那人一点反应也没有，满脸是血，崔小梅看着怎么眉眼有些眼熟。不好，她用纱布将伤者脸上的血迹擦掉，不由得惊呼："姚奇！"

护士长听到叫声连忙过来，张大了嘴说："这不是那位明天要回美国的留学生吗？！老天爷，这是怎么啦？"

那位男医生这时也看清了姚奇的面孔，沮丧地说："我们刚才还一起吃的晚饭，怎么会是他？"

"不！不能这样。你不能死！让我怎么向赵旒华交代。"崔小梅忍不住尖叫了起来，赶快使劲重新做人工呼吸，她要把姚奇从地狱里拉回来。

尖叫声惊动了外科主任，他过来撇开众人，查看他脑门上的枪洞，然后用手指摸了一下姚奇脖子上的动脉，翻了一下眼皮，低声无力地说："不用抢救，他已经死了，这脑子上的一枪当时就毙命了。"

大家又去急救其它人去了。崔小梅没有动，两眼空空像个木头人默默地看着姚奇，这个阳光男孩，这个即将毕业的美国留学生。她看见姚奇的衬衣上口袋鼓鼓的，伸手将里面的东西掏出来，是一个浸满血迹的记事本。翻开来，里面夹着一枚同样浸满血迹的书签，有一瓣玫瑰。

第二十七章

　　赵旒华回到了纽约，郭晴晴暂时没有地方去，赵旒华和王小艺答应让她打个地铺，等有了着落再说。出门在外，谁没有个难处，更何况异国他乡自己的姐妹。

　　星期六的晚上，已经是北京六月四日星期天的早上。天气有些闷热，三个人洗完澡在房间里开着电扇，一面吃赵旒华买的西瓜，一面聊天，为郭晴晴能找到个工作感到高兴。赵旒华说郭晴晴算是找对人了，丁一一家人非常好。郭晴晴说她也觉得是，丁一月琴待人诚恳，而且他们的邻居也非常热情。她没好意思将郑久请她吃饭的事情说出来。那天在中餐馆吃饭，郑久的热情让她很开心，感觉得出他对自己似乎有情有义，他向自己坦白了婚姻的不如意和诸多烦恼。他为什么要对自己说这些呢，她也不知道。但她愿意倾听一个男人向自己叙说着自己的心思和烦恼，说明他非常在乎自己。那天他们谈得很晚，两个人的心里都很寂寞，两颗寂寞的心在纽约的夏夜里，在中餐馆的窗明几净中互相碰撞，互相邂逅。

　　谈笑正浓，她们打开电视，却看见了让人触目惊心的新闻号外，正在播报特别节目。几个小时前，北京发生了大屠杀！

　　三个人的谈话和高声笑语嘎然而止，三双眼睛都紧盯着电视屏幕看那断断续续从北京传出来的杀人消息，不相信这是真实的。西方新闻界一向哗众取宠，捕风捉影，这几天天安门不是好好的吗，学生们欢歌欢舞，中国领导人的宽容态度一度让许多留学生觉得闹事的北京学生是不是太过分了。不会不会，绝对不会，怎么会开枪呢，开什么国际玩笑。她们三人将电视扭到其它台，结果都是一样，说北京发生了流血事件，死了许多人。由于中国方面封锁了新闻渠道，信息不通，不知到底死了多少人，镇压有多酷烈。电视台播放了一段刚刚截获的中国国际对外广播电台的一位英文男播音员的播报，这位勇敢正直的广播员用快速语气播报说军队正在射杀平民，到处都在流血，到处都是火光，这是几百年来皇城天安门发生的第一起流血事件，不可饶恕的罪行。他的声音随着电波传向全世界，他不顾个人安危的精神让人敬佩。

有人在剧烈地敲门。王小艺打开房门，是 Angela。她情绪激动地大声说：" Did you hear that ? Many students being shot to death in Tiananmen Square！"

可是房间里没有一个人做声，每个人的眼睛里都含着泪水，满脸悲愤。Angela 的目光和郭晴晴的目光相遇，不想那天她们扮演的天安门学生的角色成真。

" What happened ? Why don't your guys talk ？ " Angela 感觉出了房间里压抑的气氛。看着三个像木偶的人，Angela 知道现在不是打扰她们的时候，低下头轻声地关上房门，悄悄地回到自己房间去了。银幕不断滚动着，连篇累牍地播报天安门的噩耗。

这一天，是中国耻辱的一天，为中国的现代史涂上了浓黑肮脏的一笔，所有的伟大光荣正确都被北京午夜的枪声击碎。所有曾经以自己的祖国为自豪的留学生们，所有准备学成后回国服务的留学生们，此时此刻不知该说什么，两眼茫然地如鲠在喉，紧握双拳。

　　这天夜里赵旎华和王小艺都没有好好睡。一个想着自己的丈夫，一个思念自己的男友。

　　赵旎华想知道自己的丈夫是不是参加了这次的血洗镇压。自从那天在电视上看见他在戒严部队里，赵旎华就一直将这个秘密埋藏在心底，齿着于人。正因为如此，她祈祷着中国的事情能够和平解决，不要让丈夫背上万世骂名。可是事与愿违，一切向最坏的方向发展，刘一鹤的判断和猜测是对的。刘军是营长，如果他真的带着部队向学生或市民开了枪，自己会更加无地自容，有何面目见人。继而她开始反省自己一直以来的天真幻想，这个自己曾经视为神圣的党，这个应该为天下劳动人民谋利益的党，这个自己举手宣誓要为它奋斗终生的党，怎么会变得如此地残暴和不讲理，它背弃了为人民服务的根本宗旨。自从胡耀邦去世后引起的学运，自己的立场一直摇摇摆摆。以前还固执地认为中国现在的一切问题都是改革开放过程中不可避免的副作用，随着事态的发展，特别是赵紫阳总书记的下台，让她越来越看清了一些本质现象。为了保卫自己的地位和既得利益，以李鹏为代表的中央高层采取高压政策，现在居然开枪杀人，冒天下之大不韪。这些时自己的内心一直在苦苦挣扎，做着无谓的抵抗，不愿面对现实。天安门的枪声彻底将赵旎华惊醒，不是自己要背叛党，而是党背叛了自己。她在床上挣扎，痛苦异常。

　　王小艺睡不着是因为担心，她想知道自己心爱的恋人明天还能不能上飞机，尽快回到自己身边。北京发生了这样的巨变，让一切都变得不确定。记得父亲单位有位漂亮的阿姨，一直独身，她那姣好的面容和丰富的学识涵养让多少男士倾倒，不为殷勤所动，谦谦有礼，拒人千里。大家都猜测她为什么不结婚。文革中时兴搞审查，终于弄清了真相，原来她的未婚夫在英国。他们是大学同学，解放前夕他的未婚夫到英国留学，他们原本打算等到他留学毕业后回国完婚。可是解放了，未婚夫再也没有回国，从此天各一方。她成了一个老处女，一朵不开放的夏日蔷薇，一片冷秋中的枫叶，孤芳自赏。王小艺不清楚自己为什么想到她，那个文雅翩翩的女士。小艺担心如果这次中央高层的保守派再关闭国门，自己和姚奇会不会也天各一方，分居到白头。

　　　郭晴晴也睡不着，她听着王小艺在床上不断翻身，黑地里问：“小艺，是不是想男朋友了？”

　　“我在想他现在上了飞机没有，急死人了。”王小艺在黑暗中回答。

　　“出了这种事，难说。不过不用担心，等稳定了以后，他一定会回到你身边的。”郭晴晴安慰她。

　　“他会不会出不来了？”王小艺喃喃说出了担忧。

　　“不会，中国已经不是以前的中国了，一切都是暂时的。”

　　“他要是不能出来，我就回去，和他在一起。”王小艺坚定的声音在黑暗里回响。

"你不读书了？"郭晴晴不解。

"不读了。那时我就让这里的学校把他的学问证书交给我，我带回去给他，然后就陪着他过一辈子，不会像那位阿姨打一辈子的单身。"王小艺看着黑洞洞的天花板，沿着自己的思路自言自语地说。

"你说哪位阿姨打一辈子的单身？"郭晴晴听了摸不著头脑。

于是王小艺把父亲单位那位苦等情哥的阿姨故事讲给了郭晴晴听。

听得郭晴晴直叹息，回忆道："我们那时都喊打倒帝国主义，连英文都不让学，谁摊上这种事谁倒霉。"

讲累了，抵不住困意，两人在不知不觉中睡去。

本来王小艺和姚奇商量好了，等他回来，两人就一起到佛罗里达去度假，他们已经在地图上研究好了要去的地方。迷迷糊糊中王小艺和姚奇手牵手来到了佛罗里达的海滩，他们拣了一处椰树沙滩上的躺椅躺下晒太阳，悄悄情话，两眼情迷。姚奇像上次那样地吻着自己，倾述心曲。王小艺问他送给他的书签弄丢了没有，姚奇拍拍胸前，说在这里呢。突然他说自己要走了，王小艺问他去哪里，他说不知道，远方在召唤。王小艺不干，说你不能就这样，我已经有了你的孩子。姚奇惊喜，说那是我投的胎。姚奇执意离开，留下王小艺一个人晒太阳。炙热的阳光慢慢从她的脚部一寸一寸移到了眼睑上，发热发烫，映出了一片红光，血红血红，可是突然来了一声惊雷，吓得她一下惊醒了。

原来是房间里电话铃声骤然响起，将她吵醒。

这黑更半夜里谁会打电话来，王小艺心里还在急跳，觉得刚才不是一个好梦兆。她赶快翻身起床，拖鞋也不穿，打开灯，穿着背心露着双臂一步跳到电话前拿起话筒，"喂，那位？"她希望听到姚奇的声音。

对面是一个女性沙哑的声音，"喂，我是崔小梅，想找赵旒华讲话。"

崔小梅！王小艺知道姚奇就住在她单位的招待所里，于是马上问："崔姐好，我是王小艺，姚奇的女朋友，我知道你，姚奇上飞机了吗？"

"是小艺呀，这让我如何说呢？你可不要悲伤，要坚强，人生没有过不去的坎，啊。"

"怎么啦？你倒是快说呀，急死人了。"对方吞吞吐吐，王小艺脑子里觉得不妙。

"姚奇昨天晚上被戒严部队打死了，尸体就在我们医院里放着。"崔小梅说。

"啊？！你胡说！不许这么诅咒他。"王小艺听了这不明不白的消息，气愤地喊道，脑子嗡了一下，果然来了噩耗。

"是真的，你一定要镇定，我和你一样难过，我对不起你，没有照顾好他，。。。。。。"崔小梅一时语塞。

这时赵旒华从里面房间里冲出来，从情绪激动的王小艺手中硬接过电话，王小艺的手颤抖得已经快拿不住话筒了。

赵旒华听了崔小梅的叙述也不相信，"你确信没搞错人吧？他不是今天回美国吗。"

崔小梅说："原计划是这样，哪知戒严部队今晚采取行动。听说他在木樨地我们医院附近为了救一个阻挡戒严部队的女学生被打死了，被送到我们医院。我亲自参加了抢救，他就死在我手上，他的尸体现在停放在太平间。"崔小梅在电话那头嘤嘤地哭了起来，"对不起，旒华，没想到事情会是这样的结局，昨天我还和他在一起。你一定要好好安慰王小艺，姚奇的后事我会妥善处理。他还有些遗物留在我这里，我会保存好，等他的家人来取。"

赵旒华拿着话筒麻木地站在那里，呆若木鸡，和王小艺一样，不相信这是真的。

崔小梅说："现在北京全城戒严，学生们已经被赶出了天安门广场，正在全城搜捕民运人士。电话我是从海军大院家里打出来的，用的公公的电话，不好多谈。请你们多保重，以后我们多联系。"说完了她挂上了电话。赵旒华有些奇怪，崔小梅是如何知道自己电话号码的。多年后才弄明白，崔小梅是从姚奇染血的记事本上找到她和王小艺的电话的。

赵旒华放下电话，转身看见王小艺两眼发直地坐在那里，浑身继续颤抖不停，牙齿都在打颤。郭晴晴用手掌抚摸揉搓着王小艺的手背，不停地安慰着她："小艺，快哭出来，哭出来就好了。"

"这怎么可能呢？"赵旒华一时间也没了主意，思维混乱，她用手掐王小艺的人中。

突然，王小艺哇地一声大哭了起来，嘴中喊道："不，你不能死，那不是你！姚奇，你给我回来，我要你回来。。。。"她凄厉的喊叫呼天抢地，从开着的窗户飞了出去，飞向夜空，飞过大洋，去唤醒姚奇。

凄厉的喊声显然惊动了邻居，霎时间楼上楼下的窗灯都亮了，街对面高楼里的灯光也亮了，一家一家。

赵旒华过去抱住王小艺的肩头，也忍不住跟着一起放声痛哭起来。只有郭晴晴还比较冷静，红着双眼到卫生间去拧了两块毛巾递给两个泪人，极力劝慰。

第二天全纽约震惊了，沸腾了。不只是留学生，也不只是华人社会，而是所有的人，包括白人、黑人、波多黎各人、墨西哥人，他们对每一位长相像中国人的亚洲人都投过来同情的一瞥，包括台湾人、香港人、日本人、韩国人、菲律宾人。人们奔走呼号，办公室里，商店里，地铁上，大街上，到处都在争相谈论着昨天发生在北京的惨案。

报亭的前面排着长队，人们都在买报纸看新闻。街头橱窗里摆放着电视，围满了人群，观看刚刚偷运出来的天安门广场和北京的录像带。电视里面播放着一辆坦克车在天安门广场横冲直撞，鲁莽骄横。愤怒的人群向坦克扔石块，将一节铁棍插在履带中间，坦克立刻卡在那里动弹不得。有个人爬上车顶揭开盖顶向坦克里面扔燃烧着的汽油瓶，不久坦克前面的铁门突然打开，仓惶跑出几个浑身着火的士兵。可怜的他们立刻被一顿棍棒打了回去，重新钻回坦克。人们继续向坦克扔汽油瓶，坦克浑身着火。熊熊烈火映照的背影里，天安门城楼的巨幅毛泽东画像默默注视着眼前发生的一切，不知在想什么。录像断断续续，前不久刚刚竖立起来的自由女神像被后续坦克车无情地撞倒，头朝地，轰然粉碎。另一个画面则播有学生撤离天安门时打着胜利手势的场景，他们高唱着国际歌，恋恋不舍地离开坚守了多日的广场。人民英雄纪念碑旁的暗光里，只有钢枪在闪亮，像是对纪念碑浮雕上各个时期为建立共和国浴血奋斗先驱们的绝妙讽刺。

更让人震惊的是第二天又有一段录像从北京送到香港，向全球播报。一位身穿白衬衫，手里拿着书包的瘦弱青年只身挡在一队坦克前面。宽阔空旷的长安街上，钢铁洪流左拐右拐，想绕过这位青年，可是他就是不让步，视死如归，大义凛然，共产党人宣传的对敌斗争英雄气概在这位年青人身上得到了充分的体现。电视机前大家屏气凝神地观看这惊天地泣鬼神的历史画面，充满了佩服和敬仰。

"Oh, man, I wish I could be him. "一个黑人青年大声嚷嚷，顶礼膜拜。

"Heroic! beat them! "人群里爆发出了欢呼声，仿佛这个青年就在眼前，听得见他们的鼓劲加油。

当然，同样让人震惊的是中央广播电视台六四播报晚间新闻时的男女主播薛飞和杜宪。他们身着黑装，系着黑领带，语调悲哀缓慢低沉地播报六四新闻，以特有的方式反抗镇压，凸显了良知和良心。特别是杜宪那一句"请大家记住这黑色的日子"，让电视机前的留学生们无不为之动容，悲泪挥飞。祖国，你受苦了。

没有几天，从大陆传过来的画面是秋后算账了，一共二十一位学生和工人头目被通缉。电视上都是抓人的画面，闹过事的人被按着头，反剪着手，像文革中的反革命一样一个个排着队被押上车。有个大汉对着外国记者发了一通牢骚，结果被电视全国通缉，不久就在一个县城被认出落网，投进监狱，杀鸡儆猴。红色恐怖弥漫控制了中国。

天安门前的火焰熄灭了，火种却在国土以外的广大地域点燃，成燎原之势，怒吼如潮。全球开始了大规模的集会和上街游行，抗议中国政府镇压学生和民众。各国的中国大使馆和领事馆前聚集着成千上万的人群，群情激奋。香港的台湾的，反共的亲共的都来了。北京的镇压活动造成了一股离心离德的力量，中国驻外领事机构的一些外交官们开始出逃了，访问学者们集体不归，决心和中国政府决裂。一时间纽约在集会，华盛顿在集会，芝加哥在集会，洛杉矶在集会，旧金山在集会。放眼望去，还有伦敦在集会，巴黎在集会，柏林在集会，香港在集会，……全球风起云涌，红色中国处于汹涌的波涛之中。

人们以各种名义在街头到处设立募捐箱，名曰为抚恤死难烈士和支持民主，财源滚滚，各种基金会林立。街角韩国人办的小店里中文报纸上到处都是各种游行声讨集会通知，留有各种联系电话号码以便联系，不辩真假。实验室里更是找不见中国留学生们的影子，这些向来以刻苦用功出名的中国学生瞬间消失殆尽。本来等着他们出成果好申请科研经费的美国教授们既无奈又同情，眼巴巴地每天到实验室不作指望地察看中国留学生回来了没有，然后带着失望回到了自己办公室。

　　全世界都翻了一个个，有一个人却无动于衷，她就是王小艺。王小艺发着高烧，说着胡话，昏睡不醒，对一切失去了知觉。她沉浸在巨大的悲哀中不能自拔，被坍塌的高山和漫卷过来的巨浪压得窒息过去，混沌昏黑。赵旒华和郭晴晴细心地照料着病重的王小艺，一个星期后她慢慢活了过来，痴呆着两眼，往日的活泼全无，一句话也不说，如同经过了死一般的炼狱。这个世界上的所有一切对于她来讲都失去了意义，毫无价值，她只要她的姚奇，那个再也不会回来的姚奇。

第二十八章

　　"六四"那天是个星期天，有些阴霾，丁一像往常一样去实验室，心情沉重。他来到安静的校园，因为是周末，人不多。学校门口已经放了一束悼念的花篮，悼念昨天北京的死难者。花篮旁边放着一只募捐箱，路过的人纷纷向里面捐钱。丁一也捐了。

　　他进了实验大楼，经过楼道时，看见导师的门半掩着，透出亮光，知道导师在办公室，他常常周末加班。丁一来到自己的房间，在书桌旁坐下来，情绪不佳，压抑得难受。像所有的留学生一样，他一直关注着中国的局势发展。最近一段时间从渐渐演变的情况看，他已经预感到了形势对学生不利，但绝没有想到昨晚会以武力镇压的方式结束这场轰轰烈烈的学运。他曾经和刘一鹤在电话里讨论预测过北京学运的结局，刘一鹤觉得以武力镇压最有可能，两人甚至为这事激辩。丁一认为，七六年北京为纪念周总理和支持邓小平发生了游行集会，被当局武力镇压下去，结果后来平了反。现在邓小平掌权，应该牢记七六年的教训和感谢人民大众以游行集会的方式支持他，否则也不会有他今天的地位和声望。邓小平不会愚蠢到用相同的武装暴力手法对待持不同政见者，那样会贻笑大方。再加上这场学生运动声势浩大，民心所向，得到全国人民的广泛支持，镇压不会没有顾忌。昨晚的枪声惊醒了丁一，现在回过头来看，还是刘一鹤高瞻远瞩，对中国执政党的本质看得比较透彻，自己太善良和天真了。丁一的心头压着一块石头，没有心情做实验看论文，一个人坐在那里望着窗外的天空发呆，遥想北京天安门广场现在会是什么情形。

　　这时电话铃声响了，是赵旒华打来的。赵旒华说电话打到他家里，月琴告诉她丁一在实验室，就打了过来。接着赵旒华告诉丁一姚奇在天安门附近的木樨地被戒严部队打死的消息，惊得丁一跳了起来，说这事开不得玩笑。等赵旒华一五一十地将崔小梅打电话的经过告诉给丁一，丁一一股热血直冲脑门，泪水瞬间模糊了他的眼睛，这打击太沉重太突然了。过了好一会丁一才稳定了情绪，发黑的两眼从泪水里看东西都是模糊的。赵旒华知道他们关系好，问能为姚奇做点什么。丁一说需要想想。

　　赵旒华接着说刘一鹤让她把《河殇》的录像带带回来了，她会让郭晴晴上班时带给丁一。两人的心情都不好，讨论着昨晚发生在北京的镇压行动，情绪都很激动，不能原谅当局的做法。放下电话，和姚奇合作的日子一幕幕出现在丁一眼前。一个非常优秀聪明的小伙子，怎么就没了呢？两人由双方的导师牵线，合作了两年多，一起发表过文章。姚奇最近正在写毕业论文，有许多地方向丁一咨询商榷。临走时，姚奇将一部分论文稿交给丁一，让他修改。稿件堆在案头上，丁一拿起一页页翻看，工工整整。打字机打印的文稿上，自己已经提了许多修改意见，等姚奇回来交给他。姚奇一直的心愿是回国工作，为国服务，为四化服务，没有想到却以这种方式留在了自己的祖国。因为志同道合，两人很谈得来。记得姚奇谈起毕业后回国工作时，心里充满了期望和想法，一定要将中国的科研事业建成世界一流的。他甚至还鼓动丁一和他到同一所大学或中科院去工作。不在一起工作也行，反正要合作，两人甚至开始规划了起来，雄心勃勃。可是这一切都不会再有了，丁一望着遗稿想，心里非常难过。

　　丁一没有注意到导师进来了，他迈着轻轻的脚步来到跟前，对丁一哀伤地说："I am so sorry for what happened in your country. I heard the news this morning."

　　丁一的泪水止不住泉涌而出，他向导师讲述了姚奇的死亡。

　　"Really? The student in Dr. Cooper's lab? Oh my God, this cannot be true. I am on his thesis committee.

Before he left, he told me he would defend his thesis after coming back. For Jesus Christ! What a tragedy!"

　　导师愤怒异常，这位逃离苏联的东欧人对残暴的斯大林统治记忆犹新。他早就劝说过丁一留下，不要回去，可是丁一不听，执意博后做完后回自己的祖国去效力，这是一件责无旁贷天经地义的事情。这下好了，铁血事实教育了自己的得意门生，胜过千言万语。看着伤心欲绝的丁一，导师用缓和的语气安慰他，然后摇着头离开了。

　　导师走后，丁一让自己的思绪安静了一会，觉得应该给姚奇开个哀思会，他列了一份名单，给姚奇的生前好友们一一拨打电话，包括在波士顿的刘一鹤。

　　星期一赵旒华上班时，系里疯传李智慧自杀了！系主任将赵旒华叫到办公室询问她知不知道为什么。李智慧本来已经选定了系主任做导师，刚定下来就自杀了，让系主任摸不着头脑，一脸苦相。赵旒华虽然震惊，却不觉得奇怪，因为只有她心里知道底细是怎么回事。前几天新华社记者已经悄悄通知赵旒华北京的台湾奸细特务被抓，还连带着拽出了一个地下网络组织，他们的主要任务是通过这次北京学运收集中国军队调动和装备的情报。领馆让赵旒华严密注意李智慧的动向，有情况及时反映。赵旒华猜想李智慧一定也知道了这个消息，组织被破坏，在姚奇身上的用心失败。政治斗争是残酷的，大家都在为自己的政治理念和信仰奋斗，全心付出。不知怎地，她开始同情起李智慧来，那个漂亮的台湾女生。想到各为其主，不免兔死狐悲，哀从悲来。特别因为北京的血腥镇压，更因为好友姚奇的死亡，赵旎华觉得是个莫大的讽刺，对自己曾经效忠的党和信仰发生了天翻地覆的动摇，乱石翻滚。

想到李智慧的死是自己一手导致的，赵旎华忍不住眼泪在眼眶里打转。

系主任见状忙安慰她，说李智慧的办公桌里有些中文写的东西，自己看不懂，想让赵旎华帮助看看是些什么，好处理掉。系主任知道赵旎华是中国学生学者联谊会的头，却不知道台湾来的李智慧不属于这个大陆联谊会，搞混了。系主任将赵旎华引到实验室李智慧的桌子前，就走了。

桌面很干净，赵旎华打开抽屉，除了一些中文材料，发现东西并不多。里面有一个牛皮纸袋压在实验笔记本下面，赵旎华打开袋子，里面有一张照片，居然是自己那天给她看的那张照片的偷拍版，下乡时的一个知青伙伴。赵旎华诧异之余，立刻想到那天给李智慧看照片时，李智慧摸了一下胸前的纽扣，原来里面有机关。所幸自己当时的警惕性高，没有将刘军的相片给她看，心中暗暗佩服台湾特务的高超技术和职业手段。牛皮纸里还有一个小袋子，赵旎华取出打开，里面居然是一组姚奇的放大照片，显然也是偷拍的。相片上姚奇笑得阳光灿烂，帅气十足。奇怪的是里面有一张姚奇的脸上居然有一个女人的鲜红唇印，属于李智慧无疑。翻过来，赫然贴着一枚🖤，旁边有繁体字题的四行小字：

执子之手，观子之貌，羡子之仪，慕子之心。

315

看到这里，赵旒华立马明白过来了，李智慧是在暗恋姚奇。天哪，王小艺知道吗？姚奇知道吗？赵旒华心情复杂地将照片袋子装好取走了。

姚奇的小型追悼会在学校的礼堂里举行，丁一没有通知太多的人，可是来的人还是不少，刘一鹤从波士顿赶来，姚奇的导师也来了。他们每人在进门处用黑布铺的桌子上拿起一朵事先摆放的白花，别在各自胸前。每个到会的姚奇好友都回顾了和姚奇的生前友谊，说到情深处，泪流如注，悲愤难当，大家痛斥北京当局的暴力行为和对民主理念的践踏。姚奇的导师库珀教授则缅怀姚奇的聪睿和勤奋，赞扬他的为人。轮到丁一，他念了一首自己作的小诗，寄托哀思：

血溅皇城恸夏华，　饱含悲泪哭天涯 。贪官淫吏开怀笑 ，民主坟前不谢花。

木樨地的枪声不仅夺去了姚奇的宝贵生命，也夺去了所有留学生报效祖国的热忱。姚奇是留学生的化身，代表阳光向上，深爱祖国。他的死具有极大的象征意义，在大家心里投下了巨大的阴影，无法弥补。这些以前一心想回国服务的人，面对前台姚奇的遗像都彻底改变了想法，包括那些短暂访美的访问学者。在场的所有留学生一面寄托自己的哀思，一面开始重新审视自己国家和民族的命运，还有和自己紧紧关联的前途和未来。血色笼罩下的中国，会有容纳下自己的一身之地吗。这些天电视上转播来自中国的许多镜头，邓小平露着得意笑容向烈士致敬举杯的画面、李鹏挥拳的咆哮、全国上下逮捕人的疯狂场景，如同乌云笼罩，让人畏惧不安。经历过文革的人们都知道无产阶级专政的厉害，臭老九，知识越多越反动，这些让人不寒而栗的观念还是没有改变呀。

王小艺今天一身黑色丧服，明显消瘦了。她头上的绾结被黑色的丝带系住，臂上带着黑色袖章，肃穆庄严，大恸若死。她的心泉已经枯竭，眼睛里流不出泪水来，只有眼圈周围被一圈黑晕笼罩，像两枚微型花圈，点装出双眼的凄美哀绝。听说了她和姚奇的关系，大家走到她面前，向她表示哀悼，希望她能从悲恸中振作起来。王小艺只点头，不发一语。

开完了哀思会临别时，郑久说有桩事告诉大家，他要去波士顿参加一个由全美学自联主席召集的全国各地留学生会议，商讨协调全美中国留学生示威游行活动。另外由于中国正在大规模地迫害知识分子和镇压学生运动，大家正在商量一个方案，组织一个班子，准备游说美国国会议员，通过中国学生保护法案，不必履行中美两国签订的回国服务条款协定，避免回去受政治迫害。他说如果大家有什么意见和想法，可以和他说，他会带到会议上去。

赵旎华没有表示任何意见，听了一会，就挽着王小艺的手出了门，将众人留在后面谈论。她们在街上漫无目的地走着，许多街角都放着一个募捐箱，旁边有一些中国留学生在使劲解说，有的还配有北京惨案的图片，路人一面同情地询问北京的情况，一面纷

317

纷向箱子里投币。再往前行，她们要经过的路被拦了起来，这里要通过反对北京暴行举行的示威游行队伍。最近一段日子，这类游行特别多。赵旒华和王小艺在阳光下站着，和其他行人一起观望。不久游行队伍就过来了，高呼打倒共产党，打倒独裁，反对镇压，自由万岁，民主万岁。

在游行队伍里赵旒华意外看见了那位和自己一起工作过的新华社记者。虽然从报纸上赵旒华知道世界各地许多的中国驻外人员反逃，投奔自由世界，可是现在看见曾经和自己联系的人也出现在游行队伍里，还是大吃一惊。她清楚地记得这位记者在向自己传达任务时，充满了一种为国服务的神圣使命感，满是兴奋和自豪。他们的卓有成效工作导致了台湾在北京的一个特务组织被破坏，还连累李智慧自杀，成功地完成了党和国家交给的任务。可是北京一声枪响，轮到他们背叛自己曾经服务过的红色政权，这不能不让赵旒华灵魂深处深深震撼。太讽刺了！前些日子看见北京街头游行队伍里走着众多的新闻工作者和国家机关工作人员，觉得那是国家民主希望的象征，进步的象征，继往开来的象征。可是现在再看见他们走在反对中国政府的游行队伍里，却是对国家彻底的失望和痛心。自己何去何从？赵旒华脑子里盘算着怎么办？那位记者也看见了赵旒华，脸上显出一种无可奈何的悲愤，夹杂着一丝惭愧和不好意思。他向赵旒华远远地招手，让她也参加进游行队伍。赵旒华只是笑了笑，摇摇手，没有动身。

赵旒华偏过头看见王小艺盯看着游行队伍的远端，顺着她的目光看过去，只见肖鸣和 Matt 手牵手也在游行队伍里。肖鸣似乎在哭泣，赵旒华看见 Matt 吻他的脸颊以示安慰，惊得她马上用手握住了嘴，几乎叫了起来。

　　这一幕王小艺当然也看在了眼里，她终于明白了肖鸣的种种怪异行为，还有他经常来找姚奇的缘由。王小艺昨天去找库珀教授，表明自己愿意用姚奇以前用过的实验台，库珀教授欣然同意，并鼓励她说她是姚奇课题继续下去的最佳人选。当王小艺开始整理姚奇的遗物时，肖鸣来了，满脸忧戚。这位从不主动和自己说话的男生居然羞羞答答想向王小艺讨一件姚奇的东西作为纪念物，特别指定想要姚奇玩过的魔方。王小艺打开姚奇的抽屉，魔方还在里面躺着，是自己送给姚奇的那枚，他没有带回中国。姚奇以前玩坏了的那枚魔方在王小艺的宿舍里，成了自己的心上之物，刻意保存。王小艺拿出魔方犹豫着，先把魔方打乱，然后飞快地将各面转动成一色，那天晚上和印度学生比赛的情形又出现在眼前。末了，王小艺恋恋不舍地将魔方递给了肖鸣，不明白他为什么想要姚奇的魔方。肖鸣走了，魔方勾起的回忆还在心头缠绕，着实让王小艺高兴和伤心了好一阵子。这人世间的事情千变万化，比魔方还让人猜不透。

　　等游行队伍过去了，维持秩序的警察才让行人通过。赵旒华陪着王小艺回到了寓所，郭晴晴已经上班带小孩去了。两人都有些累，虚弱的王小艺躺在床上歇息。赵旒华给自己和王小艺各倒了一杯果汁。正喝着，有人打电话来。

　　赵旒华接起电话，"喂，哪位？"

　　来电话的是一位在领事馆交纳党费时碰见过的党员留学生。对方开门见山地说："我们现在正在收集退党留学生和访问学者名单，希望你也能加入进来。"

　　"退什么党？"赵旒华一时没有转过弯来。

　　"当然是退残暴镇压民运的中国共产党。"

　　"哦。我没有思想准备，现在不想加入你们的行动。"赵旒华直截了当地回答。

　　"现在的这个党已经不值得我们为它效忠了，我这里已经收集了两百多人愿意退党的名单。我们的退党声明是要见报的，将来可以作为政治避难的依据。"那人晓之以利，极力煽动。

　　赵旒华最近一段时间脑子一直很乱，混混沌沌，听了这句话气不打一处来，没好气地说："我不退！"说完就挂断了电话。她从心底瞧不起这类人，入党是为了投机，退党也是为了投机，无大是大非观，钻营利禄。果不其然，两个星期后的六月二十九日，中国在美加就读的三百零七人声明公开退党，海外一共有六百八十三名留学人员退党。当赵旒华从报纸上看见这条消息时，想到了这通电话。当然她依然相信退党的人里面有正义感、义愤填膺的居多，为己谋私的居少。

　　赵旒华放下电话后去打开电视，里面正在报道一则时事新闻，在哈佛见到的那位和自己同姓的留学博士后正在华盛顿国会山庄接受美国一家著名电视台的采访，忍不住看了起来。电视里面的赵博士口才颇佳，英文流畅，大谈推动《全美中国学生保护法案》的必要性。他说在美国的留学生和访问学者因为参加了爱国游行示威，如果让他们回国，都会面临着政治迫害的危险。美国记者问他这么为大家疾声呼喊，有没有为自己担忧过？他一副大义凛然的模样，说自己已经将个人生死置之度外，而且他已经和家人失去了联系，国内的亲人们恐怕已经受到了迫害，说得眼泪都滴下来了。

赵旒华关上了电视，来到王小艺身边坐下，陷入了沉思。

第二十九章

六月的天气开始变得炎热起来，空气里浮着躁动，"六四"镇压给人们带来的情绪失控更增添了不安，如同火山喷发。美国社会上上下下都在声讨中共的残暴行径，报纸上刊登着一篇篇讨伐檄文，配上各种从大陆流出的血腥照片和镇压反革命的场面。美国的社会名流在各种场合以与来自中国的留学生一起谈论中国的局势为时髦，摆出高雅姿态和居高临下的风度做出适时且不切实际的评论和分析。华盛顿国会山庄里，来自共和党和民主党的国会议员们敲着讲台义愤填膺地提议对中国进行制裁，悲天悯人要让所有的大陆留学生留在美国，不能让血腥事件在他们身上重演。整个抗议活动已经从唐人街扩散到主流社会。当然，嗅觉灵敏的商人也不失时机地趁机捞钱。

郑久伙同中国之春的一帮人一直忙着组织各种抗议"六四"的示威活动。如果说以前他有投机的成分，这次完全是出于义愤了。这天参加完了在中国领事馆前面举行的大纽约地区抗议集会，天黑时他手里拿着示威牌子一个人精疲力尽地坐地铁回家。路过地铁站里面印度人开的报亭时，他像往常一样买了一份春色无边的色情杂志。这是他一直有的嗜好，手头再紧，这方面他一向不吝啬。进了车厢，他挑了一个角落坐了下来，翻开精美的画页，津津有味地看了起来。那熟悉的油墨味和里面一幅幅美妙裸体画面让他疲惫的血液里立刻充满了酒精和吗啡，兴奋陶醉，如仙如幻。突然，他的眼睛花了，血液也凝固了，他看见了郭晴晴。揉了揉眼睛，没错，正是她。正中横跨两页的对折整幅画页里，郭晴晴全裸着雪白的肌体，浑身涂满了血，胸前乳房上有一个刺眼的弹孔。她头上戴着一顶自由女神的绿色顶冠，伸出美丽雪白的双臂在天安门前做出一副呐喊的模样。她的身后是一群赤身裸体的学生，个个头戴白纱布，背对观众面向着毛主席画像和天安门的红墙举着愤怒的拳头。下面有一段注解，说明了这幅图片的拍摄经过，并表示向天安门流血事件中的死难者表示沉重哀悼。解说词点明画面上的主角是一位来自中国大陆的留学生，用了化名。色情杂志以自己特有的方式向"六四"发出了抗议之声，捞不义之财。

郑久的脑子里顿时一片天昏地黑，天哪，她哪来的这么大的胆子！那天在餐馆和郭晴晴的一见如故和萍水相逢，在郑久的内心里激起一片漪涟，胸膛里点燃了一团熊熊的火焰，他清楚地知道自己陷入了泥潭不能自拔。这个美丽的女孩如同一尾妖蛇缠住了自己，啮噬着自己的空虚心灵。郭晴晴已经在丁一的家里开始带小孩了，两人经常在楼道里碰上，打着招呼，都无话找话说，眼神里透着恋恋不舍，希望多相处一些时间，那种心灵感应只有两人心知肚明。现在她的肌肤如此这般一览无余地呈现在眼前，惹得郑久欲火中烧。贪婪地欣赏同时，郑久一股无名的妒火燃起，因为除了自己，这一切不该被其他人看到。他一定要问明白这是为什么。

第二天上午，等丁一夫妇离开后，郑久从外面踅了回来，敲响了丁一的家门。郭晴晴开的门，手里抱着丁一的小孩。看见是郑久，郭晴晴一脸的惊讶带着惊喜，满脸笑容。郑久不由分说一把将她推了进去，看看屋里没人，从袋子里掏出那本黄色杂志问她这是为什么。

郭晴晴不明就里，对粗鲁的郑久睁大了眼睛问："你这是干嘛？又推又搡，有话不能好好说？"

"你自己看看上面都是些什么？"郑久气急败坏地说。

郭晴晴放下小宝宝，将信将疑地拿起那本让人脸红的杂志，慢慢翻到了属于自己的那一页，哇的一声痛哭起来。"这是哪里来的？"过了一会她小心翼翼地问。

"告诉我，你怎么拍这种东西？这是人干的事吗？街上报亭里到处都是。"郑久厉声吼道。

"我需要钱。"郭晴晴回答的声音小得连自己都听不见。拍照时，她心存侥幸，希望这幅照片不要被刊登出来，自己当时太需要钱了。结果自己的裸照这么快就被登出来了。

"需要钱，你可以找我呀。"

"我俩认识吗？"郭晴晴反驳。

　　郑久一时气急没有细想，登时语塞。缓了一会，他恳求地说："以后能不能不干那个了？我喜欢你。"这话憋了太久，郑久情急之下脱口而出。

　　"我都已经那样了，你还喜欢我？"郭晴晴有点不太相信自己的耳朵，如同雷雨交加里突然闪现了一缕阳光。

　　郑久看着眼前像仙女一样的泪人，幻化出画报中肌肤雪白的郭晴晴，忍不住一下抱住了她，不管不顾疯狂地亲了起来。郭晴晴措不及防，但没有退却，任郑久肆意折腾。她刚才恐惧郑久一定会鄙视自己，没想到却原来他是太在乎自己，喜欢自己。长这么大，她还从来没有被一个男人这么亲过。当模特时有人想动手动脚，都被她挡了回去，这也是她一直不被重用的原因。郑久开始解郭晴晴的胸扣，她没有反对，她从内心里感激郑久，在郑久的肆无忌惮里被激起了一种欲望和渴望，这是一个真正喜欢自己的男人，不管自己干了什么伤天害理的事情。在郑久熟门熟路的调教下，郭晴晴皱着眉头咬着牙关，两人不知不觉中在沙发上完成了男女之事，大汗淋漓。

　　"你还是处女？"郑久瞪大了眼睛看着郭晴晴内衣上的红斑血迹惊讶地问。

　　郭晴晴轻轻点了下头，这时她不再回避郑久灼热的目光。郑久激动地又一次紧紧将郭晴晴抱在了怀里，吻她的脸颊、柔唇和双眼，摸她的胸脯和大腿。

　　"我们得赶紧穿上衣服，被人看见了不好。"郭晴晴既羞怯又担心地说，回吻了郑久一下，赶快穿上衣服。

　　等一切收拾停当，郭晴晴打了一下妆，把头发理了理，然后抱起了宝宝，仔细观看宝宝的反映，有何异样。

　　郑久笑了，"他又不懂事，担心什么？"一面将沙发收拾整齐，直到看不出破绽。

　　郭晴晴难为情地笑了，用眼斜勾了一下郑久，看得郑久浑身酥麻。

　　两人坐在沙发上头靠头地开始聊天。郭晴晴娇嗔地问："什么时候喜欢我的？"

　　"电梯前第一眼看见你的时候。"郑久如实回答说。

　　"我们这是不是犯罪？"

　　"美国也算是呆过了，怎么思想还这么保守？"

　　"你那么用劲，把人家弄痛了。"

　　"你将第一次给了我，我会一辈子对你好。"

　　"难道离婚不成？"

　　"如果你同意跟我结婚，我就离。"

　　"你太太知不知道你在这里？"

　　"不知道，我从外面来的。没有回家。"

　　这时有人敲响了房门。

　　两人对望了一眼，又互相打量了对方，看不出破绽。郭晴晴上前去打开了房门，立刻惊吓得目瞪口呆。是郑久的太太！

　　郑久的太太刚才抱着儿子在自家窗前观景，蓝天下心情却不佳。上次闹完后，郑久没有像以往一样赔不是，回心转意，而是闷不作声，有时干脆借口能不回家就不回家。她知道他像许多留学生一样都不去实验室，而是忙着民运那堆事，除了游行示威，还极力拜见参议员众议员，游说美国国会免除中国留学生回国两年服务的义务条款。但是她心里隐隐觉得他们的婚姻真的出了问题，根源就是那天傍晚和他在一起的女孩身上。当她有天到丁一家去借东西看见那个当保姆的女孩时，浑身像长了刺一样不舒服，知道大事不妙了，开始思量对策。刚才她无意间看见楼下郑久从外面匆匆回来，手里拿着个东西，纳闷一直在外面闹民运忙得不可开交的他怎么这时会有时间回来。可是左等右等等了半天却没有见他进门，越想越不对劲了。凭着一个女人的敏感直觉，她觉得应该去敲一敲丁一家的房门。

　　果然，郑久坐在丁一的家里，脸色极不自然，郭晴晴也满脸通红。这一切看在眼里，郑久的太太心里一切都明白了，两人的尴尬模样道出了门后的秘密。她一改往日的大吵大闹，一副漫不经心大度地说自己家的盐刚用完，想借一点，眼角却鄙视地看了郑久一眼。郑久周末刚买了一筒盐回家，知道太太已经知道了自己的好事，故意用盐来点穿他。

　　郭晴晴赶快去厨房倒了一些盐递给郑久的太太。郑久的太太谢过了，瞟了一眼郭晴晴的耳朵，只有一只带着耳坠，便宜的那种。

　　"你怎么只带了一只耳坠？"郑久的太太明知故问。

　　郭晴晴慌忙一摸，马上掩饰说："刚才和小孩闹着玩，兴许摸掉了。"

"得当心一点，当心小孩放在嘴里噎住。"郑久的太太说完转身就走了，留下后面两人面面相觑。

郭晴晴关上房门，疑惑郑久的太太看见郑久怎么也不打招呼，问郑久："她知道我们两人的事情了？"

从惊慌中镇静下来，郑久沉住了气，说："没什么大不了的，我想和她离婚。"

"真离呀！不可以的，那样我就罪过大了。"郭晴晴赶快阻拦。

"你不懂，我和她已经没了感情。和她离了婚，我就娶你，不让你给人家当保姆。"郑久这一刻确信自己找到了真爱，一副大无畏的神情。说完他将手环在郭晴晴丰满的柔腰上，将她怀里丁一的宝宝亲了一口，像亲自己的小孩，加了一句："我们俩再生一个儿子。"

郭晴晴顿时满脸绯红，"你真的这么在意我。"

"真的。"郑久斩钉截铁地说。

这里郑久和郭晴晴卿卿我我，那边郑久的太太回到屋里抱上儿子就出了门。她其实心里也有了人。前些时在超市碰见了一个开洗衣店的香港人，两人先是点头打招呼，一来二熟，两个人慢慢聊上了，双方互相打听各自的情况。店老板其实是个大陆的偷渡客，当知青时实在受不了苦，和一帮人泅水到香港，其他人都淹死了，只有他一个人活了下来。到了香港，他一面在洗衣店打工，一面在香港中文大学旁听。后来他来到纽约读本科，读了一半又不读了，在衣厂打了一阵子黑工，黑了下来。不久前遇到非法移民大赦，成了美国公民。于是在中城自己开了一家洗衣店，独自经营，做个小老板，自给自足。聊天的时候一问两人在大陆居然曾经是老乡，家住不远。结果有一天郑久的太太无意间经过附近一家洗衣店门口，看见了老乡的忙碌身影。蓦然撞见，两人亲热地打着招呼，老乡邀请她进去坐坐。反正无事，她顺其自然，入内小坐。老乡一面招呼着客人，一面和她聊天，还给她倒冷饮，体恤有加。她问嫂嫂呢，老乡说以前自己没有身份，所以没有婚娶。望着他英俊的背影，郑久的太太心里只为他可惜，不禁和自己其貌不扬的丈夫比了起来。后来她就常来这里坐，两人混得厮熟，有一次情欲难忍，了却了云雨之事。

　　有了第一次，就不愁第二次。日子长了，两人渐生笃情，老乡鼓励她和郑久离婚，和自己结婚，这样她就可以拿到绿卡。虽然有些动摇，可是为了儿子，郑久的太太不肯。但是最近郑久和郭晴晴的事情让她失望之极，不再为自己的不检点行为内疚。既然你不仁，我就可以不义。所以今天被她撞见了两人在屋里苟且，正中下怀，理直气壮地有了把柄。

　　来到洗衣店，老乡见了她抱着小孩，问："有事吗？"

　　郑久的太太严肃认真地问："如果我和你结婚，这孩子你要不要？"

　　老乡看见她不像是开玩笑，想了一下，回答："我只想要你，生自己的儿子，不想带一个拖油瓶。怎么，和他摊牌了？"

"还没有，先来问问你。那我就不要儿子的抚养权了。"郑久的太太说。

这天丁一从实验室回家，在路上碰见抱着儿子的郑久太太从街那边匆匆过来。两人打过招呼，丁一问郑久是不是还在外面忙着游行示威。不料郑久太太答非所问，说自己不关心民运的事情，告诉丁一她和郑久要离婚了，但她没有提郭晴晴的事情。丁一听了大吃一惊，忙问为什么，劝她不要感情用事，夫妻俩有事好好商量解决。他知道他们夫妻两人常拌嘴，以为只是一些鸡毛蒜皮的家庭小事，没想到事情闹到了离婚的地步。郑久太太只说两人感情不和，离了两人都解脱。

回到家里，月琴已经在家，郭晴晴走了。丁一将刚才郑久太太的话转告了月琴，他们并不知晓郑久今天来找郭晴晴的事情。

月琴只有摇头叹息的份，"他们不为自己着想，也要为孩子着想才对。"

两人正谈着郑久的家事，家里的电话响了。

"喂，那位？"丁一问。

"我是关点。"对方回答。

"你在哪里？"自从关点回国参加民运，丁一就再也没有听到关点的消息，今天不知他从哪里冒了出来，冷不丁让丁一觉得诧异。

"一言难尽，我逃亡到了香港，差点被抓去坐牢。"关点直言相告。

329

"你逃出来了？没事吧，要不回美国来？"丁一关切地说。

"谈何容易，我的护照逃亡时在大陆弄丢了，回不了美国了。我现在身无分文，需要钱，能不能给我寄一点钱来活命？"关点口气里一副惊魂失魄。

"给我地址。"丁一示意月琴去取纸笔，赶快记下关点的转接地址。

告诉完了自己的地址，关点简单叙述了自己在大陆的民运生涯和逃亡经过，他还不知道姚奇被打死了。当丁一告诉他这个晴天霹雳的消息时，关点在电话那头痛哭，说都是自己害死了姚奇，当初不该劝姚奇回国参加民运。

"丁大哥，我算是对共产党绝望了，惨无人道，我们太幼稚了，你可千万不要再存有幻想谈什么回国服务。"关点声嘶力竭地在电话里大声喊道。

安慰了一阵子关点，说完继续保持联系的话，丁一挂了电话。他向月琴简短复述了关点的情况，两人相对无语。

这时窗外残阳如血，河水奔流。何去何从，两人心里一阵茫然。

经过郑久们的不懈努力，公元一九九零年四月十一日，美国总统布什签署了第 12711 号总统令，暂时禁止将中国公民驱逐出境，让大批在美国留学的中国留学生和访问学者得以留下来。

公元一九九二年，美国国会通过了加州民主党联邦众议员南希-佩洛西的《一九九二年中国学生保护法案》提案。

公元一九九三年十月九日，克林顿总统签署此提案，俗称"'六四'血卡"。受此法案保护，大约有八万中国留学生和访问学者留在了美国，美国顺理成章地正式将这批人才截留下来，对中国的现代化文明建设造成了不可估量的损失。

留下来的这些中国留学生在异国他乡勤奋努力，他们中的许多人日后成了美国乃至世界科技界的中坚力量，顶级精英，在美利坚这块土地上为人类的科研事业贡献着自己的才华和力量。"六四"是他们心中永远的痛，可是他们并没有忘记自己的母国，等到大陆的情况缓和了一些，他们中的许多人以各种方式陆陆续续回到了祖国。有的定居谋职，有的到中国讲课，有的将大陆的年轻才俊带到美国培养。历史赋予了他们一个新头衔："海鸥教授"。

第三十章

荏苒间，四分之一个世纪过去了。

受刘一鹤的推荐，赵旒华受聘到中国的一家大学做千人计划学者。刚刚安定下来，她就接到人在中国的刘军电话，想约她聚一下。离了婚以后，他们已经两年没有联系了。

"有必要吗？"赵旒华淡淡地说。

"我想见你，请你给我一个解释的机会。"刘军喃喃喏喏坚持道。

"我不愿意听任何解释，已经没有必要了。"赵旒华也坚持道。

"知道你不愿意原谅我，可是我们毕竟做了快三十年的夫妻。两人叙叙旧，谈谈各自的近况。另外我想知道儿子的近况。"刘军恳求。

"怎么，你们没有联系？"赵旒华有些诧异，以为他们父子还有接触。小时候他们父子的感情不错，儿子的成长离不开刘军的悉心培养。

"以前的电话已经接不通，估计他换了一个新的。他现在连电话号码也不给我了，就想知道他过得如何，挺想他的。"刘军在电话里声音有些伤感，沙哑的嗓音让赵旒华听了心软了下来。

"好吧。请告诉我，是谁告诉你我来中国的？怎么知道我的中国手机号码？"赵旒华一直没有告诉刘军自己来中国的事情，手机也是新办的中国移动，心里有疑问。

"还能是谁，丁一呗。"刘军坦白交代，"他昨天告诉我的。我想明天开车子来接你？"刘军用探询的口吻问。

"你那里离这里有点远，要见面也不在乎这一时。"赵旒华没有见面的急切心情，心里嗔怪丁一多事。在美国时，赵旒华和丁一曾经在一个学校共事，两家住得不远，刘军和丁一他们挺谈得来。刘军几年前回到中国做生意，在那里失守的。

　　"现在高速公路便当，也就两个多小时的车程。我把公司的业务安排一下，明天就来，到了你那里我再给你打电话。"刘军拿出了初恋时追赵旎华的劲头，这一点他没变，还是那么让赵旎华受用，甚至有些感动。

　　"随你。"赵旎华将安排交给了刘军，出国多年，她已经对中国的一切非常陌生了。

　　赵旎华住在学校给她安排的花园公寓里，两室一厅，配有家具。本来丁一想给她安排一个小别墅型的，她没要，自己只在这里每年断断续续呆三个月，太浪费。赵旎华走到窗前，她住的楼层有点高，窗外一片雾霾，灰蒙蒙的，什么也看不见。自从父母去世后，她已经许久没有回到中国了，这是一个全新的国度，她完全不认识了。且不说那林立的高楼大厦，商店里只看得见年轻人的面孔，四十多岁的人全然不见踪影。今天早晨出去散步，广场上一队队和自己年龄相仿的人在那里兴高采烈地跳舞，她想起了国外网上传说中的"中国大妈舞"。中国女性五十五岁就要求退休，闲在家里无事，跳舞是释放能量的好方法。如果当年留学回国，可能自己就是她们中的一员，赵旎华想。

　　"六四"后，赵旎华和当年的许多留学生一样留在了美国。用她自己的话说，自身的条件很一般，因此发展并不顺利。博士毕业后，她先到一家大的制药公司工作，想图一个清闲，不必在学校一天到晚申请科研经费。进了公司后才发现，事情没有想象中的那样简单，人事关系复杂，工作性质重复单调。像她那一代有理想有抱负的中国留学生一样，她的上进心很强，希望人的一生有所作为，又因为曾经当了多年的学生会干部，办事原则性强，这些因素注定了她的性格不适合在公司人浮于事的环境下工作。煎熬了五年，终于在一次公司内部重组中，她研发的心血产品被转给了另外一个水平平庸的白人，于是她就愤然辞职离开了公司，在刘一鹤的帮助下重新回到了学校，做了刘一鹤和丁一的同事。那时刘一鹤已经从哈佛转到一所新学校做了正教授，她却才是一个刚刚起步的助理教授。学校的工作具有挑战性，加上系主任的刁难打压，晋升非常缓慢，她咬牙坚持。比她后进来的几个白人先后成为了正教授，她却原地不动，一直是个副教授。不久前刘一鹤到另外一个学校去做科研副院长，把她也带去了，磕磕碰碰一路艰辛总算是熬到了终身教授职位，柳暗花明。接着刘一鹤有次从中国回来推荐她到丁一应聘的那个学校去做千人计划教授。耐不住刘一鹤和丁一的鼓簧劝说，赵旒华考虑了许久，答应每年加起来在中国工作不超过三个月，当起了海鸥教授，尽管迟了点。

　　刘军那年带着部队参加了"六四"戒严，在学生和市民们的阻扰和反对抗议中撤离了市区，在市郊休整学习，等待上面的命令。在和学生市民的接触中耳闻目睹，官兵们思想受到了极大的震动，被反教育了，觉得学生们的要求合情合理。谁不愿意反贪污反腐败？他们这支部队的上级首长在进城视察学运时，心里也对学生运动充满了同情和支持。受此影响，"六四"时上峰再次下达部队进城镇压，部队消极执行任务，没有按时到达指定地点，避免了直接的流血冲突。"六四"过后，这支部队自然而然地受到了冷遇。

在接下来的裁军中，部队被取消了番号，集体复员。本来前途无量的刘军，军旅生涯一下子打住。不过刘军想得开，心里挺高兴，这下好了，可以去美国和正在读研的赵旒华团聚，他们的儿子已经蹒跚学步了。可是在办理手续时，被告知现役军人退伍五年后才能出国。无奈两人只好两地分居，每年赵旒华带上儿子回国鹊桥相会。刘军退役后被安排在一所地方大学当了一位保卫处长，心有不甘。因为"六四"，留学生不回国已成定局，刘军知道迟早自己会去美国，于是发奋刻苦学习英语，利用学校近水楼台先得月的优势。和赵旒华商量了以后，旁听了许多计算机的专业课程，希望以后到了美国也有一技之长。五年后他不但拿到了大学函授文凭，还进修了不少研究生课程。要不是到美国和赵旒华团聚，他都准备考研了。只是这期间苦了赵旒华，一面读博士博士后，一面带小孩，冷暖自知。等到刘军终于如愿踏上美利坚国土时，儿子已经上小学了，缺着两颗门牙和赵旒华一起到机场来接他。

　　刘军到了美国后不久，赵旒华就转到学校当了助理教授。她成天忙着教学写科研文章申请科研经费带博士生，忙得焦头烂额。刘军于是放弃了来之前在美国读研究生的想法，全心支持赵旒华的工作。凭着在国内学的电脑知识和打下的英文基础，他先在一家电脑小公司当了一名技工，并在网上进修了不少电脑软件高级课程。他的头脑好使，过不久已经会了不少软件程序的编写。千年时电脑行业像发了疯一样时髦，专业人才短缺，股票飞涨。凭着小聪明，刘军自己开了一个小公司，在家里上班，一面照看小孩，一面编写程序，两全其美。修修改改，反反复复，他编写了一个商场电脑管理程序，简单实用，安全性好。抱着试一试的想法到一个商场展销年会上去展示，不料被一家上市大公司看中，经过谈判，对方花了一千多万美元买下了软件的专利。他难掩内心的兴奋，暂时没有将这个消息告诉赵旎华，想给她一个惊喜。

有个周末他神秘地对赵旎华说，这许多年来你工作辛苦，我不在身边，我想表示表示。正在修改论文稿件的赵旎华头也没抬，说你表现已经够可以了。他说还不够，想送两样东西给你。听着神秘兮兮的，不像他一贯的做派，赵旎华只好停下手中的工作，好奇地看着他，不知葫芦里卖的是什么。

"你到底想干嘛？"赵旎华一脸疲惫地问。

"我买了一套大房子送给你。"他认真地说。他们一直住在一个大公寓楼里，便宜的那种，不宽裕。

"下辈子吧。"赵旎华没有当真，准备低下头去继续看稿子。

"我还要请一家人到希腊去度假。"他还是认真地说，不给赵旎华转移视线的机会。

"你的心意我领了。"赵旎华还是没有当真。

"我现在就要带你去看我们家的大房子。"刘军越来越认真。

"别闹了，我这里还有许多事情忙不完。"赵旎华也越来越认真。

直到刘军掏出了房子的钥匙和飞机票旅馆住宿订单，赵旎华才开始认真意识到刘军的认真，前解放军军官玩笑是不会开过头的。

他们开着一辆半旧的丰田车来到了一个位于水库边的豪华别墅区，家家绿荫草地，花枝繁盛，独门独院高深莫测，典雅气派。房子结构都是昂贵的石面铺墙，有的还配有回廊曲径，通到幽静的后院。以前他们开车路过这里，赵旎华说要是一辈子能住在这里，简直像神仙过的日子，因此刘军记在了心里。车子开着开着就进到了一家大院里，赵旎华说你疯了，私闯民宅，人家会不高兴的。刘军说人家不高兴没关系，只要你高兴就行。说罢停下车将钥匙交到赵旎华的手里，说去开门，这是你的家。说罢又将另一把钥匙交到赵旎华的手里，说车库里有一辆 BMW720，是你的车。当目瞪口呆的赵旎华将信将疑地进到铺满豪华家具的大房间和坐在高档的车子里时，如梦方醒，泪流满面。待问明了来由，赵旎华用拳头使劲捶打刘军，被结实的刘军搂在怀里又激情初恋了一把。

房子的后草坪直通湖边，那里有个小小船坞，停着一艘铮亮的微型游艇，帅气新潮。刘军在赵旎华的耳边告诉她，那也是咱们的。刘军对赵旎华说，看你这么辛苦，要不把学校的位置辞了？赵旎华想都没想就拒绝了刘军的建议。从下乡入党开始，她从来都是走在刘军的前面，有点女强人的味道，这次也不会因为这笔横财而改变。

刘军笑笑而已，说早已料到。不过还是按照刘军的原定计划，他们到希腊旅行了一趟。在雄伟峻奇的大山里，他们膜拜了残缺的史前希腊古遗迹，赞叹人类的远古文明辉煌。在出租车里，司机夹杂着蹩脚的英语告诉他们，希腊对人类文明的最大贡献是发明了民主制度。"Democracy, you know, we invented democracy! Even in the ancient time, our Kings were not above the law. They had to obey the democratic rule! Equal, equal, everybody equal."

　　两个人听着司机自豪的表述，默默无语，他们参观Acropolis 遗址时刚听到介绍，实行民主制度的古希腊最终被实行专政制度的古罗马征服。这让他们自然联想起了"六四"，想起了天安门广场的学生们为了这个古老的民主普世价值观曾经发出的呐喊，最后也是葬送于专制之手。那种记忆犹新的伤痛感觉仿佛就在昨天，广场上民主自由的旗子飘扬，Democracy！可惜中华民族的King 一直都是独裁的，朝代的更替只是一个独裁君主代替另外一个独裁君主，谁不服灭谁。孙中山先生虽然废除了君王，但是废除不了君王思想，独裁统治根深蒂固地盘踞在炎黄子孙们的头脑里。司机不管赵旆华和刘军的脑子里想的什么，还在继续激动地谈着希腊对人类文明进步的贡献，他说，你们看古希腊倡导的民主理念最终还是战胜了独裁统治，在今天的西方和世界许多地方普及实现。他的两只手离开方向盘向上伸出做欢呼状，赵旆华生怕出租车开到路边的悬崖下，掉到爱琴海里去。

　　他们接着来到爱琴海中央的一个叫 Santorini 的小岛，坐在度假村的阳台上，面对海中央的半环形火山口，开心地看着儿子在碧绿的游泳池里尽情戏耍。他们在晨曦中沿着山顶小巷踱步，赏心悦目地观看阳光从山顶露出霞光，在许多童话般白房子间穿行，那里有早起情侣们在接吻，有狗在自由自在地闲逛。他们来到黑沙滩，坐在草棚下远望蓝天碧海。一家人还在粗粝的沙滩上为刘军捡围棋大小的黑白鹅卵石，为他凑齐了一副围棋子。他们来到红沙滩，遥想当年火山喷发的壮观和炽烈。刘军和赵旆华学着沙滩上的其他白人，脱得只穿三点，脚踩红砂石在沁凉润滑的爱琴海水里浸泡，将水撩向对方的脸上，儿子在这里第一次学会了在水里浮起来。他们来到岛上的远古遗址，被史前人类的街道房屋的工整和坛坛罐罐的精巧美观惊呆，戏谑比他们当年当知青时的小镇和农家的陶瓷罐做得还要高级。

旅游回来后，一夜暴富的刘军在豪宅里踌躇满志地对赵旆华说，你只管安心做学问，小孩的事情我来管，非常称职地做起了家庭夫男，将当知青时的吹拉弹唱业余爱好搞起来了，常常和会拉小提琴的刘一鹤一起表演合奏。他一面带孩子，一面编程序，又成了几笔不小的交易，让当地的华人社群羡慕异常。一家人甜甜蜜蜜，和和睦睦，这样一直到了儿子上大学去了。面对空巢，刘军一下子落空，显得非常不适应，有次回中国探亲，看着以前的战友们生意做得红火，心里不免痒痒。回来后面对着衣食无虞索然无味的富裕生活，心里不免落落寡欢，长吁短叹。

赵旆华听完刘军的描述和苦恼，说："你手上有不少闲钱，回去闯闯？"她当时对刘军信心满满，做了一个后悔终生的建议。

"万一钱弄没了呢？"刘军心里也活动了，只是没底。

"我当了教授，这点工资养活两人应该没有问题。"赵旒华想到这些年刘军对家庭的奉献，心怀愧疚，给他一个体现男人价值的机会。

就这样，刘军回到了爱恨交加的故国。在战友们的荐引下，他办了一个军民两用的软件开发公司，生意不错，雇了一些年轻人。等一切都不错的时候，就是错的开始。刘军在生意场免不了受中国歪风邪气的影响。当知道刘军这辈子只有赵旒华一个女人时，战友们都讥笑刘军这辈子是白活了。人在江湖身不由己，在那帮早已腐败堕落的富豪战友们唆使下，刘军背着赵旒华开始在外面风流，先还扭扭捏捏，被动接受，一来二往多了就顺理成章，风情无限。在美国一心做学问的赵旒华自然被蒙在鼓里，不知自己的伴侣在慢慢腐化变质。

中国的八零后九零后年轻女孩子不管是衣着上还是思想上都很开放，也很实际。刘军公司的程序员里有个叫兰兰的年轻漂亮女孩，刘海头，大眼睛，看见老板富有，老婆又不在身边，于是大大方方地向刘军献殷勤。她上班时发髻绾得高高的，衣领下坠得低低的，两腿露得光光的，身体喷得香香的，说话眼睛睁得大大的，有事无事找刘军汇报工作。下了班刘军有时无聊，女孩就主动陪着他加班，端茶送水，或去隔街的餐馆吃饭，或去星巴品咖啡聊天。女孩一脸天真一副崇拜的样子听刘军讲美国的传奇故事和越战的残酷铁血，满脸一惊一乍的表情。刘军在女孩心目中的地位越来越高，女孩在刘军眼里的模样越来越温柔，时间一长，两人的感觉就上来了，上了床，刘军将外面学来的颠鸾倒凤都用上了。直到有一天兰兰低眉顺眼哭丧着脸对刘军说我怀孕了，刘军才觉得大事不妙，想让兰兰打胎。哪想兰兰转而吃吃地笑，说好不容易怀上了，如何就要打掉，不打，我要和你结婚，当二奶也成，管我生活费，我将结晶抚养成人。刘军看着那副娇小的可人面孔，傻傻的不知是装的还是真不懂事，心里没了主意，只得将这事隔洋通报给了赵旒华。怒不可遏的赵旒华当即给了他两个字：离婚。刘军内疚，无可奈何之下将美国的房产都归到了赵旒华名下，和兰兰结了婚。

往事如烟云，想着往事，赵旒华心里泛起阵阵酸楚。

第三十一章

赵旒华的许多熟人同事前前后后都回到了中国成了海鸥教授，她从他们嘴里听到了许多关于中国奇奇怪怪的事情，因此心里还是有点数。听说她要去中国应聘，得到的最多忠告是千万不要全职回去，那样得不偿失。经过多年的拼搏，赵旒华觉得按自己的要求也算是功成名就了，一辈子这样也行，事业上守得一亩三分地挺好的，更何况刘军还留下了可观的财产。要不是老朋友刘一鹤特别是丁一的极力怂恿，剥不下面子，她恐怕不会答应来到丁一这里当千人计划学者的。当然既然答应了，就要好好干。

她决定到楼下大街上走走。

走在大街上，摩肩擦踵，人挤人，想过马路，更是无所适从。卡车，出租车，自行车，还有男人女人青年人壮年人老年人包括残疾人，滔滔人流互不相让，赵旒华根本不敢动身，站在马路边望街兴叹。看着眼前的情景，她想起了前不久在欧洲开会，晚宴时碰见了中国一位医学院的院长，比自己年纪小，头顶却秃了。一起用餐聊天时，那位院长夸夸其谈，说欧洲这些三流的国家只配被淘汰。赵旒华惊讶何出此言。院长说你看他们那个慢劲，连过街都那么斯文，哪像我们中国，争先恐后。赵旒华说人家这是遵守交通规则，是文明礼貌的表现，不能只为了自己，不顾别人。哪想院长不屑一顾，作惊人之语，说我们中国人那是有上进心的表现，敢为人先，要不我们的 GDP 怎么会上升到世界第二，而且马上超过你们美国成为第一。赵旒华听了哭笑不得，这哪跟哪呀，中国的院长就这觉悟水平？悲哀。

看着车水马龙的混乱局面，赵旒华决定不过街了，她沿着马路这边向另外一个方向走去。走不远赵旒华看见前面有幅巨大的电子屏幕竖立在街上，上面闪着红色醒目大字。"社会主义核心价值观：富强、民主、文明、和谐、自由、平等、公正、法治、爱国、敬业、诚信、友善。"赵旒华不禁停了下来，驻足观望，觉得眼熟，心里想：这不就是当年"六四"学生运动提倡的吗？仿佛时光倒流，她揉了揉眼睛，自己没有看错，中国何时转了向，开始重提这些价值观。

正看着，背后有人说话了："看了感想如何？"

赵旒华转过身去，是丁一，以前在美国的同事，老熟人。丁一提着个公文包，显得成熟稳重，帅气锐意不减当年。两人笑着打过招呼，赵旒华直说："我在这里琢磨，这标语怎么看着这么熟悉？"

"你一定想起了八九年'六四'学运了。"丁一笑着点出。

"是呀，从网上只知道中国在大力反腐，没想到居然重提民主、自由、平等、法治。"

两人沿着街边花坛并排走去，看着一派忙乱繁荣景象，丁一有感而发："其实这两者是分不开的。还记不记得当年赵紫阳总理在天安门前对学生们的最后一次演讲，他含泪让大家健康地活着，活着看到中国实现四化的那一天。中国现在四化是看见了，不过还要加一化，腐化。"丁一不无调侃。

赵旒华说："记得二十五年前，天安门的学生们在'五四声明'中就提到'物价飞涨，官倒横流，强权高悬，官僚腐败；大批仁人志士流落海外，社会治安日趋混乱。'现在回过头来看，这些现象好像没有得到改善，而且愈演愈烈。"两个老留学生在中国的街头谈论起了遥远的过去，也许只有他们还惦记着这些陈年往事。

"是啊。'六四'后邓小平大概认识到了镇压的恶果，九二年到深圳发表了南巡讲话，对江泽民李鹏喊出了'谁不改革谁下台'的怒吼。邓小平设计了一条只要不进行政治制度改革，经济改革走多远都行的路线，允许一部分人先富起来。他大概想用金钱麻痹人们的民主意志，日后不和他算老账。于是大小官吏们心领神会，纷纷打着改革的旗号，肆无忌惮地闷声发大财，再也没人管得住他们，谁管谁就是反革命，反改革。一个家族一个家族地贪，一个行业一个行业地贪，按现在的说法，老虎苍蝇齐上阵。现在演变成了不是几百万地贪，不是几千万地贪，而是几亿几十亿几百亿地贪。看看薄熙来、谷俊山、徐才厚、周永康、令计划之流，甚至发展到卖官鬻爵，笑纳进贡，家里的钱以吨计。上行下效，出了千千万万个马超群式的小官巨腐，贪得无厌，遍布神州。"

赵旆华深有感触地接着说："当年我们在纽约谈论担心的情况果然发生了。这些年中国除了钱，什么都不认了，连块遮羞布也不要了。结果自食其果，中国人成天呼吸着漫天的雾霾，癌症和各种疾病飞涨。那些贪官们将贪来的钱转移到国外，逃之夭夭，在国外广置房地产，将家人移民国外，享受着国外的蓝天白云，享受着那些他们嘴上深恶痛绝的民主自由。我居住的那个美国高档小区最近搬来了许多国内的大款阔太们，人生地不熟，平日里深居简出，过着囚居一般的生活。"

丁一指着街边的豪华高楼大厦说："中国是繁华了，为了盖这些楼房，不知多少老百姓的房子被拆了，他们得到了一些补偿，可是最大的得益者都是当年镇压'六四'的有功之臣和他们的后代，还有巴结这些权贵的各色人等。贪腐连带着整个社会风气都变了，污浊不堪，连中国的科技教育界也不能避免。"

"你回来已经有一阵子了，想来见过不少中国科技界的腐败。听说前不久抓了一个李宁院士？"

"岂止一个李宁，没有几个院士是干净的！现在中国的许多学者以前都在外面留过学，见过世面，知道国外的生活标准是什

344

么样，他们回国的目的就是想按国外的生活标准贪腐捞钱。回中国工作后发现，不同时期回来的学者们为了各自的利益勾心斗角，比如教育部的'长江学者'、国家自然科学基金会的'国家杰出青年科学基金学者'、中科院的'百人计划学者'、还有像我们这样中组部的'千人计划学者'之间互不服气，暗地里比谁捞的钱多，地位高，争名争利。"丁一愤愤不平，顿了一下说："中国改革的巨大红利是以全民的全面道德滑坡为代价取得的，说穿了还是体制问题，证明当年'六四'提出的政体改革是何等的有先见之明，可惜被掩杀在了萌芽中。"

"好哇，知道这样为什么还劝我来中国，我在美国呆得好好的，被你骗了。"赵旒华非常不满地质问丁一，突然袭击。

丁一说："我们不能见死不救不是。你看，除了你我，中国还是有有良心的人，要不哪来的这满街的'核心价值观'？"

"你不担心时间长了我们也会腐化？"

"我一个人抵挡不住，人来多了，抵抗力就增强了。"

"狡辩，那么多回国的科学家都缴械投降了，我们是三头六臂，刀枪不入不成？老实交代，有没有腐化变质？"赵旒华继续不依不饶。

"真没有，不信问月琴，她刚来我这里检查工作了。"

赵旒华一听惊喜地问："月琴来了？"

"昨天刚到，事先没有通知，突击检查。"

"哈哈。有无破绽？"赵旒华继续开心。

"哪能呢，你怎么不相信人，你这个朋友白交了。"丁一佯装一副委屈不满的神态。

"算了，不和你闹了。我在想，如果当时'六四'的学生们头脑冷静一点，不往死里闹，让赵紫阳那一帮主张政改的改革派继续掌权，今天中国的局面会怎么样？"

丁一回答："第一，你和我大概都已经回到中国定居多年了。第二，我们的好朋友姚奇不会死去。第三，除了经济改革外，政治体制改革会循序渐进。第四，制度改革的实施不会导致大面积的贪污腐化。"

"可惜现在一条也没有实现。"赵旒华不无遗憾地说。

"是啊，'六四'镇压遗留下来的恶果已经凸显出来了，危及到了人们的生存环境。我想邓小平生前多少认识到了这点，安排赵紫阳的亲信温家宝当了总理，没有完全让李鹏得意。经过许多年的弯路和沸腾民怨，中国现任领导人看来不得不改头换面重新提倡'六四'的核心价值理念，否则让贪污腐化继续下去，亡党亡国不可避免，这是一笔旧账。"丁一说。

赵旒华若有所思地说："记得八九年在波士顿刘一鹤曾经和我谈过为什么'六四'会在中国发生。他认为根源主要是共产党建党以来秉承了苏联布尔什维克的斗争哲学，"

丁一接过话头："是啊，十月革命一声炮响，给我们送来了马列主义。解放以后的土改，将代表和谐文明的乡绅地主阶层彻底铲除。这个阶层是中国几千年来中庸，平和的社会基石，诗书传家，尊老爱幼，对社会的稳定起着至关重要的作用。五七年进行的反右运动，将知识分子彻底打倒，这个阶层不正是中国爱国、敬业、诚信、友善的典型代表吗？特别是到了文化大革命，更是将中国几千年来的传统理念和信仰彻底颠覆了。文革大力提倡破旧立新，推翻传统文化，学秦始皇焚书坑儒，与天斗其乐无穷，与地斗其乐无穷，与人斗其乐无穷，斗到了最后，谁也不相信谁了。我的学生曾经告诉过我一则中国网上流传的讽刺笑话，说毛主席斗来斗去，将自己斗成了一个反革命家属。"

赵旒华听了忍不住哈哈大笑了起来，"这也太幽默了吧？"

丁一继续侃侃而谈："文革让所有的信仰在斗争中饱经摧残，人们突然发现这个世界上原来除了自己和钱以外，什么都是假的，人不为己天诛地灭，这成了贪腐的原动力。八十年代改革初期已经开始出现了拜物主义苗头，贪污腐化抬头，导致了'六四'群情激奋，示威游行，可惜被镇压下去了，用拳头说话，这是暴力革命学说在中国的历史惯性作用，'六四'惨案的发生是不以人们的意志为转移的。除了当时的领导人，当初天安门那些激进的学生头头们也难辞其咎，多年的阶级斗争教育使他们潜意识里也同样崇尚暴力，拒不合作，导致了以赵紫阳为首的温和改革派下台。可以说，'六四'是中国社会向良性发展或恶性发展的分水岭，可惜二十五年前中国选择了一条错误的恶性发展道路，导致了现在的生态平衡破坏和人性信用危机。如果说文革从政治上摧残了人们的思想信仰，'六四'后的贪腐则从思想上摧残了人们的道德信仰。你刚才看到的那些标语其实是痛定思痛，无可奈何之举，就是要重新恢复中国传统文化中的核心元素，和'六四'倡导的民主法治观念相结合。中国几千年的文化说穿了其实就是和谐文化，诚信文化，中庸文化，尊老爱幼文化，谦让文化。比比看，刚才你看见的那个核心价值观里是不是都有这些。"

丁一一如既往地头脑清晰和思考深刻，和刘一鹤有得一比，难怪他们是一对好朋友，拆都拆不散。听了他的一番宏论，赵旎华感叹道："你分析得有道理。如果当初对学生们引导得当，改革循序渐进，步步为营，发展经济，抑制贪腐，也不至于到了今天这个人人贪腐的局面，贪官多得像韭菜一样一茬一茬地割了又长。那个李鹏当年极力主张镇压，回过头来看，就是为了给自己的子女敛财扫清道路。不过他们挑选的接班人习近平好像和他们想的不一样，是不是看走眼了？早就听说习近平的父亲习仲勋当年是唯一同情胡耀邦的政治老人，难保习近平心里没有同样想法。看习近平现在的一些做法，好像跟当年那些镇压'六四'的人存心过意不去。薄一波整胡耀邦，习近平则把薄熙来送进了秦城监狱。江泽民在上海镇压'六四'有头功，习近平则把他一手提拔的人一个个逮捕。一报还一报。"

丁一认同赵旎华的分析："他的父亲习仲勋八十年代和胡耀邦、赵紫阳是一样的开明改革派，当年也受到了批判，想来他一定受过父亲的影响。'六四'的时候习近平王岐山也就三十多岁，也有年轻人的冲动，学生运动对他们不可能没有触动，当时的一些口号提法和理论价值观一定深深地影响了他们，在他们的大脑里植根了。所以眼前的这些'社会主义价值观'怎么看都是当年'六四'提法的翻版，不足为奇。看看习近平现在的所作所为，确实有点形左而实右，嘴上背诵毛主席语录，借钟馗打鬼，启用了一个王岐山，左一个巡视组，右一个巡视组，借用古代钦差大臣的范例治吏，秋风扫落叶，收效不错，有气魄。不过中国要想彻底改变贪腐，一定要从人治变为法治。要想法治，就得进行深度的政治体制改革，这才是问题的症结所在，也是'六四'精神的根本精髓所在。只是谁也不知道习大大葫芦里卖的什么药，政治上愿意走多远，能够走多远，还得拭目以待。如果他不进行政治体制改革，还是人治一套，一切都将半途而废。到了他下台以后，贪腐还会加倍卷土重来，他的后继者也可能拿他和王岐山开刀，那将又是另外一场腥风血雨。文革中有一句话，叫做'人还在，心不死'。"

丁一的一番话语让赵旒华不寒而栗，说："但愿中国不会有那一天。"

丁一信心十足地说："不过我相信，不管有何变化起伏，中国迟早要走自由民主法治的道路，这是历史的潮流，顺之者昌，逆之者亡。"他接下去说："习近平正在竖立个人权威，如果他不进行政治体制改革，就会回到邓小平的旧权威主义的老路上去，死路一条。如果他真的鼓足勇气大胆进行政治体制改革，就是新权威主义，那他一定会青史留名，像新加坡的独裁者李光耀一样功成名就。他和邓小平的分水岭就在这里。希望他像当年的蒋经国一样用独裁结束独裁统治，自己成为最后一位独裁者。"

提起"六四"，赵旎华不免想起以前当学生时那些参加过"六四"的人和事。她问："当年在纽约积极搞民运的那些人你还知道他们的消息吗？"

"记得关点吗？"丁一问。

赵旎华说记得，就是那个放弃学业回国参加天安门广场民运的学生，大家都为他当年的决定惋惜。

"前些时我到香港开会，和他见了一面。"丁一说。

"怎么样？"

丁一摇摇头："一个字，落魄。他现在还在为了自己的民主信念奋斗奔波。他当年受到了通缉，在香港人士的帮助下逃到了香港，一直在从事民运，生活动荡。他以前有个女友，'六四'时在北京天安门广场上认识的，也可谓志同道合了，和他一同逃亡到香港。两人一直惺惺相惜，在一起呆了很长一段时间。最终由于对前途无望，女方和他分了手，去了澳洲，对他的打击很大，他一直没有结婚。他已经秃顶了，见了面快认不出来了。我问他如果可以从头再来，如何？他说就不会放弃学业了，留在美国，可惜自己走上了一条不归路。原来他以为中共会很快垮台，结果中国的经济飞速发展，人心不古。随着中国的强大，香港居民已经不像以前那样积极支持'六四'民运了，对他们这些民运人士越来越不在乎，捐助资金越来越少。在香港，只有每年'六四'时还记得搞些纪念活动。现在有许多内地的游客到香港旅游，财大气粗，他看了心里很不平衡。他说自己时时反思自己，觉得当年太幼稚，太冲动，特别是对一些卑劣的学运领袖寄予过高的期望。他说当看到和听到后来披露出来的学运领袖在'六四'期间的讲话录音录像，感觉自己上当受骗了。我问他将来作何打算，他说不知道，说着说着就哭了起来。我告诉他，如果经济上需要帮忙，我可以帮助他解决生活费用。他不要，说可以自食其力。和他握手道别时，他说澳门第二天还有个民运活动，他是组织者，然后我们就分了手。看着他在雨中消失的背影，说实话，我心里非常难受。他是一个正直有理想有抱负的人，可惜了这一生。"

赵旒华听了如鲠在喉，对关点的遭遇不免唏嘘。"那个接替关点的郑久呢？"赵旒华继续问。

"人和人不一样，他善于见风使舵，如今倒是春风得意。先是和老婆离了婚，后来和你们介绍来我家的保姆郭晴晴结了婚，两人生了一个女儿。离开我们那里后，他进了美国的一家公司。这家伙脑子转得快，九几年他就和中国的一些企业单位联系，利用优惠政策和一家要倒闭的国营企业合作开了一家合资企业。他不断将美国公司的一些技术产品资料偷偷拿回中国，待自己的企业有了一定规模，他就辞掉了美国的工作，全职回到中国来当这家企业的外籍董事长。由于起步早，他的公司现在已经做得非常大了，他也成了牛人一个，电视上经常看见他和各级领导在一起。我有时想，我们这些当年爱国的人留在了美国，他这个典型的反动派倒回到了中国，是不是有些滑稽。套用一句古语，郑久属于'识时务者为俊杰'的那种人，会钻营。现在中国乱跑乱串的都是这些人，低三下四的是他们，趾高气扬的也是他们，有能耐，活力四射。哦，对了，听说你回来了，他太太一定要来见见你，对当年在她困难的时候你给予的帮助铭记在心。"

"郭晴晴现在也在中国？"听到这个消息赵旒华太高兴了，当年自己生孩子刘军不在身边，多亏了郭晴晴的全力照顾。歪风邪气的郑久不知怎么搞的，能够有福气娶到郭晴晴这么漂亮且心地善良的女孩。

"我已经将你的手机号码给她了，她会和你联系的。"丁一说。

"你还把我的手机号码给了那谁是不是？"赵旒华冷不丁地来了一句。

丁一一愣，回过神来，说："呵呵，毕竟夫妻一场，我和刘军也是老朋友了。他现在后悔得不得了，老来得子，不容易。人无完人，孰能无过，你就原谅他吧，我数落了他十遍都不止。"丁一嘻嘻哈哈打马虎眼。

"你们常见面？"这两个狐朋狗党，赵旒华在心里暗骂。

"他有时开车到我这里来解闷，诉诉苦，日子也不好过呀，你该满意了吧？"然后探询地问："他给你打电话了？"

赵旒华瞪了丁一一眼。

"好好，我不问行不行。"丁一马上撤退，非常可惜自己的两个好朋友如此这般形同路人。

第三十二章

　　天黑的时候刘军才到，他给赵旒华打了一个手机电话。在学校的大门口，赵旒华上了刘军的车。刘军让赵旒华坐到前面，赵旒华却不领情，撅着嘴独自一人坐到了车后面。刘军无奈地摇摇头，失落地在前面开车，赵旒华也不问他去哪里。刘军没有开音响，这样便于两人谈话，但是一路两人都沉默着。

　　赵旒华从后面看着刘军半秃的花白后脑勺，悲从心来，感叹时光不再。她将头调到了窗外，眼睛忍不住湿润了起来，心里翻江倒海。外面下起了小雨，一路五光十色的霓虹灯光投到潮湿的路面泛着亮光，都市的繁华之夜让过惯了清静生活的赵旒华感到新鲜，中国真是变化太快了。刘军好像对这个城市的路况很熟悉，赵旒华想大概他和丁一没少见面。

　　他们在一家僻静的小巷子前停了下来，立刻有穿着制服的人上来开门。刘军让赵旒华等着，他跑到后面打开车厢，取出一把雨伞，然后打开后车门让赵旒华出来，还是像以前那样体贴入微。刘军吩咐服务生去停车，自己打着雨伞小心翼翼地为赵旒华遮雨，两人一起来到前面的一家格调独特的青瓦灰砖饭庄，门前挂着两个不大的精致红灯笼，晚风里微微摇晃。两人靠得很近，在凉意夹杂的雨丝里赵旒华又闻到了刘军身上那股熟悉的气味，凉风中居然心里升起了一股温暖和伤感。这种气味第一次出现在她面前还是当知青那会。有一次两人在田间劳动，突然下起了雨，四处没一个挡雨处，刘军脱下自己的破汗衫遮住赵旒华的头。其实除了头部，赵旒

353

华身上还是淋湿了，她非常不好意思地用双手抱住胸前，因为雨水已经将圆圆的乳房隐隐约约地显露了出来，她不知刘军看到了没有。那破汗衫散发着一股男人的气味，当时她心里一阵幸福，知道自己找到了一个可以依赖的男人。时过境迁，事情不知怎么就变成了现在这个样子。

到了门口，走上几步台阶，刘军收起了雨伞。站在门口身着礼服的女服务员接过雨伞，刘军用手臂撩开门帘让赵旒华先进去，自己跟在后面。

"这边请。"一个甜美的年轻女孩子梳着刘海，把他们引到了一个靠花格子窗的座位前，上面挂着印有兰花图案的遮布灯罩，桌上点一盏幽暗的白蜡烛。刘军让赵旒华先坐下，然后自己再坐下。刘军要了一壶乌龙茶水，给赵旒华和自己续上暖暖身子。以前在美国家里，两人都偏爱乌龙茶。

"你瘦了，身体怎么样？"刘军先开口，显露出关心。

"还好。"赵旒华将头发向后掠了一下，顺带着抬起头来看了一眼刘军，遇上了那双熟悉期待的眼神，她赶快避开了。

"我一直惦记着你和儿子。他为什么不和我通信呢？"刘军问。

"我也很长时间没有和他联系了。"赵旒华平静地说。

"为什么？"刘军惊讶起来。

"他去了非洲，和月琴的儿子在一起做志愿者。"

"那里现在去不得，在闹 Ebola！"刘军听了这话真急了。

"那里是西非，儿子去的是东非，应该没事。"赵旒华其实心里哪有不急的，她的话既是安慰刘军，也是安慰自己。孩子大了，主意也大，美国的孩子太独立自主，当自己是救世主，以天下为己任。

"那就好，让他千万当心，如果他有音讯，代问他一声好。想吃点什么，我来点。"刘军继续奉承。

"素淡一点的，我吃不了多少。"赵旒华感觉到刘军的可悲，本来父子俩很谈得来。儿子记恨刘军的忘恩负义和对妈妈的薄情。

刘军向服务员点了一些素菜和豆制品之类的素鸡素鸭。

饭菜上来了，刘军要向赵旒华的碗里夹菜，赵旒华挡住，说自己来。　刘军无话找话："一个人住那么大的房子，寂寞吗？"

赵旒华回答道："搬了。"

刘军不解："什么搬了？"

赵旒华不冷不热地说："我已经将你留下来的房子卖掉了，将钱捐给了当地一个医疗慈善基金，自己买了一个小一点的Condo。"

刘军满脸惊讶："你这是何苦呢？"

赵旒华答非所问："她怎么样？"

两个人都知道"她"指的是谁。

"她长得很像你年轻的时候，不过没有你那时成熟，比较活泼，像个孩子。"刘军说。

"那你一人照顾两个孩子了。"赵旒华带着揶揄，"小孩呢？男孩女孩？"

"和你一样，还是一个男孩。不不，我是说和我们的儿子一样，还是个男孩，比较闹，天天晚上换尿不湿，累得不行。"刘军说着还真的打了一个哈欠，在蜡烛灯光的摇曳里忽闪了一下疲惫。

"我们儿子换尿片的时候你不在，不知道里面的辛苦，现在体会一下也是蛮不错的，补偿体会一下当父亲的责任，还有做母亲的不容易。"赵旒华继续揶揄，带点谴责，怨气未消。

"是啊是啊。"刘军内疚地回答，那时刚退伍，不让他出国，不能在身边帮忙，只有拼命地写信支持赵旒华。想起这些，刘军有些伤感，"那时一个人在国内想你们想得发疯。"

"年纪大了，不比从前，当心自己的身体，不行请一个保姆。"赵旒华忍不住像以前一样关心地脱口而出。

这话让刘军听了感动，看来赵旒华内心还是有自己的。"现在的保姆不好请，挑剔，事情没有干多少，要求倒是会提一大堆。我们请了一个白天的保姆，打打杂。"

"孩子他妈能干吗？"赵旒华问。

刘军摇着头，"现在的女孩哪能和以前比，连饭都不会做。"

"辛苦你了。"赵旒华咬着下嘴唇。

　　"说实话，我挺怀念我们以前的日子，所以听到你来的消息，特别高兴。"刘军发出由衷的感慨。"旒华，这一辈子我欠你太多。希望你能原谅我，我们还可以做朋友。"

　　朋友？什么朋友？赵旒华心里不满，嘴上也就挂不住了："我们只有夫妻的名分，不适合做朋友。"

　　大概知道自己用词不当，刘军低头认罪："我是身在福中不知福，当初就不该来中国这个大染缸的。或者当初要是你能和我一起来，何至于此。"

　　"倒是我的错了。"赵旒华冷笑道，挑起眉目，更加不满意。

　　刘军诚惶诚恐，"瞧我，越来越不会说话了，不是那个意思。总之，反正，都是我的过错。"

　　这时刘军的手机响了。刘军掏出一看，说："是她打来的。"

　　"接呗。"赵旒华说，撇了一下嘴。

　　"喂，兰兰，有什么事？"刘军的声音充满了柔和体贴。

　　"……"

　　"什么时候回来？"刘军看了赵旒华一眼，"呆会就回来。宝宝睡了吗？"

　　刘军打电话时，赵旒华眼睛看着窗外，淅淅沥沥的雨水如同无数断了线的珠玑洒落下来，被灯光照得惨白。他们聊天的声音也像这雨断断续续地飘过来，听得出是一个幸福温暖的小家庭。赵旒华从重聚的温馨里面清醒过来，意识到自己是个局外人了，过去的让它彻底过去吧。刘军是一个好男人好丈夫，这个自己清楚。

刘军挂断了手机，向赵旒华直说抱歉。

赵旒华冷静地说："你已经亏待过一个女人了，不要再亏待另外一个。好好待她吧。"说完她站起了身。

刘军两边都牵挂着，满脸为难，说："再坐坐吧，起码把这顿饭吃完？"

"你不容易，老婆牵挂着，回去吧。她知不知道你来和我聚会？"

"她知道，我都和她说了。其实她和我耍过小脾气，不让我来。她怕我们旧情复燃。"刘军诚实回答。

赵旒华能够体谅另外一个女人的心，她于心不忍，说："我们的事情已经过去了，何苦非要见这个面呢？"

赵旒华向服务员打招呼，将饭菜打包。她想快点逃出这里，和刘军呆长了，她也怕自己会受不了。就这一会儿的相处，已经勾起了许多的往事，甜甜地，酸楚楚地往外冒。

看着不肯坐下来的赵旒华，刘军没法。在饭庄服务员不解的眼光中，刘军付完钱，两人离开了饭庄，外面还在下雨。

回到了自己的公寓，赵旒华脱掉外套，内心烦乱，责怪自己意志不坚定和刘军约会，结果搞得两个人都掉到伤感的泥潭里。赵旒华知道其实自己内心里对刘军割舍不下，多年感情的积淀无法消除，原以为埋葬了，那覆盖物却比纸还薄。离婚后她一直不愿再见刘军，虽然刘军乞求过多次。今晚的相聚让她认识到自己是在逃避，欺骗自己。赵旒华用热水器烧了水，泡上一杯茶，然后坐在沙发上慢慢品味，用嘴咀嚼着茶叶，将往事慢慢回味，越想越伤心，心境晦暗。这样过了一会，她发现再这样想下去会不能自拔，更加难受，于是打开电视，分散一些注意力。电视里面在演连续剧，几个男男女女打打闹闹，疯疯癫癫，看了一会不知所云，显得非常陌生。她调换了一个台，节目是嘉宾访谈，几个正襟危坐的男女在讨论社会主义的核心价值观和中国当前反腐的严峻形势。这个比上一个有意思一些，于是注意听了一会。可是听着听着，还是提不起兴趣，似乎与自己无关，赵旒华索性关了电视，什么也不看。她有些茫然，怎么也没有想到，自己居然和曾经热爱的祖国这么格格不入，形同陌路。在这种心情支配下，赵旒华开始后悔自己选择到中国来做教授，根本就不是那么回事。

　　这样胡思乱想不是个办法，她烦躁得又去浴室洗澡。在热水的冲洗下，总算放松了一点，僵硬头脑开始活络，面部肌肉放松，肌肤也显得滑润，鼻孔呼吸通畅不少。从浴室里出来，赵旒华打了润肤膏，随意查看了手机，发现手机里有一个留言，是郭晴晴打来的，约明天见面。这下赵旒华高兴了，正要回电话，又有一个电话打进来，是系里的青年教师鞠进。鞠进是丁一派给赵旒华当助手的，非常有才华，才思敏捷。鞠进说她正在申请一项科研经费，有个地方想请教，因为明天要上交，不知今晚能不能过来。赵旒华正无聊，寂寞异常，想找个人聊天，就连声答应让鞠进过来。

　　过了一会门铃响了，赵旒华为鞠进开了门。鞠进满面春风，一进门就喊："赵教授好。"

　　"快进来，喝点茶？"赵旒华招呼道。

　　"住得还习惯吗？"鞠进打量着房间。

　　"慢慢来吧，应该没有问题。"

　　"等我把经费申请递交上去后，要不要我带您出去转转？我们这个城市现在通了几条地铁，非常方便，风景点也是免费开放的。中国现在发展很快，值得看看。"

　　"是啊，我不常回中国，每次来外观变化都很大。听你安排，中国我已经不大熟悉了。不过我的时间有限，刚来需要把工作搞起来。听丁院长说，你在美国哈佛做的博后，业务基础扎实，年轻有为。"

　　鞠进有些不好意思地说："丁院长过奖了，在他的带领下，我进步很快。现在您又来了，那更好了。"

　　"能不能介绍一些你们学校的一些情况，我需要注意哪些？"

　　"丁院长来之前学校很复杂，经过他治理后现在好多了。既然您问到了，我就直说了，有一个现象值得注意，就是先期回国的留学人员和后来回国的留学人员之间的矛盾，或者更概括地说是长江学者和千人计划学者之间的矛盾。"

　　"哦，怎么讲？不都是回来为中国服务吗？"赵旒华有些警惕。

看着对中国不太知道的赵旒华，鞠进解释："怎么说呢？这都是我们国家体制的不健全，不公平造成的。一直以来，为了招揽国外的人才精英，鼓励大家回国服务，不同时期中国不同部门出台了不少鼓励措施。最著名的就是长江学者和千人计划学者项目了。长江学者项目建立得早，早期归国的人许多被授予长江学者，按当时的工资水平和奖励政策已经很高了。当然那时要求低一些，在国外的博士后回来可以直接当教授。随着中国的经济腾飞，财大气粗，要求的水平越来越高，国内的学校开始要求已经在国外有了教职的人才可以做中国的教授，于是又回来了一批没有终身职位的国外助理教授，授予长江学者。当然有些回国的人连长江学者的头衔也没有，只是一个普通教授。这些留过洋的中国教授现在的工资水平一般都在十多万元人民币年薪左右。可是再后来又出了一个千人计划项目，挖的是国外顶尖的高级人才，比如像您和丁院长这些已经 Tenure 了的国外教授。如果是全职回来，年薪在百万元人民币，比早期回国的海归教授高出了一大截。对于您们无可非议，这大致相当或略多于您们在国外的工资。中国现在好一点的大学里没有留洋经历的教授几乎凤毛麟角。问题是在许多情况下，千人计划学者大部分不是全职，飞来飞去两头忙，学校的大部分日常事务性工作和教学任务都是早期回国的那拨人顶着。这里面的矛盾就体现出来了，再加上有些千人学者仗着自己在国外的成就，有些在国外还保留着职位，对国内的一些同行尊重不够，矛盾更加加深了。"

　　"中国不能把本国教授的工资多提一些吗？让大家的工资水平接近一些。好像中国许多行业的工资都不止十万这个数，贪官更不用说了。"赵旒华不解地问。

　　"这就是问题的症结所在，国家没有认真考虑解决知识分子工资的合理性问题，同工同酬。曾经和丁院长讨论过这个问题，他说早在'六四'时这就是当时学生们提出的尖锐问题之一，提高知识分子的待遇。可是这么多年过去了，国家的经济飞速发展，红利在哪里？中国解决这类问题是自行解决，让大家从科研经费里面提取劳务费，这样就为贪腐提供了温床，走上了歪门邪道。丁院长说在国外几百万的科研经费一分钱的提成也是不允许的。尊重知识，尊重人才在中国基本上是一句空话。"

　　赵旒华听了一身冷汗说："谢谢提醒，我今后多注意和同事们的关系。"

　　"其实也没有那么可怕，大部分人都能够理解历史遗留的问题。像您和丁院长这样国外回来的大牛很受欢迎，毕竟中国的学术水平太低，有真才实学的人是受人尊敬的，大家非常佩服。已经有好几个人和我打听过，问能不能调到我们这个团队来工作。"

　　"我新来乍到，有些事情还是让丁院长做主比较好。"

　　两人一面喝茶，一面谈着工作，赵旒华开始重新认识中国的一切。

　　和郭晴晴见面是愉快的。

　　"哟，模特还是那么年轻！"赵旎华一看见郭晴晴不免赞叹，时光在她身上几乎没有留下什么痕迹。她面孔光嫩白皙，画眉入鬓，个子依然高挑，比以前略显得丰满富态。郭晴晴虽然穿戴得珠光宝气，薄施胭脂，却是不俗，活生生一位俏佳丽人，像从画里面走出来一样。

　　郭晴晴看见赵旎华赶快趋步上前，一下子握住赵旎华的双手，还没有开口，眼眶已经红了。

　　"好妹妹，你这是咋了，高兴才是，不作兴用眼泪见人。"赵旎华赶快安抚郭晴晴，自己的眼眶却也忍不住红了起来。

　　"赵姐姐，我太高兴了。丁一院长昨天告诉我你来中国了，我今个第一时间就来见你。一向可好？"不光是容貌，郭晴晴连嗓音也没有太多的改变，口齿伶俐。

　　"好的好的，我很好。你呢？"

　　"托姐姐的福，一切均好。"郭晴晴赶快回答，郭晴晴的话语像台词。

　　"怎么，多年不见，文绉绉的。"赵旎华打趣道。

　　"不瞒姐姐，我家老公忙，一个人闲来无事，在外面接了几部连续剧，演着好玩。"郭晴晴带点腼腆地说。

　　"哟，你演剧本啦？什么时候一定要看。"赵旎华联想起了她是模特出身，后来在纽约改学了表演艺术。

　　"那敢情好，改日我一定请人给你亲自送来录像，不要见笑才是。"

　　"是不是老公资助的？"赵旎华开玩笑地探询。

　　"刚开始的一部是。看我演得还不错，其它都是别的剧组找上门来聘约的，不要老公出钱。"郭晴晴带点自豪地解释。"王姐姐近来如何？"

　　赵旒华知道她问的是王小艺，忙说："她挺好，也在一所大学做教授，大名人一个。"

　　"她会不会也像你一样来中国工作？那样我们姐妹就可以经常聚了，还像纽约一样，多好。"

　　"不会。"

　　"为什么呢？"

　　"你不记得她未婚夫是怎么死的？她说过这一辈子也不会踏上这片伤心的土地了。"

　　郭晴晴听了神色黯淡了下来，她记起了姚奇的死给王小艺带来的毁灭性打击，痛不欲生，从一个天真快乐终日不知愁滋味的人变成了一个沉默寡言的人，直到她知道自己怀上了姚奇的孩子，才重新拾起了生活的信心和勇气。那时赵旒华也怀着孩子，她先生不能到美国团聚，王小艺和赵旒华只好靠着还是单身的郭晴晴来帮助。她们三个像三姐妹，互相支持，互相帮助，共度难关。赵旒华和王小艺先后生了小孩，郭晴晴就把丁一那里的保姆工作辞掉了，专心照顾她们两个。

　　赵旒华和郭晴晴重温了那一段难得的相处岁月，郭晴晴说当初要不是赵旒华和王小艺给了她栖息之处，自己恐怕连活下去的勇气都没有了。郭晴晴后来和郑久结了婚，跟着郑久回到了中国做生意。赵旒华和王小艺也先后离开了纽约，岁月的长河里，各奔东西，慢慢大家就失去了联系。

"听说你老公的生意做得很大，牛人一个。看来你有旺夫相。"赵旒华夸奖说。

"哪里，刚到大陆来时，因为我老公是纽约民运的组织者，上了黑名单，他一下飞机就有中国国安部的人全程跟踪监视。他联系了好几个合作单位，一调查，都不敢要他了。好在他见过世面，有耐性，慢慢磨，先打好人缘关系，等过了几年大陆的政治形势有了好转，事情才有了转机。其实我劝过他，在美国挺好的，踏踏实实过一辈子就可以了。他是那种看上去不怎么样，内心里有大志向的人。他的眼光精准，对我说，别看现在大陆不怎么样，但是对海外回来的人有许多优惠政策，我们要成为第一批吃螃蟹的人。过了这村，就没有那店了。我们后来也是吃了苦中苦，才有了今日的好日子。"

"怎么样，老公对你好吗？"在纽约时赵旒华道听途说郑久是个花花肠子。

"挺好的，走哪里都把我带上。他还经常到剧组来看我，有时送点花什么的。我知足啦，向他提过，如果生意场上需要，在外面有个女人什么的，我不介意。在大陆这个地方，你想管管得住吗？他说不要，尽管以前走过许多歪门邪道，但自从遇到了我，就决心改邪归正，立地成佛了。"

　　赵旒华心里感慨万千，自己以前很正派的丈夫到了中国变成了一个负心汉，郭晴晴名声不佳的丈夫倒能守住底线。看来郭晴晴身上有过人之处能够吸引住自己的丈夫，自己则缺少什么。

第三十三章

　　王小艺从博士生时代起一直从事当年从姚奇手上接过来的科研项目，不离不弃，心里有一种强烈的驱动力，为的是完成姚奇生前的遗愿，几近歇斯底里地工作。每当科研中遇到难题，她就会想如果姚奇还在，他会如何处理解决这个问题，甚至凭空想象着和虚拟的姚奇隔空争论，如同姚奇生前那样。冥冥中姚奇牵引着王小艺在科学的道路上跋涉，书山为径，学海作舟。凭着聪明、深厚的功力和坚韧不拔的精神，二三十年下来，王小艺顺利地博士毕业，做完博后，师从名师。她现在是美国一所著名科研单位的资深研究员，和一所著名大学的兼职教授，主持着许多 NIH（美国国家卫生院）的重点科研项目，手握一千多万美元的科研基金。这个领域的许多经典实验都是她发明创造的，成了教科书上的典范。她被邀请到各地作报告，做顶尖学术会议的组织者和主持人。NIH 的许多重大项目立案都向她咨询意见，请她去当评委。她的许多科研成果被大公司买去上市，非常有经济效益，直接导致了她的个人财富扶摇直上。现在的王小艺忙得不可开交，在世界各地飞来飞去，当然，除了中国，那里是她心中永远的痛。她是少数一些"六四"后再也没有踏上中国国土的大陆留学生，哪怕是探亲访友。她怕，怕回到那个让她伤心欲绝不堪回首的地方。她恨，恨那里夺去了自己一生的幸福。

成名后，她在一处风光秀丽的山间湖边买了一处豪宅，前后院山石点缀，绿草氤氲，佳木掩映，候鸟环鸣。她将自己的父母和姚奇的父母先后接到美国来住，让他们在自己身边颐享天年，尽心服侍，一直到他们相继去世。曾经许多人，包括姚奇的父母劝她找个人结婚，都被她淡淡一笑，婉言拒绝。在她心里除了姚奇，任谁也配不上，只有姚奇和她才是天作之合。她有时可以一个人坐在后院湖边，眼望蓝天碧云，山峦蛇动，手里转动着魔方，让思绪沉浸在对往昔的痴情回忆里，和姚奇隔着时空默默对话。她的精神世界是富足的，飘渺的，遥远的，永远青春的，她的情感时光定格在某个点不动。见过她的人都惊讶于她的年轻容貌和满头青丝，虽年过半百，容光焕发的脸上益显端庄秀丽，知性睿智。只有她知道，姚奇是自己的驻颜术。

周末，王小艺在家里加班，偌大一个红木书房里堆满了书籍稿件，她是一家名气颇大的杂志主编。儿女走了后，她的生活显得单调，一个人埋头工作。窗子打开着，纱窗外的玫瑰繁盛雍容，蜂飞蝶舞，清风阵阵将低沉的花香送进书房来，溢满了房间。后院里的花草都是两家老人在世时栽种的，精心培育过，她喜欢这种被亲情围绕着的感觉。

手机响了，是赵旎华打来的。两人还是像以前一样闺蜜，亲密无间，隔三差五通个话，聊聊家常和儿女近况。

"小艺，知道这次回大陆我见着谁了吗？"赵旒华卖关子，她刚从中国回来。"能不能爽快点，我这里忙着呢。谁？"王小艺眼睛不离屏幕，一面通话，一面看稿子，在电脑上打着评语。她还是手眼飞快，反映灵敏，三头六臂。

"周末还忙啥，休息时间。"赵旒华知道王小艺的能耐，不切入正题，吊她的胃口。

"我这里有两个审稿人意见不一，掐起来了，正在写编辑的意见。到底是谁呀？怎么越来越婆婆妈妈了。"王小艺腾出手来喝了一口温茶。

"猜。"

"丁一？"

"不对。"

"刘一鹤？"

"不对。"

"你妈？"

"去你的。我妈没了。"赵旒华在那头笑了起来。

"你爸？"

"我爸也没了。"

"应该不是你儿子，他人现在非洲。对了，该不是刘军吧，两人都离婚了，还在相好？"王小艺还残留着一点从前的疯劲和俏皮。

"撕烂你的嘴，以后不许再提他。"赵旒华不高兴了。

"奶奶，你饶了我吧，想不出来了。"

　　"崔小梅。"赵旒华回美国前，到北京去见到了她。

　　一听崔小梅的名字，王小艺一愣神，马上停下了手上的工作。"你说什么，再说一遍。"

　　"北京医院里的那个崔小梅，我以前的同班同学。她女儿被我们学校录取了，最近她要送女儿来美国读书，而且买了学区房。她想见见你，说有一样东西要交给你。"赵旒华这会一点不罗嗦了，将话一下子挑明。

　　一听到崔小梅的名字王小艺就觉得窒息，她是最后一个见到姚奇的人，也是第一个告诉王小艺姚奇死亡消息的人。那天夜里两人通话的情形马上回到了王小艺的脑海里。

　　"什么东西？"王小艺隐隐觉得这东西和姚奇有关。

　　"我也不知道，她没有告诉我。她只说是姚奇留下来的，要亲自交给你。"

　　王小艺热血上涌，激动地说："她什么时候来美国，我要见她，我们在哪里见面？"王小艺亟不可待地想知道。

　　"她下个星期来美国。我打电话来就是想和你商量一下哪里见面比较合适。"

　　"来我这里吧。"王小艺没有犹豫。

　　"好吧。她下个星期到我这里，安顿好后就去你那里。"赵旒华没完，忙说："别挂，我还碰见了一个人。"

　　"你有完没完，我不猜了。"崔小梅的出现扰乱了王小艺的情绪，没了心情。

　　"不让你猜了，你想不想知道呢？"

"又卖关子，姑奶奶，该不是郭晴晴吧？"王小艺也就随口一说。

"哇塞，厉害。猜对了，满分，正是她。"于是赵旒华将见到郭晴晴的事情向王小艺描述了一番，并告诉王小艺郭晴晴准备到美国来和大家团聚的想法。这消息虽然让王小艺高兴，可是崔小梅的出现压住了她的兴奋神经。

放下电话，王小艺已经没有心思看稿件了，她又开始思念姚奇了。她来到外面后院的湖边，在一颗垂柳旁的花架下，坐在靠椅上眼观起伏的山色。身旁花架爬满了牵牛花藤，是姚奇的父母生前栽种的。老人家思儿心切，栽种了这些缠绕的牵牛花，不断开放，寄托相思。花架的近旁有一大片玫瑰花圃，品种各异，一直延伸到湖边，阳光下绿叶扶疏，玫瑰花娇艳地开着，朵朵含情。湖水很平静，倒映着云翳。几年前栽的睡莲也已经有些繁盛，不大的荷叶大大小小一片一片平铺在水面，边沿卷起，挤挤挨挨地连在一起亲密无间。美姿美态的并蒂莲头靠头，浮在紧贴水面的绿叶上，有白色的、红色的、紫色的。蜻蜓在水面上绕着莲花瓣时飞时停，一只两只，三只五只，聚聚散散。本来自己和姚奇也应该像这美丽的并蒂莲花一样生活在一起，终身互相依偎，直到凋亡走完人生。可是两人在一起的时光却是那么地短暂，留下自己孤独一人品尝人生的寂寞。因为短暂，和姚奇相处的分分秒秒都牢牢镌刻在王小艺的脑子里，弥足珍贵。那短暂的时光永远是那么清晰，那么有意思，那么令人回味，如同长空里的闪电雕刻山石，一生一世都不会凋退。

　　她还记得库珀教授第一次将自己带到姚奇面前的情景，一个手指细长的男生正在专心致志地做着实验，回头一笑露着两排洁白的牙齿。她还记得自己使小性子想难倒他，没想到却总是被他不动声色地压倒，眼睛里闪着温情，等着自己出下招。当然还有和印度学生比魔方的那个晚上，自己的手心捏出了汗，为他加油。因为他的缘故，自己偷偷买了魔方苦练，也成全了他那天晚上的成功和喜悦。如果没有自己及时递给他魔方，失败对他和自己的打击会是多么地严厉。正是那一晚，王小艺清楚地知道自己在姚奇的心里有了地位。她曾经恨他，恨他太过于理智，连一个吻都那么吝啬。可是当那初吻在玫瑰的相伴下意外来临时，又是多么的美好。临走前的那一晚上肌肤之交，此身委于君矣，生是你的人，死是你的鬼。那刻骨铭心的心灵撞击，胜过雷鸣电闪，岩浆烈火。苍天有眼，一夜的激情成就了一双儿女，乃冥冥上苍在永别前夕的刻意安排。

　　王小艺就这样一直坐到了天黑，天上的星星开始倒映在湖水里仿佛是姚奇的眼睛在看着她。她曾经无数次地和湖水中的这些星星对望，和姚奇进行着心灵的沟通，那个叫 Ki 的男孩。王小艺决定给思姚和忆姚打电话，让他们俩都回来见崔小梅。她是看见他们父亲的最后一个人。既然崔小梅执意要将东西亲手交给自己，那东西一定非比寻常。两个孩子现在都在纽约上学，那里是他们的出生地。

王小艺到机场接机，等在出口，看见赵旎华和一个模样端庄，一身名牌的华贵妇人一起走出来，后面跟着一个雪白双腿露在外面的时髦女孩，手里拿着个智能手机，耳朵里插着耳塞。

"小艺，你好。"赵旎华老远跑过来和王小艺拥抱在了一起。"我给你们介绍一下，这位就是崔小梅，我大学的同学，上下铺。这位是她女儿点点，刚来美国读研究生。"

王小艺和崔小梅的手经过四分之一个世纪终于握在了一起，尽管她们听到过许多对方的故事。

"哇，好神奇耶妈妈，怎么你们两个人长得那么像，好像亲姐妹。"崔小梅的女儿像是发现了新大陆，一双眼睛不住地来回打量着王小艺和崔小梅。

其实赵旎华以前也有这种感觉，只是两人的性格相差太远，没有往深处比较。现在两人站在一起，王小艺的性格比以前沉稳了许多，从相貌到气质果然很像崔小梅。当年姚奇在北京看见崔小梅第一眼时，也是这种感觉。

"那我们就认个姐妹？"崔小梅开玩笑说。

"我小，喊你一声姐姐。"王小艺接过话。

"旎华，这一趟不虚此行，捡了一个美国妹妹。"崔小梅开心得不得了，她确实觉得和王小艺有一种自然而然的亲近感。

"小姨好。"伶牙俐齿的点点马上跟进。

这段奇缘让王小艺高兴，她招呼道："走走走，我们到家去聊。"

在转盘前等着取行李的时候，赵旒华问王小艺："思姚和忆姚还好吗？"

王小艺回答："我已经通知他们了，让他们回来，要晚点才到。听说赵阿姨要来，两个小家伙高兴坏了。"

"他们在一起读博士，课程紧张吧？这样不耽误他们的功课吗？"赵旒华连声问。

"明天是周末，他们后天赶回去，不耽误。"

崔小梅显然知道思姚和忆姚的故事，说很想见到两个孩子，然后背过身去说不下去了。姚奇的影子在三个人的脑子里始终挥之不去，让人触景生情。

取完行李，大家上了王小艺的车。王小艺打开了音乐，里面播出的是《血染的风采》。每天上下班王小艺除了听新闻，就是这首歌了。因为要接崔小梅，来的路上她又忍不住听了起来。现在启动车子时这首歌接着被自动模式播放了出来。

"刚才来的路上在听，要不我换一个台？"王小艺征求意见。

"不用不用，这首歌挺好。我们这些老人喜欢听老歌。再说我的英语差，也听不懂你们的美国电台。"崔小梅阻止王小艺。其实还有另外一个原因，和刘军一样，崔小梅的丈夫曾经参加过对越自卫反击战，《高山下的花环》她看过许多遍，对这首歌再熟悉不过。于是大家都沉默着，眼睛看着窗外的远方，沉湎在歌声里。

也许我告别，将不再回来，你是否理解？你是否明白？

也许我倒下，将不再起来，你是否还要永久的期待？

如果是这样，你不要悲哀，共和国的旗帜上有我们血染的风采。

如果是这样，你不要悲哀，共和国的旗帜上有我们血染的风采。

也许我（你）的眼睛再不能睁开，你是否（我深深）理解我（你）沉默的情怀？

也许我（你）长眠将不能醒来，你是否（我会）相信我（你）化做了山脉？

如果是这样，你（我）不要（会）悲哀，共和国的土壤里有我们付出的爱。

如果是这样，你（我）不要（会）悲哀，共和国的土壤里有我们付出的爱。

如果是这样，你不要悲哀（我不悲哀），共和国的旗帜上有我们血染的风采

——血染的风采！

让王小艺大吃一惊的是坐在后排的点点居然跟着哼唱了起来，而且字正腔圆，情绪饱满。

赵旒华也以为现在中国大陆的年轻人不会这个，惊奇地问："点点，你怎么也会唱这首歌？"

"两年前我们学校组织唱红歌，搞比赛唱过。"点点据实回答。

车上其她几个人恍然大悟，原来如此，她们不由想起了那个曾经的政治强人薄熙来，历史差点走了回头路。

到了王小艺的家，看见前后院蓝天清水，山里空气新鲜，崔小梅不由感叹地说："还是美国好。中国发展了二三十年，环境越来越脏，空气越来越糟糕，我整天呆在屋里不想出去，像个囚徒。"

"我妈成天戴口罩。"点点加以注解。

"小艺，你家种的玫瑰真多！你喜欢玫瑰，我也喜欢。"崔小梅在偌大的院子里转了一圈后说，房前屋后的各色玫瑰品种让她欢喜异常。

点点在一旁插嘴："就是，我们家的阳台上都是玫瑰，不过没有您们的多。"

玫瑰的秘密只有王小艺一个人知道，她要把它永远埋藏在心底，慢慢地隽永地释放着芳香。

王小艺将各人领到各自的房间，崔小梅说："你现在一个人住这么大的房子，不寂寞？"

王小艺回答："有点。以前有四个老人，还有两个年幼的孩子，需要地方宽敞。现在他们都不在了，房间空了出来。不过我已经住习惯了。你们来了，可以多住几天，地方有的是。"

　　点点好奇地看这看那，说："我们家的房子比您这里还大，还要豪华。我爸爸是个大富豪，房地产商。"

　　"点点！"崔小梅制止女儿的张狂。

　　"好了，不说了，我到小姨家的后院去玩。我们家的草坪没有阿姨家的大，更没有湖。"说完她就欢天喜地地去了后院。

　　东西放好了，三个人来到楼下的起居室，坐在沙发上聊天。王小艺端来一只精美朴拙的紫砂茶壶，为大家沏好茶水。

　　"这只壶漂亮，上面还有你的篆体名字刻在上面，哪里来的？"赵旒华知道王小艺心里有结，从不回中国，好奇地问这壶的来路。

　　"我的一个博后送给我的。他是宜兴人，回家探亲时专门为我定制了一个，蛮有味道的。"

　　"我看看，上面还题有诗。"喜欢诗词的崔小梅拿在手中把玩，口中念道："'原上千年土，怀中古朴身。三江波碧秀，五岳叶清纯。把盏含香畅，呼朋唤友频。乾坤家国事，品茗论秋春。'好律！"崔小梅忍不住赞道。

　　"要不你和一首？"赵旒华邀请道，她知道崔小梅是个诗迷，还出过诗集。

　　"早就不玩那个了。"崔小梅怏怏地说。

　　"可惜我们的大才子丁一不在这里，要不他一定会和一首的。什么时候你们两个应该见个面，以诗会友。"赵旒华说。

　　起居室有一对开法式落地带格玻璃窗，可以看到后院的精巧景致。点点正在逗湖水里游戏的野鸭子玩耍，很开心，很新奇的样子，像个小孩。过了一会她看见湖边的玫瑰花圃，走过去伸手去摘花。王小艺在屋里看见了忍不住喊了一声："当心刺！"已经晚了，点点显然被刺扎中，她将手指头赶快放进口中吸吮。这情景让王小艺不由自主地想起了多年前在布鲁克林 Botanical Garden 里姚奇被玫瑰花刺扎中的往事，那时的他们也是点点这个年龄。

王小艺想出去，被崔小梅拦住了，说："不管她。点点是个任性自我、心中没有城府的孩子，被他父亲宠坏了。现在大陆的独生子女都是这个样子。因为不放心她一个人在外，我也跟着过来陪读。"

"你不上班了？！"王小艺惊讶地问。

"我早就不上班了，在家赋闲。"崔小梅平淡地说，波澜不惊，有一种阅世的老成。她觉得茶不过瘾，问王小艺："有没有红酒？"

王小艺的脑子一时转不过弯来，拿眼睛看着赵旎华，赵旎华示意给她。王小艺就去厨房用高脚杯倒了一杯递给她。

崔小梅接过酒杯，谢了王小艺，问："你平时也喝酒？"

王小艺回答："喝一点，对身体有好处。"其实她常常长夜独酌。

"酒是个好东西。女人喝酒，比男人更有品味。"崔小梅老道地呡了一口，赞道："好酒！"又连喝了两口，她那饮酒的姿态果然优雅，脸颊略显红润起来，疲惫的眼睛开始透出亮点。

崔小梅两眼盯着酒杯说："不瞒你们说吧。这次我来美国，要长期呆下来。'六四'以后，大家都看穿了，我家老公也是。他过世的父亲曾经是海军高官，老公利用他父亲的人脉和当时的市场经济双轨制，做起了房地产生意。当时搞国有企业私有化，北京许多国有企业经营不善，工厂发不出工资。我老公低价将厂区买进，地圈起来，待价而沽，卖给台湾香港的商人，或海外其它财团，大赚了一笔。后来他又圈拆北京的四合院，一片一片地拆，我说当心老祖宗扇你耳光。他说你不拆人家也是要拆的，与其让人家赚钱，还不如我来，钱进自己的腰包比较保险。再后来他自己也开始建房子，这么多年下来，钱滚钱，成了京城地产界的实力人物。"

"你家那哪叫房子？简直就是宫殿。一个人独处，是不是有点幽禁在深宫里的惶恐，崔美人？"赵旎华戏谑道。她这次到北京去，住在崔小梅的家里，见证了金碧辉煌般的奢侈和豪华。

"差不多。我家老公像所有其他商人一样，有了钱他就在外面有了小，还不止一个。我起先还闹，好好一个人怎么说变就变成这样了呢？后来觉得没意思，也没用，不闹了，大环境如此。老公说现在全国都在捞钱，走富裕的道路，你不捞就被人家捞去了。痛定思痛，如果真让'六四'那帮秀才造反成功，文人掌台，国家未必有现在好。苏联就是一个典型的例子。我现在在外面玩女人，那是身份和地位的象征，要不在圈子里还怎么混？没人瞧得起你，玩不转。出污泥而不染是你们小说中写的，不可能有那么清高。我在生意场上混不容易，你就体谅体谅，算我对不住你。钱你尽量花，把点点养好了，后半生也有个倚靠。说的我哑口无言。我有时也出席一些他生意场上的活动，他的朋友们个个如此，趾高气扬。

他们的太太也个个如我一样无奈，空对罇月，临镜描眉。我们这些太太们逐渐形成了一个圈子，大家互相安慰。

"本来我想离婚，可是离了又能怎样，现在大陆的男人一个德性，另外再找一个还不如他有钱，倒便宜了他。想通了，用他的钱，花他的钱，大把大把地花。于是我将工作辞了，享受一把不劳而获的待遇。另外大陆搞的那个医疗产业化，国家把包袱抛给我们医院，让我们自负盈亏。不怕你们笑话，我一个堂堂主任医生每月的正工资只有两千元人民币，通货膨胀的今天，能顶什么用？没有办法，医生只好昧着良心伙同药商赚病人的钱，掺和在里面心里窝囊。不工作也好，眼不见心不烦。现在大陆有钱的人多起来了，可是没有幸福感。能有幸福感吗？大家你骗我，我骗你，不讲道德，指不定明天就让你坐牢。于是大家赚了钱就往外跑，往你们美国跑。我一个人闷在家里，养成了喝酒的毛病。我本想在家里好好带女儿，可是老公太溺爱这孩子了。让她读最好的学校，请最好的家教，不许我管得太严，结果点点给宠坏了，没有受过苦，生活上完全是个白痴，对世界的看法非常幼稚。如果点点在你们这里说了什么出格的话、做了什么出格的事情，千万不要怪罪，她就是那个样。担心她的生存能力太差，所以我跟了过来，一直到她毕业。这不，和大家一样，我也跑到你们美国来了。"

崔小梅一面喝酒一面诉说，好像好久没有跟人痛快地说话，憋坏了。她若有所思继续说："这'六四'真不是个好玩意，死了那么多人，换来的是全民向腐败进军，吃进去的是良心，拉出来的是屎响（思想）。那些学生都白死了。"话语里显得愤世嫉俗和无可奈何，眼睛又湿润了。

"小梅，你变得太多，怎么玩世不恭起来？我那个天天只喜欢读小说的纯情少女去哪里了？"赵旒华忍不住感叹道，面对时光在崔小梅心灵上留下的积垢和创伤，心痛得要命。

"别提那档子事了。时代造化人，我现在富婆一个，但是不知道这样活着有什么意义。"崔小梅将最后一滴酒喝进了肚里，两眼茫然地望着外面的湖光山色。

本来王小艺想问崔小梅带来了姚奇的什么东西，不料崔小梅一顿牢骚，让她到了嘴边的话又咽了回去。尽管内心急切，也只好暂时压下。她能够感受到崔小梅正直的灵魂受到了扭曲，她苦恼，但没有办法把它纠正过来。

王小艺想缓和一下她的情绪，换了一个话题："以前在纽约听旒华说你挺能写，还出版过小说和诗集，现在还写吗？"

"不写了，既无心情，也没才情，只是平日里读一些小说消遣一下罢了。这一辈子醉生梦死算了。"说这话时，一丝淡淡的痛苦和遗憾在崔小梅的瞳孔里掠过，一滴眼泪缓缓流了出来。

第三十四章

大家正谈着，王小艺听见门口有车声响，知道孩子们回来了。果然思姚忆姚不一会就进来了，满面春风和朝气，像他们的父亲当年一样。

"Mom, we are back。"两人一进门就冲着王小艺喊。

当他们看见赵旎华，一阵惊喜，马上上去和她拥抱，喊着大姨妈大姨妈，亲热得不行。赵旎华搂着他们俩嘴里直喊乖乖儿，"可想死大姨妈了，当时你们两个在你妈的肚子里把她踢坏了。我在外面对你们两个乱捣乱的小家伙说，不许动，结果你们就安静了。你们从娘肚子里就听大姨妈的话。"

说得大家一阵大笑，王小艺更是开怀。

"哥哥呢？"他们问的是赵旎华的儿子，小时一起在纽约长大的。赵旎华的儿子一直是思姚和忆姚的崇拜偶像。

"在非洲 volunteer，和丁叔叔的 Brian 在一起。"赵旎华回答。

王小艺牵着一双儿女的手走到崔小梅的跟前，说："快喊崔阿姨，我姐姐，她抢救过你父亲，北京来的。"

"阿姨好。"两人齐声喊道。

忆姚不解，问："妈，从来没听说您有姐姐呀？"

"现在不有了？看我们俩是不是很像？"王小艺向崔小梅跟前靠了靠，微仰着头。

"真的很像！"忆姚开心地说。

"男的是思姚，女的是忆姚，对不对？"崔小梅显然被赵旒华训练过，赞赏地看着王小艺一对懂事听话的儿女。

"嗯。"两人点点头。

"小艺，你这名字取得太有水平了，要是他们的父亲能看到他们现在的样子该有多好。唉，连孩子都这么大了。"崔小梅感叹地说，说得大家眼圈又红了。

这时点点从外面回到屋里，知道王小艺的儿子女儿回来了。她大大方方地伸出手说："两位哥哥姐姐好，我叫点点，是我妈的女儿。"

"我叫忆姚，也是我妈的女儿。"

"我叫思姚，是我妈的儿子。"两人都被点点的自我介绍逗乐了，也学着她的口气自我介绍。

"你们两个好奇怪的名字哟。有什么讲究吗？"点点觉得两人的名字很酷。

"纪念我们的父亲，他在'六四'中殉难了。"思姚看着点点回答。

"就是那帮在天安门广场上瞎折腾的学生神经病？我爸说如果当年'六四'成功了，就没有那么多钱赚了，中国也没有现在这么发达。"点点有些不以为然，怎么想怎么说。

"点点，住嘴！"崔小梅大声怒喝。

"就是，我们中国的年轻老师也这么说，说他们扰乱社会治安，阻碍国家发展，是一群捣蛋鬼。"点点从来不把妈的话放在眼里，习惯性顶嘴。

　　啪，一记响亮耳光打在了点点的脸上，崔小梅气得浑身发抖。

　　这时的王小艺脸色一阵惨白，几乎晕倒，思姚赶快扶住妈妈。

　　点点被打懵了，捂住滚烫的脸不知所措，两眼惊恐，不知道自己说错了什么不可饶恕的话，因为妈妈从来没有打过自己。她惊慌失措地望着大家，特别是思姚和忆姚那带着愠怒的眼神。

　　赵旒华没想到点点这么无知和任性，赶快对怒气未消的崔小梅说：“孩子不懂事，用不着发那么大的火。”

　　“太不懂事了！”崔小梅厉声喝道。

　　“你不能打我，我要告诉我爸。”点点眼泪出来了，像一只受伤的小兔畏缩着。

　　崔小梅吼道：“那是屠杀，你懂不懂！？那天就是你爸亲自送我到医院抢救姚叔叔的！”

　　“怎么会呢？”点点眼神迷惑了。

　　“我让你看一件东西。”崔小梅说完怒气冲冲上楼，不一会手里拿着个精装的盒子下来。

　　当着众人的面，崔小梅用发颤的双手打开了盒子，里面有两个绸布包的物什。她先打开第一个，里面是一件沾满陈年血迹的衬衫。她又打开另一个，是一本微型笔记本，里面夹着一枚书签，书签里镶有被血迹染红的玫瑰花瓣，上面隐隐可以看见“苦作舟”字迹。

"这是什么？"点点瞪着惊恐的两眼看着带血的东西，手还捂着刚刚肿胀的脸。

"玫瑰血！这是你姚叔叔在天安门被枪杀的罪证！这是他的血衣！他死在了妈妈的手上！当时就是我抢救的他，知不知道！你怎么能说他们是神经病，捣蛋鬼！"

"怎么会这样呢？！"点点小声喃喃。

"姚 ---- 奇 ----！"睹物思故人，王小艺看见姚奇的生前遗物凄厉喊叫，一下子扑了上去，将它们搂在怀里，放声大哭起来。赵旒华本想劝劝王小艺，却也忍不住，和王小艺抱头痛哭，两人又回到了那个刻骨铭心的时代，那个风起云涌的时代，那个为了民主呐喊的时代，历史的伤疤被重新血淋淋揭起。

崔小梅开导说："知不知道，当时天安门的学生是为了反对贪官，反对腐败，反对官僚，是为了建设一个美好的民主中国才游行示威的。那些学生的年纪和你现在一样大，有的比你还小，可是他们多有理想，多有志气，哪像你这样，温室里的洋葱！什么都不会。"

"现在不也反对这些吗？习大大和那个王什么山抓了许多贪官。"点点还是不明白。

"就是因为当时开枪杀了人，把北京一百多万人的和平请愿镇压下去，贪官才越变越多，越来越猖狂，酿成了今天不可收拾的局面！还有你爸，一个好好的人，一个正直的人，一个有良心的人，如今变得堕落不堪，除了钱，他还有什么！"崔小梅几乎是从胸腔吼出来的。

听着崔小梅的解说，思姚和忆姚一面安抚悲恸欲绝的母亲，一面隐隐约约觉得这些东西和父亲有关。

"阿姨，"忆姚对崔小梅说："我妈也有和这一模一样的书签，我去拿来。"忆姚赶快去书房将王小艺的另外一枚书签取来，果然是一对。除了王小艺和赵旄华外，其他在场的人都不知道它们的来历，疑惑不解。

赵旄华止住了哭，她擦干眼泪红着眼对众人说："一时半会也说不清，这样吧，我来给你们讲这玫瑰书签的来历。让你妈安静一会。"

赵旄华在大客厅里开始向大家讲姚奇和王小艺当年刻骨铭心的往事，王小艺则一个人抱着姚奇的遗物跌跌撞撞上了楼，关在自己房间。她仔细查看带血的衬衫，根据崔小梅当年的描述，上面混合的一定是姚奇和那个女学生的血迹。不管怎样，他的一部分总算回来了，回到了自己身边，哪怕只是一些干枯的陈年血迹。她又翻开了微型记事本，姚奇当年上衣口袋里总是装着这个小本本，将要做的事情记下来。每做完一项，他就打一个勾。王小艺慢慢翻着，小心翼翼地翻着，从殷殷血迹里辨认字迹，一项一项后面打着勾，而最后一个勾打在了"打长途电话给小艺"事项的后面。紧接着再后面一项写着："首都机场上飞机，回美国。"却没有打上勾。为什么不多打一个勾呢？该死的勾跑哪里去了？就差一个勾呀，铸就了天地缘，生死之间竟然一勾之隔！二十五年的悲伤一涌而上，又填满了王小艺几经起伏的心头深渊。多少思念，多少期盼，天地两茫茫，苦思无岸。王小艺记得那天姚奇打 collect phone call 时，自己说要给他生两个小孩的话，果然做到了。想到这里，王小艺心里感到些许欣慰。奇，你有血脉了。

　　王小艺又拾起那枚书签，反复翻看，不免想起姚奇在公园里送给自己带有血的玫瑰那一刻，还有那个意想不到的初吻。原来血光之灾是早有预告的，她抬起眼光向床头柜看去，当年那帧在公园里拍摄的双人合影照片依然摆放在那里，陪伴着自己度过了四分之一个难忘世纪，日思夜想的日子。姚奇依然笑得那么灿烂和自信，没有因了时光的流逝而丝毫消退。他永远都是那么年轻，阳光，俊朗有才华。王小艺在脑子里想象着如果姚奇活到了今天会是一副什么模样，花白的头发加上下垂的眼帘和眼袋？不、不，就让他停留在过去吧，王小艺打断了自己的可笑想法。她将一对龙凤签并排放在一起，仔细端详，自己的那枚完好如初，姚奇的那枚血迹斑斑，特别是那瓣玫瑰完全被血浸泡。玫瑰血，她记起崔小梅刚才说的这个词语。突然她想到，难怪自己生了一对龙凤胎，原来应在了这里，鬼使神差自己早早地安排好了，不免为自己在二十五年前的先知先觉感到意外和欣慰。

　　也不知过了多久，有人敲门，楼下的故事讲完了，大家都进来看王小艺，围着她。

　　点点低着头走到王小艺跟前一副乖巧认错的样子。"阿姨，是我不好，我错了，伤了您。赵阿姨都告诉了我们，妈妈也讲了'六四'的来历。没想到'六四'是一场那么伟大的爱国运动，和我在国内听到的完全不一样。赵阿姨还从网上调出那个用身体挡住坦克车的'坦克人'照片给我们看，这些是我在国内看不到的。我很感动，那个时代的青年人真的很酷，很潮。我现在的年龄虽然和他们当初差不多，可是懂得的东西太少，太幼稚，太自我，我要好好向他们学习。看在您是我小姨的份上，原谅我好吗。我已经向哥哥姐姐道了歉。"

崔小梅也跟着道歉："小艺妹妹，孩子不懂事，是我们这些做家长的当得不好，你别往心里去。"

王小艺拉起了点点的手，对崔小梅说："我心里确实难过，孩子受了不同的教育，也不能全怪她。我们不能忘记和曲解'六四'。通过这件事，孩子知道了不少事情的真相，对她今后的成长有帮助。"王小艺对点点说："好孩子，阿姨不怪你。你们这代人有你们这代人的优点，来美国后要好好学习，互相比较，要善于用自己的头脑去思考什么是自由民主和法治。人总是要长大的，你不能一辈子靠着你妈，是不是？要向'六四'时的大学生们学习，独立自主地思考问题，勇于实践，富有理想，要有历史使命感。"

吃完了晚饭，思姚和忆姚带着点点去参观这个城市的夜景了。年轻人在一起，很快就成了朋友，更何况他们长辈之间有着不同寻常的关系。家里就剩下王小艺、赵旎华和崔小梅。是夜风清月朗，三个经历过'六四'的中年女人在后院的草坪闲坐。赵旎华让王小艺歇着，自己烧了茶水端来。望着平湖钩月，繁星满空，三人品着茶，作佳人夜话。她们谈着"六四"前后各人的经历，感叹万千，唏嘘时光流逝太快，乾坤翻转。

　　从抑郁哀思中回过神来的王小艺说："我一直在想，姚奇和为'六四'献身的人们没有白死。当初'六四'虽然被镇压下去了，可是它的影响力却波及到了全世界，加速了世界的民主进程，直接导致了独裁的东欧社会主义阵营国家的全面解体，包括前苏联也发生了翻天覆地的改变。我实验室就有一个从俄国来的博后，她说过一句非常意味深长的话。她说要是没有你们中国当初的'六四'运动帮忙，我就不会在你实验室工作了。因为这个，我会努力为你工作，感谢中国人民为我们所做的一切。"

　　赵旒华说："其实'六四'在中国人的心目中并没有消失。这次回中国看见到处张贴的都是'社会主义核心价值观'，那整个就是'六四'的翻版。丁一说，这是全面向优良的中国古老传统文化的回归和向先进的自由民主制度靠拢。这两者的结合，才真正具有中国特色，符合中国国情。回过头来看，二十多年前发生的'六四'那场伟大的中华民族爱国运动所发出的"民主、自由、法治"呐喊有其深远的影响。随着时间的推移，其强大的生命力和警示后效愈加彰显。'六四'所留下的历史强音，将永远地在世界上空回荡，载入中华民族史册，万古长青。我们这些过来人，都要引以为荣。"

　　赵旒华将手搭在王小艺的肩头劝说："小艺，其实你也该回中国去看看了，不能老是沉浸在对往昔的悲哀里。世界上的事不是一成不变的，中国确实腐化，但大家的生活也确实得到了提高。

如果你回去能体会体会中国的变化，甚至为中国做点什么，对你也许会更有意义。记得当初你和姚奇一直嚷嚷着博士毕业后要回国工作的，我记忆犹新。这次回去工作我感触颇深，除了对中国的有些东西深恶痛绝外，发现自己依然还保留着对她的热爱。和小梅一样，我也是中国腐败环境下的受害者，刘军有了外遇和我离了婚。但是我们不能因此因噎废食，和自己过不去。我们的日子还长，还有孩子们，也应该带他们回中国去看看，看看父母的出生地。"赵旒华还像以前一样开导这个曾经对她百依百顺的小妹妹，尽管她现在的学术地位比自己高出许多。

王小艺问："看来这次你去中国变了不少，体会多多。有何见识可以多分享一些。"

赵旒华知道王小艺有些心动了，说："中国现在很现代，很繁华。我这次坐的是高铁，又快又舒服，是一个叫刘铁军的贪官的功劳。有时贪官也能办好事。"

"贪官的功劳？！"王小艺不理解。

崔小梅带着嘲讽的口气接过话题："对，他是个大贪官，玩了许多女人。他投资拍了一部《红楼梦》连续剧，里面的女演员都玩遍了。不过他为中国高铁确实做了不可磨灭的贡献，中国的老百姓记得他的好处。问题在于有才华的人、有抱负的人在中国为什么都演变成了贪官污吏，这是一个发人深思的现象。现在有许多意见说如果当时真的让那帮学生和知识分子当了权，中国就不一定有现在的繁荣昌盛，中国就会步前苏联的后尘，国家分裂。我看不见得，试想如果当时给注重经济发展和政体改革双轨并行的赵紫阳以机会，也许中国除了经济起飞外，政治体制改革也成功了，民主与法制就得以实现，加上新闻监督，不会出现现在巨贪和官僚独裁。"

　　这个话题赵旒华在中国和丁一交谈过，看来大家的看法和意见一致。赵旒华对王小艺说："你是知道的，'六四'以前我的脑袋特别僵化，只认共产党，一心为国。'六四'以后我的脑袋继续僵化，不过翻转了180度，像你现在一样，痛恨共产党。以前回去看着中国落后，心里一直想要是'六四'成功了多好，也不至于像这样落后愚昧。可是这次回去后想法改变了不少，中国大多数人还是想把国家的事情搞好，不能陷在历史的泥潭里不能自拔，怨天尤人。我是这么认为的，既然历史选择了这条路，就只好走下去。各个时期做各个时期的事情，起码胡温时期中国的经济建设搞起来了，习近平接着反贪污腐化，虽说弯路大了一点，也不失为一个方案。再以后呢？像点点这一代人基本没有'六四'情结，也不关心那些个和他们不相关的事情，他们的想法和我们相去甚远，等我们这批人死了，世界就是他们的了。所谓政治体制改革是迟早的事情，这代人不搞，下一代人还是要搞。到那时中国会是一个什么样子呢？是更接近'六四'的理念呢？还是更接近其它什么呢？也许都不是，说也说不清。那时我们谁都不在了，管也管不了。所以说，除了谁地球都照样转，毛泽东和邓小平就是典型的例子，难测身后之事。宇宙的永恒法则就是一切都在变化之中，不以人们的意志为转移。经过了许多事情后，我觉得我们要心放宽一些，许多事情让后代们去想去操心去解决，车到山前必有路，我们只需过好自己的每一天，让自己快乐起来，享受属于自己的人生。"

赵旒华继续说："在中国的时候丁一讲，需要观察一段时间看具体行动才能真正知道习近平是如何想的，现在下结论还为时过早。另外他还认为如果中国不进行社会制度的根本改革，等习近平下了台，中国可能还会出现反复。"

崔小梅用严肃的口气说："你说的只是其一。"

"还有说来听听。"王小艺感兴趣地问。

崔小梅说："改革社会现状不是一小部分人的事情。'六四'那会，全国上下一片热忱，从老百姓到各级官员都企盼改革经济和政治制度，积极参与其中，人人献计献策，是大家自己的事情。可是现在不比'六四'那会了，经过多年的发展，中国社会形成了一股强大的既得利益集团，贪婪，自我，虚伪，铤而走险。得到的东西想让他们再吐出来，哪有那么容易。他们从内心里不愿意制度改革，消极抵制，阳奉阴违。这个利益集团不仅包括贪官，还包括不法商人和黑社会，从中央到地方，甚至乡村都有，人数不少，沆瀣一气。习近平王岐山可能有良好的愿望，有开山之勇，披肝沥胆，以我在中国的亲身经历，他们难有作为，因为他们的力量太单薄，有些孤家寡人。真不是杞人忧天，你看点点这代中国年青人，个个娇生惯养，生活上缺乏自理能力，像温室里的花朵，自我自恋，生存能力极差。你们美国长大的孩子就不一样了，虽然和点点一样大，有理想，有抱负，能够自己跑到非洲去扶贫锻炼，奉献自己，有非常正确的人生观大局观。两相比较，下一代中美两国的差别已经不言自明了。要是有一天我们中国的孩子也往非洲跑，不往美国跑，那时的中国才是真正富强了，不仅是物质上的，而且是精神上的。当年'六四'是个千载难逢的机会，唉，'六四'的贻害已经不是一代人的问题了。"

崔小梅转过话题对王小艺说："好妹妹，不管中国现在和将来怎么样，这么多年过去了，你还是应该回去一趟。别忘了，姚奇的墓还在中国，你应该去扫墓，也该让孩子们去祭拜他们的父亲。"

赵旒华对沉思中的王小艺说："你要是同意，我以中国任职的学校名义给你发一个邀请函，请你去讲一次学，见识一下现在的中国，如何？"

"我太忙。"王小艺本能地拒绝。

赵旒华不满意地说："谁不忙呢？托词。我以前对'六四'最想不开，不也回去了吗？怎么你比我还想不开？世界上没有解不开的结。听你以前说过，姚奇的父母曾经要求你将来能够把他们的骨灰和姚奇葬在一起。他们的骨灰现在在哪里？"

王小艺回答："寄放在家里的地下室。"

"为了这个你也应该回去一趟，圆了两老的心愿。"

崔小梅催促道："你应该去中国领事馆办理美国公民去中国的签证，任何时候想回去就方便了。"

星河浩瀚，微风拂面，王小艺很轻声地说："我不需要，我现在还是中国公民，拿的美国绿卡。"

（全文完）

主要参考文献和影像

一、《李鹏日记》。作者，李鹏。

二、《June Fourth：The True Story》（中国"六四"真相）。
作者，张良。明镜出版社。

三、记录片《天安门》(The Gate of Heavenly Peace)，
https://www.youtube.com/watch?v=uyauJ34d2K0

四、除特殊注明外，"摘要"和"标语"引用来自网络。

严聪

Carmel, IN, USA

Wuhan, China

2014.03.01 － 2014.11.08　第一稿完，字数：186267

2014.11.22 － 2014.12.17　第二稿完，字数：201561

2015.01.13 － 2015.01.25　第三稿完，字数：206129

2015.01.31 － 2015.04.06　第四稿完，字数：213629

2017.01.29.　第五稿完，字数：207,403